HEYNE ❮ ORIGINAL

W0187897

Das Buch

Peking 1931: Als Joseph Krasinski, ein amerikanischer Marine aus Chicago, der zum Wachbataillon der Botschaft gehörte, seine Freundin Natalia gegen einen aufdringlichen japanischen Besatzungsmajor verteidigt, weiß er nicht, dass er sich einen mächtigen Todfeind macht. Aus dem geachteten Offizier wird ein Geächteter auf der Flucht – und der Spielball einer Intrige, die zur Schicksalsfrage eines ganzen Landes wird. Zwischen Himmel und Hölle bewegt sich fortan sein Leben, und fernab von Natalia muss er sich beweisen, dass seine Liebe und sein Überlebensinstinkt gegen einen übermächtigen Feind bestehen können.

Harold Nebenzals Romane sind lebendige Zeitdokumente. Kaum einem anderen Autor gelingt es, historische Ereignisse (im vorliegenden Fall die Besetzung Chinas durch die Japaner) so hautnah mit Personen und Schauplätzen zu verdeutlichen.

Spannend und lehrreich zugleich.

Der Autor

Harold Nebenzal, geboren in Berlin, arbeitete als Drehbuchautor und Produzent mit John Huston, Ingmar Bergman, Marcello Mastroianni und Billy Wilder. Er war am Film *Cabaret* (ausgezeichnet mit dem »Oscar«), beteiligt und produzierte Jorge Amados Film *Gabriela*. Mit seinem Roman *Café Berlin* schrieb er seinen ersten Bestseller.

Lieferbare Titel

Café Berlin

HAROLD NEBENZAL

Peking-Express

Roman

Aus dem Amerikanischen von Thomas Piltz

WILHELM HEYNE VERLAG
MÜNCHEN

Originalausgabe CELESTIAL EXPRESS

FSC

Mix

Produktgruppe aus vorbildlich
bewirtschafteten Wäldern und
anderen kontrollierten Herkünften

Zert.-Nr. SGS-COC-1940
www.fsc.org
© 1996 Forest Stewardship Council

Verlagsgruppe Random House
FSC-DEU-0100
Das für dieses Buch verwendete
FSC-zertifizierte Papier *München Super*
liefert Mochenwangen.

Vollständige deutsche Erstausgabe 08/2006
Copyright © 2005 by Harold Nebenzal
Wilhelm Heyne Verlag GmbH & Co.KG, München
Copyright © 2006 dieser Ausgabe
by Wilhelm Heyne Verlag, München,
in der Verlagsgruppe Random House GmbH
Printed in Germany 2006
Umschlagillustration: © General Photographic Agency / getty images
Umschlaggestaltung: Hauptmann & Kompanie Werbeagentur,
München – Zürich
Satz: Greiner & Reichel, Köln
Druck und Bindung: GGP Media GmbH, Pößneck
ISBN-10: 3-453-01225-9
ISBN-13: 978-3-453-01225-7

www.heyne.de

Peking lag wehrlos in der Ebene, über die ein eisiger Sand-
sturm blies und die Paläste der kaiserlichen Stadt überkrus-
tete und Staubfontänen aufpeitschte, die wie Derwische in
das riesige Geviert am Rande der Verbotenen Stadt hinein-
tanzten. Kraft aus den Weiten des Umlands saugend, heulte
der Wind durch die Straßen, verdichtete sich in engen Gassen
und pfiff durch die *Hutungs* des Zentrums. Bettler, die unter
Rupfensäcken schliefen, suchten Zuflucht in gemauerten
Hauseingängen; wimmernde Mischlingshunde, die gelben
Ruten unter krummen Hinterläufen eingezogen, gesellten
sich zu ihnen. Bei Tagesanbruch würde der Sturm abebben,
aber noch lieferte die Wüste Gobi, ein knappes Stück nord-
westlich der Hauptstadt gelegen, tonnenweise Sand in die
tosenden Luftmassen, die die zottigen, zweihöckrigen Kamele der Karawanen in die Knie zwangen und in den Dörfern
Enten durch die Luft wirbelten wie Fetzen von Reispapier.
Diejenigen, die wach waren und ihren Radiosupern lauschten, konnten krächzende Sturmwarnungen auf Russisch, auf
Mongolisch oder in Mandarin hören. Der Inhalt war immer
der gleiche. Eine Tiefdruckrinne voll Sand zog sich sichel-
förmig aus der Mongolei und südöstlich an Ulan Bator vorbei
durch Dalanjargalan, querte die chinesische Grenze bei Eren-
hot und griff über Shangdu und Xuanhua und die Große
Mauer hinweg nach Peking aus.

Ohne etwas vom Toben der Elemente zu bemerken, lag Joseph Krasinski unter der schweren Seidensteppdecke und schlief. Seine Füße steckten zwischen den Füßen von Natalia Petrowna, der hellhäutigen Blondine, die schlafend neben ihm lag. Joseph wurde von der zerknitterten Hand der alten Amah aus dem Schlaf gerüttelt, der Hausdienerin der beiden. Nach Landessitte wurde sie einfach *Naima* oder »Milchmutter« genannt, und kein Name hätte sie treffender beschreiben können. Ohne jemals Zeit oder sonst etwas für sich selbst zu beanspruchen, umsorgte sie jene, für die sie arbeitete. Ihr zahnloser Mund sagte etwas, das so klang wie »raus aus der Falle, aber flott« – eine eindringliche Wendung, die Joseph ihr beigebracht hatte. »Es ist halb fünf, du Gauner«, fügte sie in milderem Tonfall und auf Mandarin hinzu. Joseph setzte sich auf, zog dabei die Decke von seiner Bettgenossin herunter. Die *Naima,* auf Schicklichkeit bedacht wie jede Chinesin, deckte die Blöße der Frau eilends wieder zu. Auch nach Jahren in Natalias Haushalt hatte sie noch immer kein Verständnis für die Schamlosigkeit, mit der diese Ausländer nackt schliefen. Sie ließ sich ihre Missbilligung nicht anmerken und reichte Joseph eine Schale voll Tee.

Joseph Krasinski betrat das gekachelte Badezimmer, füllte einen Holzbottich mit dampfend heißem Wasser und schüttete es sich über seinen muskulösen Körper. Er seifte sich lustvoll mit der Lifebuoy-Seife ein, deren durchdringender Karbolgeruch ihn immer wieder an den Kasernenalltag mit seinen Reinlichkeitsvorschriften erinnerte. Er war sechsundzwanzig Jahre alt, und als er vor den Spiegel trat, sah er ein slawisch geschnittenes Gesicht mit einnehmenden Zügen, in das sich oberhalb der Augen und um den Mund nachdenkliche Falten eingegraben hatten. Mit einem Rasierpinsel aus Biberhaar schäumte er sorgfältig Kinn und Wangen ein, dann zog er die Klinge an einem schon reichlich abgenutzten Lederriemen ab. Als er den Arm hob, um den Rasierer an die Wange zu führen, wurden im Spiegel mehrere Tätowierungen auf seiner Haut sichtbar. Am linken Unterarm umgab eine Ankerkette das in Blockschrift wiedergegebene Motto *Semper Fidelis*. Er hatte den Tätowierer aufgefordert, auf die beim United States Marine Corps übliche Kombination von Adler, Erdball und Anker zu verzichten. So etwas wollte er den Frischlingen auf ihrem ersten bierseligen Landurlaub überlassen. Ihm schien der lateinische Schwur, In Treue fest, mehr als ausreichend zu sein. Er hatte gehofft, dass er ihm als lebenslange Richtschnur für sein Verhalten dienen könnte – seinem Land, seinen Bordkameraden und sich selbst gegenüber. Auf seinem rechten Brustmuskel prangte das Abbild einer vollbusigen Nackten, die an ein Kreuz gefesselt war, wie es normalerweise nur dem Heiland zustand. Er hatte die Tätowierung in Mexico machen lassen, in Vera Cruz – eine sprachliche Pointe, die ihm seinerzeit entgangen war. Vera Cruz – das wahre Kreuz. Vielleicht hatte er das Motiv als Protest gegen die unchristliche Strenge der polnischen Nonnen in seiner Klosterschule in Chicago gewählt, oder als Zeichen seiner Verbundenheit mit all den Frauen, die die Rohheit und die Gedankenlosigkeit der Männer so klaglos hinnahmen. Wahrscheinlicher war freilich, wie er sich manchmal selbst eingestand, dass ihn die provozierende Erotik der Darstellung fasziniert hatte. Obwohl er als Kind Messdiener gewesen war, empfand er die Tätowierung nicht als ausgesprochen gotteslästerlich. Er hatte in Haiti bei der Gendarmerie gedient und Voodoo-Tempel besucht, in denen sich katholische Heiligenverehrung und heidnische Riten zu einer kraftvollen und glaubwürdigen Religion verbanden. Die dritte Tätowierung an seinem Körper war etwas Intimeres, fast ein persönliches

Geheimnis. Es handelte sich um das chinesische Ideogramm für den Buddha, das er an seinem rechten Unterarm, in der Mitte zwischen Ellenbogen und Handgelenk, trug. Zum Glück sah das Ideogramm einem Dollarzeichen mit einer auf europäische Art, mit einem Aufstrich von links, geschriebenen Eins ähnlich. Wenn er nach der Bedeutung gefragt wurde, was oft geschah, konnte er einfach behaupten, es brächte seine Hoffnung zum Ausdruck, »immer einen Dollar in der Tasche zu haben«. In Wahrheit zeugte es von seinem wachsenden Interesse am Buddhismus, das sich nicht nur auf die geistigen Grundlagen, sondern auch auf die tägliche Praxis erstreckte. Es war eine Übung, für die das United States Marine Corps wenig Verständnis aufbringen würde, von der nötigen Geduld ganz zu schweigen. Als er seinen Rasierpinsel ausspülte, fiel sein Blick auf einen rötlichen Bluterguss an seinem Brustkasten, der sich bereits ins Purpurne verfärbte. Sofort stand ihm wieder vor Augen, was sich am Abend zuvor in dem Restaurant ereignet hatte, das sich »Kasachischer Palast« nannte.

TRINK – UND ÜBERLASS
DEM TEUFEL DEN REST
– *Stevenson,* Die Schatzinsel, *1883*

Der Kasachische Palast war eine der bevorzugten Anlaufstellen der Marines, die im Wachbataillon der Pekinger Gesandtschaft Dienst taten. Er war für seine ausgezeichnete und preiswerte zentralasiatische Küche bekannt, die großen Spieße mit Lammschaschlik, die duftenden Berge von Pilaw, die in Honig schwimmenden Desserts, die von eiskaltem russischem

Wodka begleitet wurden. Er und Natalia hatten sich mit Corporal Francis X. Brogan, diesmal in Gesellschaft einer weißrussischen Freundin, und dem Gefreiten Gaetano Dulio getroffen, der seine ständige Begleiterin, eine Chinesin, bei sich hatte. Beide Männer waren Marines und gehörten dem Wachbataillon der Gesandtschaft an. Das Lokal war, wie üblich, zum größten Teil von Ausländern besetzt – amerikanischen Geschäftsmännern und Regierungsangestellten, Engländern vom gleichen Schlag, Franzosen und Italienern. An einem großen Tisch saß eine Gruppe von chinesischen Geschäftsleuten, die Stimmung war gelöst und heiter. Die drei Marines und ihre Damen landeten an einem Tisch, der unmittelbar an den Tisch von vier Japanern angrenzte, deren Gesichter bereits in der für ihre Landsleute typischen Weise vom Alkoholgenuss gerötet waren. Die Japaner trugen die gewohnten dunklen Anzüge mit weißen Hemden und nüchternen Krawatten. Ihre Haare jedoch waren nicht lang und glänzend, sondern an den Seiten abrasiert, sodass nur noch am Scheitel ein kurzer Schopf blieb. Wie Hunde, die einander umschwänzeln und beschnuppern, hatten beide Gruppen sofort durchschaut, dass die anderen, im Gegensatz zu fast allen sonstigen Gästen, dem Militär angehörten. Ohne Wodka und ohne Bier wäre der Abend friedlich verlaufen, aber nun lag plötzlich und ohne erkennbaren Grund eine feindselige Stimmung in der Luft. Noch kam sie nicht zum Ausbruch, an beiden Tischen genoss man die gleichen Speisen und Getränke, und der einzige Unterschied war, dass die Japaner auf weibliche Gesellschaft verzichten mussten, während die Amerikaner sich teils höflich und zuvorkommend, teils neckisch und tändelnd mit ihren Begleiterinnen befassten – was offenbar ausreichte, um die Japaner neidisch zu machen. Gegen Ende des Essens gab der Gefreite Dulio, seinem Ruf als Kasernenhofkomiker Ehre machend, eine seiner Imitationen zum Besten, worauf sich alle sechs an Krasinskis Tisch vor Lachen bogen. Vielleicht dachten die Japaner, die mittlerweile ziemlich benebelt waren, dass sich die Marines über sie lustig machten. In diesem Augenblick bat Natalia, sie zu entschuldigen, und machte sich auf den Weg zu den Toiletten, wo sie wahrscheinlich ihr Make-up erneuern wollte. Die Marines waren entweder zu sehr mit Dulios Darbietung beschäftigt, um zu bemerken, dass einer der Japaner ebenfalls in Richtung der Toiletten aufbrach, oder sie dachten sich nichts dabei. Einige Minuten vergingen, bis ein aufgeregter Kellner an ihrem Tisch erschien. »*Lai, kwai kwai* – mitkommen, schnell, Missy Natalia in Toilette!«

Joseph voran, rannten die Männer zum WC, aus dem dumpf Natalias Schreie zu hören waren. Mit einem mächtigen Fußtritt brach Joseph das Türschloss aus dem Rahmen. Die Tür schwang auf und zeigte den Japaner, der seinen linken Unterarm um Natalias Kehle geschlungen hatte, während die rechte Hand unter ihre Bluse geschlüpft war und ihre Brüste erkundete. Als er Joseph sah, ließ der breitschultrige, knapp vierzigjährige Mann sein Opfer los und schaffte es tatsächlich, einen blitzschnellen Judo-Fußtritt zu platzieren, der Joseph weit oben an seinem Rumpf traf. Joseph revanchierte sich, indem er ihm sein Knie mit aller Kraft in den Unterleib rammte. Als der Mann sich zusammenkrümmte, packte Joseph ihn von hinten und drehte ihm den Arm auf den Rücken und dann nach oben, bis ein knackendes Knochengeräusch in der gekachelten Kabine widerhallte. Ehe Brogan und Dulio ihn zurückreißen konnten, schleuderte er den Japaner mit der verletzten Körperseite gegen das massive Porzellanwaschbecken. Man musste dem Mann zugute halten, dass er kein einziges Mal aufschrie.

Inzwischen war der Eigentümer des Lokals erschienen. Er befand sich in einer klassischen Zwickmühle. Sollte er die Militärpolizei rufen und damit das Risiko eingehen, dass sein Etablissement für Militärpersonen gesperrt wurde? Oder sollte er sich auf die Seite der Marines stellen, weil er seine Stammkunden nicht verlieren wollte? Er entschied sich für Letzteres, weil er eine Schwäche für Natalia hatte und weil er seit dem Russisch-Japanischen Krieg nicht gut auf diese gelben Kerle zu sprechen war, die Anno 1904 die stolze Ostseeflotte des Zaren und mit ihr alle fernöstlichen Ambitionen von Mütterchen Russland versenkt hatten. »Bitte geht«, sagte der Restaurantbesitzer. »Ich habe Taxis gerufen. Macht euch keine Sorgen wegen der Rechnung. Ich kümmere mich um alles.«

Bei der alten Pagode von Moulmein
– Kipling, Barrack Room Ballads, *1892*

Vom Ergebnis seines morgendlichen Reinigungsrituals befriedigt, fuhr Joseph sich zum Abschluss mit einem Paar englischer Bürsten – einem Weihnachtsgeschenk von Natalia – energisch durch seine militärisch kurzen Haare, bis deren tiefes Schwarz zu glänzen begann. Sein Vater, ein Schlachter im Viehhof von Chicago, hatte immer gewitzelt, dass in der Familie seiner Frau ein Fehltritt mit einem Tataren oder dem Angehörigen eines Turkvolks vorgekommen sein müsse. Jedenfalls sei das rabenschwarze Haar seines Sohnes ganz entschieden unpolnisch.

Die *Naima* hatte Josephs tannengrüne Uniform auf seiner Seite des Betts ausgelegt – das weiße Unterhemd, die Shorts und graue Socken, dazu auf dem Boden vor dem Bett die Stiefel und das lederne Koppel, beides blank poliert wie ein Spiegel. Joseph beachtete die Uniform nicht, griff statt ihrer ein bodenlanges Teil aus grauer Baumwolle von einem Bügel. Es war der »lange Mantel«, wie er traditionell von chinesischen Schreibern und kleinen Geschäftsleuten getragen wurde. Er zog seine Unterwäsche, einen warmen Pulli und eine unauffällige dunkle Hose an, schlüpfte in den langen Umhang, schloss den Stehkragen um seinen Hals. Dann nahm er einen vom Wetter gefleckten Filzhut vom Haken und zog ihn sich tief über die Ohren. Eine Sonnenbrille vollendete seine Verwandlung. Er war sicher, dass er so als ein Chinese durchgehen konnte, zumal in einer Menge gleich gekleideter Männer. Er wandte sich vom Spiegel ab, wobei sein Blick einen chinesischen Wandkalender streifte. Er warb für eine Zigarettenmarke namens »Päonie« und zeigte zwei ineinander verschlungene Schönheiten aus Shanghai, die zur Musik eines Koffergrammophons tanzten. Das Bild gefiel ihm, er gestand Natalia hin und wieder, dass es ihn spitz machte. Das Kalendarium verriet, dass man den 31. März 1931 schrieb.

»Pass auf dich auf, mein schöner Soldat«, sagte Natalia auf Russisch.

Er erwiderte, ebenfalls auf Russisch: »Dein Soldat wird für dich strammstehen, wenn er zurückkehrt«, was ihr ein Lachen entlockte. Obwohl bei seinen Eltern und im heimatlichen Viertel in Chicago nur Polnisch gesprochen wurde, hatten die zwei Jahre mit Natalia genügt, um ihn die verwandte slawische Sprache so gut wie fehlerfrei beherrschen zu lassen.

Draußen wartete bereits die Rikscha auf ihn. Ding, der Rikschafahrer, ein angegrauter Mann von sechzig Jahren, begrüßte Joseph mit einem wohlwollenden Nicken. Sie kannten sich aus dem *Wha Guan Tsu,* dem Tempel des strahlenden Lichts, wo Joseph seine buddhistische Unterweisung erhielt. Ding packte die Stangen und fragte: »Zum Botschaftsgelände?«

»Zum Bahnhof«, sagte Joseph. »Ich fahre nach Zing Shen.«

Ding lächelte, wobei mehrere halb verfaulte Zähne sichtbar wurden, dann setzte er sich in zügigem Trab in Bewegung. Ob es Winter war oder Sommer, in Strömen regnete oder Stein und Bein fror, immer trug er die gleiche gefütterte blaue Tunika, die gleichen Hosen, die gleichen Sandalen. Joseph bewunderte ihn für seine Verlässlichkeit, seinen Gleichmut, sein pferdeähnliches Traben. Dass Ding dabei nach Knoblauch duftende Fürze hinter sich ließ, störte ihn längst nicht mehr.

Die Rikscha setzte ihn vor dem Haupteingang des Bahnhofs ab. Ins Innere zu gelangen war schon bedeutend schwieriger. Eine Unmenge von Reisenden, Straßenhändlern, Lastenträgern, Bettlern, Rikschas, Taxis und sogar eine ganze Karawane schwer beladener Kamele schienen sich verschworen zu haben, Joseph den Zutritt zu verwehren. Er fühlte sich an die Football-Spiele seiner High-School-Zeit erinnert, als er sich tänzelnd und mit Hilfe seiner Ellenbogen einen Weg durch das zähe Gewühl bahnte. Endlich im Bahnhof, fand er den Bahnsteig schon voller anderer Pilger vor, die alle in den Zug nach Zing Shen drängten, dem alten Mönchskloster jenseits der Tatarenmauer, das eine halbe Stunde gemächlicher Zugfahrt entfernt lag. Die meisten Pilger hatten lange buddhistische Rosenkränze in Schwarz oder Braun bei sich; die Kühle des Bahnhofs reichte nicht aus, um die Erregung zu dämpfen, die sich ihrer bemächtigt hatte. Die tiefen Atemzüge der Dampflokomotive zeigten an, dass die Abfahrt des Zuges unmittelbar bevorstand. Geschäftsleute in westlicher

Kleidung bahnten sich den Weg zu den Wagen der Ersten Klasse. Das sonst so ruppige einfache Volk – kleine Handwerker, Schneider, Kesselflicker, Straßenarbeiter, sogar Kulis – machte ihnen in friedlicher Feiertagsstimmung Platz. Joseph schlug sich auf die Seite der Arbeiterklasse: Ein kleine Tüte mit Sonnenblumenkernen in der Hand und eine chinesische Zeitung unter dem Arm, stieg er in einen Wagen der Holzklasse. Er ergatterte einen Fensterplatz, schlug seine Zeitung auf und tat es den anderen gleich, die die Schalen der Sonnenblumenkerne auf den Wagenboden spuckten.

Sobald der Zug sich in Bewegung gesetzt hatte, ließ er sich von einem der fliegenden Händler, die mit einem Blechtablett, einer Kanne und Keramikbechern an die Plätze kamen, Tee einschenken. Geräuschvoll schlürfte er die helle, kochend heiße Flüssigkeit und blickte dabei in die graubraune Landschaft hinaus, die in der Morgenkühle vorbeizog. Er fühlte sich rundherum wohl. Joseph konnte den Pekinger Dialekt, der rund um ihn her gesprochen wurde, verstehen und fühlte sich den Einheimischen in gewisser Weise zugehörig, wurde vom Geruch ungewaschener Körper oder deren Ausdünstungen nicht abgestoßen. Die Mitfahrer rülpsten und husteten und spuckten; europäische Maßstäbe des Anstands wurden hier souverän ignoriert, woran Joseph sich schon lange nicht mehr störte. Es dauerte nicht lange, bis Mönche mit kahl rasierten Schädeln und härenen Kutten im Gang auftauchten. Einer verkaufte hölzerne Rosenkränze, die er um den Hals geschlungen hatte, ein anderer fromme Sprüche auf Reispapier. Neugierig, wie viele von den chinesischen Schriftzeichen er wohl entziffern konnte, nahm Joseph dem dankbaren Verkäufer einen Zettel ab. Er stellte keine große Herausforderung dar. Die Botschaft war eine leicht verdauliche Mischung aus Konfuzianismus, Buddhismus und Taoismus. Tugendhaft war, wer seine Eltern ehrte, wer sich loyal verhielt, wer den Gefahren von Trunksucht, Eitelkeit, Gier und Wolllust aus dem Wege ging. Joseph konnte sich ein Lächeln nicht verkneifen. Soldat bei den Marines und gleichzeitig Buddhist zu sein, das ging nicht ohne moralische Konflikte ab. Dem Mönch folgte ein Kleinunternehmer in einer ausgepolsterten grauen Uniformjacke, der sich in das fromme Treiben gemischt hatte und *Bao* feilbot, schneeweiße, gedämpfte Teigbällchen, die mit gehacktem Schweinefleisch gefüllt waren. Die fröhlich gestimmte Menge nahm diesen Einbruch des Profanen in die Sphäre des Heiligen gelassen hin. Dem Teigtaschenverkäufer folgte ein Händler, der Ansichtskarten mit dem Bild eines Mönchs anbot, der in der typischen Art der älteren indischen Buddhas im Lotossitz saß und die Handflächen nach außen gewendet hielt. Die ausgebreitete rechte Handfläche bedeutete »Keine Angst«, die nach unten weisende linke Hand war ein Versprechen, die Wünsche der Gläubigen zu erfüllen. Joseph kannte den Mönch, der auf der Karte abgebildet war. Er war der Abt des *Wha Guan Tsu*-Tempels, und Joseph war sein Schüler und Jünger geworden. Die chinesischen Schriftzeichen am Rand der Karte gaben den Namen des Abtes wieder, *Li Shuan Hao,* doch allgemein wurde er Shi Fu genannt, der Erhabene Meister. Die Karte fand reißenden Absatz bei Josephs Mitreisenden, war der Shi Fu doch der Grund, warum sie ihre Schneiderwerkstätten, ihre Kontore, ihre Nudelküchen im Stich gelassen und sich auf diese Pilgerfahrt per Eisenbahn begeben hatten, um ihn in seinem alten Tempelbezirk zu verehren.

Während Josephs Zug Rußwolken über die unbefleckte Landschaft breitete, waren ihm zwei andere einschlägig Interessierte in den alten Tempelbezirk vorausgeeilt. Es handelte sich um Major Gaston Boudreau vom United States Marine Corps, Josephs Vorgesetzten, der auch der Geheimdienstoffizier der Marines-Einheit der amerikanischen Gesandtschaft war, und Commander Harrison Steele von der U.S.-Navy, der bei der Admiralität die entsprechende Funktion versah. Sie hatten ihre Buick-Limousine unter ein paar überhängenden Weidenbäumen geparkt und beobachteten den Strom der Pilger, die dem Heiligtum zustrebten. Die Männer saßen Seite an Seite und beugten sich gelegentlich vor, um die beschlagene Windschutzscheibe frei zu wischen. Mit ihren grauen Filzhüten, den Tweedjacken und den dicken Flanellhosen wirkten sie wie englische Gutsbesitzer, nur der senffarbene Schafwollmantel mit Fellkragen, den sie sich in der Kleiderkammer der Kompanie besorgt hatten, passte nicht ins Bild. Boudreau tat sein Möglichstes, die Luft im Auto mittels einer Chesterfield-Zigarette blau zu färben; der Commander unterstützte ihn mit seiner Pfeife.

»Ich wette, das sind tausend Chinesen hier, und die Züge kommen Tag für Tag«, ließ Boudreau sich schließlich vernehmen. Er stammte aus Houma in Louisiana und sprach in einem weichen Singsang, in dem noch das Französisch seiner Vorfahren nachschwang. Wer ihn nicht kannte, hielt ihn für einen lethargischen Südstaatler, den es wie so viele seiner Landsleute zum Dienst an der Waffe gezogen hatte. Boudreau unternahm nichts, um dieser Fehleinschätzung entgegenzutreten. Tatsächlich war er ein von allen respektierter Offizier, der eisern auf Disziplin sah, und seine nachrichtendienstliche Tätigkeit als *intelligence officer* mochte manchen Bewunderer seiner raschen Auffassungsgabe zu einem Wortspiel verleiten. Er war ebenfalls von Nonnen erzogen worden, beim französischen Orden der kleinen Schwestern der Nächstenliebe, und er sprach Französisch nicht wie eine Sumpfratte aus den

Bayous, sondern so, wie man es von gebildeten Franzosen in Frankreich hört.

Commander Steele stieß eine blaue Wolke aus. »Ich habe mir die Schriftzeichen für die wichtigsten Städte und Provinzen Chinas eingeprägt, und ich sehe sie auf den Schildern, die an den Waggons hängen. Da heißt es Mandschurei und Mongolei, und im Süden geht es bis nach Kanton hinunter. Und alle diese Menschen kommen Woche für Woche hierher, um diesem Erhabenen Meister, diesem Popanz zu huldigen.«

Steele und Boudreau kannten sich aus ihrer Zeit an der Marineakademie in Annapolis, weshalb der Commander keine Hemmungen hatte, eine silbrige Taschenflasche aus dem Handschuhfach zu holen und sich einen Schluck Gin zu gönnen. Er hielt die Flasche Boudreau hin, der aber ablehnte.

»Wenn dieser Erhabene Meister nicht in die Schranken gewiesen wird«, sagte Steele, »haben wir das gleiche Schlamassel wie 1905. Dann haben wir es mit einem neuen Boxeraufstand zu tun. Nur dass uns diesmal weder die Japaner noch die Deutschen helfen werden. Na schön, wir haben die Tommys an unserer Seite. Aber wollen Sie sich wirklich auf französische Kolonialtruppen oder italienische Marineinfanterie verlassen, wenn hunderttausend aufgeputschte Chinesen auf Sie losgehen?«

Ehe er antwortete, kurbelte Boudreau das Seitenfenster des Buicks herunter, hielt die qualmende Kippe hinaus, ritzte das Papier mit seinem Daumennagel auf und ließ den Wind die letzten Tabakkrümel davonwehen. Dann knüllte er das Papier zu einem winzigen Kügelchen zusammen und schnipste es in die Brise hinaus.

Steele grinste. »Auf euch Marines kann man sich verlassen. Jedenfalls, wenn's um das Zigarettenschlitzen geht.«

Boudreau sah keinen Grund für Witzeleien. »Das hämmern

wir unseren Männern ein. Alles wird aufgeräumt, gründlich.«
Dann ging er auf Steeles Einschätzung der Lage ein. »Boxeraufstand, das ist vielleicht etwas zu hoch gegriffen. Nicht,
dass die Chinesen keine guten Gründe hätten. Mal unter uns,
wir müssen doch zugeben, dass wir die Vertragshäfen, vor allem Shanghai, in regelrechte Hurenhäuser *extraordinaire* verwandelt haben. Wo sonst kann man ein zehnjähriges Mädchen oder eine Nase voll Kokain so problemlos kaufen wie
eine Tube Rheumasalbe in der Drogerie zuhause?«

»Herr im Himmel«, sagte der Commander, »wenn Sie bloß
der Admiral nicht hört. Mit solchen Reden kappen Sie Ihre
Karriere schneller als man Mao Tse Tung sagen kann. Der alte
Herr riecht Bolschewiken unter jedem Bett. Und was die Hurenhäuser angeht – die Chinesen nennen sie Blütenpaläste,
und ehe Sie nicht an diesen Blüten geschnuppert haben, wissen Sie nichts von den Freuden des Fleisches.«

Boudreau zog es vor, nicht auf diese Bemerkung des Commanders einzugehen. Nicht, weil er etwa prüde gewesen wäre
oder das Gesagte missbilligt hätte. Beides war nicht der Fall.
Aber er hatte sich den Grundsatz der Navy zu Eigen gemacht,
der da lautete: »Über Religion, Politik und die Damen im Offizierskasino spricht man nicht.« Außerdem war er glücklich
mit einer Lila, geborene Lee, aus Middleburg, Virginia, verhei-
ratet und überließ es seinen Männern, die zahlreichen Bor-
delle der Stadt mit Besuchen zu beehren. Nicht zuletzt legte
er auch keinen Wert darauf, allzu viel von der dunklen Seite
im Leben seines Jahrgangskameraden mitzubekommen. Er
steckte sich eine neue Chesterfield an und sah zu den Pilgern
hinaus, registrierte ihre unterschiedliche Bekleidung, zog
Rückschlüsse auf ihre Herkunft. Die beiden *Bai ren,* die weißen Männer, wussten genau, dass es für sie nicht in Frage
kam, den Tempel zu betreten. Dazu war die Lage zu ange-

spannt. Im besten Fall würden sie berichten können, dass eine überwiegend friedliche Menge den Tempel betrat, um ihn später als wütender Mob wieder zu verlassen, aufgehetzt von Li Shuan Hao, dem fremdenfeindlichen Abt. Also blieben sie in ihrem Wagen sitzen und warteten, was bei dieser heidnischen Protestkundgebung herauskommen würde.

Als der mit Pilgern gefüllte Zug aus Peking in den schwarz verrußten Bahnhof von Zing Shen einfuhr, spürte Joseph eine plötzliche Veränderung, die in den Mitreisenden vorging, die mit ihm ausstiegen. Auf einmal war die Menge weniger in Feiertagsstimmung, das Scherzen und das Ausspucken hörten auf, und die Menschen verwandelten sich in eine Masse, die von einer allen gemeinsamen psychischen Energie getrieben schien. Als solider Block strömte sie aus dem Bahnhof, vereinte sich mit weiteren Pilgergruppen, bewegte sich vorwärts wie eine Raupe, stellenweise stockend, dann wieder weiterdrängend. Vom Tempelbezirk und der Pagode war noch nicht viel zu sehen. Mönche dirigierten die Pilger auf den Platz, der sich vor der weitläufigen, aber sonst nicht bemerkenswerten Tempelanlage erstreckte. Der Name Tempel des strahlenden Lichts klang ziemlich hochtrabend angesichts des graubraunen Bauwerks. Joseph war verblüfft, dass die sonst so undisziplinierten und eigensinnigen Chinesen den Anweisungen der Mönche Folge leisteten.

In diesem Augenblick bemerkte Joseph den Buick im Schatten der Weiden. Trotz seiner beschlagenen Brillengläser erkannte er den Major und den Commander. Gleichzeitig war er sicher, dass ihn die beiden nicht gesehen hatten. Seine Verkleidung war zu perfekt. Rund um ihn her waren zu viele lange Umhänge, trugen zu viele der Pilger aus Peking die westlichen Filzhüte. Doch nicht nur das – mit seiner Sprachkenntnis und seiner Vertrautheit mit den Landessitten war er nicht nur in der Menge verborgen, nein, er war ein Teil der Menge.

Trotzdem oder gerade deswegen fühlte Joseph sich unbehaglich. Sein erster Impuls als Marinesoldat war, direkt zu dem Wagen hinzugehen und seinen Vorgesetzten zu grüßen: »Guten Morgen, Sir. Es überrascht mich, den Herrn Major hier zu sehen. Commander, Sir.« So war es der Brauch bei den Marines. Sie salutierten nicht vor ihren Offizieren, ohne auch ein persönliches Wort an sie zu richten. Und die Offiziere erwiderten diese Höflichkeit. So entstand ein Band zwischen oben und unten, das es bei der Army oder der Navy nicht gab. Angesichts seines Versäumnisses gegenüber Major Boudreau wurde Joseph von widerstreitenden Gefühlen beherrscht. Respekt vor seinen Vorgesetzten, die nur ihren Job machten, mischte sich mit Verbitterung über ihre herablassende, wenn nicht sogar offen feindselige Einstellung zu buddhistischen Gebräuchen. Was letztere Befürchtung anbelangte, lag Joseph goldrichtig.

Endlich im Inneren des Tempels angelangt, vernahm Joseph Krasinski die vertrauten buddhistischen Lobgesänge, ein aus zahllosen Kehlen immer neu aufsteigendes, gewaltiges Brausen. »*Nan wu e mi tuc fo*« wiederholte sich wieder und wieder, bis der Gesang zu einem Narkotikum wurde, das die Pilger und die Mönche in tiefer Harmonie vereinte. Joseph fühlte, wie seine Zurückhaltung dahinschwand, als er in den Chor der vielen einstimmte. Er war überrascht gewesen, als er erfuhr, dass die Worte nichts Bestimmtes bedeuteten. Sie waren lediglich eine chinesische Annäherung an die Laute eines altindischen Mantras. Manche behaupteten freilich, diese Laute bedeuteten »Von ganzem Herzen vertrauen wir dem

Buddha des unendlichen Lichts und des grenzenlosen Lebens«. Joseph glaubte gern, dass beide Lesarten zutrafen.

Der sich kräuselnde Dunst von tausend Räucherstäbchen, die in ihren Schalen vor sich hin glommen, rief Erinnerungen an seine Zeit als Messdiener in St. Josaphat in Chicago in ihm wach. Nur dass der Weihrauchduft, das Pollenaroma brennender Bienenwachskerzen, das unverständliche Genuschel von Pater Smednaks Latein hier durch den Geruch roter Kerzen, den wogenden Singsang des Mantras und das gelegentliche Dröhnen eines großen Kupfergongs ersetzt waren. Die Reize, die auf alle seine Sinne eindrangen, versetzten ihn in einen tranceartigen Zustand. Er merkte nichts vom Knoblauchatem seines Nachbarn zur Rechten, vom schwindsüchtigen Husten des alten Mannes zu seiner Linken. Er sah nur die vergoldeten Buddhas, die feine Lackarbeit der chinesischen Schriftzeichen, die safrangelben, braunen und roten Umhänge der Mönche und Nonnen. Er wusste nur, dass er diesen Rosenkranz aus achtzehn Perlen durch seine Finger gleiten ließ, dass seine Lippen immer wieder das Mantra formten.

Joseph Krasinski war während seiner zweiten vierjährigen Dienstverpflichtung nach China gekommen. Zu diesem Zeitpunkt besuchte er die Heilige Messe bereits nicht mehr, aber wenn er in einem fremden Hafen oder an einem neuen Stationierungsort eintraf, stattete er der örtlichen Kirche oder Kathedrale gleichwohl einen Besuch ab – vielleicht aus Nostalgie, vielleicht auch als Gegengewicht zur Kälte des militärischen Alltags. Auch wenn es mit seinem Katholizismus nicht mehr weit her war, fühlte er sich vom Schauspiel der Messe, dem Gepränge der goldenen Kelche, des purpurnen Samts, der geheimnisvollen Heiligen aus Stuck noch immer angezogen. Die Tränen der Muttergottes, das schwarz verklumpte Blut des Gekreuzigten, die Feierlichkeit der gregorianischen Gesänge berührten ihn tiefer als es sich die Nonnen seiner kirchlichen Schule hatten erhoffen können. Er wusste, dass es ähnliche Empfindungen gewesen waren, die ihn zu den Marines geführt hatten. Dieser Elitetruppe, dieser verschworenen Bruderschaft anzugehören, den schmucken, marineblauen Waffenrock und die hellblaue Hose mit dem blutroten Streifen zu tragen, im Gleichschritt zu den scharf gebellten Kommandos und dem Herzschlag der großen Trommel zu marschieren, während die Regimentsfahne im Wind knatterte und der Mameluckensäbel des Offiziers und die blanken Bajonette blitzten, das alles ließ ihm das Adrenalin ins Blut schießen. Mit seinen Kameraden konnte er über solche Dinge natürlich nicht reden. Aber schon kurz nach seiner Ankunft in Peking war er zusammen mit einem Gruppenkameraden und zwei russischen Mädchen zu einem Picknick nach Zing Shen hinausgefahren. Sie machten es sich unter den Apfelbäumen gemütlich, tranken ein wenig Wodka, lagen auf ihren Decken, schäkerten mit den Mädchen und blinzelten in die Sonne. Damals war er zu dem nahe gelegenen Tempel spaziert, und sofort hatten ihn der Duft des Räucherwerks, die bunten Tische voller vielfarbiger Götterfiguren aus Holz und Gips, die rote Seide, die Schriftzeichen in Ebenholz, die unglaubliche Mischung aus altem chinesischem Kunsthandwerk und elektrischen Christbaumkerzen, aus kostbarer Keramik und Bakelitschüsseln von Woolworth in ihren Bann geschlagen. Dazu erklangen aus den Tiefen des Tempels, unsichtbar für die Gläubigen, das metallische Gebimmel eines Glöckchens und tiefe, resonanzreiche Männerstimmen, die irgendeinen Hymnus sangen. Von den sinnlichen Eindrücken in diesem Tempel angezogen, war Joseph immer wieder hergekommen, hatte sich das Vertrauen des Abtes erworben und ihn schließlich um buddhistische Unterweisung gebeten.

Laute, jähe Klänge aus tiefen Blasinstrumenten rissen Joseph aus seinen Gedanken. Er blickte auf und sah Mönche mit pelzbesetzten Hauben, die in lange Hörner bliesen, deren Schalltrichter auf dem Steinboden auflag. Er wusste, dass diese alphornähnlichen Instrumente nicht aus China, sondern eher aus Tibet oder vielleicht Nepal stammten. Dass sie jetzt erklangen, konnte nur bedeuten, dass sich gleich etwas Wichtiges ereignen würde. Die orgelartigen tiefen Töne versetzten seinen ganzen Körper in Schwingung. Sie drangen in seine Nase ein und ließen die Nebenhöhlen vibrieren, sie drangen in seinen Mund und ließen Kiefer und Zähne schmerzen. Bis plötzlich Stille einkehrte.

Ein asketisch aussehender Mann, hager und kalt wie ein Eiszapfen, trat nach vorn. Es war der Abt, der sich nicht nur mit Joseph angefreundet, sondern diesen jungen amerikanischen Marinesoldaten als seinen Schüler auserwählt hatte. Er begann mit einer dünnen, hohen, zugleich schrillen und vergeistigt wirkenden Stimme zu sprechen.

»Bald wird das Mittlere Reich nur noch dem Namen nach ein Reich sein, es wird ein Volk beherbergen ohne die Souveränität, die einem Volk gebührt. Die Blumen der vier Jahreszeiten welken, sie lassen ihre Blütenköpfe hängen, und bald werden sie fallen als hätte ein heftiger Sommerwind sie mitgerissen. Aber der Wind, den wir nicht zu zähmen wissen, wird nicht die Ursache sein. Es sind die Fremden, die aus aller Welt zu uns drängen, die sich in unseren Häfen niederlassen, die unsere größten Städte regieren, die unsere Töchter entehren, die giftige Drogen ins Land bringen und uns demütigen in unserer eigenen Heimat. Sie sind es, die uns das Blut aus den Adern saugen und das Mark aus den Knochen, sie lassen die Blumen welken und sterben. Die Erde Chinas ist vertrocknet und erschöpft, sie wartet nur auf den Wind, der sie verweht.«

Nachdenkliches Schweigen, das nur vom gelegentlichen trockenen Husten der Alten unterbrochen wurde. Der Abt fuhr fort.

»Unsere Führer liegen im Streit, die Kriegsherren und die Politiker zerreißen das Land von innen her. Wer wird uns retten, wer wird den Fremden aus unserer Heimat vertreiben?« Obwohl er keine Antwort erwartete, machte er eine Pause. »Wer wird uns erretten? Nur der, der das Zeichen trägt. Ein Zeichen des Himmels. Einem Mann unter unseren Millionen wurde es verliehen – ein so machtvolles Zeichen, dass seine Mutter niemandem davon erzählt hat vor Angst, ihr Erstgeborener könnte von den Bütteln der fremden Eindringlinge ermordet werden. Aber jetzt ist die Zeit gekommen, das Zeichen zu enthüllen, den Leitstern unserer Hoffnungen der Welt zu zeigen.«

Bei diesen Worten deutete er zur Seite, wo zwei Mönche erschienen, die einen Mann in ihrer Mitte geleiteten. Sie wandten den ihnen Anvertrauten der verehrungsvollen Menge zu und zogen sich wieder zurück. Der Mann war mittelgroß, von unbestimmtem Alter, und er hatte weder den Schnurrbart noch das Ziegenbärtchen eines Mandarins. Stumm stand er da, das Gesicht der Menge zugewandt. In seiner blauen Arbeiterkluft aus Baumwolljacke und Hose wirkte er wie ein Fremdkörper; er hätte ein Diener, ein Koch, vielleicht ein Monteur aus dem nahe gelegenen Bahnbetriebswerk sein können, der irrtümlich hier hereingeschneit war, ein Mann von der Straße inmitten all des Pomps. Er bewegte kein Glied, er sprach kein Wort. Jetzt flüsterte der Abt ihm etwas ins Ohr. Ohne sich zu erklären, löste der Mann die Bänder, die seine einfache Baumwolljacke zusammenhielten, und entblößte eine weiße Brust von fast weiblicher Fülle. Der Anblick wabbelnder Brüste an einem Mann löste bei Joseph die typisch westliche Reaktion aus: Unbehagen. Dann machte er sich bewusst, dass in China volle Brüste bei einem Mann von jeher als Glück verheißendes Zeichen galten. Der Begründer der Zhou-Dynastie wurde sogar mit vier Brüsten dargestellt – ein besonders gutes Omen. Nun begann der Mann sich langsam umzudrehen, bis er schließlich dem Publikum seinen Rücken zuwandte. Auf ein Wort des Abtes hin ließ er seine Jacke gänzlich von den Schultern gleiten, bis sie zu Boden fiel. Die Menge begriff sofort. Mit einem kollektiven Luftschnappen, das aufrauschte wie ein Wind, sahen sie das riesige, purpurfarbene Mal auf dem Rücken des Mannes. Es erstreckte sich von Schulter zu Schulter und vom Halsansatz bis zur Hüfte. Ein Muttermal von ungewöhnlichen Ausmaßen, in bläulichem Purpur, fast exakt so geformt wie der Umriss von China. Von der Mongolei im Norden bis nach Kanton im Süden, von der Mandschurei im Osten bis zu den Bergen Tibets im Westen, ein festgefügtes, Fledermausflügel ausbreitendes Reich.

»Einst waren wir groß«, schrie der alte Abt, »jetzt sind wir wie Zwerge, wir sind die Speichellecker der westlichen Mächte.«

Der Weichling von Mann reckte seine rechte Faust empor. Die Menge erkannte das trotzige Symbol des Boxeraufstands und rief: »Fremdlinge raus aus dem Mittleren Reich!« Die draußen Wartenden nahmen den Ruf auf und gaben ihn wie ein Echo zurück. Abermals brüllte die Menge im Tempel: »Fremdlinge raus aus dem Mittleren Reich!«, und wieder erscholl draußen das Echo. Der Abt verfolgte dieses gegenseitige Sich-Aufschaukeln der Chöre mit unverhohlener Befriedigung. Dann gab er dem Mann eine neue Anweisung, worauf dieser sich langsam drehte, bis sein Gesicht wieder der Gemeinde zugewandt war. Selbst aus der Ferne erkannten Joseph und die Umstehenden die milchig blauen Augäpfel und das unbestimmte, leicht blöde wirkende Lächeln, das man oft bei Blinden antrifft. Doch als der Mann die Augen niederschlug, verstummte jeder Lärm, es trat völlige Stille ein. Joseph war verblüfft, dass dieses unschuldige, kaum konturierte Gesicht mit seinem verlegenen Lächeln in der Lage war, eine so starke Wirkung auf die Menschenmasse auszuüben. Aber natürlich begriffen die, die hier zusammengekommen waren, sofort, dass ihnen ein fleischgewordenes Symbol präsentiert wurde, ein Symbol, in dessen Zeichen sie sich sammeln konnten, um die fremden Teufel aus dem Land zu jagen und ihr Geburtsrecht zu behaupten. Inmitten des verehrungsvollen Schweigens führte der Abt den Mann in das Dunkel hinter den vergoldeten Buddhas, den flackernden Kerzen, dem brennenden Räucherwerk. Die Menge, die nicht mehr passiv und nicht mehr fröhlich war, drängte aus dem Tempel ins Tageslicht hinaus. Entschlossen reckten sie das Kinn, und ihre Augen leuchteten: Sie waren bereit, die Botschaft des Mannes, der China auf seinem Rücken trug, bis in die fernsten Winkel des Landes zu verbreiten.

Joseph wurde mit dem Strom der Pilger ins Freie gespült, und als er den Blick hob, sah er, dass um den bei den Weiden geparkten Buick bereits ein gefährliches Gedränge entstanden war. Während er sich einen Weg durch die pöbelnde Menge bahnte, begann eine Gruppe von Männern bereits, den Wagen hin und her zu schaukeln; andere bückten sich nach Steinen, um damit die Windschutzscheibe zu zertrümmern. Als Joseph endlich bei dem Buick ankam, sah er, wie Boudreau und Steele im Inneren herumgeschleudert wurden. Joseph setzte einen Mann, der gerade die Tür zu öffnen versuchte, mit einem kraftvollen Fußtritt außer Gefecht und rammte einem anderen seinen Ellenbogen so heftig ins Gesicht, dass seine Nasenlöcher gen Himmel zeigten. Adrenalin schoss ihm ins Blut, aber er wusste, dass er gegen diesen Mob auf verlorenem Posten war, und so änderte er seine Taktik. Seinen Hut und die Sonnenbrille hat er im Handgemenge eingebüßt, war jetzt für alle als einer der verfluchten Fremdlinge zu erkennen. Aber er hielt stand. Den buddhistischen Rosenkranz in der Hand, begann er in lautem und fehlerfreiem Mandarin ein Mantra gegen Gewalttätigkeit zu rezitieren. Eine glückliche Eingebung ließ ihn den Ärmel hochkrempeln, um der Menge mit hochgerecktem Arm das eintätowierte Buddha-Ideogramm zu zeigen. Die zunächst Stehenden rissen die Augen auf angesichts dieses fremden Teufels, der so wohlklingend ein Mantra aufzusagen wusste. Joseph nutzte die Atempause zu einer Erklärung.

»Sie wollen euch nichts Böses. Sie haben ebenfalls von der Weisheit des Abtes gehört, es aber nicht gewagt, den Tempel zu betreten.«

Er legte seine zu Fäusten geballten Hände in der traditionellen Weise aneinander, verbeugte sich höflich vor der Menge und stieg in den Fond des Wagens ein. Sofort wandte er sich an Commander Steele.

»Commander, bringen Sie uns hier raus.« Als Steele den Motor aufheulen ließ, warnte Joseph: »Immer schön langsam. Die sollen auf keinen Fall denken, dass wir die Flucht ergreifen.«

Steele nahm Gas weg und lenkte den Wagen durch schmutzige Gassen, an deren Rändern sich zumeist Kioske drängten, die Andachtsartikel und Erinnerungsstücke an das Kloster feilboten.

»Herr im Himmel, Krasinski, wo kommen Sie denn her?«, fragte Steele.

Boudreau fiel ein: »Die hätten uns an der Rahnock aufge-knüpft.«

Vorsichtig setzten sie ihren Weg fort, kamen an Imbiss-buden vorbei, in denen Nudeln oder Teigbällchen angebo-ten wurden, und ließen Zing Shen schließlich hinter sich. Sie fuhren etwa zwanzig Kilometer weit, bis sie ein altes Gast-haus erreichten, wo sie sich bei mehreren Bechern *Sam Shu,* einem gewöhnungsbedürftigen Getränk aus fermentierter Hirse, von dem Schrecken erholten.

EINE OFFIZIELLE ANGELEGENHEIT

Während die drei Amerikaner sich Nudeln und Kaldaunen in einer kräftigen Brühe einverleibten, entspann sich im Stabs-quartier des Wachbataillons eine *Démarche* mit internationa-len Implikationen. Es begann mit der Ankunft eines blank polierten schwarzen Packard mit aufgepflanztem Stander auf dem linken Kotflügel, auf dem der blutrote Klops der Flag-ge der kaiserlich japanischen Armee prangte. Schütze Oskar Schmitt, der an der Militäreinfahrt Dienst schob, sah den Wa-gen als Erster und salutierte, als er die darin sitzenden japa-nischen Offiziere erkannte. Der Packard wurde von einem einfachen Soldaten gefahren, auf den Rücksitzen waren ein Oberstleutnant und ein Hauptmann in ihren braunen Uni-formen, komplett mit Samuraischwertern, zu erkennen.

Der Hauptmann kurbelte sein Fenster herunter und sagte in passablem Englisch: »Kaiserlich japanische Armeede-legation zur Vorsprache beim befehlshabenden Offizier des Marine Corps. Eine offizielle Angelegenheit.«

Schmitt kurbelte an seinem Telefonapparat und wartete, bis sich der Spieß meldete. Schließlich erklang eine barsche, irische Stimme. »First Sergeant McGrath. Ich höre.«

»Melde gehorsamst, hier ist ein Wagen voller Japs-Offiziere mit Schwertern und allem, wollen den Alten sprechen.«

Die Stimme wurde milder. »Hör zu, Junge. Du gehst sofort raus und präsentierst das Gewehr, ein paarmal hintereinander. Ich brauche Zeit, um den Colonel vorzubereiten. Ich schicke eine Eskorte rüber, die sie herbringt.«

Der First Sergeant wechselte über den Flur zum Zimmer des Colonels, klopfte zweimal und trat dann ein. Colonel William, früher Wilhelm, Schwerin vom United States Marine Corps hob den Blick angesichts solch ungehörigen Benehmens und sah die Sorgenfalten im Gesicht des Wachhabenden.

»Colonel«, sagte der First Sergeant, »draußen sind Japs-Offiziere in vollem Lametta, sie wollen den Colonel sprechen.«

Der Colonel nahm seine Stiefel aus Corduanleder vom Schreibtisch und zog den Stoffgürtel an seinen Breeches stramm. »Geben Sie mir Zeit, meine Uniformjacke anzulegen. Was zum Teufel ist eigentlich los?«

Der First Sergeant machte, dass er rauskam. Er sah, dass der Durchgang von Freiwächtern und Schreibkräften blockiert war. Hinten öffnete sich bereits die Tür, und die Japaner kamen herein, ihre Schwerter in der Hand. Der First Sergeant drückte sich mit dem Rücken gegen die Täfelung und brüllte: »Offiziere auf dem Deck, Schotten frei!« Die Rekruten pressten sich an die Wand und machten Platz für die erstaunten Japaner. Der First Sergeant klopfte abermals und geleitete sie in das Dienstzimmer von Colonel Schwerin.

Die Japaner hatten wahrscheinlich einen hageren Yankee

erwartet und waren verblüfft, statt dessen einen breitschultrigen Preußen mit strenger Miene und Bürstenschnitt zu sehen, der sie weit überragte. Colonel Schwerin deutete auf die ungepolsterten Behördensessel, aber die Japaner zogen es vor, stehen zu bleiben. Der Colonel begriff, dass sie damit etwas sagen wollten, und er verfluchte im Stillen seinen Geheimdienstmann, Major Boudreau, weil er ausgerechnet an diesem Tag auf die hirnrissige Idee gekommen war, diesen buddhistischen Tempel zu besuchen.

»Meine Herren«, sagte er. »Eine Tasse Kaffee? Mare Island ist der beste«, womit er auf den Navy-Standort anspielte, wo die Bohnen geröstet wurden. Die Japaner lehnten ab. Es muss sich um was Ernstes handeln, dachte der Colonel.

Auf eine Geste des japanischen Oberstleutnants hin ergriff dessen jüngerer Kollege das Wort.

»Wir fordern Disziplinarmaßnahmen gegen Angehörigen von Marines der Major Kitagawa von Kaiserlich-japanische Armee hat zugefügt ernste Verletzungen.«

Wortwahl und Tonfall dieser Einlassung kamen bei Colonel Schwerin nicht gut an. Er war ein Nachfahre von preußischen Landjunkern, die gegen Polen, Dänen und Franzosen gekämpft hatten. Sie waren Aristokraten, diese Landjunker, und sie lebten auf prächtigen Landgütern, aber sie waren sich nicht zu schade gewesen, auf ihren säuberlich gepflegten Feldern selbst neben ihrer Dienerschaft zu arbeiten.

»Hauptmann, Sie befinden sich in meinem Dienstzimmer und haben hier nichts zu fordern. Bestenfalls können Sie um etwas ersuchen. Aber erst, wenn ich Einzelheiten erfahre und die Sache selbst untersucht habe.« Ein Augenblick eisigen Schweigens folgte. Im Gefühl, verstanden worden zu sein, schlug Schwerin einen milderen Ton an. »Also gut, Sie haben das Wort.«

Der japanische Offizier setzte erneut an. »Am 28. März 1931 im Restaurant Kasachischer Palast hat betrunkener Soldat von U. S.-Marines in Zivil Major Kitagawa angegriffen ohne Grund. Hat ihm ausgerenkt Schulter und gebrochen Arm zweimal.«

Bei diesen Worten zog er einen braunen Umschlag hervor, der ein Röntgenbild und einen Arztbericht vom Peking Union Medical College enthielt, worin Kitagawas Verletzungen bestätigt wurden.

Colonel Schwerin empfand klammheimlichen Stolz auf seine Leute, wusste er doch, wie gut die meisten japanischen Offiziere in ihren Selbstverteidigungskünsten ausgebildet waren.

»Wenn es sich bei dem Mann um einen mir unterstellten Marinesoldaten handelt und wenn ich mich von seinem schuldhaften Verhalten überzeugt habe, nehme ich mir den Mann zur Brust, und er kann unsere Arrestzelle eine Weile von innen studieren.«

Der japanische Offizier redete hektisch auf seinen Vorgesetzten ein. Die Antwort kam in hartem Stakkato. Der Hauptmann nickte und übersetzte. »Ist nicht ausreichend für japanische Armee. Wir fordern …« Er verbesserte sich: »Es muss geben ein Standgericht mit internationale Presse dabei.«

Colonel Schwerin hatte genug gehört. Er richtete sich zu seiner eindrucksvollen Größe von eins fünfundachtzig auf und öffnete die Tür. »Meine Herren, ich danke für Ihren Besuch. Mein Schreiber wird Sie nun zu Ihrem Wagen begleiten.« Die Japaner empfahlen sich ohne weitere Höflichkeitsfloskeln.

Colonel Schwerin legte seinen Sam-Browne-Gürtel ab und hängte seine grüne Uniformjacke auf einen Kleiderbügel. Er zündete sich eine Zigarre an und paffte, bis der graue Rauch des Sumatratabaks den ganzen Raum eingenebelt hatte. Er griff nach dem Telefonhörer. »First Sergeant«, sagte er. »Bringen Sie mir die Urlaubsliste für den 28. März.«

... EIN STARKES GEFÜHL
IN VEGETARISCHEM STIL ...
– *Gilbert*, Patience, 1. Akt, 1881

Der große Tempel von Zing Shen lag im Dunkeln. Ein feiner Sprühregen schwebte in der Luft, und in den Pfützen auf den Pflasterplatten und auf dem schimmernden Ziegeldach spiegelte sich ein verwaschener Mond.

Der weite Innenhof war übersät mit den Hinterlassenschaften der Pilger, geleerten Pflaumentüten, Schalen von Sonnenblumenkernen, Zigarettenstummeln, Papierfetzen. Am Morgen würde eine Putzkolonne von Mönchen die Strohbesen schwingen und das Tempelgelände wieder in einen makellosen Ansichtskartenzustand versetzen. Jetzt aber war, abgesehen von ein paar flackernden Opferkerzen im Tempel und einer vorbeihuschenden Ratte, kein Zeichen des Lebens zu entdecken.

Anders in einem wohnlich ausgestatteten Raum im Klostertrakt, der an den Tempel des strahlenden Lichts anschloss. Dort saßen der asketische Abt und der blinde Mann mit dem landkartenförmigen Mal an einem Tisch mit vielen Schüsseln. Da gab es gekühlten Bohnenquark mit Tarowurzeln, mit Pilzen und Kohlröschen, verschiedene Gemüse, Wintermelonenmus, eine Platte mit der vegetarischen Nachbildung einer Ente. Das Kloster befolgte die Tradition des frühen

Buddhismus und ließ es nicht zu, dass das Fleisch geschlachteter Tiere die Mahlzeit entweihte. Der Abt aß nur wenig, doch die Essstäbchen des Blinden pickten zielsicher wie ein Kranich, der Frösche aus einem Teich fischt, in die verschiedenen Schälchen. Der Abt beobachtete den Mann mit sichtlichem Missvergnügen.

»Du wirst fett«, sagte der Abt. »Lass die Stäbchen eine Weile liegen. In deinem Gesicht ist kein Leiden mehr. Du siehst so zufrieden aus wie ein diebischer Eunuch. Die Gläubigen gewinnen einen falschen Eindruck.«

Statt einer Antwort schnappte sich der Mann mit dem Mal ein Stück der vegetarischen Ente von der Platte und führte es zu seinem Mund.

Der Abt schluckte seine wachsende Verärgerung hinunter und versuchte es anders. »Schau her, die Dinge entwickeln sich ganz vorzüglich. Die Kollekte hat heute ein großartiges Ergebnis gebracht. Die Zeitungen in Peking und Shanghai berichten über uns, und die fremden Teufel beginnen uns ernst zu nehmen. Sie haben heute Beobachter geschickt.«

Der Blinde tastete nach seiner Tasse mit *Kao liang.* »Ich will eine Frau.«

»Du hattest erst vorige Woche zwei«, sagte der Abt.

»Die eine hatte schwielige Hände. Und die andere muss mindestens drei Kinder geboren haben. Ihr glaubt, weil ich blind bin, bemerke ich solche Dinge nicht. Aber wenn es um Frauen geht, sind wir Blinden oft aufmerksamer als die, die sehen können.«

Es kostete den Abt Mühe, ruhig zu bleiben. »Also, was willst du?«

»Junge Frauen. Pfirsichhaut, feucht von Jadewasser. Nicht auf den Kopf gefallen. In den billigen Schenken werdet Ihr sie nicht finden. Aber wenn sie erfahren, dass es für den Mann mit dem Mal ist, dann kommen sie. Selbst Schauspielerinnen, teure Singsangmädchen.«

»Vielleicht hast du Recht«, sagte der Abt.

»Lasst mich nicht warten«, sagte der Mann mit dem Mal. »Ich bin im Tempel am besten, wenn ich weiß, dass in meinem Bett etwas auf mich wartet.« Er richtete seine blauen Augäpfel auf den Abt, um seinen Worten Nachdruck zu verleihen.

Etwa zur gleichen Zeit hielt der Buick vor dem roten Backsteinhaus, in dem sich die Wohnung von Natalia Petrowna befand, und Joseph stieg aus. Major Boudreau kurbelte das Fenster auf der Beifahrerseite hinunter.

»Gute Nacht, Krasinski. Und danke, dass Sie uns von diesem Tempel weggebracht haben.«

Ehe Joseph etwas erwidern konnte, fuhr der Buick an und war bald in der Nacht verschwunden.

»Ein richtiges Schmuckstück, diese Russin, bei der Ihr Marine da untergeschlüpft ist«, bemerkte Steele. »Sie arbeitet in dem Reisebüro im Hotel du Nord. Würde meine Pantoffeln auch ganz gerne unter ihrem Bett abstellen.«

Boudreau zog es vor, die schlüpfrige Anspielung zu ignorieren. »Ich sehe diese Frauen eigentlich nur, wenn meine Männer zu mir kommen und um Heiratserlaubnis ansuchen. Dann hören sie von mir den alten Spruch: ›Wenn das Marine Corps wollte, dass Sie eine Frau haben, dann hätten wir Sie auch mit einer ausgerüstet.‹« Boudreau wusste, dass dieser Scherz einen Bart hatte, aber er wollte Vertraulichkeiten mit Steele unter allen Umständen vermeiden.

DIE KLAGE IST ERHOBEN,
ANWÄLTE STEHN BEREIT.
DIE RICHTER WARTEN –
WELCH EIN SCHAUSPIEL!
– *John Gay*, Die Bettleroper, *1728*

Joseph und Natalia saßen in ihrer schmucken kleinen Wohnung, nippten an dem kochend heißen Tee aus ihrem Samowar und schmiedeten Pläne für die Zukunft. Zur gleichen Zeit fand auf dem Gelände der Gesandtschaft der Vereinigten Staaten eine Besprechung statt, die der amerikanische Botschafter anberaumt hatte. Anwesend waren Konteradmiral McNair, Colonel Schwerin, Commander Steele und Major Boudreau. Ein gewandter junger Fähnrich zur See namens Kendrick Bellamy saß an der Schmalseite des Konferenztischs aus Regierungsbeständen und führte Protokoll. Was er zu protokollieren hatte, war kurz, knapp und auf den Punkt gebracht. Der Admiral selbst zählte die Punkte herunter. Die Japaner waren in dem großen Krieg, der der letzte aller Kriege sein würde, unsere Verbündeten gewesen. Sie hatten sich bereits beim Boxeraufstand auf die Seite der westlichen Mächte gestellt und gegen die chinesischen Rebellen gekämpft. Ähnlicher Aufruhr braute sich jetzt wieder zusammen – Commander Steele und Major Boudreau hatten mit eigenen Augen gesehen, wie dieser Erhabene Meister friedliche Chinesen aufzuputschen verstand. Solche Unruhen, geschürt von Fremdenhass und dem Gefühl, ungerecht behandelt zu werden, sind schwer unter Kontrolle zu bringen, sobald sie einmal ausgebrochen sind. Die USA würden womöglich auf japanische Hilfe angewiesen sein, um einen neuen Boxeraufstand niederzuschlagen. Die Briten hatten jetzt ihre eigenen Probleme. In Indien hatte dieser in Windeln gehüllte Ma-

hatma Gandhi eine Kampagne des zivilen Ungehorsams los-
getreten. Die Briten brauchten zusätzliche Truppen, tausende
von Mann, um die Ordnung aufrechtzuerhalten. Die Franzosen waren bis in alle Ewigkeit mit dem Friedenstiften in
Nordafrika beschäftigt, und Deutschland, das den Krieg verloren hatte, spielte im Konzert der Kolonialmächte nicht
mehr mit. Das State Department würde darauf bestehen,
dass man die Japaner mit Samthandschuhen anfasste. Und
bei Gott, genau das würde er machen. Und kein rauflustiger
Marinesoldat würde ihm in die Quere kommen. Der Admiral
tat so, als würde er die bebenden Nasenflügel von Colonel
Schwerin und Major Boudreau nicht bemerken.

»Dieser, dieser …«, der Admiral spähte in eine Liste »…
Krasinski soll degradiert werden, und dann schicken Sie ihn
in die Staaten zurück.«

»Ich fürchte, das wird die Japaner nicht zufrieden stellen«,
sagte Colonel Schwerin. »Sie wollen irgendein öffentliches
Spektakel vor versammelter Presse.«

»Dann schmeißt ihn vor Publikum zum Haupttor raus,
so wie man das früher gemacht hat«, schlug der Admiral vor.
»Damit werden diese Japse doch zufrieden sein.«

»Wenn mir der Herr Admiral und der Colonel eine Bemerkung gestatten«, schaltete sich Boudreau in seinem honig-
süßen, um Verbindlichkeit bemühten Südstaatentonfall ein.
»Der Gefreite Krasinski ist kein Raufbold. Er wird in Kürze
seine zweite Dienstzeit als Freiwilliger abgeleistet haben und
ich beabsichtige, ihn zum Corporal zu befördern.«

Die anderen Offiziere lächelten nachsichtig. Was Boudreau
hier zur Verteidigung seines Mannes vorbrachte, war das Mi-
nimum, das von einem Offizier der Marines erwartet wurde.
Der Admiral griff schon nach einem gelben Stift, aber Boudreau setzte auf eigenes Risiko noch eins drauf.

»Krasinski ist eine Bereicherung für die Truppe. Er spricht fließend Mandarin und Russisch, die beiden Sprachen, die in Nordchina unentbehrlich sind. Außerdem beherrscht er Polnisch, und abgesehen von unserem First Sergeant dürfte er der Einzige im Wachbataillon sein, der sich grammatisch korrekt und ohne Orthographiefehler schriftlich ausdrücken kann. Dank der Nonnen, bei denen er zur Schule gegangen ist.«

Diese Neuigkeit ließ den Gang der Dinge stocken. Colonel Schwerin nützte die Gelegenheit, um sich an den Fähnrich zu wenden. »Mr. Bellamy, sagen Sie dem UvD, er soll den First Sergeant aus der Falle holen. Wir brauchen ihn hier, *kwai kwai.*« Als der junge Marineoffizier ratlos blickte, bellte Schwerin genervt: »Zack, zack. Auf der Stelle, wenn ich bitten darf.«

Der Admiral, unter akutem Nikotinmangel leidend, verkündete großmütig: »Meine Herren, Raucherlaubnis ist erteilt.« Sofort wurden Camels, Chesterfields und Lucky Strikes in ihren vielfarbigen Schachteln hervorgezogen. Die Offiziere steckten sich ihre Glimmstängel an, und die Stimmung entspannte sich.

Der First Sergeant hatte sich in aller Eile angekleidet; der Krawattenknoten saß schief, und die Nadel unter seinem Kragen war nur an einer Seite festgesteckt. Seine wohlbeleibte Gestalt nahm Haltung an, worauf Colonel Schwerin das Wort ergriff.

»First Sergeant, Sie haben Krasinskis Bericht über die Vorfälle im Kasachischen Palast entgegengenommen. Erzählen Sie. Und stehen Sie bequem«, fügte er nach einer kurzen Pause hinzu.

Dies versetzte den rotgesichtigen Iren in die Lage, ein mit einem Eselsohr verziertes Blatt Papier hervorzuziehen und die

Uniformtaschen nach seiner Lesebrille abzuklopfen. Die Suche war zum Scheitern verurteilt, lag die Brille doch auf einem alten Heft von *Popular Mechanics* in seinem Quartier. Angesichts des Bandes, das ihr Dienstalter zwischen ihnen knüpfte, konnte sich der First Sergeant aber ebenso wie der Colonel darauf verlassen, dass keiner den anderen bloßstellte.

Schließlich sagte der Colonel mit ungewohnter Milde: »Schon gut, Spieß. Die Highlights genügen.«

First Sergeant McGrath räusperte sich und verfiel ins Amtliche, das jedoch durch einen leichten irischen Zungenschlag aufgehellt wurde. »Am 28. März 1931 um zirka neunzehn null null Uhr betrat der Gefreite Joseph Krasinski vom United States Marine Corps, derzeit stationiert beim Stabsquartier des Wachbataillons an der hiesigen Gesandtschaft, das Restaurant Kasachischer Palast in der Wing-On-Straße. Krasinski befand sich in Begleitung einer gewissen Natalia Petrowna, einer jungen Frau von untadeligem Ruf.«

Der Admiral unterbrach. »First Sergeant, ihre persönlichen Werturteile, seien sie zustimmend oder ablehnend, gehören nicht hierher. Fahren Sie fort.«

Durch den Zwischenruf aufgestachelt, ließ McGrath es sich nicht nehmen, auch Krasinski ein Unbedenklichkeitszeugnis auszustellen: »Der Gefreite Krasinski befand sich auf der Urlaubsliste, sodass ihm keine unerlaubte Entfernung von der Truppe vorgeworfen werden kann.«

Der Admiral hob seinen Stift, überlegte es sich anders und ließ ihn wieder sinken.

McGrath setzte seinen Bericht fort. »Krasinski und zwei weitere Männer seines Kommandos, ebenfalls in Damenbegleitung, hatten gerade das Schaschlik bestellt, das als Spezialität des Kasachischen Palasts gilt, als Natalia Petrowna sich vom Tisch entfernte, um die Toilette aufzusuchen. Corporal

Frank Brogan bemerkte, dass sich wenige Sekunden später ein Japaner an einem Nebentisch erhob. Er maß dem keine weitere Bedeutung bei, bis ein Kellner an den Tisch kam, der laut rief: ›Lai, kwai kwai, Missy Natalia‹, wobei er in Richtung der Toiletten deutete. Krasinski, Brogan und der Gefreite Dulio eilten zu den Waschräumen, von wo sie bereits Miss Petrownas Hilfeschreie hinter einer geschlossenen Tür vernehmen konnten.« First Sergeant McGrath setzte eine Pause. Ferner Nachfahre gälischer Poeten, der er mutmaßlich war, wusste er genau, dass sein Publikum jetzt an seinen Lippen hing. Nach einem Moment des Schweigens fuhr er, die Stimme spannungsfördernd erhoben, fort. »Krasinski brach die Tür auf. Die Männer sahen einen Japaner, der Miss Petrowna, deren Bluse bereits zerrissen war, seine unerwünschten Zärtlichkeiten aufzudrängen versuchte. Brogan und Dulio können diesen Sachverhalt bezeugen. Krasinski riss den Mann von Miss Petrowna los und setzte so viel Kraft ein, wie erforderlich war, um ihn zu überwältigen. Der Mann scheint dabei einige Verletzungen davongetragen zu haben.«

McGrath blickte, stumm um Zustimmung heischend, zu Colonel Schwerin. Dieser ergriff das Wort. »Wenn der Admiral keine weiteren Fragen hat, können Sie in Ihr Quartier zurückkehren.«

Der Admiral signalisierte, dass er genug gehört hatte. Boudreau fand, dass die Verteidigung gut aufgestellt war, und bekräftigte: »Knapp und sachlich, vielen Dank, First Sergeant.«

Boudreau richtete den Blick auf Commander Steele und hob die Augenbrauen, um seinen Jahrgangskameraden zu einer beipflichtenden Bemerkung zu nötigen. Doch der Seeoffizier dachte an seine Beförderungsaussichten und blieb stumm.

Admiral McNair wartete, bis der Sergeant den Raum verlassen hatte. Anders als die meisten Flaggoffiziere hatte er nicht sonderlich viel für die Marines übrig. Er hatte noch auf den alten Linienschiffen mit Kohlekesseln gedient und sah in den Marines wenig mehr als Ordonnanzen für die Offiziere, ungewöhnlich kostümierte Pagen, die vor lauter Drill und Exerzieren zu nichts zu gebrauchen waren. Er verabscheute ihre Arroganz, die Tatsache, dass sie auf dem Schiff machen konnten, was sie wollten, während sich die Mannschaften nur auf ihren Stationen aufhalten durften. Dass sie traditionell die 12,5-cm-Geschütze an Backbord bemannten, konnte auch nichts retten – das hätten die Artilleriemaate der Schiffsbesatzung genauso gut übernehmen können. Ihm missfiel auch der elitäre Dünkel, den er beim Offizierskorps der Marines zu beobachten glaubte, während sie sich gegenüber den Rekruten als Gleiche unter Gleichen gaben. Kurz gesagt, der Admiral konnte nichts mit ihnen anfangen. Er war ein alter Seebär, und das moderne Konzept einer Marine, die über eigene Teilstreitkräfte zu Lande und in der Luft verfügte, ging über seinen Horizont. Aber man musste ihm zugute halten, dass er seine Entscheidung gleichwohl ohne Ressentiment fällte. Er ließ sich von den Anweisungen des State Departments leiten, dem es darauf ankam, den Vereinigten Staaten unnötige Konflikte mit befreundeten Nationen zu ersparen. Wenn man zu diesem Zweck einen jungen Marine mit polnischem Namen auf die Zehenspitzen treten musste, so sollte das seine Sorge nicht sein.

»Meine Herren«, begann der Admiral. »Wir haben es mit einer Neuauflage des Boxeraufstands zu tun. Die Chinesen, egal ob Kommunisten oder Nationalisten, wollen uns aus ihrem Land vertreiben. Die Japaner bestehen auf ihren exterritorialen Sonderrechten, genau wie wir. Sie haben eine mächtige Flotte und eine schlagkräftige Armee. Wir werden sie vielleicht als Verbündete brauchen.« Er spähte abermals in das

Papier, das er vor sich hatte. »Dieser, dieser … Krasnitzki soll aus dem Marine Corps entfernt werden. In einer öffentlichen Zeremonie. Setzen Sie eine Ihrer Paraden an. Das ist es doch, was ihr Marines am besten könnt. Guten Morgen.«

Mr. Bellamy sprang auf, um dem Admiral die Tür zu öffnen. Er ging hinaus, ohne sich noch einmal umzublicken, Commander Steele in seinem Kielwasser. Colonel Schwerin und Major Boudreau sahen sich an, gestanden sich mit einem stummen Blick die Niederlage ein.

Es war Schwerin, der schließlich etwas sagte. »Gehen wir runter ins Kasino auf einen Kaffee. Den können wir brauchen, wenn wir überlegen, auf welche Weise wir diesen armen Polacken zur Schnecke machen.«

Eine chinesische Feuerwehrübung

Es war halb fünf am Morgen, als der Sergeant im Offizierskasino seinem Colonel und dem Major servierte. Und es war fünf, als die alte *Naima* Joseph Krasinski weckte. »Raus aus der Falle, aber flott«, krächzte sie.

Sanft versuchte Joseph, sich aus Natalias um seine Hüfte geschlungenem Arm zu befreien. Aber sie hielt ihn fest und flüsterte in sein Ohr: »Du hast mich so glücklich gemacht Joseph. Ich habe so ein Gefühl noch nie erlebt. Ich könnte weinen.«

»*Duschinka*«, sagte er, »Liebste, du darfst mir jedes Wort glauben. Aber wenn du mich jetzt nicht loslässt, komme ich zu spät zum ›Frischer-Wind-im-Spind‹-Appell, und dann kann ich meine Beförderung zum Unteroffizier vergessen.«

Er wälzte sich aus dem Bett, zog die Decke wieder fürsorglich unter ihr Kinn hoch und drückte ihr ein keusches Küsschen auf – ein richtiger Kuss, befürchtete er, hätte dazu geführt, dass er nicht rechtzeitig zum Stubenappell in die Gesandtschaft gekommen wäre.

Sie hörte, wie er seine morgendlichen Rituale im Badezimmer absolvierte, stellte sich vor, wie er seine grüne Dienstuniform und den Mantel anzog, hörte ihn in den Flur hinausstürmen und vernahm das eilige »Zai jian«, mit dem er sich von ihrer Amah verabschiedete. Sie fühlte sich so glücklich, weil Joseph ihr in dieser Nacht die Ehe angetragen hatte. Er hatte erzählt, dass seine bevorstehende Beförderung wahrscheinlich zur Folge hätte, dass Major Boudreau seinem Antrag auf Erlaubnis zur Eheschließung stattgab, und mit dem höheren Sold wären sie in der Lage, ihr bescheidenes Leben in Peking ein wenig angenehmer zu gestalten. Und sobald er seine Dienstzeit abgeleistet hatte, würde er mit ihr ins Zivilleben zurückkehren, nach Chicago, um genau zu sein, wo sie sich eine bürgerliche Existenz aufbauen konnten. Sein Vater, der noch immer ein polnischer Patriot war, würde sie am Anfang sicher unterstützen, auch wenn seine Schwiegertochter eine Russin sei, hatte Joseph gewitzelt. Natalia genoss die wohlige Wärme ihres Bettes und noch mehr genoss sie die Vorstellung, bald nicht mehr das Leben einer Weißrussin im chinesischen Exil führen zu müssen. Sie war realistisch genug, zu wissen, dass eine Hochzeit mit einem Corporal der Marines keinen großen sozialen Aufstieg bedeutete; aber sie würde sie wenigstens von dem Fluch befreien, ein geduldeter russischer Flüchtling zu sein, was im Fall einer Frau auf eine beschönigende Umschreibung für jemanden hinauslief, der sich aushalten ließ oder in einer Bar animierte oder auf noch Schlimmeres angewiesen war. Zu dem Zeitpunkt, da die Naima ihr die erste Tasse Morgentee servierte und sie sich ihre erste Chesterfield-Zigarette ansteckte, war der Gefreite Joseph Krasinski vom United States Marine Corps bereits vom UvD in Arrest genommen und in den Zellentrakt des Botschaftsgebäudes abgeführt worden.

Zu seinem Glück konnte Joseph Krasinski sich auf die Rechte berufen, die ihm nach den Dienstanweisungen der U.S.-Navy, bei der Flotte bekannt als »Klippen und Untiefen«, zustanden. Dort war verbrieft, dass die Laune eines Admirals niemals ausreichen konnte, ihn aus den Reihen der Marines auszustoßen. Ein ordnungsgemäß einberufenes Verfahren »auf Deck«, vor einem Standgericht, war erforderlich, in dem er von unparteiischen Richtern gehört und von einem Verteidiger vertreten wurde.

Zu seinem Unglück erwies sich das ordnungsgemäße Standgerichtsverfahren für Joseph Krasinski als wenig hilfreich. Sein Verteidiger war ein junger Leutnant mit Apfelbäckchen, der frisch von der Marineakademie kam. Die Jury bestand überwiegend aus eisigen Flottenoffizieren, denen nur zwei heißblütige Marines gegenüberstanden. Als Natalia Petrowna, die als Zeugin vorgeladen worden war, gefragt wurde, ob sie sexuelle Beziehungen zu dem Angeklagten unterhielt, fixierte sie den Fragesteller mit ihren blauen Augen und rief stolz: »Ja, Sir!« Mit dieser ehrlichen Aussage hatte sie Joseph auf eine Stufe mit Ehebrechern und anderen ehrlosen Gesellen gestellt, die das Sakrament der Ehe scheuten. An ihrem eigenen guten Ruf war ohnehin nichts zu retten. Diese weißrussischen Frauen waren doch allesamt nichts weiter als Flittchen, als leichte Mädchen, die sich an jeden hängten.

Joseph Krasinski wurde, bei entsprechender Kürzung seines Wehrsolds, zum Gemeinen degradiert und zu weiterem Arrest verurteilt, bis ihn der nächste Truppentransporter in die Vereinigten Staaten zurückschaffen konnte. Vorher aber, so war es mit den Japanern vereinbart worden, sollte ein Appell auf dem Botschaftsgelände stattfinden, der den öffentlichen Rahmen für Krasinskis offizielle Degradierung abgab. Vertreter der kaiserlich japanischen Armee würden anwesend sein und ebenso Korrespondenten der Auslandspresse.

Die Zeremonie nahm einen Verlauf, für den sich in der Navy die Bezeichnung »chinesische Feuerwehrübung« eingebürgert hatte. Gemeint war damit, dass ein Unternehmen grauenhaft schief ging, sei es auf Grund nachlässiger Planung oder wegen schlampiger Ausführung oder, was häufig der Fall war, aus beiden Gründen zugleich. Die Gardekompanie, der Stolz der Gesandtschaft, präsentierte sich störrisch, lustlos und ohne die gewohnte Präzision. Die Männer mussten von schnarrenden Sergeants und Corporals zur Minna gemacht werden, ehe sie ordentlich in Reih und Glied dastanden: »Auf Abstände achten, verdammt noch mal!« »Front ausrichten!« »Brust raus und Augen geradeaus!« Die berittene Abteilung war gar nicht erst zum Appell erschienen. Nachforschungen ergaben, dass die Soldaten mit ihren mongolischen Pferden bereits um fünf Uhr früh zur Rennbahn ausgerückt waren. Der Befehl zur Teilnahme hatte sie angeblich nicht erreicht. Der kommandierende Offizier, ein glückloser Lieutenant, las den Spruch des Kriegsgerichts mit so undeutlicher Stimme vor, dass fast nichts zu verstehen war. Erst aber musste Joseph Krasinski, Gemeiner im United States Marine Corps, vortreten, um nochmals zu hören, dass er degradiert worden war – diesmal begleitet vom Klicken der Kameras und dem Zischen der Magnesiumblitzlichter. Als er in die Arrestzelle zurückgeführt wurde, begleitete ihn ein Soldat, der einen Axtstiel in der Hand hielt.

Der Dessauer Marsch

Ein paar Tage später rief Colonel Schwerin nach seinem First Sergeant. Als der rundliche Ire erschien und Haltung annahm, bedeutete ihm der Colonel mit einer Handbewegung, dass er auf die militärischen Formalitäten verzichten könne. »Genehmigen Sie sich eine Tasse Kaffee, Spieß«, sagte er, auf die Kanne auf einem Beistelltisch deutend. Sobald McGrath sich eingeschenkt hatte, winkte Schwerin ihn zu sich ans Fenster. Die beiden Männer blickten auf die »Wall Street« hinunter, die untere Begrenzung des Botschaftsviertels, in dem sich die amerikanische, die britische, die holländische und die frühere deutsche Gesandtschaft sowie die Banque de l'Indochine und die Hong Kong and Shanghai Bank befanden. Genau vor dem Kasernentrakt der Marines stand eine junge Frau, die einen Regenmantel und über dem Scheitel ihres hellblonden Haars eine elegante kleine Baskenmütze trug, geduldig im Nieselregen.

»Sie steht jeden Tag mittags und am Abend da«, sagte der Colonel. »Haben Sie eine Ahnung, wer das ist?«

»Natalia Petrowna, die Freundin von Krasinski. Seit er einsitzt, muss sie für sich selbst sorgen. Aber ihre ganze freie Zeit verbringt sie hier. Sie bekniet die Wachen am Tor, dass sie ihren Kerl mal besuchen darf.«

»Das Herz könnte einem brechen«, sagte der Colonel. Er griff nach dem Hauer eines Ebers, an den ein Zigarrenabschneider montiert war, und strich über das gelbliche Gebein. »Kennen Sie die Bar de la Gare, wo Madame Quan die Wirtin ist, diese alte vietnamesische Witwe?«

»Ich kannte ihren Ehemann ganz gut, er war Adjutant bei der französischen Kolonial-Infanterie. Hat an der Marne gekämpft, genau wie wir«, erwiderte der First Sergeant.

»Ich werde so gegen halb sieben dort sein und mir einen Dämmerschoppen gönnen. Vielleicht begegnen wir uns zufällig.«

Der Colonel zündete seine Zigarre an. First Sergeant McGrath zog sich zurück. Er wusste genau, wenn man den Duft der Sumatrazigarren des Alten auf dem Flur erschnuppern oder ihn leise den Dessauer Marsch pfeifen hören konnte, dann führte der Colonel etwas im Schilde.

Joseph saß unterdessen in seiner Arrestzelle auf dem Botschaftsgelände. Es war nicht seine Art, sich selbst zu bemitleiden oder die Schuld für sein Unglück bei anderen zu suchen. Er vermisste den geregelten Ablauf des Militärdienstes, die Gesellschaft seiner Kameraden; er bedauerte, dass aus seiner Beförderung zum Corporal nun nichts mehr werden würde. Vor allem aber sehnte er sich nach Natalia – die Trennung machte ihm erst so recht bewusst, wie sehr er sie liebte. Er hatte nicht das Gefühl, dass seine Vorgesetzten ihn im Stich gelassen hatten. Er wusste, wie es bei der Truppe zuging und nahm es hin, dass so mancher junge Seemann oder Marinesoldat grausam an den »Klippen und Untiefen« gescheitert war. Es tröstete ihn, dass er im Arrest eine bevorzugte Behandlung genoss, dass Vorschriften um seinetwillen missachtet wurden. Statt der üblichen Rationen von Wasser und Brot wurde ihm dreimal am Tag das Essen aus der Messe der Mannschaften gebracht. Er brauchte auch nicht auf dem eiskalten Zementboden zu sitzen. Die Pritsche blieb in der Zelle und wurde nicht, wie vorgeschrieben, nach dem Wecken entfernt und erst beim abendlichen Lichtaus-Appell wieder aufgestellt. Die Wächter steckten ihm Papier und Stifte zu, sodass er Natalia schreiben konnte. Die Briefe wurden vom alten Ding, den jeder als Josephs Rikschafahrer kannte, abgeholt.

Aber dass sich seine Kameraden um ihn kümmerten änderte nichts an der Tatsache, dass er in die Vereinigten Staaten abgeschoben werden würde, sobald der nächste Truppentransporter aus einem chinesischen Hafen auslief.

Das Gasthaus zur Kirschblüte

Das Sakura war ein spartanisches Hotel unter japanischer Leitung. Es wurde hauptsächlich von japanischen Handelsvertretern besucht, die ihre Firmen in Nordchina repräsentierten. Und auch das japanische Militär nutzte das Haus zur Kirschblüte. Das Personal bestand ausschließlich aus Japanern, und so war das Hotel eine japanische Bastion, die Außenstehenden uneinnehmbar und abweisend erschien. Die Gastzimmer waren mit Tatami-Matten ausgelegt, und am Abend rollten die Zimmermädchen Futons für die Gäste aus.

Auf einem dieser Futons lag ein Mann mit kurzem Haarschnitt, dessen Oberkörper mit Mullbinden umwickelt und dessen rechter Arm eingegipst war. Die traditionelle Steppdecke bedeckte ihn bis zur Taille, und neben ihm kniete eine junge Frau im Kimono, die auf sein Nicken hin einen Becher mit heißem Sake an seine Lippen führte.

»Wie lange hast du heute Abend Dienst?«, fragte Major Kitagawa.

»Bis zehn Uhr«, antwortete sie.

»Sehr gut«, sagte er. »Dann komm um halb elf auf mein Zimmer. Nachdem du dich gebadet hast.« Er merkte, dass ihr Blick auf seinem Gipsverband ruhte. »Unterhalb der Hüften trage ich keine Verbände.«

Das junge Zimmermädchen sagte: »*Kaschikomarimaschita.*« »Ich höre und gehorche.«

Aus seinem herrischen Wesen und dem kurzen Haarschnitt hatte sie geschlossen, dass er ein *Gunjin* sein musste, eine Militärperson. Auch wenn sie nur ein einfaches japanisches Landmädchen war, lebte sie doch lange genug in Peking, um einiges begriffen zu haben. Sie vermutete, dass er zur *Kempeitai* gehörte, der gefürchteten Militärpolizei, oder vielleicht auch zum *Johobutai,* dem Geheimdienst. Man hatte ihr geraten, Offizieren dieser beiden Organisationen am besten ohne Widerrede zu gehorchen. Fügsam verließ sie den Raum, nur ihre in den hohen Tabi steckenden Füße erzeugten ein leises Rascheln auf dem Stroh der Tatami-Matte.

Major Kitagawa war ein aufbrausender, ungeduldiger Mann und als solcher ein schlechter Patient. Ein gebrochenes Schlüsselbein und ein gebrochener Oberarm brauchten Zeit, um zu heilen, und wenn er sich nicht mit dem Gedanken an Rache beschäftigte, verfiel er in lange Phasen des Grübelns, die ihn in seine von Armut und Entbehrung gezeichnete Kindheit auf einem kleinen Bauernhof im ländlichen Fukuoka zurückführten.

Während Japan sich unter dem Meiji-Tenno der modernen Welt geöffnet hatte, blieb die ständisch feudale Ordnung in den ländlichen Provinzen unangetastet. Seit er mit seinen kleinen Kinderhänden einen Holzbottich packen konnte, hatte er die nächtlichen Ausscheidungen der Familie frühmorgens auf die Felder geschleppt und dabei gehofft, dass die übel riechende Brühe wenigstens den Zwiebeln und Rettichen gut tun würde. In den glutheißen Sommern schufteten er und die vielen Geschwister sich fast zu Tode; in den eiskalten Wintern saß die ganze Familie rund um das *hibachi,* das Kohlebecken am Boden, das die einzige Heizung darstellte, und versuchte sich mit Wolldecken warm zu halten. Sie hatten sich an die Plage der Stechmücken gewöhnt und an die Ratten, die sich im strohgedeckten Dach versteckten. Sie aßen fast nur Reis und Gurken und hin und wieder einmal Fisch, aber meistens waren die *onigiri*, die Reisbällchen, innen mit billigerer Hirse oder mit Graupen gefüllt.

Der einzige Ausweg aus der ewigen Fron war die Schule. Das japanische Schulsystem forderte gnadenlose Disziplin, aber es teilte Strafen und Belohnungen ohne Ansehen der Person aus. Kitagawa lernte mit der gleichen Hingabe, mit der er auf den Feldern gearbeitet hatte. Er brillierte in Mathematik, in Geschichte, in Kalligraphie. Er wurde Gruppenführer bei den paramilitärischen Formationen, die die japanischen höheren Schulen im Lauf der Zwanzigerjahre in verkappte Militärakademien verwandelt hatten. Seine Leistungen wurden registriert, und ein System, das Leistung belohnte, ließ ihn die Leiter der Bewährung Sprosse um Sprosse emporsteigen. Das nüchterne Lob seiner Lehrer war die einzige Form von Zuwendung – von Liebe im westlichen Sinn gar nicht zu reden –, die er in seinem bisherigen Leben erhalten hatte.

Also bewarb er sich, nachdem er die *chugakko*, die Mittelschule, absolviert hatte, an der Ichigaya-Militärakademie und wurde angenommen. Er verkörperte genau den stiernackigen, dabei umfassend ausgebildeten Maschinenmenschen, den die japanische Armee suchte. In Ichigaya wurden die Kadetten auf eine Diät gesetzt, die nicht aus Nahrung, sondern aus schierer Brutalität bestand – einer Brutalität, der die Instruktoren alle Jahrgänge bis hinunter zu den unglücklichen Neuankömmlingen unterwarfen. Alle Untergebenen wurden regelmäßig mit Stöcken und Boxhieben traktiert, geohrfeigt und geschlagen. Gleichzeitig waren die Leistungsanforderungen im Unterricht extrem hoch. Selbstmorde unter den Kadetten waren keine Seltenheit. Es brauchte jemanden wie Kitagawa, der durch die Entbehrungen der Kleinbauernexistenz gestählt war, um in diesem System nicht nur zu überleben, sondern seine Stärke zu beweisen. Er verließ die Akademie im Rang eines Leutnants als einer der Besten seines Jahrgangs, getränkt mit Kaisertreue, einem nichts hinterfragenden Patriotismus und einem sorgsam herangezogenen Hass auf die Chinesen und auf den dekadenten Westen. Zur Infanterie abkommandiert, war seine Aufnahme in die Reihen der Kempeitai nur noch eine Formsache.

Bei den Kempeitai hatte er es mit bolschewistischen Agitatoren in Japan zu tun gehabt, er hatte japanfeindliche Patrioten in Korea ausgehoben, und hier in China und der Mandschurei war es seine Aufgabe, die einheimische Opposition auszuschalten. Die Methoden, deren er sich ohne Skrupel bediente, waren nicht sonderlich originell. Er folgte lediglich den Anweisungen der kaiserlich japanischen Armee. Wenn er seine Opfer unter Wasser tauchte, wenn er ihnen die Fingernägel ausriss, sie schlug oder ihnen Brandwunden zufügte oder sie sogar liquidierte, geschah dies stets nach Vorschrift, genauso, wie er es gelernt hatte.

Seine Karriere war bisher genau nach Plan verlaufen. Die Beförderung zum Oberstleutnant war nur eine Frage der Zeit; der unausweichliche Krieg mit China würde die Angelegenheit beschleunigen, und mit etwas Glück konnte er aus dem, was man in Japan »das China-Problem« nannte, als vollgültiger Oberst hervorgehen. Aber jetzt war alles ins Stocken geraten, und schuld war ein kleiner, besoffener amerikanischer Marinesoldat.

Sobald er wieder auf den Beinen war, würde er es ihm heimzahlen. Es gab genug Anknüpfungspunkte, an denen er mit seinen Nachforschungen beginnen konnte, um diesen Krasinski in die Finger zu kriegen. Besonders aussichtsreich erschien ihm diese russische Blondine.

CHEZ MADAME QUAN

Die *Bar de la Gare* lag nur ein paar *hutungs* vom Sakura-Hotel entfernt. Sie war ein schummeriger, diskreter Ort, und ihr guter Geist war eine winzige Vietnamesin, die Witwe des erwähnten Adjutanten. Dieser alte Haudegen hatte hier das Ebenbild einer Bar geschaffen, wie sie in Frankreich an jeder Straßenecke zu finden war, bis hin zum Zinkblech auf dem Tresen und den mit Fliegendreck übersäten Reklameplakaten für Byrrh, Suze und Pernod. Calvados und Pernod waren denn auch die Lieblingsgetränke der älteren Exilfranzosen, die in dieser kleinen Heimat fern der Heimat *belotte* spielten. Am Abend wurde die Bar von französischen Militärs besucht, die an ihrer Botschaft stationiert waren. Zwei Männer, die niemand für Franzosen halten konnte, saßen in einer abgeschiedenen Ecke und nippten sparsam an ihrem Calvados. Sie hatten den starken Apfelschnaps zu schätzen gelernt, als sie im Großen Krieg nach Frankreich kamen, um das Land gegen die wütenden Hunnen zu verteidigen. Beide waren sie dabei gewesen, als die Marines die Deutschen 1918 im Wald von Belleau zurückwarfen. Jetzt hatten Colonel Schwerin und First Sergeant McGrath die fünfundfünfzig hinter sich, und in den warmen Zivilklamotten, die sie trugen, war auch ihr Rangunterschied nicht auszumachen.

»Mein Gott«, sagte der Colonel, »seit 1917 kennen wir uns

jetzt, seit unserer Zeit beim sechsten Regiment. Was für einen Biss hatten wir damals.«

»Soweit ich mich erinnere, war es 1915, als ich unter dem Colonel diente. Ich war auf der alten *USS Provo* stationiert, als der Colonel das Kommando über die Marines-Einheit an Bord übernahm. Kurz darauf wurde ich zur Gendarmerie auf Haiti versetzt. Damals waren Sie natürlich der First Lieutenant.«

Der Colonel nahm wieder einen kleinen Schluck. »Es ist wie im Kino, wenn man die Wochenschau sieht. Dein ganzes Leben spult sich in ein paar Minuten ab, und schon ist alles vorbei. Ich weiß nicht, ob ich es Ihnen schon gesagt habe. Im Dezember scheide ich aus dem aktiven Dienst aus.«

»Ich gehe, sobald ich die dreißig voll habe«, sagte McGrath.

»Und was haben Sie dann vor, Spieß?«

»Brooklyn, Sir. Ich ziehe zu meiner verwitweten Schwester. Sie hat ein nettes altes Haus in einem Viertel, in dems von irischen Kneipen nur so wimmelt. Nicht weit vom Navy Yard entfernt. Und darf ich fragen, was der Colonel für Pläne hat?«

»Wir haben schon vor Jahren ein Haus in Virginia gekauft, auf dem Land. Als man sich so was noch leisten konnte. Mrs. Schwerin versucht sich gern als Innenarchitektin. Auf mich warten ein wohlbestückter Spirituosenschrank und eine leere Scheune. Ich werde mir ein Pferd zulegen und mit meinen Nachbarn ausreiten, das sind überwiegend auch alte Militärs.« Der Colonel leerte sein Glas und sah McGrath in die Augen. »First Sergeant«, sagte er, »man kann mir vieles nachsagen, aber nicht, dass ich mich nicht um meine Männer gekümmert hätte. Ich hab sie in den Bau gesteckt, wenn nötig, aber ich war für sie da, hab sie verteidigt, hab sie befördert, hab ein paar von ihnen für hohe Posten vorgeschlagen. Aber bei diesem Polen, diesem Krasinski, habe ich versagt. Er ist ein guter Soldat, und er wird geopfert, weil die Politik der Navy das so will. Das ist unfair, und es liegt mir schwer im Magen. Es vergällt mir meinen Abschied.«

McGrath nickte – nicht nur, um zu zeigen, dass er den Colonel verstand, sondern um Sympathie zu bekunden. Aber er hielt den Mund. Er war lange genug bei den Marines gewesen, um einen Flaggoffizier wie Admiral McNair nicht offen zu kritisieren.

Colonel Schwerin streckte sich und wurde wieder dienstlich. »First Sergeant, der Appell bei Krasinskis Degradierung war eine wahre Schande. Ich glaube, ein wenig Drill würde der Truppe gut tun. Ich lasse eine Alarmübung ansetzen, sagen wir um drei Uhr früh. Als wenn wir angegriffen würden. Die Signalhörner sollen Gefechtsbereitschaft blasen, und dann will ich alle Mann auf dem Exerzierplatz sehen. Feldmarschmäßig ausgerüstet und bewaffnet, Sturmgewehre, Brownings, MGs mit Transportgestell, alles. Ohne jede Vorankündigung. Und alles genau nach Dienstanweisung, unter strikter Beachtung aller Befehle. Ich gebe Bescheid, wann das stattfinden soll.«

»Aye, aye, Sir«, sagte McGrath. »Was ist mit der berittenen Abteilung und der Navy, Sir?«

»Nur die Schützenkompanien. Marines hoch zu Ross habe ich immer lächerlich gefunden. Und was die Navy angeht, die sollen in ihren Furzkisten bleiben. An Land sind sie so überflüssig wie Titten an einem Keiler.«

Der Colonel setzte seine Unterschrift auf die Rechnung und folgte McGrath zum Tresen, um sich von Madame Quan zu verabschieden. Nach europäischer Sitte gaben sie ihr die Hand. »*Bonne nuit, Madame*«, sagte der Colonel. »*A bientôt, Madame*«, sagte der First Sergeant. Sie hatten lange genug in Champillon nahe dem Bois de Belleau kampiert, um sich der französischen Gebräuche zu entsinnen. Dann traten sie aus der Wärme der Bar, jener tröstenden Wärme, die sich von Tabakrauch, Alkoholdünsten und der Ausstrahlung bluterfüllter menschlicher Leiber nährt, hinaus in den eisigen Hauch des Spätwinters in Peking. Der Colonel eilte zu seinem regelmäßigen Bridgeabend mit dem Brigadegeneral, der die britischen Truppen kommandierte. Er war ein Schotte und hatte seine Ehefrau mit nach China gebracht, und der Colonel genoss diese Abende in dem bürgerlich behaglichen Ambiente, das die Gattin seines Gastgebers zu schaffen wusste. First Sergeant McGrath machte sich auf den Weg in das Kasino der Unteroffiziere auf dem Gesandtschaftsgelände. Ohne Einzelheiten preiszugeben, würde er den Zugführern von Infanterie und Artillerie und den Stabsfeldwebeln berichten, dass dem Alten eine Laus über die Leber gelaufen sei, dass er etwas von zusätzlichem Drill für die Truppe gemurmelt habe, oder man werde schon sehen, wozu ein alter Preuße fähig sei. Die dienstältesten Sergeants würden die Warnung an die Feldwebel und Unteroffiziere weitergeben und sobald sie die Mannschaften erreichte, würde sie in etwa folgendermaßen lauten: »Schluss mit dem Schlendrian, ihr Arschgeigen, sonst könnt ihr der Freiheit und eurer chinesischen Muschi den Abschiedskuss geben.«

MATROSEN, LASS GESAGT DIR'S SEIN,
SIND AUCH IN FREMDEN HÄFEN
NIE ALLEIN.

— *John Gay*, Sweet William's Farewell

Mit einem sorgenvollen Herzen stand Natalia Petrowna auf. Sie freute sich nicht auf ihren Morgentee, und die erste Zigarette des Tages schmeckte ihr nicht. Wie ein Roboter kleidete sie sich an, klammerte sich an den Gedanken, zu ihrer Arbeitsstelle im Reisebüro im Hotel du Nord zu müssen. Sie brauchte das Geld, weiß Gott, aber sie brauchte die Arbeit auch, um ihre Verzweiflung zumindest zeitweise zu betäuben. Sie wollte gerade aus dem Haus gehen, als die *Naima* ihr zwei Briefe gab, die ein Bote gebracht hatte. Der eine kam von Joseph. Natalia erkannte sofort die ebenmäßige Handschrift, in der da »Miss Natalia Petrowna« stand. Sie empfand etwas wie Stolz dabei, ein Gefühl, dass ihr damit ein gesellschaftlicher Status und Ansehen verliehen wurden. Sie las:

Duschinka,
es hilft nichts, wir müssen jetzt den Tatsachen ins Auge sehen. Mit allergrößter Wahrscheinlichkeit wird man mich bei der ersten sich bietenden Gelegenheit in die Vereinigten Staaten zurückschaffen. Das heißt, dass wir, die Reise eingerechnet, monatelang getrennt sein werden. Ich bin sicher, dass mein Vater mit seinen Ersparnissen helfen wird, um uns wieder zu vereinen. Für dich als staatenlose Russin ist eine Einreise in die Vereinigten Staaten so gut wie unmöglich. Deshalb werde ich wieder nach Peking zurückkehren müssen, um dich hier zu heiraten, damit du dann als meine Ehefrau mit mir nach Chicago kommen kannst. Wie Kinder haben wir gedacht, unseren Kurs zu kennen, und nie

haben wir über Schwierigkeiten gesprochen, die uns begeg-
nen könnten. Die Folge ist, dass wir jetzt schlecht vorbereitet
sind. Aber du weißt, dass ich dich liebe, daran wird sich nie
etwas ändern. Ich werde Himmel und Erde in Bewegung set-
zen, damit ich dich zu meiner Frau machen kann. Und genau
so sicher bin ich, dass auch du mich liebst. Diese Gewissheit
hält mich am Leben. Wie ohnmächtig fühle ich mich, dich in
dieser Stadt zurücklassen zu müssen, in der man nichts ge-
schenkt bekommt. Du weißt, dass die Männer hier, die vielen
ledigen aber auch viele verheiratete, auf Abenteuer aus sind,
die man an jeder Straßenecke finden kann. Sei stark, meine
Duschinka. Und vertraue mir. Ich schreibe bald wieder.
Ich liebe dich. Dein Joseph.

Natalia spürte Tränen aufsteigen; sie legte den Brief zur Seite,
um das andere Kuvert zu öffnen, das mit Schreibmaschine
adressiert war. Sie las die kurze Nachricht:

Sehr geehrte Miss Petrowna,
Sie kennen mich – wir sind einander bereits im Reisebüro
im Du Nord begegnet.
Ich schreibe Ihnen, um Sie meines Mitgefühls mit dem jun-
gen Marinesoldaten zu versichern, mit dem Sie verlobt sind.
Ich hatte Gelegenheit, mich von seiner vorbildlichen Dienst-
auffassung selbst zu überzeugen, und kann ihm meinen
Respekt nicht versagen.
Ich bin bei der amerikanischen Gesandtschaft stationiert.
Wenn ich in diesen für Sie so schwierigen Tagen irgendetwas
für Sie tun kann, so zögern Sie bitte nicht, sich vertrauens-
voll an mich zu wenden.
Mit dem Ausdruck meiner Hochachtung
Harrison Steele Lt Commander USN

Sie faltete den Brief wieder säuberlich zusammen und steckte ihn zurück in das Kuvert. Sie konnte sich nicht an diesen Marineoffizier erinnern. Fast alle Militärs, die in das Reisebüro kamen, flirteten sie mehr oder weniger charmant an. Und auch nach all den Jahren in Peking konnte sie die blitzenden Tressen und Goldborten und Ärmelstreifen und Kragensterne an den Offiziersuniformen der vielen Nationen, die Militär in Peking stationiert hatten, nicht auseinander halten. Trotzdem war es ein gutes Gefühl, dass jemand an ihrer Notlage Anteil nahm – und dazu noch ein amerikanischer Marineoffizier!

Was heisst, was heisst das Hornsignal?,
fragt der Grenadier.
Sie geben Dir den Laufpass heut,
sagt sein Offizier.
– *Kipling,* Danny Deever, *1890*

First Sergeant McGrath hatte ein leichten Schlaf, und so war er der Erste, der die Hornisten hörte, die auf dem Kasernenhof »Gefechtsbereitschaft« bliesen. Sein erster Gedanke war: Wen hat der Alte noch in seinen Plan eingeweiht? Er war davon ausgegangen, dass es seine Aufgabe sein würde, den Übungsalarm auszulösen. Sieh mal an, dieser hinterlistige alte Kraut. Kein Wunder, dass er es bis zum Colonel geschafft hatte. Als Nächstes hörte er das Poltern von Füßen in den Gruppenunterkünften, wo die Männer in ihre grünen Uniformen sprangen. Es brauchte Zeit, um die Halstücher aus Baumwolle zu binden, die Leinengamaschen anzulegen, in die schweren langen Mäntel zu schlüpfen, die Tornister und die Schlafsäcke zu schultern. Die Unteroffiziere fluchten, während ihre Männer am Gurtzeug herumfummelten und die Riemen der Stahlhelme unter dem Kinn festzurrten.

Während die Männer ihre Gewehre und ihre automatischen Brownings aus den Magazinen holten, griff der UvD in der engen Wachstube beim Haupttor nach seinen Dienstanweisungen für den Verteidigungsfall. Er las sie mit stummen Lippenbewegungen durch, bis er auf den Passus »Insassen der Arrestzellen sind unverzüglich freizusetzen« stieß. Er zögerte einen Augenblick, weil er ahnte, dass es sich nur um eine Übung handelte, aber verdammt noch eins, Befehl war schließlich Befehl, und das erst recht, wenn unten die Signatur des kommandierenden Offiziers prangte. Corporal Eimer Whitfield nahm den schweren Schlüssel vom Haken und ging in den Zellentrakt hinunter. Krasinski war schon aufgesprungen, als der UvD die Eisentür öffnete.

»Was ist los, Whitey?«, sagte Krasinski.

»Das ist keine Quizstunde, Junge«, sagte Corporal Whitey, »wir machen hier kein Frage-und-Antwortspiel wie im Radio. Beweg deinen Arsch aus der Zelle. Es heißt, die *Henderson* läuft bald in Tanku ein. Dann wirst du mit Sack und Eiern in die Staaten zurückverfrachtet, und dein Russkimädel kannst du vergessen.« Sein Tonfall wurde milder. »Mach, dass du wegkommst, Joseph, und Gott steh dir bei.«

Krasinski blickte über die Schulter zurück, sah die Formationen bereits auf dem Exerzierplatz antreten. Er griff sich einen Mantel vom Haken in der Wachstube des UvD und schaffte es auf die Straße hinaus. Schon hörte er eine Stimme, die seinen Namen rief. Er sah sich um und erkannte den alten Ding, seinen Rikschamann und Glaubensbruder aus dem Tempel, der auf ihn zukam. »Steigt ein«, rief Ding ihm zu. Als Joseph auf den Rikschasitz kletterte, breitete der alte Mann ein rissiges Stück Segeltuch über ihn.

Josephs erster Gedanke war, dass Dings Auftauchen am Kasernentor genau zu dem Zeitpunkt, da er selbst dort rauskam, und das alles noch dazu um vier Uhr früh, kein Zufall sein konnte. Er hatte lange genug bei Major Boudreaus Geheimdienstabteilung gearbeitet, um zu wissen, dass Geheimnisse in Peking nicht lange geheim blieben. Rikschafahrer, Hausdiener oder Wäschebesorger standen in ständigem Kontakt mit den Militärs aus aller Herren Länder, und das Gleiche galt für Barmänner und Schneider, für Prostituierte oder die chinesischen, koreanischen oder russischen Freundinnen der Männer. Alle diese Kontaktpersonen wussten von Beförderungen oder Versetzungen, von Truppenbewegungen oder den Ein- und Auslaufterminen von Schiffen, und sie wussten es oft früher als diejenigen, die es eigentlich anging.

Josephs Versuch, sich auf die Reihenfolge der Ereignisse einen Reim zu machen, kam durch das wilde Schütteln der Rikscha auf einem Straßenabschnitt mit grobem Kopfsteinpflaster zum Erliegen. Wenig später hielt das Gefährt an. Der alte Mann zog die Plane von Joseph herunter, der sich im von Mauern umgebenen Hinterhof eines verfallenen Backsteinhauses wiederfand. Ding setzte die Zugstangen ab, sodass Joseph aus seinem erhöhten Sitz klettern konnte. Der alte Mann scheuchte einen Schwarm schnatternder weißer Enten zur Seite und öffnete die Tür eines baufälligen Schuppens, in dem Joseph eine alte Studebaker-Limousine erkannte. »Ihr müsst steuern«, sagte der Rikschamann. Joseph vergewisserte sich, dass der Tank gefüllt war, schaltete die Zündung ein, trat mehrmals auf das Gaspedal und legte, als der Motor widerwillig zum Leben erwachte, den Rückwärtsgang ein. Der alte Mann schob seine Rikscha in den Schuppen, schloss die

Tür und setzte sich, von Knoblauch-, Tabak- und alten Essens-
dünsten begleitet, auf den Beifahrersitz neben Joseph.

»Immer an der Bahnstrecke entlang«, sagte Josephs Wohl-
täter. »So gelangen wir direkt zum Wha-Guan-Tsu-Tempel.
Der Shi Fu, der Erhabene Meister, wird Euch beschützen.«

Joseph wollte mehr von dem alten Mann wissen, aber er erhielt keine Antwort. Ding war eingeschlafen, einen Rosenkranz aus Holzperlen zwischen den schmutzverkrusteten
Fingern.

AUF DEM WEG ZU BUDDHA

Nach einer halbstündigen Fahrt waren sie im Hof des Klosters
angelangt. Ein von Mauern umfriedeter Durchgang, in dem
die Luft vom Duft des Räucherwerks geschwängert war, führte sie in die Privatgemächer des Abtes. Joseph grüßte ihn res-
pektvoll und sah mit Verblüffung, dass der alte Ding, der Rikschamann, mit selbstverständlicher Vertrautheit am Tisch des
Abtes Platz nahm. Noch mehr überraschte es ihn, einen wohl-
beleibten Beamten der Pekinger Polizei anzutreffen, der mit
aufgeknöpfter marineblauer Uniformjacke bereits am Tisch
saß. Als der Mann ihm zunickte, erkannte Joseph in ihm einen
weiteren Glaubensbruder und Angehörigen des Tempels. Joseph wurde aufgefordert, ebenfalls Platz zu nehmen, und die
Teeschalen wurden gefüllt.

Der Shi Fu richtete das Wort an ihn. »Wir wissen, dass die
Riben Gueitsu, die japanischen Teufel, an deiner misslichen
Lage die Schuld tragen. Du bist mein bester Schüler. Dass du
auch ein Opfer der Japaner bist, bestärkt uns umso mehr in

unserem Wunsch, dir zu helfen. Lass uns wissen, was deine Pläne sind.«

»Ehe mir dieser japanische Major über den Weg lief, hatte ich die Absicht, eine junge Russin zu heiraten, Natalia Petrowna. Jetzt hoffe ich, dass wir beide, sie und ich, es irgendwie bis nach Harbin schaffen, wo wir unter den vielen dort lebenden Russen untertauchen könnten.« Er wandte sich zu dem alten Ding um. »Ding weiß, wo sie wohnt. Er könnte sie abholen.«

»Es war Ihr Pech, dass Sie sich ausgerechnet mit Major Kitagawa von der Kempeitai angelegt haben«, sagte der Polizeibeamte.

»Ich kenne die Kempeitai«, sagte Joseph. »Das ist die japanische Militärpolizei. So etwas wie unsere MPs oder die Shore Patrol bei der Marine.«

»Sie sind schlecht informiert, Soldat«, sagte der Polizist. »Es stimmt, die Kempeitai übernehmen auch Polizeiaufgaben, aber in Wahrheit handelt es sich um Geheimagenten, um berufsmäßige Mörder und Folterer mit unbegrenzten Vollmachten. Die Kitagawa-Einheit, die nach Ihrem Major benannt ist, untersteht dem Kommando der Kwantung-Armee, die ihr Hauptquartier in Xingjin hat. Und sie steht in dem Ruf, die aggressivste und brutalste aller Kempeitai-Einheiten zu sein, die in China operieren.«

Joseph warf einen Blick auf seine Armbanduhr. »Es ist kaum mehr als eine Stunde seit meiner Flucht vergangen. Die Zeit müsste noch reichen, um Natalia zu holen.«

Der Polizist war anderer Ansicht. »So wie wir über alles informiert sind, was sich in den ausländischen Gesandtschaften tut, so sind es auch die Japaner. Die Kempeitai zahlen ihren Spitzeln hohe Beträge. Niemand kann wissen, welcher Hausdiener, welcher Wäschebesorger auf ihrer Gehaltsliste steht. Aber Sie können sicher sein, dass die Nachricht von Ihrer Flucht bereits die Runde macht. Die Japaner suchen Sie bereits, das ist gewiss. Ihre eigenen Leute suchen Sie natürlich auch, die Marines vielleicht nur halbherzig, aber die Shore Patrol bestimmt mit allem, was Beine hat.«

»Im Laufe des Vormittags werden mir meine Leute melden, wie viele Fahnder unterwegs sind«, sagte Ding.

Joseph war verwirrt. »Was heißt ›meine Leute‹«, fragte er.

Der Abt wandte sich ihm zu. »Der alte Ding ist der Kopf der Rikschagilde. Seine Organisation umfasst hunderte von Männern. Sie kennen jeden einzelnen Ausländer in der Stadt, sie wissen, wo diese Leute essen und wo sie trinken, ob sie Opium rauchen und ob sie sich eine Geliebte oder einen Jüngling halten.«

Als suche er eine Bestätigung, blickte Joseph zu dem Polizeibeamten hinüber.

»Meine Anwesenheit hier«, sagte der *Shaoxiao,* »ist kein Zufall. Es ist unser Hass auf die Japaner, der uns hier zusammengeführt hat. Die Amerikaner und die Engländer sollen unser Land ebenfalls verlassen. Aber das wird sich von selbst ergeben, wenn sie es in Europa wieder mit den Deutschen zu tun bekommen werden. Die Japaner dagegen werden bleiben. Sie haben sich bereits in der Mandschurei festgesetzt, und es gelüstet sie nach Kanton, nach Hongkong, nach Shanghai. Sie werden unsere Kohlenvorräte und unsere Reiseernten stehlen, sie werden sich unseres Eisenbahnnetzes bemächtigen. Sie werden unser Volk zu ihren Sklaven machen. Sie werden uns mit ihren Waren überschwemmen. Solange China zerrissen ist zwischen Nationalisten und Kommunisten, die einander bekämpfen, fehlt uns die eigene Opposition. Deshalb ist dieser Tempel so wichtig. Hier kümmert es keinen, ob man reich ist oder arm, Arbeiter oder Bau-

er, Nationalist oder Kommunist, Fabrikarbeiter oder Prostituierte. Es genügt, dass man Chinese und Buddhist ist. Diese
Botschaft wird sich verbreiten, und sie wird uns einen.«

Joseph ließ dies alles auf sich einwirken. Der Abt ergriff wieder das Wort. »Geh jetzt, mein junger Krieger, und ruhe dich
aus. Wir haben Arbeit zu tun. Am Morgen werden wir über
deine Zukunft beschließen.«

Marines können überall schlafen. In den »Vierzig Mann,
acht Pferde«-Waggons der französischen Eisenbahn; im stür-
mischen Schneeregen auf einem Pier; im Stehen auf schüt-
telnden Lkws; auf sonnenversengten Feldern; in den engen
Eisenkojen der Truppentransporter. Und so schlief Joseph
auch hier den Schlaf der Gerechten. Nur einmal drang etwas an sein Ohr. Es war das undeutlich wahrgenommene
Geräusch des abfahrenden Studebakers. Um neun Uhr war
er wieder auf den Beinen. Er wusch sich mit dem eiskalten
Wasser im Klosterhof, ging dann in den Tempel und wiederholte seine Mantras, bis Zeit und Raum sich um ihn aufzulösen schienen und sein Geist eine Vorahnung des Nirwanas
erfuhr. So fand ihn schließlich der Abt. Der Shi Fu beobachtete Joseph aufmerksam, ohne ihn zu stören und ohne sich
ihm bemerkbar zu machen. Etwa eine Stunde später erschien
ein Mönch, der Josephs Meditation vorsichtig unterbrach
und ihn aufforderte, dem Abt bei der Mahlzeit Gesellschaft
zu leisten.

Der Abt füllte eine Schale mit *Zhou,* streute klein gehack-
te grüne Zwiebeln über die bleiche Reisgrütze und reichte
Joseph das Gefäß. Joseph wartete, bis der Abt zu essen be-
gonnen hatte, ehe er seinen Löffel aus gebranntem Ton in die
Grütze tauchte. Schweigend verzehrten sie das bescheidene
Mahl, dann wandte der Abt sich Joseph zu. Er lächelte.

»Du bist der einzige *Guei tsu,* der einzige fremde Teufel, der sich wahrlich auf dem Weg zu Buddha befindet. Wir haben einen Plan für dich gefasst, der für deine Sicherheit sorgt und es dir gleichzeitig erlaubt, dem Tempel zu dienen. Wir unterstützen einen *Miao*, einen Schrein in *Neiming gu,* in der Inneren Mongolei. Der Mönch dort ist alt und taub und fast erblindet. Unser Tempel ist der einzige Ort im Umkreis von tausend *Li,* an dem der einsame Wanderer, die Kamelkarawane einkehren und vor den Thron Buddhas treten können. Du bist so weit, dass du diesem alten Mönch helfen kannst. Der größte Teil der Arbeit wird auf deinen Schultern ruhen. Du wirst Arbeit des Geistes verrichten, und du wirst ein Auge auf das Kommen und Gehen der Japaner haben. Vielleicht überfliegen Flugzeuge den Tempel, vielleicht legt ein Bautrupp eine Telegraphenleitung, was du auch siehst und hörst, du wirst es uns melden.«

»Euch melden? Auf welche Weise?«

»Wir schicken unsere Leute vorbei. Sie bringen Reis, Konserven, Schriften für die Tempelbesucher.«

»Was wird mit Natalia Petrowna?«

»Wir werden sie im Auge behalten. Sobald sich die Lage beruhigt hat, schaffen wir sie nach Harbin. Du wirst sie dort treffen.«

Joseph sah dem Abt in die Augen. Er blickte in zwei eisige Spiegel der Klarheit. Er fühlte sich an die buddhistische Ode an die Leere erinnert. Was ist der Schmerz anderes als Leere, hieß es darin, und was ist die Freude anderes? Joseph schüttelte die westlichen Vorstellungen von Sympathie, von Mitgefühl und Wärme von sich ab. Auch wenn er noch Schüler war, befand er sich doch bereits auf einer höheren Ebene.

Später am Tag wurde Joseph mit einem langen Schaffellmantel, mit kniehohen Pelzstiefeln und mit einer Mütze aus Wolfsfell mit Ohrenklappen ausgestattet. Er bekam einen

Rucksack, der eine gefütterte Jacke und Hosen, verschiedene Kleinigkeiten sowie einen Packen buddhistischer Traktate enthielt. Dann wurde eine letzte Mahlzeit eingenommen, diesmal in Gegenwart des Mannes mit dem Mal, der sich seinen Weg in den Raum ertastete.

»Meister Wang«, sagte der Abt, »wir haben einen Fremden bei uns, einen *Meiguoren*, einen Amerikaner, der ein Feind der Japaner ist wie wir. Er war auch an dem Tag im Tempel, als du deinen Rücken zum ersten Mal vor dem Volk enthüllt hast. Gib ihm deinen Segen, denn er wird heute Abend zu einer Mission aufbrechen, die für das Kloster von Bedeutung ist.«

Der Mann mit dem Mal winkte Joseph heran, bis der junge Amerikaner direkt vor ihm stand. Er fixierte ihn mit seinen milchig blauen Augen, zog einen Rosenkranz aus der Tasche und zog ihn über Josephs Kopf. »Wandle auf dem Pfad der Tugend«, hauchte er Joseph entgegen. Dieser glaubte, den süßlichen Duft von *Kao liang* im Atem seines Gegenübers wahrzunehmen, aber er wies den Gedanken sofort als unwürdig zurück.

Die Verabschiedung war förmlich. Joseph verbeugte sich, die Hände vor der Brust gegeneinander gepresst, so tief er konnte; der Abt erwiderte die Geste in weniger beflissener Form.

Kurz nach Mitternacht forderte ein Mönch Joseph auf, ihm zu folgen. Sie gingen schweigend, nahmen eine Abkürzung durch Apfelbaumgärten und Hirsefelder und gelangten schließlich zum Bahnhof von Zing Shen. Die Mitternachtsstunde war bereits fortgeschritten, als ein Güterzug in den Bahnhof einfuhr. Vor die Lokomotive war ein Plattformwagen gekuppelt, auf dem eine Gruppe von Soldaten ein wassergekühltes Maxim-Maschinengewehr umlagerte. Der Mönch wandte sich an den Feldwebel, der die MG-Besatzung kommandierte. Auf Joseph deutend, redete er hastig auf ihn ein. Joseph registrierte, dass der Mönch und der Soldat einander mit der geballten Faust begrüßten, dem Erkennungszeichen jener, die einen neuen Boxeraufstand planten. Der chinesische Feldwebel forderte Joseph mit einer Handbewegung auf, sich zu den Soldaten beim MG zu setzen; später, sobald der Zug Peking passiert hatte, könne er es sich in einem der Güterwagen halbwegs bequem machen. Joseph verteilte seine letzten Zigaretten an die Männer, und mit einem schrillen Schrei aus der Dampfpfeife setzte der Zug sich in Bewegung. Die Soldaten waren verdutzt, wie flüssig Joseph das nordchinesische Mandarin sprach. Er fand ihren Dialekt ungewohnt, aber da er ebenfalls nordchinesischen Ursprungs war, konnten sie sich verständigen.

Als der Zug Peking erreichte, war ein Uhr vorbei. Der Bahnhof schien menschenleer, und Joseph überlegte, ob er vom Zug abspringen und versuchen sollte, sich zu Natalia durchzuschlagen. Er verwarf den Gedanken sofort wieder, als er die englischen Militärpolizisten sah, die auf dem Bahnsteig Streife gingen. Er würde Natalia keinen Dienst erweisen, wenn er sie in seine Flucht hineinzog. Auch ohne Polizei versprach ihr Leben ohne ihn in der nächsten Zeit schon schwierig genug zu werden.

Schließlich war der Zug nur noch von ländlicher Dunkelheit umgeben. Joseph hatte es sich zwischen Jutesäcken voller Hirse, Reis und Gerste gemütlich gemacht, die einen süßen, aber nicht unangenehmen Duft ausströmten. In seiner Tasche befand sich eine Landkarte, die ihm der Abt gegeben hatte. Sobald der Tag anbrach, wollte er sie sich ansehen.

Ein Gespräch unter Männern

Während der Zug durch das Land ratterte, genossen der Abt und der Mann mit dem Mal eine Tasse roten Tees. »Unser junger Krieger muss schon ein gutes Stück seines Weges zurückgelegt haben«, sagte der Abt.

»Was werdet Ihr wegen seines russischen Mädchens unternehmen?«, fragte der Blinde.

»Gar nichts«, sagte der Abt. »Schließlich ist sie eine Russin. Ohne ihren Soldaten wird sie bald wieder das tun, was diese Russinnen am besten können. Herumhuren.«

»Ich dachte mir, dass Ihr so etwas sagen würdet.«

»Weil wir gerade dabei sind – wie hat dir die junge Frau gefallen, die wir dir geschickt haben?«

»Ihr Atem roch nach Zwiebeln. Aber sie war sehr jung. Ich habe sie zum Weinen gebracht. Es war eine große Freude.«

»Du erfreust dich an Tränen?«

»Ihr begreift nicht. Wenn Ihr eine Frau habt, so könnt Ihr ihre Haare sehen, ihren Mund, ihr Lächeln. Ihr seht, wie ihr Haar über den Nacken fällt und ob sich ihre Nase kräuselt, wenn sie lacht. Wir Blinden müssen auf diesen Luxus verzichten. Wir müssen uns auf den Akt konzentrieren. Deshalb sind Blinde so gute Liebhaber. Wir lassen uns nicht ablenken. Diese Bauerntochter hat vor lauter Wolllust geweint.«

»Ich finde sehr interessant, was du da berichtest«, sagte der Abt. »Unglücklicherweise ist mein Leben als Abt dieses Klosters der Keuschheit geweiht.«

»Das könnte ein Fehler sein«, sagte der Blinde. »Euch an Frauen zu erfreuen würde Euren Horizont erweitern. Ihr würdet Eure Mitmenschen besser verstehen. Ich würdet nicht mehr fleischlos essen, ihr würdet Enten und fetten Schweinebauch und Kutteln und Hühnerbeine verspeisen. Ihr würdet Euch nicht im Hass auf die Japaner verzehren.«

»Empfindest du denn keinen Hass auf die Japaner?«, fragte der Abt.

»Ich komme vom Land«, sagte der Blinde. »Für uns ist alles eins. Die Kriegsherren, die Nationalisten, die Japaner, sie alle berauben uns. Sie nehmen unser Korn, unsere Büffel, unsere Esel; die Nationalisten nehmen uns unsere Söhne, und alle schänden sie unsere Töchter. Nur die Kommunisten tun das nicht. Aber nicht, weil sie es nicht wollen, sondern weil ihre Offiziere sie erschießen, wenn sie sich erwischen lassen.«

»Sie wollen auch die Äbte erschießen, die Mönche und die Nonnen, und sie wollen unsere Tempel in Schutt und Asche legen.«

»Davon verstehe ich nichts. Ich will Geld, Frauen und Wein. In dieser Reihenfolge. Ich glaube, Ihr schuldet mir immer noch das Honorar für meinen letzten Auftritt.«

»Lass mich die Abrechnung machen, dann werden wir uns schon einig«, sagte der Abt.

Der Mann mit dem Mal fixierte den Abt mit seinen milchig blauen Augen. »Ich weiß, dass ich mich darauf verlassen kann«, sagte er. Der Abt ging zu einer Truhe aus Teakholz, zog eine Flasche *Kao Liang* daraus hervor und entkorkte sie. Der Blinde erschnupperte die sich entfaltende Blume und lächelte. Der Abt schenkte ein und gab den Becher in die ihm entgegengestreckte Hand. Er schenkte auch sich selbst ein und setzte sich dicht neben den Blinden. »Lass mich mehr hören von diesem kleinen Mädchen, das wir dir geschickt haben.«

Der Wind des Wandels in Peking

Der Zug hatte noch keine fünfhundert Kilometer auf seinem
Weg nach Harbin zurückgelegt. Nanling, wo Joseph aussstei-
gen sollte, war noch etwa siebenhundert Kilometer entfernt.
Seine Reise verlief halbwegs angenehm. Die Soldaten ver-
sorgten ihn mit Essen, das im Feuer unter dem Lokomotivkessel gebraten oder im heißen Dampf gegart wurde und oft
überraschend gut schmeckte. Wenn er nicht aß oder schlief,
verbrachte er seine Zeit mit buddhistischer Meditation. Er
merkte bald, dass seine erzwungene Isolation dem Erreichen
höherer geistiger Bewusstheitsebenen durchaus förderlich
war. Nichts konnte ihn ablenken, und das Klicketiklack der
Räder und Schienen hatte in seinem gleichmäßigen Rhythmus einen geradezu hypnotischen Effekt. Hin und wieder
dachte er natürlich auch über das Unglück nach, das über ihn
gekommen war. Ein Unglück, an dem er sich keine Schuld
geben konnte. Im Gegenteil, nach der in seinem angelsächsi-
schen Kulturkreis anerkannten Ethik hatte er sich vorbildlich
verhalten, als er einer wehrlosen Frau gegen ihren Peiniger
und potentiellen Vergewaltiger beistand. An die politischen
Weiterungen, die aus seinem Handeln folgten, hatte er nicht
im Traum gedacht – und selbst wenn, er hätte nicht anders
gehandelt. Von der Loyalität seiner Kameraden und auch seines Colonels und Major Boudreaus überzeugt, hatte er sich
einfach nicht vorstellen können, dass er, ein einfacher Gefreiter im United States Marine Corps, Auslöser und Opfer ernst-
hafter politischer Verwicklungen zwischen der japanischen
Armee und der amerikanischen Navy werden sollte. Er hatte
keine Ahnung, was die Zukunft bringen würde, aber er bedauerte zutiefst, dass seine Laufbahn bei den Marines beendet
war; dass er in den Büchern nunmehr als Deserteur geführt

wurde, der mit sofortiger Verhaftung rechnen musste, sollte ihn sein Weg jemals wieder in die Vereinigten Staaten führen. Das Einzige, was ihn tröstete, war die Gewissheit, dass Natalias Liebe zu ihm groß genug war, um ihn, wie lange die Trennung auch dauern mochte, ihrer Treue zu versichern. In nichts hätte Joseph Krasinski sich mehr täuschen können.

Wenige Tage waren seit Josephs Verschwinden vergangen, als First Sergeant McGrath den Befehl erhielt, sich bei der Ausmusterungskompanie in der Kaserne auf dem Marinegelände in Brooklyn zu melden. Dort sollten die Formalitäten abgewickelt werden, ehe McGrath nach dreißigjähriger Dienstzeit seinen Abschied erhielt. Das Schiff, auf dem er in die Staaten zurückkehren sollte, war das gleiche, in dessen Arrestzelle der Gemeine Joseph Krasinski Quartier bezogen hätte.

In der Nacht vor seiner Abreise saß der alte Ire in seiner Wachstube und machte Klarschiff für seinen Nachfolger. Vom Flur aus sah sein Kompanieschreiber, ein gewisser Corporal Dupont, das Licht im Zimmer und trat ein, um nach dem Rechten zu sehen. »Kann ich Ihnen noch irgendwo helfen, First Sergeant?«, fragte er. »Und wenn ich mir die Bemerkung erlauben darf – schade, dass Sie gehen.«

»Nur keine Sentimentalitäten, Frenchie«, sagte McGrath. »Euer nächster Spieß ist bestimmt ein besserer Mann. Ich trage nur noch i-Punkte und Querstriche nach, dann bin ich hier fertig.« Nachdem Dupont sich zurückgezogen hatte, ging der First Sergeant an den Aktenschrank, in dem die Dienstbücher aller Angehörigen der Truppe aufbewahrt wurden. In diesen schmalen, broschierten Heften war das ganze Berufsleben eines Marinesoldaten dokumentiert, vom Tag seiner Dienstverpflichtung bis zum Tag seiner Entlassung. Beförderungen waren hier vermerkt, dienstliche Beurteilungen, Kampfeinsätze und Bestrafungen. McGrath fuhr mit dem Zeigefinger durch die Reihe der Hefte, bis er zu »K« gelangte. Er blätterte an Kelleher vorbei, an Kennedy, Kochuck, Koffman und hielt bei Krasinski, Joseph, inne. Er zog das Dienstbuch aus dem Fach und stopfte es in die Brusttasche seiner grünen Uniformjacke. Dann entdeckte er das mit Eselsohren verzierte Schulheft von Woolworth, in dem der offizielle Chronist der Kompanie die Geschicke der Einheit festhielt. Das Amt des Chronisten war ungefähr so angesehen wie das des Geschirrabräumers in der Messe. Letzteres brachte immerhin fünf Dollar extra ein, die allerdings mit dem zu Bruch gegangenen Geschirr verrechnet wurden. Die zu Chronisten Berufenen hatten die notierenswerten Ereignisse mit Bleistift in der unbeholfenen Schönschrift festgehalten, die sie in der Volksschule gelernt hatten. McGrath amüsierte sich über die Orthographie- und Grammatikfehler, und in der Gewissheit, dass dieses Heft ungelesen bleiben würde, trennte er die Seite, auf der Krasinskis Gerichtsverfahren abgehandelt wurde, mit seinem Taschenmesser fein säuberlich heraus. Es war die letzte Aufgabe, die er hier noch erledigen wollte. Er wusste, dass man ihn bitten würde, die offizielle Post als Kurier mit an Bord zu nehmen. Er wusste, dass er dort Zeit und Gelegenheit haben würde, alle Sendungen an das Hauptquartier des Marine Corps, die sich mit dem unglücklichen Polen befassten, herauszufischen und ungeschehen zu machen.

Ohne dass Joseph Krasinski etwas davon ahnte, hatte das eigenwillige Verhalten des First Sergeant McGrath noch ein Nachspiel. Etliche Monate später wurde Colonel William (Wilhelm) Schwerin durch einen jungen Oberstleutnant vom vierten Bataillon der Marines aus Shanghai ersetzt. Am Abend vor seiner Abreise verschaffte Colonel Schwerin sich

Zutritt zur Wachstube des First Sergeant und ging zielsicher zum Schrank mit den Dienstbüchern. Mehrfach blätterte er die »K«s durch, bis er zur dem Schluss gelangte, dass ihm bei der Entfernung der Akte Krasinski jemand zuvorgekommen sein musste. »Sieh mal an, dieser gerissene alte Ire«, murmelte er leise in sich hinein.

Die Sache mit Natalia Petrownas Keuschheitsgelübde für die Dauer von Josephs Abwesenheit erwies sich als komplizierter. Ein paar Wochen waren seit Josephs Flucht vergangen, als es an ihrer Wohnungstür klopfte. Wider alle Wahrscheinlichkeit hoffend, dass es Joseph war, öffnete sie und stand einem untersetzten Mann gegenüber, der einen Arm in der Schlinge trug. Im schwachen Licht dauerte es einen Augenblick, bis sie ihren Peiniger aus dem Kasachischen Palast erkannte. Ehe sie die Tür zuknallen konnte, hatte er ihr bereits mit dem gesundem Arm einen Schlag versetzt, der sie über die gebohnerten Dielenbretter schlingern ließ. Er verriegelte die Tür hinter sich und zog aus dem schwarzen, seidenen *Furoshiki,* dem japanischen Allzweckbeutel, den er unter die Armschlinge geklemmt hatte, ein Stück Seil hervor. Als er am nächsten Morgen ging, hatte Natalia ihm die Schuhe mit Josephs Stiefelwichse auf Hochglanz poliert. Kitagawa war auf dem Bett gesessen und hatte wortlos auf seine bestrumpften Füße gedeutet. Natalia war auf den Knien zu ihm gerutscht und hatte ihm die Schuhe angezogen und die Senkel sorgfältig geschnürt. Kitagawa verließ die Wohnung, ohne sich umzublicken. Um seinen Hals trug er, unter dem Unterhemd, Josephs Erkennungsmarke. Er hatte sie sich irgendwann in der Nacht vom Bettpfosten genommen.

Auf den Spuren der heiligen Theresa

Es war Joseph gelungen, die seitliche Tür seines Güterwagens aufzuschieben, und nun saß er im Lotossitz vor der Öffnung und starrte in die windgepeitschte Monotonie der mandschurischen Steppe hinaus, die draußen vorüberzog. Von keiner landschaftlichen Schönheit abgelenkt, fiel es ihm leicht, sich auf die spirituelle Ebene einzulassen, wie es ihn gelehrt worden war. Er hatte sich vorgenommen, nicht mehr an Natalia zu denken. Er hatte festgestellt, dass sein Trennungsschmerz, seine Sehnsucht nach ihr ihn immer wieder zu lüsternen Gedanken verführte. Dann hörte er ihr Stöhnen, das auf seine Stöße antwortete, und ihr Schluchzen, wenn sie den Wellenkamm erreichte, den *Gaochao,* wie der treffende chinesische Ausdruck – er hatte ihn von einer Prostituierten gelernt – lautete. Er sah ihr hellblondes Haar, das ihr ins Gesicht fiel, wenn sie über ihm war und ihn ihrer Lust unterwarf. Joseph ahnte – zutreffenderweise, wie sich herausstellen sollte –, dass er eiserne Selbstdisziplin und eine stählerne Stärke des Körpers brauchen würde, um zu überstehen, was vor ihm lag. An das Leben in weichen Kissen oder das gezügelte Leben beim Militär zu denken, wo andere die Entscheidungen trafen, machte ihn nur schwächer. Er brauchte die geistige Härte und die körperlichen Nehmerqualitäten der Mönche des Shao-Lin-Tempels, jener Asketen, die den Buddhismus mit den Kampfkünsten vermählt hatten.

So saß Joseph vor der offenen Schiebetür und erinnerte sich an seine erste Begegnung mit dem Abt, sein wachsendes Interesse am Buddhismus, sein Akzeptieren der buddhistischen Lehren und der geforderten Disziplin. Natürlich gab es da Dinge, die ihn besonders begeisterten. Als höchste Errungenschaft galt es, sich schließlich ganz von der niederen Welt lösen und in einen höheren Bewusstseinszustand übergehen zu können, in dem einen nichts mehr an das Irdische fesselte. Dass diese Loslösung nicht auf das Spirituelle beschränkt blieb, sondern auch in der Dingwelt erlebt werden konnte, wurde ihm bei einem spontanen Besuch im Wha-Guan-Tsu-Tempel demonstriert.

An jenem Abend fand er den Tempel noch voller vor als gewohnt, die Gläubigen wirkten noch inbrünstiger, wie sie da ihre Kotaus verrichteten, ihr Knie beugten, ganze Fäuste voller Räucherstäbchen in die dafür vorgesehenen Gefäße stopften. Sein Lehrer, der Abt, stand vor einem schlicht gekleideten jungen Mann, der wie in Trance auf einem Tisch vor ihm lag. Völlige Stille senkte sich atemlähmend über den Tempel, als der Abt tonlose Beschwörungen über dem ausgestreckt daliegenden jungen Mann murmelte. Und plötzlich, als zögen ihn die feinen, porzellanhellen Hände des Abtes nach oben, löste sich der junge Mann langsam vom Tisch und schwebte sanft ein Stück weit empor. Das Phänomen dauerte eine gute Weile, und Joseph erfuhr später, dass man es Levitation nannte. Der Shi Fu führte ein reich verziertes Schwert unter dem schwebenden Körper hindurch und fuhr mit dem Schwert über ihn hin, um zu demonstrieren, dass es sich nicht um einen Taschenspielertrick handelte. Auf ein kaum merkliches Zeichen des Abtes hin senkte der junge Mann sich wieder auf den Tisch hinab. Er blieb ein paar Augenblicke liegen, dann setzte er sich auf, als erwache er aus tiefer Bewusstlosigkeit, und sah sich verwirrt um, so als wisse er nicht, wo er sich befand. Die Anwesenden waren sichtbar aufgewühlt von dem, was sie gesehen hatten. Man spürte, als sie das Klostergelände verließen, dass sie förmlich darauf brannten, ihren Mitmenschen in Werkstatt oder Büro, in der Familie und im Freundeskreis von dem außergewöhnlichen Erlebnis zu erzählen.

Ein glücklicher Zufall fügte es, dass Joseph am schwarzen Brett in der Kaserne auf ein Flugblatt des Pekinger CVJM stieß. Dort wurde ein Vortrag über Parapsychologie angekündigt, gehalten von Hochwürden Ivor French, dem Vikar der örtlichen anglikanischen Kirchengemeinde und geistlichen Hirten der in Peking lebenden Briten. Joseph hatte schon einige seiner Vorträge besucht und ihn als geistreichen, faszinierenden Redner kennen gelernt.

Nach dem Vortrag suchte Joseph den Kirchenmann in dessen Pfarre auf. Als der Reverend ihm, angenehm überrascht, die Tür öffnete, stellte Joseph sich vor.

»Gefreiter Joseph Krasinski vom United States Marine Corps, Sir.«

Der Reverend bat ihn, Platz zu nehmen, schenkte ihm eine Tasse Tee ein und bot ihm einen Teller mit schon ziemlich vertrockneten Huntley-and-Palmer-Keksen an.

»Krasinski …«, sagte er. »Sie müssen der Pole sein, der Mandarin und Russisch beherrscht. Major Boudreau hat mir von Ihnen erzählt. Er ist stolz auf Sie. Also, was kann ich für Sie tun?«

»Es geht um Levitation, Sir. Ich hab da ein paar Fragen.«

Der Geistliche lächelte. »Sehr gut. Ich hatte erwartet, dass es um Rugby geht. Dass ihr eine Mannschaft aufstellen wollt. Die Marines aus Shanghai sollen ja erstklassig sein.«

»Ich komme wegen Ihres Vortrags. Ich bin neugierig geworden. Glauben Sie denn selbst an Levitation?«

Der Geistliche zog eine Senior Service aus einer Blechdose, die er aus seiner verknitterten Tweedjacke hervorkramte, zündete sie an und blies den Rauch zur Seite. Wahrscheinlich wollte er auf diese Weise Zeit für seine Antwort gewinnen.

»Als spirituelles Wesen neige ich dazu, so etwas für möglich zu halten. Als rationaler Mensch fällt es mir schon schwerer.« Er nahm einen tiefen Zug aus seiner Zigarette. »Wie stehen Sie denn dazu, junger Mann?«

»Es wäre wunderbar, wenn man es glauben könnte«, sagte Joseph.

»Eine schöne Antwort«, sagte der Geistliche. »Da spricht der Katholik aus Ihnen. Als Pole sind Sie doch Katholik, oder?«

»Schwach im Glauben«, sagte Joseph.

»Jeder erlebt diese Schwäche irgendwann in seinem Leben. Aber weil Sie im Schoß der römischen Kirche aufgewachsen sind, stehen Sie dem Mysterium, dem Übernatürlichen näher als wir Christen der eher nüchternen Konfessionen. Ich sehe es einfach als einen Wesenszug Ihrer Form von Spiritualität, durch den Levitation für Sie glaubhafter wird. Tatsächlich gibt es in Ihrem Glauben, in dem Sie angeblich so schwach sind, überzeugende Beispiele für Levitationen. Unter Ihren Heiligen wären da zum Beispiel Ihr Namenspatron aus dem 17. Jahrhundert, Joseph von Cupertino, oder die heilige Theresa von Avila oder, das ist nicht gar so lange her, die Passionistennonne Gemma Galgani. Alle haben während ihrer Entrückungen Levitationserlebnisse gehabt.«

Reverend Ivor French öffnete seine Blechdose und holte eine weitere Zigarette heraus, die er auf seinen nikotinfleckigen Daumen aufstieß. Er zündete sie an, dann erinnerte er sich seiner Gastgeberpflichten und bot auch Joseph eine an.

»Verstehen Sie, Joseph, es kommt mir auf die Entrückung an. Daraus ersehen wir, dass die Levitation ein Glaubensakt ist. Es ist keine Zirkusnummer, es hat nichts mit irgendwelchen Tricks zu tun. Und ich höre es auch nicht gern, wenn von Psychokinese gesprochen wird, das reduziert alles auf die Ebene eines Laborexperiments.«

Er wischte Ascheflocken von seinem schwarzen Hemd und sah Joseph erwartungsvoll an. Joseph hatte die Zigarette angenommen, weil er nicht tugendhafter erscheinen wollte als sein Gastgeber, aber in Wahrheit fand er den Geruch der Senior Service noch ekelhafter als ihren Geschmack.

»Was mich stört«, sagte Joseph, »ist, dass die Levitationen, von denen Sie da reden, so etwas sind wie die Wunder in der Bibel. Sie sind schon so lange her, dass sie mehr als Legenden erscheinen und nicht als Tatsachen.«

»Das gilt nicht für alle, mein Freund. Gerade hier in Peking sollen bei Chee Ling Qua, dem größten aller chinesischen Geisterbeschwörer, Levitationen beobachtet worden sein. Und er starb erst vor wenigen Jahren, 1918, um genau zu sein.«

Plötzlich fiel der Blick des Geistlichen auf die Taschenuhr, die mitten in der heimeligen Unordnung auf seinem Schreibtisch lag.

»Du lieber Himmel!«, rief er. »Ich muss nach oben zum Abendgebet.«

Er stand auf, und Joseph erhob sich ebenfalls. Der Geistliche griff nach einem Buch auf dem Schreibtisch und drückte es Joseph in die Hand. »Das ist ein höchst interessantes Buch zum Thema. Lesen Sie es und besuchen Sie mich wieder. Auf bald!«

Eine Woche später war Joseph in die Wachstube des First Sergeant gerufen worden. »Der englische Pater«, sagte McGrath und deutete auf das Telefon.

Joseph griff nach dem Hörer. »Gefreiter Krasinski, Sir.«

»Hallo, Joseph. Hier spricht Vater Ivor. Hätten Sie Lust, morgen zum Tee zu kommen?«

»Zum Tee, Sir?«

»Ja, Joseph. Ein vorgezogenes Abendessen. Ab wie viel Uhr sind Sie frei?«

»Freiwache beginnt mit acht Glasen. Um 16 Uhr, Sir.«

»Passt ja prima. Dann kommen Sie so um fünf. Es ist nicht im Pfarramt.« Er nannte eine Adresse in der Nähe der Tatarenmauer.

»Kann ich eine Freundin mitbringen, Reverend?«

»Aber gern.«

Als Joseph und Natalia bei der angegebenen Adresse eintrafen, befanden sie sich in einem alten chinesischen Viertel mit gemauerten Häusern und altmodischen Ziegeldächern. Reverend French öffnete ihnen die Tür, jetzt nicht mehr in seiner Tweedjacke, sondern in ein elegantes chinesisches Gewand aus schwarzer Seide mit einem Stehkragen und Schnurverschlüssen gekleidet. Er führte sie in ein erlesen eingerichtetes Zimmer mit europäischen und chinesischen Möbeln und servierte ihnen Bier als Begrüßungsschluck. Natalia gefiel ihm offensichtlich – ihr Auftreten, ihr netter Akzent, wenn sie Englisch sprach. Er machte sich einen Spaß daraus, die russischen Wendungen an ihr auszuprobieren, die er in Peking aufgeschnappt hatte.

Mit einer großen Bratpfanne in der Hand erschien ein breitschultriger junger Mann in der Küchentür. »Zeit zum Essenfassen, wie's bei euch Yankees heißt«, sagte er, als er die brutzelnde Pfanne auf dem Refektoriumstisch absetzte. Man machte einander bekannt. Der junge Mann, er hieß Simon, war nicht nur der Kapitän des britischen Rugby-Teams und Schreiber im britischen Konsulat, sondern, laut Vater Ivor, auch ein meisterlicher Zubereiter typischer Speisen der englischen Arbeiterklasse, die Namen wie *Toad in the Hole, Spotted Dick* oder, so das Gericht dieses Abends, *Bubble and Squeak* trugen. Simon war ebenfalls in eine chinesische Seidenrobe gehüllt, die jener des Paters glich. Das Gericht mit dem schönen Namen Geblubber und Quieksen entpuppte sich als eine in der Pfanne zusammengebackene Masse, die überwiegend aus Kartoffeln und Kohl bestand und überraschend gut schmeckte, vor allem, wenn man sie mit einem reichlichen Quantum des vorzüglichen Pekinger Biers herunterspülte. Zusammen mit der Nachspeise legte Vater Ivor ein Buch auf den Tisch und schob es zu Joseph hinüber. Dieser betrachtete den Umschlag und sah, dass der in fetter Frakturschrift gesetzte Titel deutsch war.

»Leider verstehe ich kein Deutsch, Reverend.«

»Brauchen Sie auch nicht. Ich hab's gelesen. Es heißt ›Die Toten leben‹, was jeder gerne glauben wird, der einmal einen Abend mit unseren deutschen Freunden verbracht hat. Aber im Ernst, hier ist auch von der Levitation die Rede, die unseren jungen Freund Joseph ursprünglich zu mir geführt hat.« Er schlug das Buch auf und übersetzte flüssig aus dem Vorwort: »... unwiderlegliche Beweise für okkulte, somnambule, spiritistische und Levitationsphänomene, mit sechzehn Geisterfotografien.«

Das Buch wurde am Tisch herumgereicht, sodass alle sehen konnten, wie fünf Personen bei einer Seance in Genua 1892 einen Tisch zum Schweben gebracht hatten. Auf einer anderen Bildtafel war »Stasia, ein polnisches Mädchen von 15 Jahren« zu sehen, die auf einer Wolke dahinzutreiben schien.

Der Pater übersetzte die deutsche Bildunterschrift: »Sie versank in einer leuchtend weißen, milchigen Substanz.«

»Da hätte ich auch nichts dagegen, in einer leuchtend weißen, milchigen Substanz zu versinken«, sagte Simon, und Gelächter unterbrach die nachdenkliche Stimmung.

Das nächste Foto zeigte einen gut aussehenden Europäer. Abermals übersetzte der Pater die Bildlegende.

»Das Phantom des englischen Schriftstellers Charles Dickens, der 1871 starb und in der Westminster Abbey beigesetzt wurde. Sein Geist erschien 1873 und konnte fotografiert werden.«

Beim Kaffee hatte Natalia sich an Reverend French gewandt: »Glauben Sie, dass diese Levitationen und Geistererscheinungen echt sind?«

»Das ist genau die Frage, die mir Joseph bei seinem ersten Besuch gestellt hat«, erwiderte der Geistliche. »Und ich antworte genau wie damals. Als spirituelles Wesen würde ich es gerne glauben.«

»Es ist die Art von Hokuspokus, mit der Rasputin der Zarin den Kopf verdreht hat«, sagte Natalia.

»Wir wissen nicht, ob es sich um Hokuspokus handelt«, sagte der Reverend. »Aber es ist jedenfalls etwas, das uns von unseren vierbeinigen Freunden unterscheidet. Sonst sind wir gleich. Wir essen, wir trinken, wir schlafen, wir haben unsere Körperfunktionen, wir hoffen auf Belohnungen, wir träumen.«

»Tiere träumen?«, fragte Simon.

»Hast du schon einmal einen schlafenden Hund beim Kamin beobachtet? Er knurrt, seine Beine zucken … Man sieht förmlich, dass er davon träumt, einen Hasen über die Heide zu hetzen. In dieser Hinsicht hat Gott seine Geschöpfe gleichartig erschaffen. Aber der Mensch, und nur der Mensch, hat den Willen und die Möglichkeit, Gott oder meinethalben auch dem Buddha ähnlicher zu werden. Und nur der Mensch ist fähig, sich um dieses Zieles willen von allem zu trennen, was ihn an die Erde fesselt – Ego und Lust und Begehren und Neid und Stolz. Daher die Heiligen, die levitieren, seien sie Christen, Hindus, Buddhisten oder sogar Agnostiker.«

Reverend Ivor French legte seine Hand auf Josephs Arm.

»Deshalb habe ich eine spontane Zuneigung zu Joseph gefasst. Ein Mann der Waffen und doch ein Suchender mit einer zutiefst spirituellen Seite.« Er wandte sich Natalia zu. »Sie haben da einen wahren Schatz an Land gezogen, junges Fräulein.«

Auf dem Heimweg hatte Natalia gesagt: »Hör mal, dieser Priester und der junge Rugbyspieler, das sind doch Schwule, oder?«

»Natalia«, hatte Joseph erwidert, »als ich auf der *USS Milwaukee* stationiert war, hatten wir zwei Männer im Bunker einsitzen, einen Schreiber und einen Sanitätsmaat. Man hatte die beiden zusammen im Farbenmagazin erwischt. Ich hatte Wache vor der Zelle und hab die beiden kennen gelernt, und ich muss dir sagen, dass waren die anständigsten Kerle auf dem ganzen Schiff.« Natalia blieb stumm. Und Joseph sagte noch Folgendes: »Was sich hinter verschlossenen Türen abspielt, geht keinen was an. Das gilt auch für dich und für mich. Ich glaube, du verstehst mich.«

AUF SIE VERTRAU' ICH;
DENN ES SIND SOLDATEN,
KLUG, HÖFLICH, FREIEN SINNES
UND VOLL MUT.
– *Shakespeare,* König Heinrich VI., *Erster Teil, 1590*

Der Abend beim Reverend ging Joseph gerade wieder im Kopf herum, als der Zug plötzlich langsamer wurde und ausrollte. Joseph zog die schwere Tür auf und steckte den Kopf hinaus. Vorne, auf Höhe der Lokomotive und des Tenders, sah er ei-

nen aus rohen Holzplanken gezimmerten Kohlenbunker auf-
ragen. Wenig später erschienen der Lokführer und sein Heizer
und einige der Soldaten mit Schaufeln über den Schultern.
Nach der Zeit in der Arrestzelle und der tagelangen Fahrt im
Güterwagen schrie Josephs Körper förmlich nach Bewegung.
Er brauchte frische Luft und eine Gelegenheit, seine Muskeln
einzusetzen bis sie schmerzten, bis ihm der Schweiß in Bä-
chen herunterlief, bis jeder Gedanke aus seinem Kopf ver-
trieben war außer dem einen, die Schaufel in den Kohlenberg
zu stoßen und das staubige Schwarz in den Tender zu befördern, bis die Arbeit erledigt war.

Als die Männer sich den Schweiß von der Stirn wischten,
hörten sie Schafe blöken. Sie gingen um die Lokomotive herum und sahen den chinesischen Feldwebel, der, seine Luger
in der Hand, auf ein fettes Schaf zuging und es mit einem
Kopfschuss tötete. Die Soldaten liefen hin und schleiften den
toten Körper bis zu den Schienen. Dann fummelten sie an ihren Bajonetten herum und wussten nicht, wie sie weiter verfahren sollten. Joseph forderte die Männer auf, das Schaf an
die offene Tür eines Güterwagens zu hängen und bat um ein
Bajonett. Er war auf der polnischen Seite seiner Straße aufgewachsen, wo man an Ostern einen Karpfen verspeist hatte,
aber gegenüber lebten Italiener, die jedes Jahr ihr Osterlamm
schlachteten. Das blutige Schauspiel hatte die jungen Burschen im Viertel, die Polen ebenso wie die Italiener, Jahr für
Jahr aufs Neue fasziniert, und Joseph hatte oft genug zuge-
sehen, wie Mr. Petrelli das tödliche Ritual in seinem Hinterhof
vollzog, um es sich auch selbst zuzutrauen. Überdies hatte er
in den Sommerferien oft den Henkelmann mit dem Mittagessen für seinen Vater in den Schlachthof gebracht, wo er gesehen hatte, wie sein Vater und dessen Kollegen die Keulen
von den Rinderhälften hackten, die an eisernen Haken hin-

gen. So war ihm das Handwerk des Schlachtens nicht fremd, und er zögerte keinen Augenblick, den Rumpf des Schafes aufzuschlitzen und die Lunge und das Herz, die Leber und andere Innereien herauszunehmen und an gierige Hände zu verteilen. Er hatte das Fell noch nicht abgezogen, als die Soldaten die Organe bereits in Eimern wuschen, die mit heißem Wasser aus dem Lokomotivkessel gefüllt waren. Joseph schnitt Rippen- und Lendenstücke und Hachsen heraus und sah, wie sie in den Führerstand der Lokomotive gebracht wurden. Er setzte sich zu den Soldaten auf der MG-Plattform. Während der Zug sich wieder in Bewegung setzte, wurden bereits die ersten gegarten Fleischstücke von der Lok auf den Wagen heruntergereicht. Die Männer schlangen das Fleisch in sich hinein, bis sie nicht mehr konnten. Als wollten sie ihm auf diese Weise für sein Schlachterhandwerk danken, rülpsten die Soldaten in tiefer Zufriedenheit und grinsten ihn mit fettglänzenden Wangen an. Joseph genehmigte sich noch ein weiteres Rippenstück, nicht ohne sich der Tatsache bewusst zu sein, dass sein Handeln den orthodoxen Lehren des Wha-Guan-Tsu-Tempels widersprach. Dort wurde, wie bei Buddhisten die Regel, der Vegetarismus gepredigt und die Vorstellung eines blutigen Schlachtfests galt als besondere Abscheulichkeit. Joseph hatte sogar schon von Klöstern und Tempeln in Tibet – nahe der indischen Heimat des Buddha – gehört, deren Mönche Kälber und Lämmer aus Mitleid direkt vom Schlachtblock des Fleischers wegkauften. Die geretteten Tiere wurden auf heiligen Weiden ausgesetzt, wo sie ihr weiteres Leben unbehelligt verbringen konnten. Joseph hatte frühzeitig erkannt, dass es ihm bei aller Begeisterung für den Buddhismus nicht gelingen würde, den Fleischgenuss völlig zu vermeiden. Wenn er sich dem Speiseplan der Navy-Kantinen, der aus Schinken und Speck, aus Pökelfleisch und

Hackfleisch, aus Weihnachts- und Thanksgiving-Truthähnen bestand, widersetzte, so würde er noch mehr unerwünschte Aufmerksamkeit auf sich ziehen. Es genügte schon, dass ihm seine chinesischen und russischen Sprachkenntnisse im Verein mit seinen guten Tischmanieren – die er wiederum den Nonnen zu verdanken hatte – bei seinen weniger gewandten Kameraden den Ruf eines Sonderlings eingetragen hatten. Es lief sogar das Gerücht um, dass er nach seiner geplanten Beförderung zum Sergeant für die Offizierslaufbahn vorgeschlagen werden würde. Joseph hatte auf dieses Gerede nie viel gegeben, aber natürlich hätten sich die Dinge durchaus so entwickeln können, wäre ihm nicht seine Begegnung mit Major Kitagawa von der Kempeitai dazwischengekommen. Er saugte das Mark aus einem Knochen, blickte dabei zur Silbersichel des zunehmenden Monds im dunkler werdenden Himmel empor. Er ließ sich vom Kommandeur der MG-Besatzung zu einem Schluck *Sam Shu* einladen. Er prostete den MG-Schützen mit seinem Becher zu, und seine neuen Freunde riefen *Gambei* oder Hoch die Ärsche, und dann kippte er sich den giftigen Fusel hinter die Binde. Als sich wohlige Wärme in seinem Körper ausbreitete, dachte er, wie gut dieses Leben unter Waffenkameraden doch war, nicht nur bei den Marines, sondern auch hier, inmitten dieser in Fetzen gehüllten und nicht eben wohlriechenden chinesischen Soldatenhorde. Es war ein gutes Gefühl, von ihnen umgeben zu sein, während vorne die baumlose Wildnis der Mandschurei auf sie zuraste und hinten die Kolbenstangen der Lokomotive stampften. Morgen würde der Zug Nan Ling erreichen, und sein Leben als Mönch würde beginnen. Aber vorher musste Joseph noch einmal die Rolle des Soldaten übernehmen.

Das Kreischen von Eisen auf Eisen, von den blockierenden

Rädern der Lokomotive auf den Schienen, riss Joseph aus einem tiefen Schlaf. Im nächsten Augenblick begann das Maschinengewehr zu rattern, und Querschläger pfiffen ihm um die Ohren. Im Lichtkegel des Lokscheinwerfers konnte Joseph eine Barrikade erkennen, die auf den Gleisen errichtet worden war. Die Soldaten auf dem Plattformwagen schossen mit ihren Handfeuerwaffen auf schemenhafte Gestalten im Dunkeln. »Ihr Hurensöhne, ihr Kinder der Scheiße«, brüllte der chinesische Feldwebel in die Nacht hinaus, während er die Banditen unter Feuer nahm. Dann blockierte sein MG, worauf die unsichtbaren Schützen mutiger wurden, sich mehr Zeit zum Zielen nahmen. Der Feldwebel bekam einen Treffer ab, er warf die Arme in die Luft, taumelte rückwärts und stürzte auf das Gleisbett hinunter. Joseph kroch zu dem MG hin, versuchte den Abzug zu betätigen und sah, dass das MG eine Ladehemmung hatte, eine Patrone hatte sich verkeilt. Von jaulenden Querschlägern umschwirrt, zog Joseph sein Schlachterbajonett aus der Hülle und schaffte es tatsächlich, die klemmende Patrone damit freizubekommen. Er schob den Sicherungshebel zurück, rastete den Gurt wieder ein und zog den Abzug durch. Während der Feuerpause des MGs hatten sich die Banditen näher herangewagt; ihre Schüsse hatten einen der Soldaten getroffen, der jetzt benommen dasaß und seinen verletzten Arm umklammerte. Joseph sah eine schemenhafte Bewegung links vor dem Zug in Zehn-Uhr-Position, riss das MG herum und schickte ein paar Feuerstöße in die Nacht hinaus. Ein Aufschrei und ein gurgelndes Geräusch kamen von draußen zurück. Joseph und vier der verbliebenen Soldaten sprangen, die Gewehre schussbereit im Anschlag, vom Waggon hinunter. Sie entdeckten zwei Tote und einen Verletzten, dessen Oberschenkel zerschmettert war. Drei weitere Banditen ergaben sich, vielleicht, weil sie keine Munition mehr hatten. Sie knieten bereits auf dem Boden und streckten die Hände in die Höhe. Die Soldaten ließen sie entlang des Bahndamms antreten und schossen ihnen ohne viel Federlesens auf gut chinesische Art in den Hinterkopf. Den Feldwebel fanden sie auf dem Gleisbett, tot. Die Männer holten Schaufeln vom Kohlentender und hoben ein flaches Grab aus. Joseph wechselte abermals die Rolle und rezitierte, zur Überraschung der Männer, die Sutren, die für eine Beisetzung vorgesehen waren. Als die Männer anschließend die Barrikade von den Schienen räumten, ging Joseph noch einmal zu den Männern, die er mit dem MG niedergemäht hatte. Methodisch durchsuchte er ihre Taschen und stieß auf eine 9-mm-Luger mit mehreren Munitionsmagazinen. Er ließ sie in seine Manteltasche gleiten und gesellte sich wieder zu der MG-Besatzung.

Es war Mittag, als der Zug Nan Ling erreichte, die Endstation für Joseph. Die Soldaten beschenkten ihn mit einem blutbefleckten Munitionsbeutel, der offensichtlich von den Banditen stammte. Er enthielt eine Flasche *Sam Shu,* chinesische Zigaretten, ein Paar Handschuhe und ein paar Stücke Lammbraten, die in ein nicht allzu sauberes Tuch gewickelt waren. Als der Zug wieder anfuhr, nahm Joseph Haltung an und führte die Hand zum Salut an seine Schläfe. Die Männer auf dem Plattformwagen packten ihre Mauser und präsentierten das Gewehr. Joseph blieb salutierend stehen, bis der Zug außer Sicht war.

In der Mongolei

Der Bahnhof von Nan Ling Lin bestand aus nichts anderem als einem Schuppen, der das Überbleibsel einer Telegraphenstation war. Sie war bereits vor langer Zeit geplündert worden, und von der Telegraphenleitung war nur noch eine letzte Kupferschlinge übrig, die von einem Holzmast baumelte wie die Schlinge des Henkers von einem Galgen. Aus dem Schuppen trat ein Mann heraus, der Schaffelle auf seinen ausgebreiteten Armen trug. Als er sah, dass kein Personen-, sondern ein Güterzug gehalten hatte, trug er seine Handelsware enttäuscht in den Schuppen zurück. Als er wieder zum Vorschein kam, hatte er einen Karabiner über der Schulter, und um seine Brust schlang sich ein Patronengurt. Joseph hatte auf den Freiluftmärkten Pekings genug Mandschu, Tibeter, Uiguren und Angehörige anderer Völker gesehen, die dort ihren Krimskrams verkauften, um zu erkennen, dass dieses gebräunte, vom Wetter gegerbte Gesicht einem mongolischen Hirten gehören musste. Er bot ihm eine Zigarette an und stellte fest, dass der Mann den nordchinesischen Dialekt gut genug beherrschte, um ihn zu verstehen und sich verständlich zu machen. Joseph zeigte ihm seine Landkarte, deutete auf den Tempel und fragte, ob der Hirte sein Führer sein wolle. Der Mongole erwiderte, dass er ohnehin ein paar Pferde in diese Richtung trieb und dass Joseph gerne mit ihm und seinen Söhnen reisen könne. Er winkte Joseph, ihm den Bahndamm hinunter und über ein Geröllfeld bis auf den Kamm einer Düne zu folgen, die der Wind aus dem Sand der Steppe aufgetürmt hatte. Oben wartete er, bis Joseph zu ihm aufgeschlossen hatte. Gemeinsam blickten sie auf das Panorama zu ihren Füßen hinab. Eine Herde von mehreren hundert Pferden weidete das Stoppelgras ab, das auf dem ausgetrockneten Boden wuchs. Es waren Pferde in allen Farben, schwarz wie Ebenholz und haselnussbraun, sandfarben wie ein Löwe und weiß wie Buttermilch. Und dazwischen hunderte von fettschwanzigen Schafen in Schwarz und Weiß und braune Ziegen und ungebärdige Böcke und eine Reihe von blökenden zweihöckrigen Kamelen. Näher an der Düne standen bei ein paar dürren Bäumen, als suchten sie deren nicht vorhandenen Schatten, die typischen weißen Jurten der mongolischen Nomaden. Dicht bei den Zelten waren Büffel angepflockt, die die bei den Hirten so geschätzte Milch gaben. Josef fühlte sich unwillkürlich an den Band mit biblischen Geschichten erinnert, den er zum Schulabschluss in seiner kirchlichen High School geschenkt bekommen hatte. Er meinte, genau dieses Tableau schon in einer der vielen Illustrationen in diesem Buch gesehen zu haben. »Und auf den Feldern von Shechem wimmelte es von Vieh.« Nur die Figur des Guten Hirten fehlte, bärtig und milde, den Hirtenstab in der einen Hand und ein neugeborenes Lamm in der anderen.

Joseph verbrachte die Nacht in dem Rundzelt, dem *Ger,* das von dem Hirten, seinem Weib und einer ganzen Schar von Kindern bewohnt wurde. Es war angenehm dort, ein Feuer aus Kamelmist wärmte den Innenraum, der mit Orientteppichen ausgelegt und an den Wänden behängt war. Ehe die Betten für die Nacht aufgeschlagen wurden, demonstrierten der Hirte und seine Frau die sprichwörtliche Gastfreundschaft der Mongolen. Sie mästeten ihren Überraschungsgast mit einer Fleischbrühe vom Lamm, frisch gebackenem Fladenbrot mit wilden Zwiebeln darin, gedämpften Teigbällchen nach Art des chinesischen *Bao,* jedoch mit gehacktem Lammfleisch gefüllt, und *Kuushuur,* in Öl herausgebackenem Lammfleisch in einem Teigmantel. Joseph fand alles köstlich, nur der nach Salz und Butter schmeckende Tee, der nachher gereicht wurde, war nicht so ganz sein Fall. Die Kinder des Hirten waren von dem ersten fremden Teufel, den sie in ihrem Leben sahen, ganz begeistert und lauschten Josephs buddhistischen Parabeln, die ihnen ihr Vater übersetzte, mit unverkennbarem Vergnügen.

Bei Tagesanbruch bestiegen Joseph und der Hirte ihre mongolischen Ponys, und auch die beiden ältesten Söhne des Nomaden, von denen Joseph annahm, dass sie von einer anderen, älteren Frau stammten, stiegen in den Sattel, um die Pferdeherde zu saftigeren Weiden im Norden zu treiben. Die Hufe der vielen Tiere wirbelten Staubwolken auf, die den Ritt auf einem halbwilden, störrischen Pferd noch unangenehmer machten. Nach einer Stunde im Sattel wünschte Joseph, er hätte engere Kontakte zu den Marines von der berittenen Abteilung geknüpft. Er hätte sich leicht eine Gelegenheit verschaffen können, an Wochenenden auf ihren Pferden auszureiten. Aber Major Boudreaus Geheimdienst und die gesamte Stabskompanie hatten in dieser Beziehung einen gewissen Dünkel. Pferde galten als Etwas, das zu den Marines passte, die vom flachen Land kamen, von Farmen im Mittleren Westen oder in Texas, Arizona oder New Mexico. Er dagegen war ein Kind der Großstadt, und überdies ließen ihm seine Russisch-, Chinesisch- und Buddhismus-Studien gar keine Zeit für andere Aktivitäten.

Sie ritten den ganzen Vormittag hindurch, und Joseph spürte jeden Schritt seines Gauls im Kreuz. Die Steppe war endlos, kein Horizont schien sie zu begrenzen, die Welt bestand aus nichts anderem mehr als graubrauner Erde, dem Widerhall von Pferdehufen, einem kobaltblauen Himmel und dem gelegentlichen Schrei eines Falken oder Adlers, der von oben herunterstieß. Als sie mittags eine Pause machten, um Tee zu kochen, schaffte er es kaum noch, abzusteigen. Er trug noch seine grüne Militärhose aus grober Wolle, und als er seinen Gürtel öffnete und die Hose vorsichtig bis zu den Knien hinunterließ, sah er, dass die Innenseiten seiner Schenkel wund waren. Der Sohn des Hirten, der den Tee zubereitete, brachte ihm eine Hand voll Lammfett und bedeutete ihm mit Gesten, dass er sich damit einschmieren solle. Das ranzige Fett brachte ihm ein wenig Erleichterung, und er gesellte sich zu den Teetrinkern und schlürfte das kochend heiße Getränk mit viel Luft, um es zu kühlen.

Süssigkeiten für die Süsse

Während in der Steppe der Mandschurei Tee mit Schafsmilch geschlürft wurde, wurden in der Patisserie Edmond, der kleine<n französischen Konditorei in der Nähe des Hotel du Nord, Tee mit Zitrone und Petit Fours auf zierlich ausgestanzten Papierserviettchen serviert. Anwesend waren in diesem gepflegten Ambiente Commander Harrison Steele von der United States Navy sowie Natalia Petrowna aus dem Reisebüro und vormals Joseph Krasinskis Bett. Der Commander, ganz Mann von Welt, hatte im Reisebüro vorgesprochen, sich als der Verfasser der brieflichen Solidaritätsbekundung zu erkennen gegeben und Natalia zum Tee eingeladen, habe er ihr doch ein paar Neuigkeiten betreffs ihres jungen Marinesoldaten mitzuteilen. Die Neuigkeiten, die er zwischen Bissen von einem vanillecremegefüllten Eclair preisgab, waren bescheiden. Aufgrund seiner vorzüglichen Kontakte zum Wachbataillon könne er ihr unter dem Siegel striktester Verschwiegenheit mitteilen, dass ihr Liebster nicht festgenom-

men worden sei; dass zumindest die Marines keine größeren Anstrengungen mehr unternehmen würden, um seiner habhaft zu werden; und dass Gerüchte umliefen, er habe sich in die Mandschurei abgesetzt, um unter der dortigen europäischen Bevölkerung – hauptsächlich Russen – unterzutauchen. Natalia, auch für die geringste Nachricht von Joseph fußfällig dankbar, erklärte sich gerne bereit, den Commander wiederzusehen, sobald er ihr Neues mitzuteilen habe. Als sie ihren Tee austrank, nutzte Steele die Gelegenheit, sie aus nächster Nähe in Augenschein zu nehmen. Nein, er hatte sich nicht geirrt. Sie war ganz außergewöhnlich reizvoll. Ihr Haar hell wie sonnengebleichte Weizenfelder, wahrscheinlich ein Erbteil baltischer Herkunft, dazu lange blonde Wimpern über blauen, züchtig niedergeschlagenen Augen und eine makellose Haut, die keiner kosmetischen Verschönerung bedurfte – all das umgab sie mit einer Aura, in der sich Schönheit und Unschuld mischten. Und der melancholische Zug um ihre Augen und ihren Mund machte sie für den Commander schlechthin unwiderstehlich. Natalia, die noch unter den Nachwirkungen von Major Kitagawas Besuchen litt, spürte nicht, dass der Amerikaner auf das Gleiche aus war wie sein japanischer Waffenbruder – nur ging er dabei raffinierter zu Werke.

WIR GEBEN BLUT'GEN UNTERRICHT ...
– *Shakespeare*, Macbeth, *1605*

Während Joseph in der Mandschurei Tee mit Schafsmilch schlürfte und Commander Steele bei Edmond in Peking an feinen Küchlein knabberte, saß Natalias dritter Verehrer, Major Kitagawa, in seinem Dienstzimmer im Hauptquartier der Kempeitai in Xinjing, einer Provinzstadt auf halbem Weg zwischen Mukden und Harbin. Er war erst kürzlich aus Peking zurückgekehrt, eine schmale schwarze Schlinge für seinen rechten Arm die letzte Erinnerung an jene ereignisreiche Zeit. Vor ihm auf dem Schreibtisch lag sein brauner Aktenkoffer aus Leder. Ihm gegenüber saß eine Reihe junger Offiziere der Kempeitai, kerzengerade und stocksteif, die Hände in japanischer Art auf den Knien, die Unterkiefer straff gespannt. Major Kitagawa ließ die vernickelten Schlösser seines Koffers aufschnappen und zog das gerahmte Foto heraus, das er von Natalias Nachttisch genommen hatte. Er hielt das Bild des lächelnden jungen Marinesoldaten in Ausgehuniform hoch, damit seine Offiziere es gut sehen konnten.

»Das ist der Soldat der amerikanischen Landungstruppen, der es sich erlaubt hat, die kaiserlich japanische Armee zu verhöhnen. Entgegen den mit der kaiserlichen Armee getroffenen Abmachungen war die Zeremonie seiner Degradierung eine einzige Farce. Ich bin überzeugt, dass die amerikanische Marine bei der Flucht dieses Mannes eine Komplizenrolle gespielt hat.«

Er nahm das Bild aus dem Rahmen.

»Dieses Foto soll an alle Kempeitai-Einheiten in China verteilt werden. Und an alle chinesischen und koreanischen Agenten, die für uns arbeiten. Der Mann muss gefasst werden. Es geht um unsere Ehre.« Kitagawa genehmigte sich einen Schluck Bier. »Noch irgendwelche Fragen?«

Ein junger Oberleutnant sprang auf. »Der Name, Major Kitagawa?«

Statt einer Antwort knöpfte der Major seine Uniformjacke auf, löste auch noch die obersten Knöpfe seines Baumwoll-

Unterhemds. Er griff hinein und zog ein *Omamori* hervor, ein schützendes Amulett aus dem Yasukuni-Schrein, der Walhalla der im Kampf gefallenen japanischen Krieger. Er griff nochmals hinein und zog eine schlichte, schmale Metallkette heraus, wie man sie an Lichtschaltern von Deckenlampen findet. An der Kette hing ein kleines Oval aus Eisen, in das Buchstaben eingeprägt waren. Der Major hielt die Plakette vor seine Brust und winkte den Oberleutnant heran.

»Haben Sie gelernt, lateinische Buchstaben zu lesen? Dann lesen Sie!«

Der junge Oberleutnant kniff vor lauter Konzentration die Augen zusammen. »Krashin … Kraz … Krasinski. Das klingt nicht amerikanisch. Dort heißen sie Jones oder Smith. Es klingt russisch.«

Kitagawa lachte leutselig. »Ganz recht, Oberleutnant. Die Amerikaner haben keine gemeinsamen Vorfahren wie die alten Kulturvölker. Sie sind der Abschaum der Erde, Gesindel aus aller Herren Länder, das sich dorthin geflüchtet hat. Der Tag wird kommen, da wir sie aus Asien hinaustreiben wie räudige Hunde.«

Kitagawa blickte auf seine Uhr, erhob sich und wollte aufbrechen. Die jungen Offiziere schossen hoch. Ihr Major war in Eile. Er hatte einen Termin bei der örtlichen Filiale der Yokohama Giro- und Hypothekenbank, wo er mit dem Zweigstellenleiter über seine Geldanlagen sprechen wollte. Wie die meisten Offiziere der Kwantung-Armee war auch Kitagawa in der florierenden Wirtschaft der japanisch besetzten Mandschurei zu erheblichem Wohlstand gelangt. Seit 1919 hatte die Kwantung-Armee mit Unterstützung einer guten Million japanischer Siedler die Mandschurei in ein Land verwandelt, in dem, zumindest für die Besatzer, Milch und Honig flossen. Dass die prallsten Früchte, die aus diesem Füllhorn quollen, mit Drogen und Prostitution zu tun hatten, bekümmerte niemanden. Am wenigsten Major Kitagawa. Er war stiller Teilhaber eine Reihe von Bordellen, deren besondere Attraktion in minderjährigen Mädchen bestand, und außerdem Partner eines Unternehmens, das in ganz China mit Heroin handelte.

EIN SCHWEIGEN GIBT'S,
DAS SEINE STIMM' ERHEBT
SELBST IN DER STUMMEN WÜSTE,
WO NICHTS LEBT.

— *Thomas Hood*, Schweigen, *1827*

Unterdessen bewegte sich das Objekt von Kitagawas Zorn hoch zu Ross tiefer nach Asien hinein. Joseph wusste nicht mehr, ob es der dritte oder bereits der vierte Tag seiner Odyssee war, er wusste nur, dass die Mandschurei hinter ihm lag, dass es nun die mongolischen Steppen waren, die er durchquerte. Die Landschaft war ein grenzenloses Graubraun, aber der Horizont, bisher kaum zu erahnen, wurde jetzt von Hügelketten markiert. Die wund gerittene Haut an Josephs Hintern und Schenkeln schmerzte ihn jetzt bis hinauf zu den Augenhöhlen. Er konnte sich nur mit Mühe konzentrieren, als der Hirte sein Pferd an die Seite des seinen trieb. Der Mongole deutete auf einen Haufen sonnengebleichter Knochen, die das Sandstrahlgebläse des Windes blank poliert hatte. Selbst von seinem Reittier herab konnte Joseph die Einschusslöcher in den skelettierten Überresten von Männern, Kamelen und Pferden erkennen. »Banditen«, sagte der Mongole und ritt weiter. Es blieb Joseph überlassen, zu entscheiden, ob er damit meinte, dass es sich um die Gerippe von Banditen handelte oder um die ihrer Opfer. Aber machte das noch einen Unterschied, fragte sich Joseph. Er war im Begriff, in eine Landschaft abgeschoben zu werden, die so unwirtlich war wie der Mond, ein windgepeitschtes Nimmer-nimmer-Land, in dem selbst die Regeln eines so gesetzlosen Landes wie China keinen Sinn mehr hatten.

Sie schlugen ein weiteres Nachtlager auf, aßen das vertrocknete Zwiebelbrot, das in Streifen geschnittene Dörrfleisch vom Lamm, schlürften becherweise den grauenhaft salzigen Tee und legten sich rund um das Kamelmistfeuer zum Schlafen nieder. Am nächsten Morgen ritten sie in die Sonne hinein, Joseph unter Schmerzen, während die Herde zu ihren Seiten sie zu verspotten schien, so munter donnerten die Hufe, so wild wurden die Mähnen geworfen, so übermütig klang das Wiehern. Anscheinend witterten die Pferde bereits die saftigen Weiden, die frischen Gebirgsflüsse jenseits der Hügel. Der Hirte hielt bei einem Findling an, vor dem Statuen aus Sandstein standen, in denen Joseph einen Buddha und zwei Bodhisattvas, mutmaßlich tibetischen Ursprungs, erkannte. Genau konnte er es nicht sagen, weil die Köpfe mutwillig zerstört, die Gesichtszüge mit Hilfe von Steinen oder Gewehrkolben unkenntlich gemacht worden waren. Es musste sich um die Tat moslemischer Nomaden handeln – um ihre verquere Art, ihren Monotheismus zu demonstrieren. Das Einzige, woraus Joseph noch eindeutige Schlüsse ziehen konnte, war die symbolisch ausgestreckte, offene Hand eines der Bodhisattvas, die so viel bedeutete wie »Fürchtet euch nicht«. Bei aller Verehrung, die Joseph für den Buddha empfand, fragte sich sein westliches Vernunft-Ich, ob er hier nicht zum Besten gehalten wurde. Der Mongole forderte Joseph auf, vom Pferd zu steigen, und gemeinsam traten sie in den Schatten im Rücken der Figurengruppe. Joseph musste die Augen vor dem grellen Licht abschirmen, um in die Richtung der deutend ausgestreckten Reitgerte blicken zu können. Und dort, schimmernd im fernen Dunst, sah er – nicht den kleinen Schrein, den er erwartet hatte, sondern einen riesigen Klosterkomplex, größer als der Wha-Guan-Tsu-Tempel in Zing Shen.

»*Shidda, shidda* – ja, ja«, sagte der Mongole. »Kein Irrtum. Das ist der Tempel des Weißen Lotos.«

Joseph begriff, dass er am Ziel seiner Reise angelangt war. Schon trieben die Söhne des Hirten mit lautem Peitschenknallen und schrillen Pfiffen die Herde weiter auf die ferne, hohe Hügelkette zu. Joseph legte seine zu Fäusten geballten Hände zu der traditionellen Dankesgeste aneinander und verbeugte sich vor dem Nomaden. Der Mongole reagierte, indem er Joseph die Zügel des Pferdes in die Hand drückte, das er so schmerzhaft geritten hatte. Er schenkte ihm seinen Quälgeist, aber in dieser Einöde war ohne einen solchen Quälgeist wohl kein Überleben möglich. Als Joseph ihm abermals danken wollte, griff der Mongole nach Josephs linker Hand, und ehe Joseph es sich versah, hatte er ihm seine Hamilton-Armbanduhr – ein Geschenk seines Vaters zum Schulabschluss – abgenommen und sich selbst über das Handgelenk gestreift. Und zwar mit der Unterseite nach außen, was aber nichts ausmachte, denn ein Mongole orientiert sich ohnehin am Zustand der Gräser, wenn er wissen will, wie spät es ist. Dann schwang er sich in den Sattel, reckte die Reitgerte in die Luft wie seine Vorfahren den Krummsäbel, und sprengte mit donnernden Hufen davon, ohne sich noch einmal umzublicken.

Etwas mehr als eine Woche war seit dem wohlgesitteten Verzehr von Mehlspeisen durch Natalia und Commander Steele im »Chez Edmond« vergangen. Die neuerliche Begegnung der beiden fand in Natalias Wohnung statt, wo Commander Steele in Ausgehuniform erschien, mit einem Blumenstrauß und einer Schachtel bester Whitman-Schokolade bewaffnet. Er erschien unangemeldet, jedoch von ein paar Schlückchen Gin aus seiner silbernen Taschenflasche befeuert. Es war spät, was Natalia befremdete, doch die Uniform, die er trug, beruhigte sie wieder. Sie verlieh ihm eine gewisse Würde. Dank ihr sah Natalia in ihm den Abgesandten einer mächtigen Nation, der ohne jeden Zweifel neue Nachricht von ihrem geliebten Joseph überbrachte. Sie war sich ihrer Obliegenheiten als Gastgeberin bewusst und eilte in die Küche, um Tee zuzubereiten, die mitgebrachten Blumen in einer Vase zu arrangieren und das Schokoladenpräsent in einem Schälchen mit einer Zierserviette anzurichten.

Ihre Ablenkung durch hausfrauliche Pflichten verschaffte Harrison Steele Gelegenheit, sich in der Wohnung umzusehen. Der russische Einfluss war unverkennbar. An einer Wand hing ein Teppich, dessen Ursprung er in Taschkent vermutete, auf einer Anrichte standen ein Triptychon slawischer Heiliger und ein sepiabraun getöntes Gruppenbild des Zaren samt Zarina und Zarenkindern. Über dem Sofa prangte, was in jedem russischen Haus zu finden war, ein Gemälde eines bärtigen russischen Ritters in Ritterrüstung auf einem zottigen Ross. Er sah sich einem tückisch dreinblickenden Raubvogel gegenüber, der auf so etwas wie einem Grenzstein oder Grabstein hockte. Der Ritter hielt seine Lanze unschlüssig gesenkt. Wohin sollte er sich wenden? Nach links? Nach rechts? Sollte er umkehren? Nirgends ein Hoffnungsschimmer. Die ganze russische Seele lag in dieser melancholischen Botschaft. Auf dem Sofa lagen zwei bestickte Seidenkissen, eines rosa und mit dem Wappen des Marine Corps verziert, das andere teerosengelb mit einer Darstellung des Kreuzers *USS Milwaukee* in voller Fahrt. Durch eine offene Tür konnte der Commander einen Blick in das Schlafzimmer und auf das Bett mit seiner lachsrosa Tagesdecke aus Chenille werfen. Dort also hatte sich dieser Krasinski mit ihr vergnügt. Na ja, er konnte ihr auch noch den einen oder anderen Trick beibringen. Als sie mit den Erfrischungen auf einem chinesischen Lacktablett ins Zimmer zurückkehrte, setzte sie sich dem Offizier gegenüber, strich ihren Rock glatt und fixierte Steele mit ihren unglaublich blauen Augen.

»Sie haben Neuigkeiten von Joseph«, sagte sie.

»Ja«, sagte er, »aber es sind keine guten Nachrichten. Deshalb bin ich hier. Bei der Truppe ist bekannt, dass er Kontakte zu buddhistischen Kreisen unterhält, und jetzt glaubt man, dass er sich bei denen verkrochen hat, die diesen neuen Boxeraufstand organisieren wollen – die Chinesen, die den weißen Mann aus China vertreiben wollen.«

»Aber Sie wissen doch, dass das nicht stimmen kann«, sagte Natalia. »Joseph leistet bereits seine zweite Dienstperiode bei den Marines ab. Er ist ein loyaler Amerikaner.«

»Das wissen wir beide, aber Sie können sich doch vorstellen, wie so etwas zustande kommt. Die Wahrheit hat höheren Orts oft einen schweren Stand.«

»Aber wie kommen diese Leute überhaupt auf die Idee? Er sollte doch gerade zum Unteroffizier befördert werden. Ich begreife das einfach nicht.«

»Schauen Sie. Die Japaner werden unsere Verbündeten sein, wenn es gegen die chinesischen Revolutionäre geht. Wir können es uns nicht erlauben, sie zu verprellen. Die Klemme, in der Joseph steckt, ist ganz ungewöhnlich kompliziert. Dieser Major Kitagawa ist ein einflussreicher japanischer Offizier.«

Jetzt begriff Natalia das ganze Ausmaß des Unglücks, das sie getroffen hatte. Josephs eigene Leute machten gemeinsame Sache mit diesem brutalen Monster, das sie gefesselt und sie gezwungen hatte, zu parieren wie ein dressierter Foxterrier im Zirkus. Sie brach in Tränen aus. Das war der Augenblick, auf den Commander Steele gewartet hatte. Er erhob sich aus seinem Stuhl, zog sie hoch in seine Arme und bot ihr eine Schulter aus dunklem Uniformstoff, an der sie sich ausweinen konnte. Er klopfte ihr auf den Rücken und strich ihr über die Haare, bis sie sich wieder gefangen hatte. Er bot ihr sein Taschentuch an und wartete, bis ihre Tränen getrocknet waren.

»Ich bin ja so froh, dass ich Sie aufgesucht habe, ehe die Jimbos« – das war ein höchst abschätziger Ausdruck für die chinesische Polizei – »oder die Burschen von der Abwehr hier waren, um Sie zu verhören. Sie sind sich doch darüber im Klaren, dass das Leben einer jungen, alleinstehenden Russin in Nordchina sehr, sehr … schwierig sein kann, wenn nicht ein Mann wie Joseph zur Stelle ist, der sie beschützt. Ohne einen Pass, ohne einen Konsul, an den Sie sich wenden könnten, wer würde Ihnen helfen?«

Natalia blieb stumm angesichts dieser nur allzu treffenden Beschreibung der Lage, in der sie sich befand.

»Ich mache mir Sorgen um das Wohlergehen einer ungewöhnlich schönen jungen Frau in dieser gefährlichen Stadt«, sprach Harrison Steele. »Ich möchte ihr den Schutz anbieten, den mein Rang und meine Position gewähren können. Ich kann ihr das Leben leichter machen und sie vor den rechtlichen Komplikationen bewahren, die ihr Freund ihr hinterlassen hat. Im Gegenzug will ich nichts weiter als ihre Freundschaft.«

Er griff nach seiner Uniformmütze und ging zur Tür. Sie folgte ihm und bot ihm in einer Anwandlung europäischer Höflichkeit die Hand. Harrison Steele fühlte sich ausreichend ermutigt, ihr einen Kuss auf die Wange zu drücken, doch die Wärme ihrer Haut, der Hauch ihres Atems, die Zartheit ihres weizengelben Haars an seiner Backe ließen den Kuss ein wenig lüsterner ausfallen, als er beabsichtigt hatte. Natalia, der keine männliche Regung fremd war, suchte nach einer höflichen Formulierung, die ihn nicht kränken würde. Sie hatte weiß Gott schon genug Probleme in ihrem Leben.

»Commander Steele«, sagte sie, »ich bin Ihnen für dieses Angebot sehr dankbar. Aber ich bin es gewohnt, alleine zurechtzukommen, und ich möchte Ihnen nicht zur Last fallen.« Sehr sanft schloss sie die Tür hinter ihm.

ACH, SELBST IM TEMPEL ALLER FREUDEN
SITZT TIEF VERSCHLEIERT DIE MELANCHOLIE
IN IHREM EIG'NEN SCHREIN
— *Keats,* Hyperion, *Buch 1, I, 1*

Joseph blickte seinem Pferd in die blutunterlaufenen Augen und stieg ganz vorsichtig auf. Er schlug die Richtung nach dem fernen Tempelbau ein, der immer weiter zurückzuweichen schien, je länger er auf ihn zuritt. Plötzlich ragte ein verfallender *Stupa* vor ihm auf, gekrönt von einer Kuppel, auf der ein Habicht oder Falke saß. Der Vogel stieß einen Schrei aus, bei dem es einem kalt über den Rücken lief, und schlug dazu mit den Flügeln, als wolle er ihn zurückscheuchen. Joseph erkannte in dem *Stupa* ein buddhistisches Bauwerk aus alter Zeit, bei dem es sich um die Grabstätte eines früheren, lange vor ihm hierher entsandten Botschafters des Buddha handeln mochte. Einer seiner Vorgänger also – nicht unbedingt ein gutes Omen. Als Josephs Pferd, dem es normalerweise nicht an Eigensinn gebrach, jetzt mit gesenktem Kopf dastand, merkte er plötzlich, dass er genau die Szene erlebte, die in Natalias Wohnung in düsteren russischen Ölfarben an der Wand hing.

Joseph trat dem Pferd in die Flanken, schlug einen weiten Bogen um den *Stupa* und hielt weiter auf den Tempel zu. Er gönnte sich keine Pause, bis er unter dem Geklapper der Hufe in den gepflasterten Innenhof einritt. Er hatte nur noch den Wunsch, ins Innere zu gelangen und in irgendeiner windgeschützten Ecke zusammenzusinken, um endlich seine schmerzenden Glieder ausstrecken zu können. Aber er hatte von dem mongolischen Nomaden gelernt, dass ein Pferd in dieser unwirtlichen Umgebung ein Garant des Überlebens war. Er fühlte sich an das Mantra erinnert, das ihm als Rekrut der Marines eingehämmert worden war: »Dein Gewehr ist dein Leben. Wiederhol das, du Arschgesicht, so laut, dass ich es höre!«, hatte ihn der Schleifer auf dem Kasernenhof angebrüllt. »Dein Gewehr ist dein Leben!« Also führte Joseph sein Pferd zu einer Zisterne im Klosterhof, ließ es trinken und rieb das schweißige Fell mit der rauen Satteldecke trocken. Dann pflockte er das Tier an einer langen Leine an, so dass es die Gräser abweiden konnte, die zwischen den Steinen auf dem Feld wuchsen. Und endlich wankte er selbst ins Innere des Tempels, wo er unter einen Altartisch kroch und sich die Satteldecke über die Schultern zog. Nach dem alten Mönch, der den Tempel hütete, würde er am nächsten Morgen suchen.

Als er erwachte, war es draußen blendend hell. Er hatte den Vormittag verschlafen. Unwillkürlich schob er den Ärmel hoch, bis ihm einfiel, dass der Mongole ihn um seine Armbanduhr erleichtert hatte. Als er ins Freie hinaustrat, um ein Geschäft zu verrichten, blieb er wie vom Donner gerührt stehen. Alles, was von seinem Gefährten, dem widerspenstigen Pferd, noch übrig war, waren der Brustkorb und der Kopf. Der weiche Unterbauch, die Eingeweide waren weggefressen worden. Durch den Käfig der Rippen fiel Sonnenlicht. Wölfe hatten während der Nacht ihr schauerliches Werk verrichtet. Joseph verfluchte sich selbst, weil er kein Feuer angezündet oder das Pferd nicht wenigstens mit nach innen genommen hatte. Den Spruch »Dein Pferd ist dein Leben« konnte er jetzt getrost vergessen.

NICHTS HILFT EINER KÄMPFENDEN TRUPPE
MEHR ALS KORREKTE INFORMATION
– *Che Guevara*, Memorandum, *1963*

Als Herr Hsieh das Dienstzimmer von Major Kitagawa im Hauptquartier der Kwantung-Armee betrat, verbeugte er sich bis zum Boden und wartete, bis der Major ihn aufforderte, Platz zu nehmen. Dankend nahm er die angebotene Tasse grünen Tees und eine Zigarette entgegen. Er war mit dem Frühzug aus Peking gekommen und wartete darauf, Bericht zu geben. Herr Hsieh war der Sohn eines Chinesen, der im Chinesenviertel von Yokohama eine Nudelküche betrieb, und einer Japanerin niederen Standes. Neben dem Japanischen beherrschte er Kantonesisch und den nordchinesischen Dialekt. Er war ein unschätzbarer Mitarbeiter im Netzwerk der Spitzel und Informanten der Kempeitai.

Kitagawa kam ohne Umschweife zur Sache: »Dieses Gerede über einen Aufstand, ist das nur ein Sturm im Wasserglas oder ist da etwas dran?«

Herr Hsieh legte seine Zigarette im Aschenbecher ab. »Mag sein, dass es als bloßes Gerede begonnen hat. Über diesen Mann mit dem Muttermal, das so aussieht wie China. Aber es verbreitet sich wie ein Buschfeuer – überall werden Ansichtskarten von dem Mann mit dem Muttermal verkauft, auf Bahnhöfen, auf Marktplätzen, bei den Barbieren.«

Herr Hsieh knöpfte seine Jacke auf, zog eine solche Ansichtskarte hervor und legte sie höchst ehrerbietig – mit beiden Händen und geneigtem Kopf – auf den Schreibtisch des Majors.

»Interessanterweise«, sagte er, »steht nichts auf der Rückseite, nicht einmal der Name des Tempels, wie man es erwarten könnte. Aber alle wissen, was damit gemeint ist.«

»Und was ist gemeint, Herr Hsieh? Was bedeutet das für den Mann auf der Straße?«

Hsieh wählte seine Worte sehr bedachtsam. »Es bedeutet dasselbe wie 1905 – Ausländer raus aus dem Land. Aber diesmal richtet es sich gegen Japan, das bereits mit der Kwantung-Armee in der Mandschurei steht.«

»Damals richtete es sich gegen alle Fremden, gegen die Briten, die Amerikaner, die Russen, die europäischen Mächte und natürlich auch gegen uns. Warum geht es diesmal nur gegen Japan?«

Hsieh erlaubte sich ein Lächeln. »Der Herr Major weiß, dass die Chinesen genau zu unterscheiden verstehen. Sie wissen, dass die *Hakujin*, die Weißhäutigen, hier nur kleine Kontingente ihrer Militärmacht stationiert haben, gerade genug für ihre Paraden auf der Pferderennbahn in Peking oder als Polizeitruppe in ihren Konzessionen in Shanghai. Sie stellen keine Bedrohung dar.« Kitagawas Schweigen verführte ihn, noch weiterzugehen. »Zugegeben, die britische und die amerikanische Marine können die Küstenstädte beschießen. Aber China ist riesengroß.«

Er merkte, dass er vielleicht schon zu viel gesagt hatte, und verstummte.

»Zu groß, als dass die kaiserlich japanischen Streitkräfte es zu bezwingen vermöchten?«

»Natürlich nicht, Shosa Dono.« Eilfertig fügte Hsieh dem Rang des Majors einen Ehrentitel hinzu. »Aber die Entfernungen sind gewaltig, und die chinesischen Menschen sind sehr eigenwillig. Sie halten China für den Mittelpunkt des Universums.«

Er ist aalglatt, dieser halb chinesische Bastard, dachte Kitagawa. Wenn er nicht so wertvoll für uns wäre, würde ich ihm höchstpersönlich die Fingernägel ausreißen.

»Herr Hsieh«, sagte er, »Sie haben uns Fotos und einen Lageplan des Wha-Guan-Tsu-Tempels mitgebracht?«

»Wie befohlen, Shosa Dono.«

Er öffnete ein Geheimfach im Futter seines Regenmantels und überreichte dem Major einen Umschlag, der Fotos des Tempels aus verschiedenen Perspektiven enthielt. Dann entfaltete er einen minutiös gezeichneten, exakt maßstäblichen Grundriss des Heiligtums, der verschiedenen Innenhöfe und der Wohnquartiere, alles mit chinesischen Zeichen genau beschriftet.

Der Major war beeindruckt. Er ließ die Fotos und den Plan in seinem Schreibtisch verschwinden, um sie später eingehend zu studieren. Wahrscheinlich würde er selbst nach Peking reisen und einen Sprengstoffexperten mitnehmen … Er könnte bei dieser Gelegenheit auch der Russin einen neuerlichen Besuch abstatten, diesem jungen Ding mit der Porzellanhaut und dem strohblonden Haar …

SIE LÖSTEN DEN ANGRIFF AUS
WIE EINEN BLITZSCHLAG
VON OBERHALB DES NEUNSTÖCKIGEN HIMMELS
— *Tu Yu, 735 – 812*

Am 19. September machten die *North China News,* die in Peking erscheinende englischsprachige Tageszeitung, mit einem Bericht aus der Mandschurei auf, wonach die Japaner am Vortag, dem 18. September 1931, ihre Kwantung-Armee in Marsch gesetzt hatten. Überfallartig hatten sie die Stadt Mukden besetzt, der bald die ganze südliche Mandschurei folgen sollte. Als Vorwand diente die Behauptung, die Chinesen hätten einen Bombenanschlag auf einen Zug der von Japan betriebenen Südmandschurischen Eisenbahn geplant.

Die Nachricht vom Vormarsch der Kwantung-Armee schlug im Pekinger Gesandtschaftsviertel ein wie eine 38-cm-Granate. An der amerikanischen und der britischen Botschaft, bei den Franzosen und Italienern wurden die Wachkompanien in Alarmbereitschaft versetzt. Gleichzeitig toastete man sich bei den Japanern, deren Gesandtschaft zwischen der französischen und der italienischen Botschaft eingekeilt war, mit Bechern voller warmem Sake zu.

Die westlichen Mächte mit ihren bescheidenen Garnisonen hatten dem japanischen Expansionsstreben nichts entgegenzusetzen. Mit der erklärten Absicht, in Asien die Vorherrschaft zu gewinnen, liquidierten die Japaner alle Oppositionellen in der Mandschurei, während in Japan eine Verschwörung junger Heeresoffiziere Mordanschläge auf jene Politiker verübte, die gegen den überhand nehmenden Militarismus Stellung bezogen. Dabei wollte es eine Ironie der Geschichte, dass das westliche Offizierskorps in China dem japanischen Militär, den »Preußen Asiens«, insgeheim Bewunderung zollte, während die chinesischen Truppen und ihre Führungsschicht als undiszipliniert und korrupt verachtet wurden.

Nach der anfänglichen Empörung über den japanischen Übergriff kehrte die internationale Gemeinde Pekings bald wieder zu ihren Pferderennen und Gottesdiensten, ihren Bridge- und Golfpartien, ihren Tennis- und Poloturnieren zurück. Man ging wieder zum Baden nach Tanku und fuhr zur Großen Mauer, wo man sich mit Boxkameras gegenseitig fotografierte. Die Jagd auf Fasane, Rehwild und Wildschweine wurde wieder aufgenommen, und das gesellschaftliche Leben in den Offizierskasinos und den britischen, amerikanischen und deutschen Klubs blühte wieder auf. Und warum auch nicht. Ein so angenehmes Leben würden diese Menschen niemals wieder führen. Sie hatten ganze Regimenter von Hausdienern und *Amahs,* die für sie kochten und bügelten, das Silber polierten, zum Fleischer und zum Gemüsehändler gingen und ihren Babys den Hintern wischten. Sie hatten Schneider, die ihnen Hemden und Anzüge nach Maß nähten für einen Apfel und ein Ei. Sie deckten sich mit unschätzbar kostbaren Antiquitäten ein, mit erlesenen Seiden und Brokaten, die sie an ihre Verwandten in Bangor, Bristol oder Besançon verschifften. Selbst die Marines hatten in ihrer Kaserne persönliche Diener, die ihnen die Stiefel und die Ledergürtel wichsten, messerscharfe Falten in ihre Breeches bügelten, ihnen genau nach Vorschrift die Betten bauten, die

Dielenbretter schrubbten und in der ganzen Kaserne für Ordnung sorgten. So sorglos lebte man in Peking im Jahr 1931, und keiner der Ausländer ließ sich von den Japanern in der fernen Mandschurei den Schlaf rauben.

AUS DEM MUNDE DER JUNGEN
KINDER UND SÄUGLINGE
HAST DU EINE MACHT ZUGERICHTET
UM DEINER FEINDE WILLEN
— *Psalm VIII, 3, ca. 150 v. Chr.*

Herr Hsieh steckte in einer Identitätskrise und suchte Hilfe im ehrwürdigen Tempel des Universums, dem Taoistischen Heiligtum, das zu Zeiten der Ming-Dynastie vor den Mauern von Pekings Innerer Stadt errichtet worden war. Von hohen Mauern und alten Zedern umgeben, war dieser Ort, an dem sich Schwärme von Singvögeln versammelten, eine Insel des Friedens inmitten der geschäftigen Straßen und Verkehrsadern der Stadt.

Mit der überfallartigen Besetzung der südlichen Mandschurei durch die Kwantung-Armee hatte sich das Operationsgebiet der Kempeitai erweitert. Die Kitagawa-Einheit wütete in Marbin, Mukden, Dairen und Hailar, wo sie tatsächliche oder vermeintliche Feinde Japans unter der chinesischen, mandschurischen und russisch-jüdischen Bevölkerung ausmerzte. Als der wichtigste und vertrauenswürdigste Dolmetscher des Majors hatte Hsieh das Pech, bei den Befragungen, den Folterungen und oftmals Hinrichtungen zahlloser Unschuldiger zugegen sein zu müssen. Hsieh hatte alles mit eigenen Augen gesehen – das Hängen lassen an Balken, bis sich die Gelenke ausrenkten; das Auspeitschen; die Elektroschocks in die Geschlechtsteile; die Wasserfolter durch Untertauchen; das Einflößen von Benzin in die Luftröhre. Viele der Opfer waren nichts weiter als idealistische chinesische Studenten, oft noch keine zwanzig, oder Geschäftsleute, die sich weigerten, ihren schwer erarbeiteten Besitz den Plünderern vom japanischen Militär zu überlassen.

Passenderweise enthielten die zweiundsiebzig Nischen in den Außenmauern des Tempels des Universums abschreckende Darstellungen der Strafen, mit denen Übeltäter wie Lügner, Fälscher, Ehebrecher, Mörder, Verleumder, Räuber, Vergewaltiger und sonstige Sexualverbrecher zu rechnen hatten. Herr Hsieh hatte bei den Grausamkeiten, die an der Bevölkerung Nordchinas, der Mandschurei und Koreas begangen worden waren, zwar nicht selbst Hand angelegt, aber er war immerhin dabei gewesen, und zwar auf der Seite der Täter. Jetzt erfüllten ihn Scham und Reue, und er hätte seine Mitwirkung als Feldwebel der Kempeitai gerne ungeschehen gemacht. Was hatte ihn nur dazu gebracht, sich den Unterdrückern des Volkes, dem sein Vater entstammte, anzuschließen? Er glaubte die Antwort zu wissen.

Jetzt saß Herr Hsieh in der Stille des Tempels und ließ sein Leben noch einmal vor sich ablaufen. Er erinnerte sich an die Grausamkeit seiner Mitschüler in Yokohama, an die kaum verhohlene Verachtung seiner Lehrer, die den kleinen Jungen als Mischling verspotteten. Seine Mutter Eiko, so erkannte er im Rückblick, war eine Schlampe mit einer Vorliebe für Sake und schmutzige Wörter gewesen, die an einer Säuferleber gestorben war. Schon als Heranwachsender hatte er durchschaut, dass das *Mizu shobai,* das »Wassergeschäft«, mit dem seine Mutter Geld verdiente, nichts anderes meinte als anrüchige Bars und Nachtklubs. Und ihm war klar, was das bedeutete – warum sonst hätte seine Mutter einen Chinesen heiraten sollen, einen Untermenschen in japanischen Augen, der eine primitive Nudelküche betrieb. Aber er hatte es diesem Vater zu verdanken, dass er Mandarin und auch den südchinesischen Dialekt von Fujian beherrschte. Obwohl er kein gebildeter Mann war, hatte der Vater dem Sohn zumindest Bruchstücke der Weisheiten des Konfuzius, des Buddha und des Taoismus vermittelt. Als diese Erinnerungen in ihm aufstiegen, fühlte er sich, wahrscheinlich auch unter dem Einfluss seiner Umgebung, immer mehr als Chinese, wurde das väterliche Erbteil in ihm immer stärker, während das Band zu seiner japanischen Mutter ihm immer mehr wie eine Fessel erschien, die ihn in den gnadenlosen Terror des Majors Kitagawa verstrickte. Und doch musste er zugeben, dass es sein freier Wille gewesen war, den Kempeitai beizutreten und sich so von der Seite der Machtlosen auf die der Mächtigen zu schlagen.

Herr Hsieh entzündete ein Räucherstäbchen, verbeugte sich tief vor einer taoistischen Heiligenfigur und wandte sich einem anderen Götterbild zu, vor dem sich eine kleine Gruppe von Gläubigen versammelt hatte. Diese wohltätige Gottheit war von kleinen Puppen umgeben, die fröhliche und gut genährte Säuglinge darstellten, und am Fuße der Statue fanden sich lebensgroße Abbildungen ähnlicher Babys. Sie waren für kinderlose Frauen und Jungverheiratete Paare bestimmt, die sich Nachwuchs wünschten. Nach einer Opfergabe wurden diese Babybilder mit nach Hause genommen und dort nach Kräften verwöhnt und mit Liebesbekundungen überhäuft, bis die Frau empfangen hatte; danach wurde das Abbild wieder in den Schrein zurückgebracht. Herr Hsieh griff nach einem solchen Bild. Das Kind, dem es ans Licht der

Welt verhelfen sollte, würde er selbst sein, seine Wiedergeburt als Chinese, die er dem Tao weihen wollte, dem Pfad der Tugend, wie ihn der große Lehrer Lao Tse gewiesen hatte. Sobald er etwas Großes für China getan hatte, würde er das Bild in den Schrein zurückbringen. Das war jedenfalls seine Absicht – vorausgesetzt, dass es ihm nicht vorher schon ans Leben ging.

WAS FALSCH IN UNS, DAS IST'S,
WAS UNS VERRÄT
– *George Meredith*, Modern Love, *1862*

Monsieur Etienne Goossens, ein beleibter und verbindlicher Belgier mittleren Alters, war der Geschäftsführer des Thomas-Cook-Reisebüros im Erdgeschoss des Hotel du Nord. Und somit Arbeitgeber von Natalia Petrowna, der gewandten und arbeitsamen Weißrussin, die zusammen mit einem chinesischen Sekretär den Betrieb am Laufen hielt.

Nach Geschäftsschluss war Monsieur Goossens in der Hotelbar zu finden, wo er sich in Gesellschaft anderer in Peking lebender Ausländer und internationaler Touristen, die auf dem Weg in die Innere Mongolei, die Mandschurei oder sogar nach Tibet waren, einen Absacker genehmigte. Gelegentlich war Monsieur Goossens solchen Touristengruppen auch als Reiseführer zu Diensten, allerdings nur, wenn er dabei nicht in die Verlegenheit kam, mit Schullehrern oder beflissenen Missionaren in der Holzklasse sitzen zu müssen. Er behielt seine Talente den bestens situierten englischen und amerikanischen Weltenbummlern vor, die sich den Salonwagen leisten konnten und das Abhaken exotischer Reiseziele als puren Zeitvertreib begriffen.

Monsieur Goossens fand seine abendlichen Barrunden nicht nur gut fürs Geschäft, sondern sah sie auch als ein probates Mittel, seine Rückkehr in die bürgerlich banale Behaglichkeit eines Heims hinauszuzögern, in dem neben Madame Goossens noch drei junge Gänse auf ihn warteten. An diesem speziellen Abend hatte ein amerikanischer Marineoffizier seine Gesellschaft gesucht und ihn auf ein paar Drinks in einem abgeschiedenen Séparée eingeladen. Monsieur Goossens war ein durchaus gebildeter und kultivierter Mensch, der einst sogar an der Universität von Louvain Vorlesungen in Theologie gehalten hatte. Er schätzte den Kontakt zu den welterfahrenen amerikanischen Marineoffizieren, die sich überall zu benehmen wussten. Ihre Marinesoldaten dagegen kamen ihm, obwohl sie immer freundlich waren, allzu direkt und plump vor. Dieser Offizier hier, Commander Harrison Steele sein Name, war ein Mann von Witz und Lebensart, und jetzt hob er sein Glas mit Brandy Soda und trank Monsieur Goossens zu.

»Sie sind ein Mann von Welt, Monsieur Goossens«, sagte er, »und Sie werden verstehen, dass das, was ich Ihnen mitteilen möchte, höchster Diskretion bedarf.«

Monsieur Goossens setzte sein Glas ab, um zu zeigen, dass er ganz Ohr war.

»Die amerikanische Gesandtschaft wickelt die gesamte Reisetätigkeit ihrer Mitarbeiter in China über Ihr Büro ab, Monsieur Goossens«, begann Commander Steele, »und das bringt es mit sich, dass vertrauliche Informationen, wie man sie Reisepässen, -zielen und -terminen unserer Botschaftsangehörigen entnehmen kann, an die Öffentlichkeit geraten. Sie als Belgier und ebenso die Briten und die Franzosen, wir alle, die wir im Großen Krieg Seite an Seite gekämpft haben, wir verfolgen gemeinsame Interessen. Und es kann uns nicht gleichgültig sein, wenn Außenstehende wie etwa staatenlose Personen Zugang zu solchen Informationen erhalten.«

Monsieur Goossens sah vor seinem inneren Auge, wie das reibungslose Funktionieren seines Reisebüros fatal ins Stocken geriet.

»Wenn Sie von staatenlosen Personen sprechen«, sagte er schwächlich, »können Sie nur Fräulein Petrowna meinen – eine junge Dame von untadeligem Ruf.«

»Ich weiß nicht, wer bei Ihnen arbeitet«, sagte Harrison Steele. »Das liegt in Ihrem Verantwortungsbereich. Wir können uns da nicht einmischen. Aber es ist kein Geheimnis in China, dass etliche dieser staatenlosen Personen für die Japaner, die Sowjets oder den Kuomintang arbeiten. Tja, man kann es den armen Teufeln kaum verdenken angesichts der aussichtslosen Lage, in der sie sich befinden.«

Der unglückliche Belgier wagte einen weiteren Vorstoß: »Sie haben Fräulein Petrowna bestimmt schon im Reisebüro gesehen. Sie ist mit einem Ihrer Marines verlobt.«

»Eben«, sagte Commander Steele. »Dieser Bursche wird in unseren Listen als fahnenflüchtig geführt. Muss ich noch deutlicher werden?«

Er nahm einen Schluck von seinem Drink und setzte das Glas mit Nachdruck auf der Tischplatte ab. Das Thema war abgeschlossen, er wechselte den Tonfall.

»Habe ich Ihnen schon erzählt, dass ich einige Zeit in Antwerpen verbracht habe? Ich war 1918 mit einem Zerstörergeschwader zu Manövern dort. Und eine meiner angenehmsten Erinnerungen an Belgien ist die an ein Glas Stella Artois mit einem Pistolet, diesem köstlichen Brötchen, das dick mit Tartar belegt ist.«

Das konnte Etienne Goossens nachempfinden. Er prostete Commander Steele zu. Was blieb ihm anderes übrig. Er musste Natalia Petrowna feuern. Sie würde schon zurechtkommen. Diese jungen Russinnen kamen ja immer irgendwie zurecht.

DER TOD IST NICHT DAS ENDE,
EIN BLEICHER GEIST ENTSCHWEBT
DEM SCHEITERHAUFEN
  — *Sextus Aurelius Propertius*, Elegien, *ca. 25 v. Chr.*

Als Joseph die höhlenartigen Räume hinter der Tempelfassade betrat, stieß ein Schwarm kreischender Vögel von dem mit Lackarbeit verzierten Dachgebälk auf ihn herunter, als wollten sie den Eindringling vertreiben. Er fühlte sich alles andere als wohl, und die dicken Staubschichten, der Pferdemist auf dem Boden hellten seine Stimmung nicht auf. Wo war der Hüter dieses Tempels, dem er zur Seite stehen sollte. Vorsichtig setzte er die Erkundung der weitläufigen Tempelanlage fort. Er staunte über die Vielfalt der Wandgemälde von zumeist tantrischem Ursprung, über die zahlreichen Buddhas, Bodhisattvas und Kimnaras, die die Räume füllten. Nur dank seiner Studien im Wha-Guan-Tsu-Tempel vermochte er die alten Buddhas von den Bodhisattvas und Kimnaras zu unterscheiden, Erstere tugendhafte Pilger, denen es bestimmt war, dereinst selbst ein Buddha zu werden, Letztere geflügelte Gestalten mit Tierköpfen, die keine göttlichen, sondern nur dekorative Fabelwesen waren. Selbst die farbig gefassten Holzfiguren waren erstaunlich gut erhalten, was an der trockenen Wüstenluft liegen musste. Hier und da war ein Buddha ge-

schändet worden – die Nase eingedrückt, der Kopf abge-
schlagen. Auch hier mussten wieder muslimische Nomaden
am Werk gewesen sein, die aus der äußeren Mongolei oder
dem Uigurischen herüberstreiften. Als Joseph zu einer hölzernen Tür gelangte, die mit weniger als zwei Metern Höhe
zu klein wirkte für diesen gewaltigen und pompösen Bau,
war ihm klar, dass sich dahinter ein Wohnquartier verbergen
musste. Es kostete ihn keine Anstrengung, die Tür mit der
Schulter aufzudrücken. Und er hatte sich nicht getäuscht.
Durch eine rechteckige Öffnung in der Wand dramatisch be-
leuchtet, lag da, ausgestreckt auf einer Art indischem Hänge-
mattenbett, einen buddhistischen Rosenkranz in den vor der
Brust gefalteten Händen, sein Vorgänger – so vollkommen
mumifiziert, dass es unmöglich war, zu bestimmen, woher er
stammte, wie alt er geworden war und wann der Tod ihn ereilt
hatte. Joseph gewann rasch seine Fassung wieder und überlegte, wie er den Mönch auf würdige, buddhistische Weise
beisetzen sollte. Er nahm die sterbliche Hülle, die fast nichts
zu wiegen schien, in die Arme und trug sie durch die endlosen Gänge und Räume in den Klosterhof hinaus. Er fragte
sich, warum ihn der Shi Fu an dieses Ende der Welt entsandt
hatte. Offensichtlich kam so gut wie nie ein Pilger oder Reisender hier vorbei.

Josephs erster Gedanke war, den Leichnam zu dem *Stupa*
zu bringen, doch ohne ein Pferd war die Entfernung kaum zu
bewältigen. Statt dessen würde er im Innenhof einen *Ghat*
errichten und es dem Steppenwind überlassen, die Asche des
Mannes fortzutragen. Aus dem Holz demolierter Möbelstü-
cke schichtete er einen Scheiterhaufen auf, den er ansteckte,
ehe er die ausgetrocknete Hülle des Verblichenen in die gefräßigen Flammen schob. Er tat es voll Ehrfurcht und in der
Hoffnung, dass auch ihm, sollte er hier in Einsamkeit sterben,

ein Fremder diesen letzten Dienst erweisen würde. Fasziniert sah er zu, wie die Flammen den Leichnam umloderten. Als wolle er vom Scheiterhaufen fliehen, richtete der Tote sich plötzlich auf. Joseph legte sich zurecht, dass die Sehnen in der Hitze schrumpften und das Knochengerüst dadurch zusammengezogen wurde. In aufrechter Meditationshaltung saß sein Vorgänger jetzt da, dann sank er plötzlich in sich zusammen. Es war wie ein Aufgeben, wie die Erkenntnis, dass Widerstand zwecklos war, dass die Flammen ihr Werk verrichten sollten. Joseph legte Holz nach, bis von dem Leichnam nur noch der Schädel und die größten Knochen übrig waren. Diese Knochen würde er irgendwo vergraben. Wie gebannt starrte Joseph in die ersterbende Glut, aus der Rauch und Ascheflocken wie ein feines Gespinst aufstiegen und vom Wind davongetragen wurden. Er rezitierte die buddhistischen Lobpreisungen und erhob sich. Im Augenwinkel sah er, noch immer an den Pflock gefesselt, die Überreste seines Pferdes. Wendig im Geist wie im Körperlichen, wechselte er von der spirituellen Sphäre ins Weltliche. Mit dem Bajonett, das die chinesischen Soldaten ihm gegeben hatten, trennte er die Beine von dem Kadaver ab, enthäutete sie und schnitt das Fleisch in lange Streifen. Er würde sie an den Dachbalken aufhängen und von Wind und Sonne dörren lassen, bis sie sich in eine asiatische Version des Pemmikans der amerikanischen Indianer verwandelt hatten: Zäh wie Leder, aber nahrhaft im Notfall. Und Notfälle schienen hier in der Inneren Mongolei der Alltag zu sein.

Mit freundlichen Grüssen

Als Natalia Petrowna pünktlich um neun das Thomas-Cook-Reisebüro betrat, spürte sie sofort, dass etwas in der Luft lag. Nicht nur, dass Monsieur Goossens nicht an seinem Schreibtisch saß, auch ihr eigenes Pult sah ganz verlassen aus. Ihre kleine Madonnenfigur war weggeräumt worden und ebenso die Cloisonnevase mit den Seidenblumen. Als sie die oberste Schublade aufziehen wollte, stellte sie fest, dass sie abgesperrt war. Dann sah sie das Kuvert, das unter einer Ecke ihrer Schreibunterlage steckte. Es war an sie adressiert. Sie erkannte die schwungvoll gerundete Handschrift ihres belgischen Chefs.

Sehr geehrtes Fräulein Petrowna,
mit Aushändigung dieses Schreibens ist Ihr Arbeitsverhältnis mit der Thomas Cook Ltd. beendet. Bitte ersparen Sie sich und uns weitere Unannehmlichkeiten, indem Sie auf eine Rücksprache mit dem Unterzeichneten verzichten.
Einen Scheck über Ihr noch ausstehendes Gehalt finden Sie anliegend.

Mit freundlichen Grüßen
THOMAS COOK LTD
Etienne Goossens, Geschäftsführer

Ps. Der Unterzeichnete ist gern bereit, Ihnen auf Wunsch ein Empfehlungsschreiben auszufertigen.

Natalia begriff, dass dieser Nachsatz dazu dienen sollte, ein schlechtes Gewissen zu beruhigen. Nach einer Erklärung suchend, blickte sie zu dem chinesischen Sekretär hinüber, doch der gab vor, mit seinem Abakus beschäftigt zu sein. Geräuschvoll schob er die Kugeln hin und her, und was er damit sagte, bedeutete so viel wie: »Ich weiß von nichts.« Als sie sich umwandte, um zu gehen, händigte er ihr ein Päckchen mit ihren persönlichen Utensilien aus. Ihre Madonna, die kleine Vase, eine Haarbürste, ein Taschenspiegel und ein Etui mit einer Dose Coty-Gesichtspuder und einem Puderkissen. Außerdem war noch ein Schnappschuss dabei, den sie in der Mittelschublade gefunden hatten. Er zeigte Joseph in seiner blauen Ausgehgarnitur, wie er an der Balustrade eines Teepavillons im Stadtpark von Peking lehnte. Es schien so weit zurückzuliegen, doch ein Blick auf Josephs strahlendes Lächeln genügte, und ihr traten Tränen in die Augen. Sie rannte hinaus. Sie hörte, dass der Sekretär ihr *Tsai Jien* nachrief, »Auf Wiedersehen«, aber sie wusste, dass das nicht so gemeint war.

WAS GIBT ES ANGENEHMERES
ALS DAS EIGENE HEIM?
                                    – *Cicero,* Ad familiares, *1. Jhr. v. Chr.*

Joseph hatte sich im Wohnquartier seines Vorgängers eingerichtet. Erst zögerte er, den Raum und vor allem das Bett zu benutzen, weil er so ständig an den Toten erinnert wurde. Aber es war der einzige Ort in der ganzen Tempelanlage, an dem nicht ständig der kalte Wind durch die Ritzen pfiff, der einzige Ort mit menschlichen Proportionen und der einzige Ort, an dem so praktische Dinge wie Tische, Stühle, Decken, Teller und Tassen vorhanden waren. Es gab sogar eine kleine

Speisekammer, deren Regale meistenteils leer waren, doch zum Ärger aller gefräßigen Nager baumelten Säcke voll Gerste und ungeschältem Reis an Schnüren von der Decke. Auch eine Büchse mit Tee fand sich an, doch die Blätter waren längst zu Staub zerfallen. Eine Flasche Sojasoße schien noch voll zu sein, doch in Wahrheit war die Flüssigkeit eingetrocknet und klebte nur noch innen am Glas. Über dem Bett hing ein Regalbrett mit buddhistischen Lehrschriften. Joseph war hinreichend vertraut mit der chinesischen Schrift, um ihnen, sobald er sich hier eingelebt hatte, seine Aufmerksamkeit zu widmen. Auf einem Tisch neben dem Bett stand ein Tongefäß, das Schreibpinsel, Tuschesteine und den Mörser enthielt, in dem die Tusche zerstampft und mit Wasser angemischt wurde. Ein schwerer Teller, verziert mit einem Wasserbüffelmotiv, beschwerte einen Stapel doppelt gefaltetes Reispapier. Als Joseph die Blätter durchsah, kam an den Tag, wie einsam sein Vorgänger gewesen war. Der Mönch hatte sich dem buddhistischen Bannfluch gegen die Wolllust und die Lüsternheit widersetzt und mit schwarzer, roter und purpurner Tusche tantrische Traumbilder der Liebesvereinigung auf das Papier gebannt. Auf traditionellen Darstellungen sah man eine dämonische Figur, die eine sehr viel kleinere weibliche Gestalt auf ihren *Lingam* pfählte und sie dabei umarmt hielt, doch der Mönch hatte seinem Einfallsreichtum – oder seiner Erinnerung – freien Lauf gelassen und die Blätter mit einer Fülle von Variationen aus dem Kamasutra bedeckt. Joseph fand die Zeichnungen nicht nur kunstvoll, sondern auch erregend. Sie erinnerten ihn daran, wie sehr ihm Natalia fehlte, nicht nur mit ihrer fröhlichen Kameradschaft und den schlichten Freuden der gemeinsamen Häuslichkeit, sondern auch mit der ganzen Leidenschaft ihrer jungen Liebe. Ihm war klar, dass ihn solche Erinnerungen in den Trübsinn treiben mussten.

Wenn er ihnen nachgab, würde sein Denken bald nur noch um das kreisen, was er zurückgelassen hatte. Schlimmer noch, er würde, genau wie sein Vorgänger, zu einem traurigen Onanisten werden. Joseph wusste, dass er seine ganze Energie und seinen ganzen Einfallsreichtum benötigen würde, um in dieser mongolischen Wüstenei zu überleben. Für Sehnsüchte und Selbstmitleid blieb da kein Platz. Er öffnete das mit gewachstem Pergament bespannte Fenster, nahm den Stapel Reispapier und ließ die feuchten Träume des Mönchs Blatt für Blatt vom Wind davonwehen. Als er das Fenster wieder schließen wollte, merkte er, dass eine der Zeichnungen vom Luftzug gegen den Rahmen gepresst worden war. Er löste sie ab und überlegte, ob er sie vielleicht aufheben sollte. Wollüstig oder nicht, war sie doch ein Zeugnis dessen, was die Einsamkeit seinem Vorgänger angetan hatte. Joseph warf einen Blick darauf und sah eine satanische Gestalt in Purpur mit rot leuchtenden Augen, die es mit ihrer Partnerin oder ihrem Opfer in einer Position trieb, die die Chinesen den Schubkarren nennen. Er knüllte das Blatt zusammen, schleuderte es weit ausholend nach draußen und knallte das Fenster zu, als wollte er es nie wieder öffnen.

EINE PEST VON KUMMER UND SEUFZEN!
– *Shakespeare*, König Heinrich IV., *Zweiter Teil*
1597/98

Natalia Petrowna saß in ihrer Badewanne, bis zum Hals im seifigen Wasser. Vor einer Stunde hatte sie aufgehört zu weinen. Der Aschenbecher, der sich mit Zigarettenstummeln füllte, war der Beweis. Mitten in der Nacht war dieser japanische Mann an ihrem Bett erschienen. Er musste einen Schlüssel zu ihrer Wohnung haben, um so geräuschlos hereinzukommen. Es wäre sinnlos gewesen, ihm Widerstand zu leisten oder zu schreien. Er wusste so genau, wo es am meisten wehtat, wie die chinesischen Akupunkteure wussten, wo sie ihre Nadeln setzen mussten. Er hatte ihr das schon bei seinem ersten Besuch bewiesen. Die ganze Nacht hindurch hatte er sie schamlos benutzt, in Stellungen, die er wohl aus den Bordellen seiner japanischen Heimat kannte. Wie jedes Mal, hatte sie ihm die Stiefel poliert und zugeschnürt. Wortlos war er gegangen, doch das Gespenst seiner Wiederkehr schwebte wie ein Damoklesschwert über ihr.

Sie hatte eine in jeder Hinsicht furchtbare Woche hinter sich. Nach dem Rausschmiss bei Thomas Cook war sie sofort bei einigen anderen Auslandsfirmen, die in Peking Niederlassungen unterhielten, vorstellig geworden. Aber niemand wollte sie einstellen, weder die englische Anwaltskanzlei von McClintock und Browntree noch der mürrische Schweizer Importeur von Omega- und Tissot-Uhren noch der Eurasische Lloyd, ein Seefrachtmakler. Wenn das so weiterging, würde sie ihr Glück bei chinesischen Unternehmen suchen müssen, wo Europäer wegen ihrer Sprachkenntnisse stets gefragt waren. Allerdings wäre das in Peking gleichbedeutend mit einem sozialen Abstieg, nicht nur, weil sie es mit ungleich härteren Arbeitsbedingungen zu tun haben würde, sondern auch, weil die Chinesen sehr wenig zahlten. Ihre Freundin Irina, die als Animiermädchen in einer Bar arbeitete, hatte ihr angeboten, sie ihrem Boss vorzustellen, der ebenfalls ein russischer Emigrant war. Aber dazu war Natalia noch nicht bereit. Sie wusste, dass er von ihr erwarten würde, dass sie betuchten Kunden gewisse Freiheiten gestattete. Wenn sie sich weigerte, wenn es zu viele Beschwerden über sie gäbe, würde sie sofort wieder auf der Straße stehen. Sie hatte der *Naima*, ihrer geliebten Amah, bereits mitteilen müssen, dass sie sich ihre Dienste nicht mehr leisten konnte, aber die alte Frau kam trotzdem unverdrossen jeden Morgen zu ihr, um zu kochen und die Wäsche zu besorgen. Natalia fragte sich, ob sie Commander Steele schreiben sollte. Er wäre sicher in der Lage, ihr bei der Stellensuche mit seinen Beziehungen zu helfen. Sie kam zu dem Schluss, dass dies nur die allerletzte Zuflucht sein sollte, dass sie es erst noch eine Weile aus eigener Kraft versuchen müsse. Vielleicht hatte sie den amerikanischen Offizier mit ihrer höflichen Abfuhr bei seinem kürzlichen Besuch auch verärgert. Seine Flirtversuche waren ohne Zweifel angenehmer als die Besuche des japanischen Majors, aber im Endeffekt liefen sie auf das Gleiche hinaus. Sie war noch sehr jung gewesen, als sie nach Nordchina kam, und nach dem Tod ihres Vaters hatte sie immer für sich selbst sorgen müssen. Viele Männer hatten ihren Weg gekreuzt, aber die Liebe hatte sie erst entdeckt, als sie Joseph kennen lernte. Joseph, der so geradeheraus war, so ohne Falsch, so fürsorglich. Das Einzige, worum er sie jemals gebeten hatte, war, dass sie seine Frau würde. Und jetzt war er auf der Flucht, und Gott allein wusste, wann sie ihn wiedersehen würde. Sie musste ihr Leben selbst in die Hand nehmen und einen Weg finden, wie sie diesen Japaner von sich und ihrem Bett fern halten konnte. Er jagte ihr Angst ein, und was er mit ihr machte war demütigend, aber was sie am meisten erschreckte, war die verstohlene Erregung, die sie unter seinen Händen empfand. Zu ihrer Beschämung hatte sie feststellen müssen, dass auch er das bemerkt hatte.

Im Sakura-Hotel genossen Major Kitagawa und Oberleutnant Doi das heiße, dampfende Wasser des *O-furo,* des Bads im Holzbottich, der in jedem japanischen Gästehaus zu finden war. Oberleutnant Doi, den Major Kitagawa sich von einem Pionierregiment hatte zukommandieren lassen, war ein Spezialist für die Sprengung von Brücken und Eisenbahnlinien und für den Einsatz von Landminen und Minensprengröhren. Er war zum ersten Mal in Peking, und es schmeichelte ihm, zur Entourage des Majors zu gehören, dessen Kempeitai-Einheit nach ihm benannt war. Er hatte Kempeitai-Männer bereits in den Straßen Koreas erlebt, wo sie scheinbar arglose Zivilisten auf offener Straße ohrfeigten, nur weil diese es sich erlaubt hatten, nicht zu lächeln. Wer nicht lächelte, hing offensichtlich subversiven Gedanken nach, hatte man ihm erklärt. Jetzt saßen er und der Major bis zum Kinn im heißen Wasser, tranken kühles Bier und besprachen ihren Ausflug zum Wha-Guan-Tsu-Tempel.

»Na, mein lieber Doi«, sagte Kitagawa, »wie hat Ihnen die Pekingoper gefallen, die wir heute Vormittag gesehen haben?«

»Ich fand sie ebenso unterhaltsam wie die Musikdarbietungen im Asakusa-Viertel in Tokio. Vor allem diese Nummer, die Sie ›Levitation‹ genannt haben. Ich hatte noch nie davon gehört. Der alte Mönch hat sein Schwert über und unter dem Körper hindurchgeführt, also kann es kein Trick gewesen sein.«

»Als Pionier sind Sie doch ausgebildeter Ingenieur, wo bleibt da Ihr logisches Denken? Ein solches Taschenspielerstück spricht aller Vernunft Hohn. Natürlich war der junge

Mann an irgendetwas aufgehängt, wir sind nur durch den buddhistischen Hokuspokus davon abgelenkt worden.«

Der junge Oberleutnant war schockiert, den Major so abfällig über den Buddhismus reden zu hören. Immerhin handelte es sich dabei um eines der Fundamente der japanischen Kultur. Woher sollte er auch wissen, dass Kitagawa im Buddhismus nur einen verweichlichten Import aus China sah – etwas, das für einen Kindergeburtstag taugte, aber nicht als moralisches Rüstzeug für eine Nation von Kriegern. Kitagawa hing einzig und allein dem Shintoismus und dessen Verehrung des Kaiserhauses an. Er war fest davon überzeugt, dass der Tenno ein direkter Nachfahre der Sonnengöttin Amaterasu Omikami war, die sich vom Himmel herunter auf die Erde erbrochen hatte und aus deren Auswurf die japanische Inselkette entstanden war. Seine flapsige Bemerkung über den Buddhismus veranlasste Doi, sehr bedächtig zu antworten.

»Mag ja sein, dass es nicht mit rechten Dingen zugegangen ist. Aber die Wirkung auf die Chinesen war hypnotisch. Es war wie eine Einstimmung des Publikums auf den Auftritt des Blinden mit dem Muttermal auf dem Rücken, das wie China aussieht. Nachdem sie die Levitation gesehen hatten, waren die Leute bereit, alles zu glauben. Sie stehen innerlich in Flammen. Ich konnte den Hass, der in der Luft lag, förmlich spüren.«

Major Kitagawa war beeindruckt. »Für einen Ingenieur haben Sie viel psychologisches Verständnis. Sie sollten bei der Abwehr arbeiten. Oder, noch besser, wie wärs mit einer Versetzung zu den Kempeitai?«

Das hatte Doi weder erwartet noch war er dazu bereit. »Wenn ich um eine Versetzung eingäbe, würde mein Oberst mir den Kopf abreißen«, sagte er.

Kitagawa gluckste. »Nicht, wenn ich mir vorher seinen hole.«

Doi wusste nicht, ob das ein Scherz sein sollte. Womöglich nicht, fürchtete er. Er wechselte abermals das Thema. »Ich weiß nicht, ob der Herr Major den Dialekt des Nordens versteht. Ich würde gerne wissen, was der alte Abt gesagt hat.«

»Ich habe einige seiner Reden von meinem Büro übersetzen lassen. Es ist immer die gleiche Hetze gegen Ausländer, aber wir Japaner kriegen es am dicksten ab. Im Grunde denken alle Chinesen so, egal ob Nationalisten oder Kommunisten. Heikel ist nur, dass dieser Mann mit dem Muttermal jetzt zum Symbol ihres Widerstands aufgebaut wird. Und die Amerikaner und die Briten ziehen angesichts dieser Provokation den Schwanz ein. Statt mit uns gemeinsame Sache zu machen und ihre territorialen Sonderrechte zu verteidigen, gackern sie wie alte Hennen, aber sie tun nichts. Können Sie als Ingenieur-Psychologe mir das erklären?«

»Ja, Herr Major«, sagte Oberleutnant Doi. »Das ist so, weil sie uns unseren Erfolg in der Mandschurei missgönnen. Sie wissen, dass die kaiserlich japanische Armee ganz China aufrollen wird. Und dass die kaiserlich japanische Marine sie nicht anders behandeln wird als seinerzeit die Russen – sie wird ihre Flotten auf den Meeresgrund schicken. Und die Amerikaner und Briten können nichts dagegen unternehmen. Sie sind so kraftlos wie ein Eunuch in einem Bordell.«

»Ein meisterliches Resümee, Leutnant. Und Sie haben die Ehre, den ersten Schritt gegen die zu tun, die uns im Wege stehen.« Der Major machte eine Pause, um die Spannung zu erhöhen. »Haben Sie in Ihrer Trickkiste auch ein passendes Feuerwerk für den Wha-Guan-Tsu-Tempel?« Ohne eine Antwort abzuwarten, schloss er: »Führen Sie meinen Befehl aus!«

Ohne daran zu denken, dass er splitternackt in einem Holzbottich hockte, sprang Oberleutnant Doi auf und bellte: »*Kashikomarimashita!*« – »Ich höre und gehorche!«

Wohl getan, du frommer und getreuer Knecht

– Matthäus 25,21

Joseph war seit etwa zwei Wochen im Tempel – genau wusste er es nicht mehr –, als er begann, die Tage an einer Wand seiner Schlafkammer nach der altbekannten Methode der sechs senkrechten Striche, die vom siebten am Ende der Woche waagerecht durchkreuzt wurden, abzuzählen. Er wusste, dass er damit genau dasselbe machte wie die Gefangenen, die, zu Recht oder zu Unrecht eingekerkert, in tausenden von Gefängnissen, Zuchthäusern und Besserungsanstalten überall auf der Welt einsaßen. Aber er fühlte sich nicht als Gefangener, sondern als der berufene Hüter dieses Tempels, als geistlicher Wegweiser für jene Wanderer, Pilger und Karawanen, denen zu dienen er bestimmt war. Leider zeigte sich jedoch, abgesehen von einem einsamen Wolf, der im Klosterhof den Mond anjaulte, keine einzige lebendige Kreatur. Einmal hatte er am Horizont eine Staubfahne gesehen, als er gerade die Stufen des Tempels sauber fegte. Er hatte gehofft, dass es sich um eine Karawane oder wenigstens ein paar Reiter handelte, die bald bei ihm eintreffen würden. Aber nichts geschah. In den Wochen, die folgten, beobachtete er mehrmals solche Staubfahnen und kam zu dem Schluss, dass es sich um Naturphänomene handeln musste, Windhosen vielleicht, ausgelöst von Temperaturschwankungen. Ein anderes Mal hörte er das Brummen eines Flugzeugs. Er lief nach draußen und konnte, die Augen gegen die Sonne abschirmend, einen winzigen Punkt im endlosen Blau des Himmels erkennen. Dann entsann er sich dessen, was er bei den Marines gelernt hatte, und zog sich rasch in den Schatten des Tempels zurück. Wenn es sich um eine Militärmaschine handelte, egal ob japanisch oder amerikanisch, so war es klüger, sich nicht blicken zu lassen. Schließlich begann er zu begreifen, dass er nicht hier war, um Reisende willkommen zu heißen oder sich von ihnen die Zeit vertreiben zu lassen. Er war hier, weil er vom Abt des Zing-Shen-Klosters erwählt worden war, der Hüter dieses Ortes, der Löwe des Tempels zu sein und die spirituelle Tradition des Heiligtums zu bewahren. Das war der Pakt, den er mit dem Abt geschlossen hatte, und dieser Pakt war es sicherlich auch, der ihn vor einer Gefangennahme bewahrt hatte. Joseph erkannte, dass das eintätowierte Motto auf seinem rechten Unterarm, *semper fidelis,* »In Treue fest«, sich nicht nur auf sein Heimatland, seine Einheit und seine Kameraden bezog, sondern auch auf den Buddha, seinen Herrn, dessen Lehren er sich verschrieben hatte.

So verbrachte er seine Tage mit der Reinigung des Tempels, kehrte ganze Berge von Staub aus den Räumen, fegte Spinnweben und Flugsand von den tantrischen Wandbehängen und wischte den vielen Buddhas und Bodhisattvas liebevoll die Gesichter und Gliedmaßen sauber. In einem großen Gemeinschaftsraum, der sich hinter verrottenden Strohmatten verbarg, hatte er Schränke aus uraltem, dunklem Holz entdeckt. Sie enthielten Gebetsmühlen, die auf einen tibetischen Einfluss hindeuteten, ferner Schatullen mit Amuletten, Siegel aus Sandelholz, Jade und Gold, Seidentücher mit eingestickten Schädeln und Knochen als Emblemen der Vergänglichkeit. Es gab Öllampen in Gold und Türkis, Muscheltrompeten, illuminierte Schriftrollen chinesischen und mongolischen Ursprungs, Glocken aus Bronze und allerlei Tongefäße. Die große, buddhistische Tradition, die all diese Kunstwerke hervorgebracht hatte, erfüllte ihn mit Ehrfurcht. Er beschloss, die Strohmatten zu entfernen und die kostbaren alten Schränke und ihren Inhalt durch eine vorgesetzte, einfache Holzverkleidung zu schützen.

Sobald er den Tempel in den Zustand versetzt hatte, der ihm eigentlich gebührte, beschloss er, auch sich selbst eine solche Reinigungsprozedur angedeihen zu lassen. Er tat dies, indem er sich von den letzten Resten seiner westlichen Kleidung trennte, der grünen Militärhose, dem Flanellhemd der Winteruniform, dem Gürtel. Er schnitt sich die Finger- und Zehennägel so kurz wie möglich und rasierte sich unter Schmerzen den Schädel kahl, wobei er ein altes Barbiermesser benutzte, das er in seiner Behausung vorgefunden hatte. Als er die letzten Stoppeln wegkratzte, dachte er erst an seinen Vater, der sein seidiges, schwarzes Haar auf ein tatarisches oder türkisches Erbteil zurückgeführt hatte, und dann an Natalia, der seine Haarpracht selbst in Gestalt des militärisch kurzen Bürstenschnitts noch bewundernswert erschienen war. Nach einem Bad im eiskalten Wasser der Quelle schlüpfte er in die Filzschuhe seines Vorgängers und legte dann den traditionellen Umhang und die härene Kutte eines buddhistischen Mönchs an. Damit stellte er sich ganz in den Dienst des Tempels, trat eine Nachfolge des Buddha an, der in der Einsamkeit unter dem Baum der Erleuchtung gesessen und meditiert hatte, bis sich ihm die Rätsel und Beschwernisse des Menschseins erschlossen. Die magischen sieben Jahre hatte er dazu gebraucht, und Joseph war noch Amerikaner genug, um zu hoffen, dass er keine sieben Jahre in dieser Einsiedelei würde ausharren müssen, um sich so weit zu läutern, dass er sich als ein wahrer Jünger des Buddha bezeichnen durfte.

Ein fettes Mahl, ein Mahl
von reinem Wein, von Fett, von Mark
— Jesaja 25,6

Im Tempel von Zing Shen saßen der Shi Fu, der Erhabene Meister, und Lao Wang, das war der Mann mit dem Mal, zu Tische. Und dieser Tisch war reicher gedeckt als sonst. Französischer Cognac war aufgeboten, eine Platte mit Schweinebauch und Kohl, Blutwurst und Entenfüße, die sich um Schinkenröllchen krallten, ferner eine Schale *Chow fun,* jene dicken Reisnudeln, die mit Fischfilet und Rührei serviert werden. Die beiden Männer hatten allen Grund zum Feiern. Es kamen immer mehr Spenden herein, selbst einflussreiche und bedeutende Männer, selbst solche, die mit den Ausländern Geschäfte machten, begannen sie heimlich zu unterstützen.

Der Erhabene Meister legte seinen Porzellanlöffel ab und rülpste leise.

»Was meinst du, alter Wang. Wir sind das Tagesgespräch in China, alle wollen dich sehen. Aber wir sind an unseren Tempel gebunden, der nicht mehr als fünfhundert Pilger fasst.«

»Ich rieche Geld«, sagte der Mann mit dem Mal.

»Ganz genau. Wenn wir mit unserer Levitationsnummer und den großen Blasinstrumenten durch das Land zögen, könnten wir Theater, öffentliche Plätze, uns wohlgesonnene Tempel und sogar Kinosäle füllen. Die Kollekte wäre mehr als

lohnend, und wir würden den Widerstand gegen die Fremdlinge auf eine breitere Basis stellen.«

»Und dabei unsere finanzielle Basis verbreitern«, sagte
Wang.

»So direkt muss man es ja nicht sagen«, erwiderte der Shi
Fu. »Wohlstand ist die unvermeidliche Begleiterscheinung
einer erfolgreichen Unternehmung.«

Der Blinde deutete mit seinen Essstäbchen in Richtung der
aufgetischten Speisen. »Wir essen schon so gut wie Richter
und Handelsherren«, sagte er. »Bei Eurer vegetarischen Diät
habe ich mich gefühlt wie eine Ziege im Gemüsebeet.«

»Damit keine Missverständnisse aufkommen«, sagte der
Erhabene Meister, »ich verzehre diese Gerichte, um dir Gesellschaft zu leisten, und angesichts meiner Jahre hoffe ich,
dass diese Speisen, so widerwärtig sie sein mögen, jedenfalls
nahrhaft sind und die Lebenskraft stärken.«

Der Mann mit dem Mal erkannte, dass es ihrer Beziehung
dienlicher war, wenn er schwieg. Er hob seinen Becher, damit
ihm Cognac nachgefüllt werde. Sein feines Gehör verriet ihm,
dass der Shi Fu sich bereits bediente.

»Ein Mann Eures Alters«, sagte Wang, »sollte auch das kräf-
tigendste aller Elixiere nicht verschmähen.«

»Sag mir bloß nicht, ich solle Schlangenblut trinken. Das
ist gegen alle buddhistischen Prinzipien. Ich würde es niemals
tun«, sagte der Meister.

»Es ist ein gutes Stärkungsmittel«, sagte der Mann mit dem
Mal. »Aber das habe ich nicht gemeint. Das Elixier, das wahre
Wunder wirkt, ist das Jadewasser eines jungen Mädchens.«

»Als Abt dieses Klosters muss ich ein keusches Leben führen. Und ich habe keine Lust, mich an deinen Schweinereien
zu beteiligen.«

»Mann und Frau sind füreinander bestimmt«, sagte Wang.

»Ganz gleich, was wir von Mönchen in anderen Klöstern hören.« Der Blinde senkte die Stimme, schlug einen vertraulichen Tonfall an. »Ihr wisst, dass in meiner Kammer eine junge Frau auf mich wartet. Geht zu ihr. Sie wird sich geehrt fühlen, dem Abt eines berühmten Klosters zu Diensten zu sein. Ihr werdet nicht enttäuscht werden. Das Geben und Nehmen tut der Gesundheit gut. Mann und Frau, Schwarz und Weiß, Yin und Yang. Ihr werdet Euch mit den Kräften des Lebens verbünden. Euer Blut wird rascher fließen. Ihr werdet den Duft einsaugen. Euer Geist wird froh gestimmt, Euer Appetit wird angeregt, und Euer Kopf wird frei. Daran ist nichts Unanständiges. Ich weiß, dass Ihr großzügig zu ihr sein werdet. ›Xie Tien Xie Di.‹ Dank sei dem Himmel und der Erde, dass wir uns das leisten können.«

Es folgte ein langes Schweigen.

»Lass mich sehen, ob ihre Schönheit ohne Makel ist, ob sie saubere Fingernägel hat!«, sagte der Shi Fu. »Dir können solche Dinge ja gleich sein«, fügte er nicht ohne Häme hinzu. »Dann werde ich über dein Angebot nachdenken, denn wie sagte doch einer der Weisen? ›Wie kannst du die Lust verdammen, wenn du sie nicht kennst.‹«

Es gelang Wang, sich nichts anmerken zu lassen, aber inwendig musste er grinsen. Ihr neuer Wohlstand hatte es ihm leicht gemacht, den Shi Fu zu den Genüssen des Fleischessens und des Alkohols zu verführen. Jetzt würde auch sein Keuschheitsgelübde in Rauch aufgehen wie das Papiergeld, das die Gläubigen im Innenhof des Tempels verbrannten. Er, der alte Meister Wang, hatte ganz Recht gehabt. Hinter seiner frommen Fassade war der Shi Fu ein so fehlbarer Mensch wie er selbst. Nur dass der Shi Fu sich hinter buddhistischen Plattitüden versteckte, während Wang kein Geheimnis daraus machte. Sie bildeten ein prima Team.

Auf der Suche nach dem Ch'i

In der mongolischen Steppe hatte Joseph sich an einen Tages-
ablauf gewöhnt, der so vorgezeichnet war wie der Dienstplan
in der Kaserne. Er stand auf, sobald es hell wurde, fegte den
feinen Flugsand aus dem Tempel, zündete Räucherkerzen aus
einem unerschöpflich scheinenden Vorrat an und betete die
Lobpreisungen des Buddha so schnell und routiniert herunter wie ein alter Mönch. Zum Frühstück kochte er sich einen wässrigen *Zhou*, den üblichen Reisbrei. Er würzte ihn mit
Wildzwiebeln, die er draußen in der Steppe gefunden hatte,
und kaute dazu tapfer auf dem Dörrfleisch herum, zu dem er
die Reste seines Pferdes verarbeitet hatte. Die Frage, wovon er
sich ernähren sollte, beschäftigte ihn am meisten, denn die
Vorräte an Reis und Gerste waren alles andere als unerschöpflich. In der Umgebung des Tempels hatte er ein Erdloch entdeckt, vor dem er mit einer Drahtschlinge eine primitive Falle
aufbaute. Er befürchtete, womöglich nur ein Wiesel zu fangen,
doch als in der Nacht ein grässlicher, strangulierter Todes-
schrei erklang, fand er ein Kaninchen in der Schlinge vor. Endlich etwas Nahrhaftes für den Kochtopf.

Joseph merkte, dass er an Gewicht verlor, und er fürchtete, auch Muskelkraft einzubüßen. Also verordnete er sich ein
Krafttraining, stemmte Steinbrocken und machte Gymnas-
tikübungen, wie sie bei der Truppe als »organisiertes Arsch-
ballett« verspottet wurden. Als er sein Spiegelbild in einer
Glasscherbe sah, der in ein geschnitztes Devotionalienbild
eingearbeitet war, erkannte er sich selbst nicht mehr. Sein
Schädel, sein Gesicht waren braun, wie mit Henna gefärbt,
seine Gesichtszüge hart und eingefallen, in seinen Augen fla-
ckerte bereits der irre Blick des Wüsteneremiten. Natalia würde ihn wohl auch kaum noch erkennen. Trotz der Askese, die

er sich selbst auferlegt hatte, suchten ihn immer wieder Gedanken an Natalia heim, keusche und auch weniger keusche. Wie es ihr wohl ging in Peking, dieser faszinierenden Stadt, die so gefährliche Verführungen bereithielt? Konnte sie sich behaupten, oder würde sie vor lauter Einsamkeit und Angst ihren Körper an einen neuen Beschützer verschenken? Die Vorstellung, dass sich ein anderer ihrer Reize und ihrer Gunst erfreute, legte sich ihm wie ein roter Nebel vor die Augen. Doch dann erinnerte er sich an die Worte des Buddha und wappnete sein Herz und lenkte seine Gedanken in eine andere Richtung. Wie hatte Buddha doch gesagt? »Unter allen weltlichen Lüsten ist die Wolllust die machtvollste. Alle anderen weltlichen Lüste folgen ihr nach. Die Wolllust ist wie ein Dämon, der alles verschlingt, was gut ist in der Welt. Die Wolllust ist eine Schlange in einem Rosenbeet. Sie vergiftet jene, die gekommen sind, um sich an der Schönheit zu ergötzen. Die Wolllust zieht den Menschen hinab in die Tiefen des Bösen.«

Joseph fand einen Weg, seine Selbstdisziplin zu stärken, ohne sich selbst mit der neunschwänzigen Katze zu geißeln. Die Nonnen in seiner kirchlichen Schule hatten von den heiligen Männern geschwärmt, die den Versucher in sich mit Geißelschnüren abtöteten und dabei die Leiden des Heilands nachempfanden. Andere fromme Männer und Frauen, so hatten die Nonnen im Religionsunterricht erzählt, waren stigmatisiert – sie bluteten an den Stellen, wo dem Erlöser die Nägel durch Hände und Füße getrieben worden waren oder wo er die Dornenkrone getragen hatte. Wieder andere, die stark im Glauben waren, hatten sich im Stadium der Entrückung gar in die Luft zu erheben vermocht. Schwester Anna von der Fleischwerdung Christi hatte gesehen, wie die Heilige Theresa eine halbe Stunde lang über dem Erdboden schwebte.

Joseph erinnerte sich an sein Gespräch mit Reverend French in Peking und an das Buch, das der Geistliche ihm geliehen hatte. In ihm war von Daniel Douglas Home die Rede, dem berühmten Medium aus dem 19. Jahrhundert, dessen Levitationen Sir Douglas Crooke bei mehreren Gelegenheiten beobachtet hatte. Auch Lord Dunraven war Zeuge gewesen, als Daniel Douglas Home aus einem Fenster hinausgeschwebt und durch ein anderes zurückgekehrt war. Lord Dunravens Bericht, so schrieb der Autor, schließe die Möglichkeit einer Massenhypnose, einer kollektiven Hysterie als Erklärung aus. Näher bei Josephs eigenen Erfahrungen lagen die Augenzeugenberichte über Levitationen in China. Aus Indien wurde von einem Tibeter namens Milarepa berichtet, der im 13. Jahrhundert im Zustand der Levitation herumspazierte und sogar schlief.

Joseph beschloss, bei jener Energie Hilfe zu suchen, die im Chinesischen *Ch'i* genannt wird. Der Buddhismus sieht in ihr eine Lebenskraft, die der Gläubige anrufen kann, um gute Taten zu fördern. Das *Ch'i* würde ihn erheben, auf die eine oder andere Weise, es würde ihn von den Gedanken befreien, die ihn ans Irdische fesselten, und ihn auf seinem Weg der Nachfolge Buddhas auf eine höhere Ebene der Spiritualität gelangen lassen.

Joseph wählte die rauen, hölzernen Bodenbretter vor einer tibetischen Abbildung des *Vajrasattva,* des Buddha, der alle Buddhas umfasst. Auf dieser Darstellung befand sich die Gottheit im *Yab-yum,* im Geschlechtsakt mit ihrer *Sakti,* ihrem weiblichen Kraftanteil. Joseph entschied sich für diese Bildtafel, weil sie gleichermaßen sinnlich und voller Zartheit war. Sie zeigte, wie der Gott die Sakti an seine Brust drückte, während sein *Lingam* in ihre *Yoni* eindrang. Sie schlang verzückt die Arme um seinen Hals und hielt die Augen züchtig niedergeschlagen. Es war ein Bild, in dem sich Joseph jederzeit verlieren konnte, und um seine Aufgabe zusätzlich zu erschweren, versuchte er, den sexuellen Inhalt zu übersehen und sich völlig auf die geistige Klarheit der Darstellung zu konzentrieren. So lag er, bis auf ein Lendentuch entblößt, auf den groben Brettern und versuchte, sich in einen Trancezustand zu versetzen, der es ihm ermöglichen sollte, sich nicht nur geistig, sondern auch körperlich zu erheben.

Tag für Tag begab er sich, sobald seine Arbeiten im Tempel erledigt waren, auf die harten Bretter dieses Exerzitiums und lag ausgestreckt in der sengenden Sonne oder dem schneidenden Wind. Er leerte seinen Geist und suchte die Entrückung, die es seinem Körper erlauben würde, aufzusteigen. Er lag da und schwitzte vor Anstrengung oder es fröstelte ihn vor Erschöpfung. Längst war ihm klar geworden, dass das Erreichen dieses Zustands der Gnade nichts mit seinen Gedanken an Natalia zu tun hatte. Über so etwas war er längst hinaus. Er war bereit für die Levitation, aber noch immer floh ihn das *Ch'i*. Aber er würde nicht aufgeben.

»WERFT SEINE KNOCHEN DEN HUNDEN VOR!«
– *Ruf eines Tempeldieners*

Im Wha-Guan-Tsu-Tempel hatte sich der harte Kern der Bewegung versammelt, die sich jetzt als politische Partei verstand und ›China den Chinesen‹ nannte. Sie standen plaudernd beisammen und erwarteten die Ankunft des *Shaoxiao* der Pekinger Polizei. Herausragende Persönlichkeiten waren der Shi Fu oder Erhabene Meister, der alte Lao, der blinde

Mann mit dem Mal und der alte Ding, der Kopf der Rikscha-gilde. Die Anwesenheit des Polizeikommandanten war von größter Wichtigkeit, sollte an diesem Abend doch über die Sicherheitsvorkehrungen bei den geplanten landesweiten Reisen des Mannes mit dem Mal beraten werden.

Oberleutnant Doi von der kaiserlich japanischen Armee hatte seinen Wagen unter den gleichen Weidenbäumen abgestellt, unter denen einst Major Boudreau und Commander Steele geparkt hatten. Aber Oberleutnant Doi führte mehr im Schilde als nur das Sammeln von Informationen. Ganz in unauffälliges Schwarz gekleidet, schlich er sich zu verschiedenen Punkten des Tempelbaus, die für dessen Statik von entscheidender Bedeutung waren, und brachte dort kleine Sprengstoffpakete an. Es fehlten nur noch die verbindenden Zündkabel, und schon konnte er diese verdammte, diese lästige chinesische Verschwörung in die Luft jagen. Vollauf damit beschäftigt, das Kabel zu verlegen, merkte er nicht, dass ein weiteres Fahrzeug, von der verdächtigen Anwesenheit eines fremden Wagens unter den Weiden angelockt, etwa zwanzig Meter weiter hinten gehalten hatte.

Der *Shaoxiao* hatte schon aus einiger Entfernung die Lichtreflexe auf der Karosserie von Dois Wagen bemerkt und sofort seine Scheinwerfer ausgeschaltet. Leise stieg er aus seinem Buick und lehnte die Tür nur an. Er zog seine Luger aus dem Halfter und schlich auf den Katzenpfoten eines trainierten *Tai-Ch'i*-Kampfsportlers näher, wobei er sich immer im Schatten einer alten Stützmauer hielt. Dann sah er eine Gestalt, die einen langen Draht abrollte. Der Polizist begriff sofort, was hier los war. Er hob seine Luger ans Auge und zog den Abzug durch. Der Schuss war tief angesetzt und traf das Sprengstoffpaket. Es detonierte in einer gewaltigen Explosion. Der Mann, den er eigentlich treffen wollte, wurde in die Luft geschleudert, und eine Säule, die einen Dachüberhang trug, brach zusammen. Ein Schauer von Dachziegeln regnete auf das Pflaster. Der Polizist rannte zu dem Mann hin, der jetzt mit ausgestreckten Armen und Beinen auf dem Rücken lag. Es war ein junger Japaner, übersät von Fleischwunden und aller Wahrscheinlichkeit nach tot.

Von der Explosion aufgeschreckt, kamen der Shi Fu und der alte Ding angelaufen, gefolgt von mehreren jungen Mönchen, die direkt aus ihrem Schlafsaal kamen. Mit lauten Rufen machten sie ihrer Erregung Luft. »Verbrennt diesen japanischen Teufel!« »Schmeißt ihn in den alten Brunnen hinter dem Tempel!« »Ja, und dann Steine drauf!« »Entmannt ihn!« »Werft seine Knochen den Hunden vor!« Der Shi Fu wandte sich an den Polizeibeamten.

»Die Polizei, immer schussbereit«, sagte er. »Aber jetzt werden die Japaner kommen und uns die Schuld an allem geben. Unser Tempel ist nicht mehr sicher!«

Der Polizist zog abermals seine Waffe und schoss in die Luft. Schlagartig kehrte Ruhe ein.

»Hört mich an«, sagte der Polizeimajor. »Ihr benehmt euch wie alte Weiber. Das ist ein Geschenk der Götter! Wir werden den Teufel tun und die Leiche verstecken. Ganz China soll davon hören. Es wird unserer Bewegung gewaltigen Zulauf verschaffen.« Er sah die Sorge in ihren Gesichtern. »Bisher waren wir eine Zirkusnummer. Jetzt wird ganz China den Mann mit dem Mal verehren.«

Er blickte in die Runde, suchte ein Gesicht, sprach schließlich einen jungen Mönch an, der gewitzt und kräftig wirkte. »Lauf zur Bahnstation. Sag dem Bahnhofsvorstand, er soll die Polizeikommandantur in Peking anrufen. Er soll durchgeben, dass Major Wu einen missglückten Sprengstoffanschlag auf den Wha-Guan-Tsu-Tempel in Zing Shen meldet. Der Attentäter, offenbar ein japanischer Spezialist, ist ums Leben gekommen. Es handelt sich um den Tempel, in dem der Mann mit dem Mal lebt. Es war ein Anschlag auf ihn. Alle Zeitungen sollen sofort davon verständigt werden.« Er unterbrach sich. »Hast du alles genau verstanden?«

Feuer im Blick, raffte der junge Mönch bereits seine Tunika hoch und lief in Richtung des Bahnhofs los, so schnell er in seinen Filzlatschen laufen konnte.

Als die *North China Daily News* mit der Meldung herauskam, hatte es in Tientsin, in Chunking, in Nanking bereits etliche antijapanische Demonstrationen gegeben. Selbst in der unter japanischer Verwaltung stehenden Mandschurei tauchten Flugblätter auf den Straßen auf. Bedruckt waren sie mit weiter nichts als dem fledermausförmigen Umriss von China in purpurner Farbe. Sofort waren die Kempeitai zur Stelle gewesen und hatten Passanten verprügelt, wenn sie sich auch nur in der Nähe der gefährlichen Zettel befanden, die im Straßenstaub lagen.

Bei den Amerikanern waren die Reaktionen auf den Bombenanschlag zwiespältig. Admiral McNair und geistesverwandte Konservative hielten ihn für »eine verdammt gute Sache. Nur schade, dass er fehlgeschlagen ist.« Freiere Geister wie Major Boudreau sahen im japanischen Militär eine größere Bedrohung der amerikanischen Interessen als durch die ›China-den-Chinesen‹-Partei. Außerdem führte der angelsächsische Sinn für Fairness dazu, dass sie den ziemlich aussichtslos erscheinenden Widerstand der zerlumpten chinesischen Massen gegen den japanischen Moloch insgeheim bewunderten. Offener brachte seine Sympathie für die chinesische Sache der Reverend Ivor French von der Church of England zum Ausdruck. Dieser in Tweed gehüllte Gottesmann war jederzeit dafür gut, die etwas verkrusteten Repräsentanten der britischen Kolonie in Verwirrung zu stürzen. Umso beliebter war er sowohl bei den Rugbyfreunden wie bei den jüngeren Kirchenbesuchern, die seine geistreichen und unkonventionellen Predigten zu schätzen wussten. Die Gattin des britischen Gesandten hatte ihn als »plemplem« bezeichnet, als er bei einem österlichen Kinderfest in einem Hasenkostüm erschienen war. Doch weil die Engländer es sich jederzeit zur Ehre anrechnen können, merkwürdiges Verhalten zu tolerieren, brauchte Reverend Ivor um seine Kanzel nicht zu fürchten.

KEIN VOGEL FLIEGT ZU HOCH,
DER AUF EIGNEN SCHWINGEN FLIEGT
 – *William Blake,* Sprichwörter der Hölle

Keine Schiffsglocke und kein Hornist riefen Joseph zu seinen selbst auferlegten Pflichten, aber er kam seiner täglichen Routine so pünktlich nach als würde er, wie einst im Militärdienst, dazu gerufen. Der Vormittag gehörte den Hausarbeiten und den geforderten Gebeten, dann machte er sich auf die Nahrungssuche. Er fahndete nach essbaren Wurzeln und Gräsern und erleichterte kleine Vogelnester, wahre Wunderwerke raffinierter Baukunst, um winzige Eier. Oft enthielten diese gefleckten kleinen Murmeln bereits ein Küken, aber er konnte es sich nicht erlauben, sie nicht trotzdem zu verspeisen. Er wusste, dass sie auf den Philippinen als *Balut* für eine Delikatesse und besonders nahrhaft gehalten wurden. Hin und wieder ging ihm ein Kaninchen oder ein anderer, murmeltierartiger Höhlenbewohner in die Falle. Er war nicht mehr wählerisch, was die Tierart anging; Hauptsache, er hatte etwas zu beißen. Das gedörrte Pferdefleisch war längst verzehrt, das wenige Mark aus den Knochen gesaugt, die Knochen selbst hatte er ausgekocht, bis sie blendend weiß waren. Wenn die versprochenen Boten vom Mutterkloster nicht auftauchten, würde er noch versuchen müssen, die Geier und Raubvögel zu fangen, die sich manchmal auf den Tempeldächern niederließen. Wenn er sich wusch, konnte er bereits die Rippen unter seiner Haut abzählen, und selbst das Wenige, was er an Bauch besessen hatte, war dahingeschmolzen. Aber seltsamerweise hatte ihm dieser Gewichtsverlust ein Gefühl von Freiheit beschert; er fühlte sich erleichtert, nicht nur um die verlorenen Pfunde, sondern auch in einem spirituellen Sinn. Ihm fiel auf, dass es ihm jetzt, wenn er sich auf seinem Pilgerweg zur Levitation auf den rauen Bodenbrettern ausstreckte, viel schneller gelang, sich in den Zustand der Leere zu versetzen, der die Voraussetzung für tiefe Meditation war.

Es ereignete sich ganz selbstverständlich. Es ereignete sich ohne Anstrengung, ohne Zutun. Der Schweiß strömte nicht aus seinen Poren, sein Körper bebte nicht vor Erschöpfung. Es war die zarteste, die einem Lufthauch ähnlichste Empfindung, als Joseph klar wurde, dass er schwebte. Er wusste nicht, wie hoch oder wie lange schon, er wusste nur, dass es die duftendste aller Lotusblüten war, die ihn trug, weicher als jede Frauenbrust, weicher als die Daunenkissen seiner Mutter. Und genauso sanft wurde er wieder abgesetzt. Als er sich aufrichtete, die Beine herumschwang, mit den Füßen wieder den Boden berührte, fühlte er sich mindestens so überrascht wie glücklich. Und ihn erfüllte die Gewissheit, in seiner Nachfolge Buddhas einen ersten Schritt getan zu haben.

Später dachte er an Reverend Ivor French, den anglikanischen Kirchenmann, mit dem er sich vor hundert Jahren in Peking angefreundet hatte. Er war es schließlich gewesen, der sein Interesse an Levitationen ernst genommen und ihn ermutigt hatte, sie nicht nur als einen Zaubertrick, sondern als eine tiefe spirituelle Erfahrung zu betrachten.

ACH, ARMUT IST EIN BODENLOSER SUMPF,
ERFÜLLT VON NOT UND SCHMERZEN
– *Mary Howitt,* Das Lieblingslamm, *1831*

Natalia saß auf einem Hocker an ihrem Küchentisch und starrte auf das schmale Bündel von Banknoten, das auf der blank gescheuerten Tischplatte lag. Das war alles, was sie für ihre Möbel, das Porzellan, die Teppiche und den im Lauf der Jahre zusammengetragenen Krimskrams bekommen hatte. All diese kleinbürgerlichen Besitztümer waren für sie bescheidene Symbole ihrer Ehrbarkeit gewesen, und nun hatte ein chinesischer Händler alles weggeschleppt und ihr, unter Ausnutzung ihrer Notlage, dieses Spottgeld dafür geboten. Ohne Papier und Bleistift bemühen zu müssen, konnte sie abschätzen, dass es nicht lange für die Miete reichen würde. Wenn sie nicht bald eine seriöse Anstellung fand, würde sie sich doch noch an ihre russischen Freundinnen wenden müssen, die im Pekinger Nachtleben gutes Geld verdienten. Ihre Zukunft sah alles andere als rosig aus. Wenn sie wenigstens wieder mit Joseph vereint wäre, dann würden all die anderen Misslichkeiten nicht zählen. Sie vermisste seine Großzügigkeit, seine Stärke, seine Sanftheit, sie vermisste seine Liebe. Sie weinte heiße, bittere Tränen der Sehnsucht. Sie hatte ihn bereits mit dem japanischen Offizier betrogen; sie wusste, dass sie, sollte ihre finanzielle Lage sich nicht bessern, eines Tages Commander Steele anrufen würde. Und sie machte sich keine Illusionen über die Folgen eines solchen Telefonats. Sie war nahe daran, sich wertlos zu fühlen. Offenbar stimmte die vorherrschende Meinung, der sie bisher stets widersprochen hatte: dass die russischen Frauen in China nur dazu gut waren, Ausländern eine Bettgenossin oder reichen Chinesen eine ausgehaltene Mätresse zu sein. Auch wenn sie sich glücklich schätzte, von Joseph geliebt worden zu sein, war sie doch nichts Besseres als die chinesischen oder koreanischen Mädchen, mit denen die anderen Marines schliefen. Sie weinte.

Am Morgen saß sie mit trockenen Augen an ihrem kleinen Küchentisch und starrte in die Teetasse, die ihr die *Naima* gefüllt hatte. Auch die alte Chinesin, sonst ein verlässlicher Quell von Klatsch, Neuigkeiten und Kritik, war angesichts der bitteren Realität verstummt, mit der ihre Herrin konfrontiert war.

Aus dem rückwärtigen Treppenhaus waren polternde und schleifende Geräusche zu hören, dann klopfte es an der Tür. Die *Naima* öffnete, und vor den beiden Frauen standen Möbelpacker in blauen Arbeitskitteln, daneben der Händler, der gestern Natalias Besitztümer weggekarrt hatte.

Jetzt machten sie alles rückgängig, rollten den Buchara-Teppich wieder im Wohnzimmer aus, stellten Stühle und Tische auf und rückten die blank polierte Anrichte an ihren gewohnten Platz. Die Lampen und Platten und Tabletts und kasachischen Wandbehänge, alles tauchte wieder auf. Der Händler wischte mit seinem Ärmel Staub von einem Beistelltischchen, als wäre alles nur ein bedauerlicher Irrtum gewesen. Die *Naima* stellte ihn schließlich zur Rede. »Du alter Bandit, was soll das hier?«

»Ein fremder Teufel«, erwiderte er. »Ein Marinemann hat mir alles abgekauft und mich beauftragt, es hierher zu liefern. Mehr weiß ich nicht.« Unter Verbeugungen manövrierte er sich rückwärts zur Tür hinaus, gefolgt von seinen Gehilfen.

Natalia und die *Naima* blickten sich stumm an. Ein Kommentar war überflüssig. Obwohl sie aus entgegengesetzten Ecken der Welt stammten, waren sie doch beide Frauen, und sie begriffen, dass ein neues Kapitel in Natalias Leben begonnen hatte. Aber als Frauen dachten sie auch praktisch, und so zog die alte Dienerin, mit ein paar Scheinen aus Natalias Möbelgeld bewaffnet, sofort los, um Hähnchen, Eier, Kaffee, Butter und Brötchen aus einer deutschen Bäckerei zu besorgen. »Vergiss die Zigaretten nicht«, rief ihr Natalia nach.

Ein Seebär der alten Schule hätte nach dem Aufbringen einer Prise sofort seinen Anteil an der Beute eingefordert. Nicht so Commander Steele, der doch über ein gewisses Maß an Takt und Feingefühl gebot. Er wartete eine knappe Woche ab, ehe er vor Natalias Tür stand, im Arm einen großen Strauß roter Rosen, der von einem Armreif aus chinesischem Gold zusammengehalten wurde.

TRÄUMEND VON NÄCHTLICHEN FREUDEN ...
– *William Blake,* Ein Wiegenlied, *1803*

Natalia kam zu ihm, als er schlafend auf seinem primitiven, klösterlichen Bett lag. Es war hart und schmal und leistete sinnlichen Freuden keinen Vorschub. Dennoch kam sie zu ihm in einer Reihe aufblitzender Szenen. Die erste war der Augenblick ihres Kennenlernens. Er hatte sie gesehen, als sie mit

Freundinnen einen Einkaufsbummel in der Hataman-Straße machte, und spontan hatte er alle zu Tee und Kuchen eingeladen. Während die Freundinnen kicherten und schnatterten wie Schulmädchen auf einem Ausflug, war Joseph sofort von Natalias Noblesse eingenommen, ihren guten Manieren, dem offenen Blick ihrer blauen Augen, der nicht mit ihm spielte, sondern diesen jungen amerikanischen Seesoldaten mit ehrlichem Interesse musterte. In seinem Traum erkannte er das hübsche Sommerkleid mit dem Blumenmuster wieder, sah wieder ihre makellose Haut im Gesicht und an den Armen, die wohlgeformten, aber nicht üppigen Lippen. Wie in einer Überblendung im Film wandelte sich die Jahreszeit, und sie stand im Rollkragenpulli auf der chinesischen Mauer, in der Hand ein paar herbstliche Rispen, die er für sie gepflückt hatte. Sie sprach zu ihm, aber er hörte nichts, so als wäre es noch ein altmodischer Stummfilm. Dann raste das Bild plötzlich vorwärts, als wäre die Perforation gerissen, und sie befanden sich in Natalias Wohnung, saßen, die Förmlichkeit eines ersten Besuchs wahrend, am Wohnzimmertisch, zwischen ihnen ein silberner Samowar. Natalia hatte das Glas mit kochend heißem Tee in seinem silbernen Halter vor ihn hingestellt und auf die Kristallschale mit den *Warenje* gedeutet, den eingemachten Kirschen, die in Russland zum *Caj* gereicht werden. Er wusste, dass diese Teezeremonie in Wahrheit nichts anderes war als ein Vorspiel zum Unvermeidlichen. Er hob sie hoch und trug sie in das Schlafzimmer. Sie liebten sich langsam, beide mit der Kennerschaft der Geübten. Als ihre Augen sich trafen, war ihnen klar, dass sie dabei waren, ein feierliches Bündnis zu schmieden. Joseph wünschte sich, dass es dauern möge – für immer. Er konzentrierte sich auf die Heiligenbildchen auf dem Nachttisch, sah die rosa Tagesdecke aus Chenille auf dem Fußboden liegen, sah ihre Seidenstrümpfe, die kurios über seine Schaftstiefel drapiert waren. Sie aber sah nur das dunkle, einnehmende Gesicht über sich, sah die tiefen, nachdenklichen Falten und die kleinen Schweißperlen auf seiner Stirn und brachte die Vereinigung zu einem erschauernden Ende.

Joseph war aus seinem Traum erwacht und setzte sich auf. Er glaubte, ihren Duft in seiner Schlafkammer wahrnehmen zu können, was nur einmal mehr bewies, dass all die Mantras und Sutren, all die Buddhas und Bodhisattvas nichts gegen die Erinnerung an Natalia auszurichten vermochten. »Mein Gott«, dachte er, »ich muss zu ihr, aber wie?«

An diesem Nachmittag streckte Joseph sich auf den Brettern aus, auf denen er tagtäglich die Erleuchtung suchte. Er merkte, dass es ihm schwer fiel, die innere Leere zu erreichen, die der erste Schritt zur Levitation war. Als er sich endlich in die meditative Trance versetzt hatte, wollte die Entrückung sich nicht einstellen. Er konzentrierte sich, bis ihm der Schweiß aus den Poren trat, aber die Erde hielt ihn erbarmungslos fest. Er spürte nichts weiter als brüllenden Hunger, stechenden Kopfschmerz und die Qual der Erdenschwere, der verwehrten Schwerelosigkeit. Er glaubte, die Kirchenglocken von St. Josaphat in Chicago zu hören, er glaubte, den hohlen Widerhall von Pferdehufen zu hören, die sich näherten. Und so fand ihn die Gruppe von Reitern, mehr ein Skelett auf dem Ghat, das auf seine Verbrennung wartete, als ein Marineinfanterist in der Nachfolge Buddhas, dem die Levitation versagt blieb.

Aus einsamen Männern in Kasernen
schnitzt man keine Heiligenfiguren
– *Rudyard Kipling*, Tommy, *1890*

Ein lebendes Bild der ungewöhnlicheren Art bot sich im Zimmer des Shi Fu dar, des Abtes von Wha Guan Tsu, des Tempels des strahlenden Lichts. Bis zur Taille entblößt, den Kulimantel auf dem Fußboden neben sich, stand da der alte Wang, besser bekannt als der Mann mit dem Mal. Und direkt hinter ihm saß in kerzengerader Haltung auf einem Stuhl mit gerader Rückenlehne ein chinesischer Offizier mit Bürstenschnitt und einem schmalen, dunklen Schnurrbart, der mit größter Hingabe das purpurne Riesenmuttermal mit den Umrissen Chinas studierte. Der Abt saß stumm dabei und verlieh der Inspektion durch seine Anwesenheit die höheren buddhistischen Weihen. Schließlich wandte sich der Offizier, den Blinden ignorierend, direkt an den Shi Fu: »Bemerkenswert«, sagte er. »Dieser Mann ist ein Schatz für unsere Nation. Kein Wunder, dass die japanischen Teufel versucht haben, ihn zu töten.«

Der Abt ergriff das Wort. »Wäre nicht ein hochrangiger Polizeibeamter rechtzeitig eingetroffen, dann wären dieser ehrwürdige Tempel des strahlenden Lichts und wir, seine demütigen Diener, in tausend Fetzen zerrissen worden.«

Der Offizier erhob sich. »Das Kloster und der Tempel leisten wichtige Arbeit. Dieser Mann«, er deutete auf den Mann mit dem Mal, »muss in allen Städten Chinas zu sehen sein. Er wird die Massen, vor allem die ungebildeten, in einen patriotischen Taumel versetzen.«

»Eine prächtige Idee«, sagte der Shi Fu. »Wir wären niemals darauf gekommen.«

»Wie kann ich Euch dabei helfen?«

Der Abt beschloss, die erprobte Rolle des selbstlosen Gottesmannes zu spielen. Er bettete eine geballte Faust in die auf und nieder pendelnde Handfläche der anderen Hand und begleitete diese Geste der Inständigkeit mit einem Kopfnicken.

»Mit Geld, Eure Exzellenz. Eure Exzellenz muss wissen, dass wir von wenig anderem als dünner Reissuppe leben. Die Bauern aus dem Dorf bringen uns hin und wieder Reis und Grünzeug. Wir brauchen Geld, um den Tempel zu verteidigen, um Wachen für den Mann mit dem Mal anzuwerben. Wir brauchen Männer und Waffen, wenn wir auf Reisen gehen sollen. Eure Exzellenz werden wissen, was so etwas kostet. Wir Mönche kennen uns mit Geld nicht aus.«

Der Offizier hatte genug von buddhistischem Pipapo und Knoblauchatem und dem Rauch der Räucherstäbchen. »Kein Problem«, beschied er dem Shi Fu. »Meine Armee wird Euch eine monatliche Zuwendung zukommen lassen.« Er deutete mit einer Reitgerte aus Bambus auf den Mann mit dem Mal. »Aber ihn hier solltet Ihr wirklich in ganz China zur Schau stellen.« Mit klirrenden Sporen marschierte er aus dem Raum.

Der Shi Fu und der Mann mit dem Mal verhielten sich schweigsam, bis sie hörten, wie draußen ein Motor ansprang, abstarb und unter furzenden Auspuffgeräuschen abermals ansprang.

»›Eure Exzellenz‹?«, spottete der Mann mit dem Mal. »Wer war das, etwa Kaiser Shi Huang Di? Habt Ihr nicht ein wenig übertrieben?«

»Das … war …«, der Shi Fu sprach langsam und betont, als hätte er es mit einem Schwachsinnigen zu tun, »… niemand anders als General Tschiang Kai Scheck. Er hat von dem Anschlag gehört und wollte dein Muttermal mit eigenen Augen sehen. General Tschiang ist der Oberbefehlshaber der nationalen Streitkräfte und der Vorsitzende der Kuomintang-Partei.«

»Er ist kein Heiliger. Er ist ein Schuft, der nur wegen des Geldes in die Soong-Familie eingeheiratet und sich zum Christenglauben bekannt hat«, sagte der Mann mit dem Mal. »Und vorher war er in der japanischen Armee, und er hat sich mit den Kommunisten eingelassen, ehe er sie verraten hat.«

Der Shi Fu war verblüfft. »Du bist ja erstaunlich gut informiert für einen …« Er wagte nicht, weiterzusprechen.

»Für einen Blinden?«, sagte Wang. »Ich habe Euch schon erklärt, dass wir gute Liebhaber sind, weil uns nichts ablenkt. Wir sind auch gute Zuhörer, weil die Menschen uns behandeln, als wären wir unsichtbar, als wären wir eine Zimmerpflanze oder ein Stuhl an einem Tisch. Aber uns entgeht nichts. Das ist unser Zeitvertreib – dem zu lauschen, was rund um uns her gesprochen wird.«

»Verzeih mir«, sagte der Shi Fu und meinte es vielleicht sogar ehrlich. »Aber wenn das stimmt, was du da sagst, dann ist er wahrhaftig ein Schurke.«

»Kein Schurke, nur ein Opportunist, der immer auf seinen Vorteil sieht. Wie für uns geschaffen. Ich weiß, dass Ihr Mittel und Wege finden werdet, noch mehr Geld aus ihm herauszuholen.«

»Ich weiß, was du meinst«, sagte der Shi Fu, »aber deine Wortwahl ist unserer Sache nicht dienlich. Sagen wir lieber, der General und wir haben gemeinsame Interessen.«

»So wie Ihr und ich«, erwiderte der Mann mit dem Mal. »Wenn Ihr mir einen Drink einschenkt, wäre ich bereit, Euch ein intimes Detail anzuvertrauen.«

»Wenn du Hämorrhoiden hast, dann behalte es bitte für dich«, sagte der Shi Fu.

»Ich würde es nicht wagen, in Eurer ehrwürdigen Gegenwart ein so unappetitliches Thema anzuschneiden. Was ich sagen will, ist äußerst appetitlich. Es geht um das koreanische Mädchen, das mir gestern zugeführt wurde.«

»Erzähl mir nicht, dass sie nach diesem Kohlgericht duftet, das sie *Kimchi* nennen. Sie riechen alle danach«, sagte der Erhabene Meister.

»Es ist pikanter«, sagte der Mann mit dem Mal. »Als ich mich auf ihr niederließ, führte ich eine Chilischote in ihre hintere Pforte ein. Sie konnte sie nicht entfernen. Die Hitze versengte ihr schier die Eingeweide. Es war wie ein Ritt auf einem wütenden Tiger. Kann ich Euch nur empfehlen.«

»Ich weiß nicht, ob ich dich faszinierend oder abstoßend finden soll«, sagte der Shi Fu.

»Wie wär's mit beidem?«, sagte der Mann mit dem Mal und leerte seinen Becher.

... UND STANKEN NACH BRANNTWEIN
UND TABAK, WIE'S SOLDATENART
– *William Congreve,* Der Hagestolz, *1693*

Als Joseph sich mühsam hochrappelte, fand er sich von einer kleinen Gruppe bewaffneter Männer umringt. Zu seiner Überraschung waren zwei Weiße dabei, die anderen schienen alle Asiaten zu sein. Eine genauere Zuordnung schien auf den ersten Blick schwierig, dazu war die Kleidung zu bunt gemischt, die äußere Erscheinung zu uneinheitlich. Schaffelljacken und Pelzmützen waren zu sehen, farbenfrohe Turbane, Schnauzer und Vollbärte. Was sich ihm am stärksten einprägte war der Geruch nach Schweiß und Tabak, eine typische Kasernenmischung, die hier in dieser sterilen Wüstenei höchst überraschend wirkte. Er wurde auf Chinesisch angesprochen, mit dem gebräuchlichen Gruß *Chu Le Ma?* – »Hast du gegessen?« Joseph spürte, dass die Frage in diesem Fall nicht nur rhetorisch gemeint war. Er antwortete, ebenfalls auf Chinesisch: »Ich habe wahrhaftig nicht gegessen.« Als er aufzustehen versuchte, wankte er. Seine Selbstkasteiungen bei dem Versuch der Levitation, dazu das plötzliche Auftauchen dieser Männer – das alles war zu viel gewesen.

Die Männer folgten Joseph in das Innere des Tempels. Draußen im Hof sah er eine Anzahl kleiner, langmähniger Pferde stehen. Sie waren angepflockt und wurden von einem o-beinigen Mongolen bewacht, der einen Karabiner über der Schulter trug. Klüger als ich, dachte Joseph.

In der großen Halle des Tempels angelangt, schichteten die Männer ihre Gewehre zu einer Pyramide auf, wie es Soldaten tun, und legten ihre Satteltaschen und Tornister ordentlich auf dem Boden ab. Ein bärtiger Mann holte einen *Buuz,* einen mongolischen Knödel, aus seiner Packtasche, ein anderer zog einen blechernen Henkelmann aus Armeebeständen hervor, der mit einer vor Fett starrenden Fleischbrühe vom Lamm gefüllt war. Joseph stürzte sich auf die Speisen und schlang hemmungslos in sich hinein, während die Männer fasziniert zusahen. Sie warteten, bis er gesättigt war und einen mächtigen Rülpser von sich gab, was sie mit einem anerkennenden Lachen quittierten. Dann fragte ihn einer, der wahrscheinlich der Anführer war, auf Chinesisch mit unverkennbar mongolischer Färbung: »Habt Ihr die Güte, Euren werten Namen zu nennen?«

Joseph antwortete in gleicher Sprache und Förmlichkeit: »Krasinski, Joseph. Ich bin der Hüter dieses Heiligtums.«

Als sie diesen Namen hörten, sahen die Männer einander verblüfft an. Joseph ging auf, dass sie ihn, ausgezehrt, kahl geschoren und von Sonne und Wind gegerbt wie er war, für einen Einheimischen gehalten hatten. Einer, der den *Kalpak* aus Karakulpelz trug, den man bei den Kosaken findet, fragte auf Russisch: »Krasinski. Dann bist du also ein Pole.«

»Meine Eltern kommen aus Polen«, erwiderte Joseph, »aber ich bin ein Amerikaner aus Chicago.«

Der Kosake wandte sich an seine Kumpane und übersetzte in ein Pidgin-Chinesisch: »Er ist ein *Meiguoren*, ein Amerikaner aus Shi-ka-go.«

Ein anderer schaltete sich ein – ein Weißer, älter als die anderen, massig, mit einem Bierbauch und tätowierten Unterarmen. »Du sprichst Chinesisch und Russkie. Du bist kein Missionar. Also, was bist du, ein Deserteur?«

Joseph sah den Mann an und sagte wohlüberlegt: »Ich bin Soldat bei den United States Marines.«

Der Mann lachte lauthals. »Warte nur, bis ich den anderen sage, dass wir hier eine gestrandete Teerjacke in der Hand haben.«

Ehe das Gespräch eine unangenehme Wendung nehmen konnte, war aus der Ferne das Brummen eines Flugzeugs zu hören. Die Männer blickten hoch, alle zugleich, und wurden blitzartig aktiv. Sie liefen zu den Tempeltoren, um die Pferde in Empfang zu nehmen, die der Wächter bereits an der Leine die Stufen heraufzog. Es dauerte nur Sekunden, und alle Pferde waren im Tempel in Sicherheit gebracht. »Das kann nur ein Japaner sein, die Amerikaner fliegen nicht so weit«, sagte einer der Reiter.

»Und ihr geht den Japanern aus dem Weg?«, fragte Joseph.

»Wir sind der Stachel im Fleisch der Japaner«, sagte der Mongole, der der Anführer zu sein schien.

Seine machtvolle Erscheinung, die befehlsgewohnte Miene und das Raubvogelgesicht, das wie aus altem Sattelleder geschnitzt war, schienen Josephs Vermutung zu bestätigen. Außerdem, so überlegte her, befand der Mongole sich hier auf heimischem Boden; die anderen begleiteten ihn vielleicht, weil er sie angeworben hatte.

»Wir jagen ihre Eisenbahnlinien in die Luft, wir fallen in die Mandschurei ein, wir töten ihre Büttel und Spione.« Der Mann machte eine Pause. »Es ist eine ehrenvolle Aufgabe.«

Er wartete auf Josephs Reaktion.

»Zeit für die Abendsutra«, sagte Joseph. Er legte sein Mönchsgewand an und entzündete, ohne noch auf die Männer und Pferde zu achten, die Räucherstäbchen, die er in ihre Halterungen steckte. Er nahm den Kranz der Gebetsperlen in die Hände und rezitierte in makellosem Mandarin die Sutra vom weißen Lotus, wie sie ihm der Erhabene Meister des Wha-Guan-Tsu-Tempels eingehämmert hatte.

Abgesehen vom Geräusch der Fliegen verscheuchenden Rossschweife war es totenstill, als Joseph sein Ritual vollzog. Als er sich schließlich umwandte, war er überrascht. Die Mongolen und Chinesen der Gruppe hatten ebenfalls Räucherstäbchen entzündet und waren in frommer Meditation versunken. Selbst der Anführer nahm mit stoischer Miene an der Andacht teil. Joseph erlebte einen Augenblick tiefer Befriedigung. Er hatte dem Erhabenen Meister keine Schande gemacht. Endlich in die Lage versetzt, Besuchern des Tempels geistliche Dienste zu erweisen, war es ihm gelungen, religiöse Empfindungen in diesen Männern zu erwecken, die aller Wahrscheinlichkeit nach Banditen oder noch Schlimmeres waren und sich nur als Patrioten ausgaben. Als die Männer sich ihm zuwandten, um seinen Segen zu empfangen, erkannte er, dass es sich bei dem Vordersten, dessen helles, von einem glatten Bart gerahmtes Gesicht etwas Raubvogelartiges hatte, um einen Japaner handeln musste. Sein Verdacht bestätigte sich, als der Mann in einem Tonfall, den man für andächtig halten konnte, »*Namu Amida Butsu*« sagte. Es war, wie Joseph sofort erkannte, die japanische Version des Budhalobs. War das etwa auch ein Deserteur, fragte sich Joseph.

Als Joseph später von seinen täglichen Arbeiten zurückkehrte, sah er, dass die Pferde wieder in den Hof hinausgebracht und ihre Hinterlassenschaften säuberlich entfernt worden waren. Draußen brannte ein Feuer, an dem sich ein Mann um das Essen kümmerte, während die anderen drinnen Stühle und Tische zu einer großen Tafel zusammengeschoben und Schüsseln, Löffel und Stäbchen aufgedeckt hatten. Der Platz neben dem Anführer war freigehalten worden, und Joseph merkte, dass er für ihn bestimmt war. Er setzte sich, und sogleich teilte einer der Köche reichliche Portionen eines Reis-Lamm-Eintopfs aus. Die Männer aßen, wie unter Soldaten gegessen wird, schaufelten das Essen unter Verzicht auf feinere Manieren in sich hinein und gönnten sich bedenkenlos Nachschläge. Joseph aß langsam aus Sorge, dass ihm eine so reichhaltige Mahlzeit schlecht bekommen könnte, und er war dankbar, dass ihn niemand mit Fragen bestürmte. Er ahnte, dass seine Teilnahme an dieser gemeinsamen Mahlzeit und sein bereitwilliges Akzeptieren des Platzes neben dem Anführer bedeuteten, dass er in die Gruppe aufgenommen war. Und er wusste, dass es, wollte er Natalia jemals wiedersehen, auch das Klügste war, mit diesen Männern mitzureiten. Er mochte in Gewalttätigkeiten verwickelten werden, womöglich in Mord und Totschlag, aber die Alternative war, dass auch er sich in nicht allzu ferner Zeit entkräftet auf seine armselige Pritsche legen würde, um irgendwann tot und vertrocknet aufgefunden zu werden.

DER GENERAL IST DER STATTHALTER
DES TODES ...
– Tu Mu, Wei Liao Tsu, *9. Jhr. n. Chr.*

Major Kitagawa betrat das Dienstzimmer von Generalmajor
Yamasaki im Hauptquartier der Kwantung-Armee in Hsinking. »Zur Stelle wie befohlen«, bellte er und knallte die Ha-
cken seiner Reitstiefel zusammen. Als der Mann hinter dem
Schreibtisch sich umwandte, begriff Kitagawa sofort, warum
Yamasaki »Der Tiger der Mandschurei« genannt wurde. Ein
kahl rasierter Schädel, rund wie eine Gewehrkugel, saß auf
einem stiernackigen Hals; die Augenbrauen wölbten sich dro-
hend über tödlich kalten Augen. Seine Uniform war schlicht,
ein offener weißer Hemdkragen war sorgfältig über den olivgrünen Uniformkragen geschlagen. Er trug nur Rangabzei-
chen, aber keinerlei Orden. Kitagawa versuchte, durch ein ge-
ringfügiges Emporrecken seines Kinns und einen festeren
Griff um den Knauf des Samuraischwerts an seiner Seite einen
günstigen Eindruck zu machen. Angesichts des Rufes, den er
bei den Kempeitai genoss, erwartete er zunächst einen Aus-
tausch von Höflichkeiten.

»Ich brauche Ihnen keinen Stuhl anzubieten«, sagte General Yamasaki, »es wird nicht lange dauern.«

Er schüttelte eine Chesterfield aus der Zigarettenpackung
und beeilte sich nicht mit dem Anzünden; Kitagawa verharr-
te in Habachtstellung.

»Wie ich von meinen Leuten höre, hat Ihnen ein Amerikaner Brüche eines Arms und des Schlüsselbeins zugefügt. In
einer öffentlichen Toilette. Ein amerikanischer Mannschafts-
dienstgrad misshandelt einen japanischen Offizier, einen Offizier der Kempeitai. Ist Ihnen klar, was das für Sie bedeutet?«
Der General wartete keine Antwort ab. »Es kommt noch

schlimmer. Dieser Mann entwischt, oder man lässt ihn entwischen. Das Resultat ist das Gleiche. Wir haben unser Gesicht verloren. Und es geht noch weiter, Major Kitagawa. Ein Sprengstoffanschlag auf den Wha-Guan-Tsu-Tempel misslingt. Auf den Tempel des Mannes mit dem China-Mal, das Zentrum der antijapanischen Agitation. Ein junger Offizier unserer Pioniertruppe kommt dabei ums Leben. Ist Ihnen auch klar, was das bedeutet? Ein japanischer Offizier stirbt durch die Hand eines chinesischen Polizisten.« Er machte eine Pause, um einen tiefen Zug aus seiner Zigarette zu nehmen. »Ihre Erklärung, Major Kitagawa. Ich höre.«

Statt einer Antwort riss Kitagawa seinen Waffenrock auf, zog in einer flüssigen Bewegung das Samuraischwert aus der Scheide, packte den Knauf mit beiden Händen und drückte die Spitze in Hüfthöhe gegen seinen Unterleib.

Der General sprang auf und donnerte: »*Tomatte kure*« – »Halt!«

Kitagawa hielt die Schwertspitze weiter gegen sein Hemd gepresst und starrte fasziniert auf den Blutfleck, der sich im Stoff ausbreitete. Erst dann ließ er das Schwert sinken.

»Ich kann es mir nicht leisten, einen Offizier zu verlieren«, sagte General Yamasaki. »Besorgen Sie sich den Kopf dieses Marinesoldaten und spießen Sie ihn auf den Zaun der amerikanischen Botschaft. Und bringen Sie den Mann mit dem China-Mal zur Strecke und diese Bande von Zauberern, die ihn umgibt. Wenn das erledigt ist, machen Sie Meldung bei mir.«

»*Kashikomarimashita!*«, bellte Kitagawa. »Ich höre und gehorche!«

General Yamasakis Tonfall wurde milder. »Major Kitagawa, Sie können gehen.« Er deutete auf das blutbefleckte Hemd. »Melden Sie sich im Lazarett und lassen Sie sich einen Verband anlegen.« Er griff nach dem Telefonhörer und wandte Kitagawa wieder den Rücken zu.

Am Nachmittag dieses Tages saß Major Kitagawa im Speisewagen des Zugs nach Peking. Er war bei seinem dritten Bier, schwitzte heftig und wischte sich immer wieder mit der Stoffserviette die Stirn ab, was den chinesischen Kellner mit kaum verhohlenem Ekel erfüllte. Nie in seinem Leben war Kitagawa so gedemütigt worden. Von seinen frühesten Tagen als Kadett in der Militärakademie bis zu seiner Ernennung zum Kommandeur einer Kempeitai-Einheit, die seinen Namen trug, hatte er stets Furcht verbreitet. Alle hatten sie Angst vor ihm gehabt, die anderen Kadetten, später seine Untergebenen, ganz gewiss die Gefangenen und Verdächtigen in seinen Verhören. Selbst ranghöhere Armeeoffiziere beugten sich ihm wegen seiner Zugehörigkeit zu der Kempeitai. Und jetzt war er abgefertigt worden wie ein kleiner Rekrut, und als die Schande, die auf sein Haupt gehäuft wurde, unerträglich geworden war, hatte der General sich väterlich gegeben und ihm geraten, das Lazarett aufzusuchen. Genau das kam natürlich nicht in Frage. Die Militärärzte hätten sofort geargwöhnt, dass die Wunde von der Spitze eines Schwertes stammte, das zum *Seppuku*, der rituellen Selbstentleibung, angesetzt worden war. Sie hätten sich insgeheim gefragt, warum der Major, wenn er sein Schwert schon gezogen hatte, schließlich doch vor dem zurückgeschreckt war, was ihm seine Ehre gebot.

Und sie hätten ja Recht gehabt, dachte Kitagawa jetzt. Er hätte seine Gedärme dem General vor die Füße werfen, hätte es ihm überlassen sollen, den Tod eines so mustergültigen Offiziers zu erklären.

Jetzt starrte er blicklos hinaus in die Landschaft, die draußen vorüberzog. Nicht nur, dass seine Uniformjacke schweißdurchtränkt war, er spürte nun auch ein frisches Rinnsal von Blut, das in seine *Fundoshi* hinunterlief, das kunstreich verschlungene Lendentuch, das er der westlichen Unterwäsche vorzog. Die behelfsmäßige Mullbinde, die sein Gürtel an Ort und Stelle gehalten hatte, war in seine Hose gerutscht, und jetzt rann das Blut in seine Reitstiefel hinunter. Selbst wenn er sich nicht bewegte, selbst wenn er die Hand gegen den Unterleib presste, würden die Stiefel randvoll mit Blut sein, wenn er in Peking ausstieg. Dort wollte er sich sofort in das Sakura-Hotel flüchten, wo man ihm einen Arzt rufen würde, der die Wunde mit ein paar Stichen vernähte. Als erfahrener Kämpfer würde er sich zunächst bedeckt halten und seine Kräfte neu formieren, ehe er wieder zum Angriff überging. Diesen Ittohei, diesen Gefreiten der amerikanischen Marines, einen Kopf kürzer zu machen, war die vordringliche Aufgabe. Und wer war besser geeignet, ihn zu diesem Krasinski zu führen, als die blonde russische Schönheit? Was sie über Krasinskis Aufenthaltsort wusste, würde sie ihm preisgeben. Dessen war sich Kitagawa sicher.

... BEKAM TEE UND GUTE RATSCHLÄGE SERVIERT.

– *John Keats*, Brief an James Hessey, *1818*

Natalia und die *Naima* saßen am Küchentisch, tranken Tee und rauchten russische Zigaretten. Natalia hatte der Alten gezeigt, wie man das Mundstück aus Pappe zum Rauchen zwischen Daumen und Zeigefinger zusammendrückte. Sie schlürften den Tee durch Zuckerwürfel zwischen ihren Zähnen hindurch und zogen an den starken Zigaretten – schlichte russische Freuden, die sie schweigend genossen. Natalia hatte sich schon längst von der Vorstellung verabschiedet, dass die *Naima* ihre Dienerin war. Die alte Frau hatte für sie geputzt, gekocht, gewaschen und gebügelt, obwohl Natalia ihr klipp und klar gesagt hatte, dass sie sie nicht mehr bezahlen konnte. Sie war aus Pflichtgefühl bei Natalia geblieben, in das sich jedoch Zuneigung mischte. Sie hatte sich daran gewöhnt, diese fremde Teufelin zu umsorgen, und Natalias Liebhaber, diesen dunkelhaarigen Soldaten, der buddhistische Gebete rezitieren konnte und jetzt wer weiß wohin geflohen war, mochte sie aufrichtig gern. Dass die beiden ohne Kleider geschlafen hatten, missfiel ihr zwar, kein Chinese würde so etwas machen, aber da sie schon ihr ganzes Leben lang für Ausländer gearbeitet hatte, war sie mit solchen schamlosen Sitten vertraut. Ihrer Nachbarin, einer alten Frau aus dem gleichen Dorf wie sie, hatte sie erzählt, dass es diese fremden Teufel miteinander trieben wie die Affen und dass sie »Na-da-lyas« Unterwäsche immer wieder vom Fußboden des Schlafzimmers oder sogar vom Wohnzimmersofa aufklauben musste. Sie erzählte es beifällig und nicht etwa tadelnd, denn sie selbst hatte, als sie jung war, ebenfalls einen Liebhaber gehabt, einen jungen Fischer, der zu ihr kam, wenn es noch dunkel war, und sie bis zum ersten Hahnenschrei liebte. Erst dann kroch er aus ihrem Bett und nahm seine Netze und ging hinunter zum Boot.

»Er kommt heute Abend und bringt ein paar seiner Sachen mit«, sagte Natalia freudlos und meinte Harrison Steele. Sie sprach chinesisch im unverblümten Tonfall von Peking, wie sie ihn auf den Straßen aufgeschnappt hatte. Die ehrerbietigen und eleganten Wendungen waren Josephs Domäne. Er hatte sein Mandarin bei den Priestern gelernt. Ihr Chinesisch war die Sprache der Diener, der Krämer, der Rikschamänner. Es war auch die Sprache der *Naima*, was ein weiteres Band zwischen ihnen schuf.

»Er bringt den Reis auf den Tisch«, sagte die *Naima*. »Seht Euch um, die Möbel sind wieder da, der Eisschrank ist voll, die Miete ist bezahlt, und Ihr seid in dieser Woche zweimal im Kino gewesen. Und dabei hat er noch nicht einmal Eure Hand berührt.«

»Heute Nacht wird er mehr berühren als nur die Hand«, sagte Natalia.

»Er wird tun, was Männer eben tun«, sagte die Alte. »Macht die Augen zu und denkt an Euren Soldaten. So habe ich es bei meinem Mann auch gemacht. Ich hab die Augen geschlossen und an meinen Fischer gedacht.«

»Du bist so klug. Du bist so stark«, sagte Natalia. Sie schlang ihre Arme um die *Naima*, obwohl sie wusste, dass Chinesen vor Berührungen zurückscheuen und sich schon bei der geringsten Geste der Zuneigung unbehaglich fühlen. Aber Natalia, die seit dem Alter von zwölf Jahren nur von ihrem Vater erzogen worden war, brauchte jetzt die Nähe dieser Erdmutter, die nach Knoblauch und Kernseife roch.

Die alte Frau klopfte Natalia unbeholfen auf den Rücken. »Ich bin nicht klug, ich bin nur alt«, sagte sie. »Und Ihr seid auch stark. In der Fremde aufgezogen ohne Mutter, von einem Vater, der trank. Ihr seid stark. Vergesst das nicht. Zeigt diesem Mann nie Eure Tränen. Wenn er sie sieht, wird er grausam zu Euch sein. Die Männer sind so.« Die alte Frau griff nach der Wodkaflasche auf der Anrichte und schenkte zwei Schlückchen ein. Sie hob ihr Glas. »*Gambei*«, sagte sie, »auf ex!«

STIEFEL, SATTEL, AUFGESESSEN UND LOS!
– *Robert Browning*, Stiefel und Sattel, *1846*

Sie hatten Joseph eine gutmütige Stute gegeben, den Sattel
mit einem zusätzlichen Schaffell gepolstert, und waren in en-
ger Formation losgeritten. Der mongolische Anführer übernahm die Spitze, dahinter war Joseph zwischen dem Japaner
und dem Kosaken eingekeilt, deren Knie und Sporen hin und
wieder die seinen berührten. Er verspürte wieder dieses kameradschaftliche Hochgefühl, unter Männern zu sein, sich in
die Gruppe einzufügen, nur den Befehlen von oben folgen zu
müssen. Es war eine ganz ähnliche Empfindung, wie er sie
aus der buddhistischen Meditation kannte, wo es darum ging,
das Denken auszuschalten und sich innerlich leer zu machen.
Es gab keine Natalia, es gab keine Marineinfanterie, es gab
keine Flucht vor irgendwelchen Behörden, keine Kabalen,
keine Ungerechtigkeit. Es gab nur den Wind auf seinem Gesicht, das Klirren von Metall, das Knarzen von Leder, das Don-
nern der Hufe, den Geruch von Pferdeschweiß und Pferde-
fürzen.

Die Reiter hatten drei Tage im Tempel verbracht, hatten
gegessen, geschlafen, ihre Schusswaffen gereinigt und ihre
Sammlung von Bajonetten, Dolchen und Kavalleriesäbeln
frisch geschliffen. Joseph hatte von ihren Vorräten mitgeges-
sen und spürte, dass er wieder zu Kräften kam. Wahrscheinlich hätte er seine unfreiwillige Diät aus gelegentlichen Sing-
vogeleiern, wilden Zwiebeln und Knoblauchknollen und mit
der hohlen Hand abgemessenen Reisrationen nicht mehr lange überlebt. Als er hörte, dass am nächsten Tag aufgesattelt
werden sollte, hatte er die kleineren Buddhas und Bodhisattvas vorsichtig in eine Abstellkammer gebracht, die er erst
kürzlich entdeckt hatte. Er zündete ein letztes Mal die Räu-

cherstäbchen an, vollzog zum letzten Mal die gottesdienst-
lichen Rituale. Als sie am frühen Morgen aufbrachen, nagelte
er die Tempeltore zu.

Die Männer hatten ihn nicht aufgefordert, mit ihnen zu
reiten, und er hatte nicht darum gebeten, sich ihnen anschließen zu dürfen. Es war etwas Unausgesprochenes, etwas, das
auf beiden Seiten keiner Erwähnung bedurfte, etwas Unaus-
weichliches. Wäre er kein ausgebildeter Soldat gewesen, hätten sie ihn sicher in seinem Tempel zurückgelassen. Statt dessen hatten sie ihm einen Karabiner und einen Patronengurt
in die Hand gedrückt und ihn in ihre Reihen aufgenommen.

Sie ritten fast eine Woche lang, wobei sie ihre Nachtlager
immer an Wasserläufen aufschlugen, wo sie die Tiere tränken
und am Lagerfeuer kochen konnten. Joseph hatte zwölf Männer gezählt, mit ihm waren es nun dreizehn. Er wusste, dass
die Dreizehn im Westen als Unglückszahl galt. Aber in Asien
war das anders. In China, so hatte er erfahren, brachte die Vier
Unglück, weil sie so ähnlich klang wie das Wort für »Tod«.
Deshalb war ein Dreizehnter in der Gruppe für die Chinesen,
so abergläubisch sie auch waren, kein Hindernis. Abends am
Lagerfeuer oder wenn die Mittagssonne sie zu langsamerer
Gangart zwang, hatte Joseph Gelegenheit, die Männer kennen zu lernen. Der Anführer – der ehrfurchtgebietende Mongole namens Sansar – führte einen mit einer Kapuze ruhig-
gestellten Jagdfalken auf einem dicken Falknerhandschuh
mit sich und schien ein Kriegsherr in der alten Tradition zu
sein. Wassili, der meistens rechts von Joseph ritt, war ein Kosak
aus dem Donezbecken und hatte in der Armee des Zaren gedient. Wie Natalias Vater und tausende andere seiner Landsleute war er vor der Revolution der Bolschewiki nach China
geflohen, um dort ein neues Leben zu beginnen. Er ritt, als
wäre er im Sattel geboren worden, und zog ein Leben auf

dem Rücken der Pferde einer Randexistenz unter den arroganten Westlern in Peking vor. Die Briten, die Franzosen und die Amerikaner hatten ihre privilegierten Konzessionsgebiete – und alles, was man ihm, der nur ein russischer Flüchtling war, angeboten hatte, war ein Job als Türsteher vor einem Restaurant in der französischen Konzession. Dieser Wassili fasste schnell Zutrauen zu Joseph und brachte ihm das Reitervokabular der Kosaken bei. Sie sprachen Russisch miteinander, wann immer sich die Gelegenheit bot, denn mit Wassilis Chinesisch war es nicht weit her.

Der Amerikaner, O'Connor, war unfreundlich und hielt auf Distanz. Joseph erfuhr, dass er ein Deserteur war und dem in Tientsin stationierten fünfzehnten Infanterieregiment angehört hatte. Es hieß, dass er im Suff einen eben erst eingetroffenen jungen Leutnant erschlagen habe, einen Grünschnabel, der frisch aus Westpoint kam. Er war ein Infanterist der alten Schule und jahrelang auf den Philippinen im Einsatz gewesen. Joseph vermutete, dass O'Connor so abweisend war, weil er kapiert hatte, dass Joseph vor ungerechter Verfolgung geflohen war, während er selbst einen unschuldigen Dreiundzwanzigjährigen auf dem Gewissen hatte.

Dann war da noch der Japaner, der Gocho genannt wurde, was auf Japanisch einfach »Unteroffizier« hieß. Er war ein gebildeter Mann, der an der Waseda-Universität chinesische Literatur studiert hatte. Als er zur kaiserlichen Armee eingezogen wurde, schickte man ihn in die Mandschurei, wo er im Range eines Unteroffiziers einem Infanterieregiment als Dolmetscher dienen sollte. Seine dienstlichen Pflichten führten Gocho häufig in das Dorf, das in der Nähe des Standortes lag. Dort hatte er sich in die Tochter des Dorfschulzen verliebt und sie sich ebenso in ihn. Mehrere Monate gelang es ihnen, die Beziehung geheim zu halten, doch dann bekamen ein paar

Leutnants aus seinem Battaillon Wind von der Sache. Nach einem nächtlichen Besäufnis mit Sake im Offizierskasino beschlossen sie, diesen feinen Pinkel von Unteroffizier in seine Schranken zu weisen. Sie entführten die junge Frau und vergewaltigten sie die ganze Nacht hindurch. Als sie mit ihr fertig waren, ließen sie sie mitten auf der Dorfstraße liegen. Sie wagte es nicht, geschändet und entehrt in das elterliche Haus zurückzukehren, und ertränkte sich im Dorfweiher. Die Täter hatten keine Konsequenzen zu befürchten, da die japanischen Militärs die chinesische Bevölkerung als Untermenschen betrachteten, mit denen sie machen konnten, was sie nur wollten. Gocho erfuhr von dem Selbstmord, als er beim Frühstück saß. Als Soldat durfte er sich nichts anmerken lassen, keinen Schmerz zeigen, und tatsächlich gelang es ihm, sich zu beherrschen. Noch am gleichen Tag erzählte ihm der Bursche eines Offiziers, dass er das Grölen von Betrunkenen aus dem Kasino gehört habe, und als er dann durch ein Fenster spähte, sah er, wie die Frau vergewaltigt wurde. Gocho ließ sich weiterhin nichts anmerken. Er diente seinen Vorgesetzten weiterhin so zuverlässig wie gewohnt. Dass er am Selbstmord der jungen Frau keinerlei Anteil zu nehmen schien, brachte die Offiziere schließlich zu der Überzeugung, dass sie einem Irrtum erlegen waren, dass der Unteroffizier gar kein Interesse an dem Mädchen gehabt hatte. Einen Monat später desertierte Gocho in den frühen Morgenstunden von seiner Einheit – aber erst, nachdem er drei der Offiziere enthauptet hatte, während sie schliefen. Er legte ihre bluttriefenden Köpfe auf den Tisch im Offizierskasino, und mit ihrem Blut schrieb er daneben auf die Tischplatte *Mung Wha*, den Namen seiner Geliebten.

Die anderen acht Männer, alle Chinesen oder Mongolen, schienen berufsmäßige Banditen zu sein. Die Mongolen waren Gefolgsleute von Sansar, dem Anführer, und außer Wassili hatte keiner sonst so viel Pferdeverstand wie sie. Joseph fragte sich, ob diese Bande, zu der er nun gehörte, geschickter zu Werke gehen würde als die Wegelagerer, die den Zug aufgehalten hatten, mit dem er in die Mongolei gekommen war. Er konnte es nur hoffen, denn andernfalls sanken seine Chancen, Natalia wiederzusehen, vollends gegen null.

Ein Ruf von der Kolonnenspitze unterbrach Josephs Grübeleien. Er kam von Sansar, der den Arm gehoben hatte, um seine Männer zu stoppen, und ihnen jetzt bedeutete, dass sie absteigen sollten. Er hatte sich auf einer kleinen Anhöhe postiert und hielt seinen mächtigen Feldstecher an die Augen gepresst. Er gab das Glas an O'Connor weiter, der es Gocho reichte, von dem es schließlich zu Joseph gelangte. Joseph konnte weit in der Ferne eine Staubfahne ausmachen. Als der Wind sich plötzlich drehte, erkannte er die Umrisse eines Lastwagens.

»Das können nur Japaner sein«, sagte er. »Wir haben keine motorisierten Einheiten in diesem Gebiet, und wenn ihn irgendwelche Banditen gekapert hätten, sähe er nicht mehr so gut aus.«

»Der Bursche hat Recht«, brummte O'Connor. »Aber warum fahren sie nicht im Konvoi? Es ist eine gefährliche Gegend für sie.«

Sansar gab seinem Pferd die Sporen. »Das werden wir bald wissen«, sagte er.

BROT UND SPIELE!

– Juvenal, Satiren, 2. Jhr. n. Chr.

Der Wanderzirkus des Wha-Guan-Tsu-Tempels hatte seine Tournee begonnen. Mit der Geldspritze, die sie von Tschiang Kai Schecks nationalchinesischer Armee erhalten hatten, heuerten sie bewaffnetes Wachpersonal zum Schutz des Mannes mit dem Mal an – meistenteils notorische Raufbolde, die bisher im Sold verschiedener Bandenführer gestanden hatten. Der Erhabene Meister, der Shi Fu, bewies großes Geschick bei der Zusammenstellung eines effektvollen Programms, für das er eine ganze Truppe reisender Künstler und Artisten verpflichtet hatte. Nepalesische Hornbläser eröffneten die Vorstellung mit ihren monotonen, seelenvollen Klangkaskaden, die den ernsten, feierlichen Ton für das vorgaben, was folgen sollte. Dann kam die Levitationsnummer, die das überwiegend aus einfachen Leuten bestehende Publikum mit erwartungsvollem Staunen erfüllte. Um die Spannung weiter anzuheizen und den Auftritt des Mannes mit dem Mal hinauszuzögern folgte ein Zwischenspiel mit klassischer chinesischer Musik. Da zupfte einer auf der *Er hu,* der zweisaitigen Fidel, herum, und eine schöne Frau spielte auf der Pipa, der chinesischen Laute, und sang dazu altvertraute patriotische Lieder, und schließlich stießen drei Bläser in die *Suona,* jene ungestimmte Messingtrompete, die bei jeder chinesischen Geburt, Hochzeit oder Beisetzung blökt. Sie kündigten das Erscheinen des Mannes mit dem Mal an, und wenn er sich umdrehte, um das Abbild Chinas auf seinem Rücken zu zeigen, gaben sie ein schrilles Crescendo von sich, und Trommler taten das Ihre, um die Kakophonie noch zu steigern. Es war, alles in allem, ein musikalisches und theatralisches Spektakel, bei dem es keinen auf den Sitzen halten

sollte. Sobald der Mann mit dem Mal dann von der Bühne geleitet worden war, lieferte der Shi Fu seine wohlbekannte
Rede ab, in der er die Ausländer beschimpfte und den betrüb-
lichen Zustand des Landes beklagte, eines Landes, das innerlich zerrissen war und von außen, von den überseeischen
Mächten, schamlos ausgebeutet wurde. Es war immer die
gleiche Rede, die er fallweise mit ein paar Bemerkungen und
Seitenhieben zu lokalen Besonderheiten würzte. Das Publikum wurde zuverlässig in patriotische Glut versetzt, und die
Spenden, vom Furcht einflößenden Wachpersonal eingesammelt, flossen reichlich.

Der Erfolg dieser Veranstaltungen schlug sich in Berichten und sogar Leitartikeln der örtlichen und der überregiona-
len Presse nieder. Meistens benahm sich das Publikum gesit-
tet, oft war es nachdenklich, manchmal verließ es die Tempel,
Theatersäle oder Sportplätze in heller Empörung. In Chungking, einer nicht unbedeutenden Bezirkshauptstadt, waren
die Menschenmassen mit der erhobenen Faust des Boxeraufstands auf die Straßen geströmt und hatten »Sha si wai guo
lao« gebrüllt, »Tod allen Fremdlingen«. Anschließend plün-
derten sie alles, was nach westlichem Einfluss aussah, über-
fielen das britische Konsulat, brachen in eine methodistische
Mädchenschule ein und raubten eine französische Bank aus.
Die Polizei stellte schließlich die Ordnung wieder her, aber
erst, nachdem einige Schweizer Touristen sich beklagt hatten,
dass Frauen aus ihrer Gruppe unsittlich berührt worden seien.

Die Reaktionen auf die Unruhen von Chungking waren vielfältig und widersprüchlich. Im Offizierskasino der
amerikanischen Gesandtschaft sprachen Flottenoffiziere von
Schlachtschiffen, die die Küstenstädte in Grund und Boden
schießen sollten, falls die Chinesen außer Kontrolle gerieten.
Die Offiziere der Marines behielten ihre Meinung für sich. Sie

wussten, dass es nur Imponiergehabe war, von einem Einsatz der Flotte zu faseln. Die Vereinigten Staaten befanden sich mitten in einer Wirtschaftskrise, und weder der Präsident noch der Kongress waren geneigt, zusätzliche Mittel für die Marine und das Heer zu bewilligen. Die übrigen westlichen Mächte standen kaum besser da. In England herrschte eine pazifistische Grundstimmung vor; Frankreich befand sich in den Klauen von Korruption und Defätismus. Und dies alles angesichts eines erstarkenden Nationalismus in Deutschland, der von einem gewissen Hitler geschürt wurde. Major Boudreau fasste die Lage in seinem weichen Louisiana-Singsang nüchtern zusammen: »Wir haben das größte ausländische Truppenkontingent in Peking stationiert. Und selbst wir können mit unseren drei Schützenkompanien, der Stabskompanie und den vierzig Kavalleristen von der berittenen Abteilung kaum tausend Mann aufstellen. Wenn wir das vierte Regiment des Marine Corps, ein paar Matrosen und das fünfzehnte Infanterieregiment der Armee in Tientsin dazunehmen, haben wir immer noch kaum mehr als fünftausend Mann. Die Einzigen, die dieser Bewegung Einhalt gebieten können, sind die Japaner. Ihre Kwantung-Armee kontrolliert die südliche Mandschurei seit 1919. Sie haben eine Infrastruktur mit Eisenbahnen, Fabriken und Seehäfen. Sie haben etwas, für das es sich zu kämpfen lohnt, aber für uns die Kastanien aus dem Feuer zu holen – das dürfte sie kaum interessieren.«

All diese Überlegungen an den Schaltstellen der Macht waren für den Erhabenen Meister und seinen Mann mit dem China-Mal von geringem Interesse. Wie die Direktoren und Darsteller wandernder Theatertruppen seit Shakespeares Zeiten genossen sie die leiblichen Freuden und geizten nie mit Freikarten für Kellnerinnen, Tänzerinnen, Schauspielerinnen und gelangweilte Hausfrauen, die ein Abenteuer juckte.

EIN TAG DES KAMPFES
IST EIN ERNTEFEST DES TEUFELS
– *William Hooke,* Predigt in Taunton, *Mass., 1640*

Sie waren den ganzen Vormittag am Rand der Anhöhe ent-
langgeritten, in sicherer Entfernung dem Lkw oder vielmehr
dessen Staubfahne folgend, sodass sie von der unter ihnen
liegenden Schotterpiste aus auf keinen Fall gesehen werden
konnten. Plötzlich wanderte die Staubfahne nicht mehr weiter und begann, sich langsam aufzulösen. O'Connor bat Sansar um den Feldstecher und forderte Joseph auf, ihm zu folgen. Kurz vor der Abbruchkante der Hochfläche stiegen sie
von ihren Pferden, gingen ein Stück auf die Kante zu und
krochen dann auf dem Bauch weiter, damit sich nicht ihre Sil-
houette gegen den Himmel abzeichnete. O'Connor spähte
durch den Feldstecher, grunzte und reichte ihn an Joseph weiter. Der führte die Okulare an seine Nasenwurzel und sah sofort japanische Soldaten, die Benzinkanister aus dem Lade-
raum des Lkws herausreichten, während andere Männer den
Wagen bereits betankten.

»Ich sehe acht«, sagte Joseph, »aber wahrscheinlich gibt
es noch einen Fahrer, und in der Kabine oder hinten im Wagen
werden noch ein Unteroffizier und vielleicht ein Offizier sein.

»Eine komplette Gruppe«, sagte O'Connor. »Sieht nach Infanterie aus. Ich kann die Wickelgamaschen erkennen, und
diese Hosenträger haben sie auch an. Sie sehen wie stämmige, zähe Burschen vom Land aus. Nicht so was wie unser Gocho hier. Was glaubst du, wie sind sie bewaffnet?«

»Bestimmt mit ihren Arisaka-Gewehren, dazu vielleicht
ein paar Nambu-Pistolen«, sagte Joseph. »Eventuell ein leichtes MG«, fügte er noch hinzu.

»Denk ich mir auch so«, sagte O'Connor. »Ich werde Sansar vorschlagen, dass wir vorausreiten und ihnen irgendwo auflauern, wo wir Deckung haben. Er wird jeden dieser kleinen Hundesöhne mit den hochgeschnürten Beinchen umlegen wollen.«

Sansar war anderer Meinung und erklärte es in seinem ungehobelten Mandarin: »So ein Lkw mit einer Treibstoffladung und all den Männern, das ist ungewöhnlich. Das machen sie normalerweise nicht. Die sind unterwegs zu jemand anderem. Zu jemandem, der Hilfe braucht. Das macht mich neugierig.« Er reckte seine geflochtene Reitpeitsche in die Höhe, drehte sich zu O'Connor um. »Aufsitzen. Wir reiten weiter.«

Eine Strecke weit hielt O'Connor sich an Josephs Seite. Joseph vermutete, dass er nicht nur die Gesellschaft eines anderen Amerikaners suchte, sondern dass er, wie ein leckgeschlagenes Rohr, das das Wasser nicht halten kann, endlich wieder einmal englisch reden wollte. Er hatte das verzweifelte Bedürfnis, sich jemandem mitzuteilen, und zwar nicht nur irgendeinem Zivilisten, dem er nichts zu sagen hatte, sondern einem Soldatenkameraden, der die gleiche Sprache sprach wie er. Fast die gleiche Sprache, dachte Joseph, der sich an ein Schild in der Kaserne erinnerte, in der er seine Grundausbildung erhielt. »Sprecht die Sprache der See!« Für einen Angehörigen des Marine Corps gab es keine Stockwerke, nur Decks; keine Treppen, nur Leitern, die man aufenterte; keine Wände, nur Schotts; keine Kantine, nur eine Messe. Dieser Salzwasserjargon war ihnen zur zweiten Natur geworden, die sie auch nach der Ausmusterung im zivilen Leben nicht ablegten. Während sie nebeneinander her ritten, erzählte O'Connor, mehr im Selbstgespräch als an Joseph gewandt, von seiner Dienstzeit auf den Philippinen, vom Spaß der Strafexpeditionen gegen die aufsässigen Moros, vom Brandschatzen ihrer Hütten und von erzwungenem Sex mit ihren verängstigten Frauen. Und von Saufgelagen in Manila und dem keineswegs erzwungenen Sex mit den berühmt-berüchtigten Bennie-Boys, jenen hübschen, langhaarigen Knaben in spanischer Tracht mit Ballonärmeln, die in der Liebe raffinierter waren als die meisten Frauen.

»Ich war auf Schiffen stationiert. An den Zwölfkomma-fünf-Zentimeter-Geschützen«, sagte Joseph. »Und ich war bei der Gendarmerie auf Haiti, aber noch nie in einem Gefecht mit regulären Truppen.«

Joseph hielt es für klüger, seine Schützenhilfe für die chinesische Einheit zu verschweigen, die den Banditenüberfall auf die Bahnstrecke in die Innere Mongolei abgewehrt hatte. Es war immerhin nicht völlig ausgeschlossen, dass sich unter den Männern, die er getötet hatte, auch Gefolgsleute von Sansar befanden.

»Ein Schusswechsel mit japanischer Infanterie ist was anderes als ein Flaggenappell auf einem Schlachtschiff in einer Uniform, in der man wie ein Hotelpage aussieht, das lass dir mal gesagt sein, Sonnyboy. Wir werden schon sehen, ob du dir in die Hose machst oder nicht. Wie ich Sansar kenne, brauchen wir nicht lange zu warten.«

O'Connor trieb seinem Steppenpferd die Sporen in die Seiten. Er sprengte davon und überließ es Joseph, über die Verachtung nachzusinnen, die ihm soeben ziemlich unverblümt bekundet worden war.

Am späten Nachmittag bot sich ihnen eine ideale Gelegenheit. Die Sonne, schon dicht über dem fernen Horizont, beschien das Treffen zwischen dem Lkw und einem Sanitätsfahrzeug der japanischen Truppen. Es hatte eine Reifenpanne und war in einen Graben gerutscht, in dem es jetzt in erbärmlicher Schräglage feststeckte. Eine absurde Situation, dachte Joseph: Die Helfer waren hilflos und bedurften nun selbst der

Hilfe. Seine Kameraden verschwendeten keine Zeit an solche Überlegungen. Sansars Männer, die sich im Schatten verborgen hielten, beobachteten das sich entfaltende Treiben wie vor Gier speichelnde Hunde. Auf der Straße unter ihnen waren die japanischen Soldaten rund um den havarierten Sanka ausgeschwärmt und erzeugten die typische Konfusion von zu vielen Helfern, die sich um eine Aufgabe drängen.

Sansar rief O'Connor und Wassili zu sich. »Schnell«, sagte er, »so lange da unten dieses Durcheinander herrscht. Sie wissen nicht, ob sie den Wagen erst aus dem Graben ziehen oder den Reifen an dem frei schwebenden Rad wechseln sollen.« Er wandte sich an O'Connor. »Nimm die Hälfte der Männer zu Fuß mit runter. Verbergt euch in den Felsspalten. Ihr werdet sie überrumpeln, ehe sie euch überhaupt bemerken.« Er machte eine Pause. »Wenn ein Offizier dabei ist, nehmt ihn gefangen. Alle anderen töten. Alle Waffen einsammeln. Und die Munition.« Er wandte sich Wassili zu. »Wir bringen die Pferde hinter ihnen zur Straße hinunter. Sobald O'Connor die Japaner angreift, tauchen wir in ihrem Rücken auf.«

Joseph folgte O'Connor durch einen mit Geröll und Trümmerschiefer übersäten Einschnitt nach unten. Hinten ihnen kamen die Chinesen und Gocho. Die Mongolen waren unter Wassilis Kommando in den Sätteln geblieben. Im Grunde handelte es sich bei diesem Plan um eine taktische Übung, wie sie die Marineinfanteristen an jedem Ort durchexerzierten, an dem sie ihr Biwak aufschlugen. Die Wachkompanie der Gesandtschaft und die berittene Abteilung trainierten dieses Einkesseln zwischen dem Golfplatz von Paoposhan und den westlichen Hügeln von Peking. Trotz seines Alters und seines Körperumfangs erwies sich O'Connor, der wie seine Männer mit einem Mauser-Sturmgewehr bewaffnet war, als ein geschickter Führer. Leise und gewandt pirschte er sich an, wobei er seine Gruppe mit den Handzeichen dirigierte, die er bei der U. S. Army gelernt hatte. Joseph hatte es zwar den Japanern zu verdanken, dass er sich jetzt in dieser unangenehmen Lage befand; gleichwohl konnte er keinen Hass auf die japanischen Soldaten rund um den Lkw empfinden. Sie taten letztlich nichts anderes als er – sie gehorchten den Befehlen ihrer Vorgesetzten. Die Aussicht, Männer zu töten, die gerade einen Reifen wechselten, ließ nicht gerade Triumphgefühle in ihm aufkommen.

Wie so oft im Gefechtsalltag hielten die Japaner sich nicht an das, was Sansars Plan vorgesehen hatte. Zwar waren sie damit beschäftigt, ein Seil an der Stoßstange des Sankas anzubringen, doch hatten sie, dem Befehl eines erfahrenen alten *Gunso* oder Feldwebels folgend, eine Wache aufgestellt. Sobald O'Connor und seine Männer aus der Felsspalte hervorkamen und in Angriffslinie ausschwärmten, wurden sie auch schon entdeckt. Sie hatten noch keine Salve abgefeuert, als die Japaner bereits unter dem Lkw in Deckung gingen. Von O'Connors Gruppe unbemerkt, wurden auf der abgewandten Seite des Wagens Gewehre unter der Plane herausgereicht, und schon eröffneten die Japaner das Feuer. O'Connors Männer erwiderten zielgenau und wirkungsvoll. Etliche Japaner wurden getroffen, einer blieb an die Flanke des Lkw gelehnt stehen und starb, ohne umfallen und seine Seele auf Gottes Erde aushauchen zu können. Plötzlich begann unter dem Lkw ein leichtes Nambu-Maschinengewehr zu rattern. In der allgemeinen Verwirrung war es den Japanern gelungen, es aus der Heckklappe zu hieven, und jetzt bestrich es mit seinem Feuer das ganze Gelände. Ein Chinese aus O'Connors Gruppe ließ mit einem scheppernden Geräusch sein Gewehr fallen. O'Connor verschluckte den Fluch auf seinen Lippen, als er sah, dass der Mann wie abwesend auf dem Boden hockte und dann langsam zur Seite sank. Joseph schoss nun, wie er es gelernt hatte. Er schlang sich den Gewehrgurt zur amerikanischen Anschlagstellung um den Arm, atmete ruhig aus, zog langsam den Abzug durch und hatte seinen ersten Schuss abgegeben. Ein Soldat, der im Schutz der halb offenen Fahrertür zu feuern versuchte, klammerte sich für einen Augenblick an der Tür fest und sackte dann auf den Erdboden hinunter. Plötzlich ließ die Intensität des Gewehrfeuers nach, und hinter dem Sanitätsfahrzeug waren wilde Schreie zu vernehmen. Joseph sah Wassili und seine Mongolen, die, in den Steigbügeln stehend, heranpreschten und gleichzeitig ihre Karabiner abfeuerten wie in einer orientalischen Fantasia. Einer der Mongolen sprang vom Pferd, packte den Mann mit dem Maschinengewehr an den Füßen, zerrte ihn unter dem Lkw hervor und schlitzte seine Kehle auf. Damit war der japanische Widerstand gebrochen. Den Toten und Verwundeten wurden ihre Faustfeuerwaffen und Gewehre abgenommen, sie wurden ihrer Stiefel, Uhren und persönlichen Besitztümer beraubt. Wer sich noch rührte, wurde getötet, meistens mit dem kalten Stahl. O'Connors Männer mischten sich freudig in das grausame Geschehen, als plötzlich hinter dem Sanitätsfahrzeug die Schreie von Frauen zu hören waren. Alle hielten bei ihren blutigen Geschäften inne, während zwei Mongolen mit einem rundlichen Sanitätsoffizier und fünf in knöchellange, weiße Uniformen und hohe, gestärkte Häubchen gekleideten Krankenschwestern erschienen. Die Frauen waren bleich vor Angst und hielten einander an den Händen – entweder angesichts des Blutbads oder, was wahrscheinlicher war, angesichts der wilden Reiterhorde, von der ihnen Schrecknisse drohten, die Buddha allein kannte.

Inzwischen hatte ein älterer Mongole die übrigen Pferde von der Hochfläche heruntergebracht. Sansar hielt einen Appell ab. Sie hatten zwei Männer verloren, und einer der Chinesen hatte einen Durchschuss durch den Oberschenkel erlitten, aus dessen Fleisch ein weißer Knochensplitter herausragte. Sansar gab ihm eine Flasche Sake, die sie in dem japanischen Sanitätsfahrzeug gefunden hatten. Der Mann nahm dankbar einen tiefen Zug. Sansar klopfte ihm sanft auf die Schulter, trat hinter ihn und schoss ihm in den Hinterkopf.

Ihre Toten sollten, wie es die buddhistische Tradition gebot, eine Feuerbestattung erhalten. Mit einer gewissen Ehrerbietigkeit trugen sie die Leichen zu dem Lkw, ließen die Heckklappe herunter und bahrten sie nebeneinander auf der Ladefläche auf. Sobald die Klappe zugeknallt war, zog Joseph seinen langen schwarzen Rosenkranz unter dem Hemd hervor und gab den Toten ein letztes Geleit in eine hoffentlich bessere Welt. Als er zu den Männern zurückkehrte, spürte er ihren erneuerten Respekt. Er fragte sich, wie viel davon Aberglaube war und wie viel echte Gläubigkeit. Seine Gedanken wurden jäh von Gewehrschüssen unterbrochen, die die Gruppe in den Lkw hineinjagte. Dann explodierte der Benzintank oder die Kanisterladung, und der Wagen verwandelte sich in einen riesigen Feuerball. Während die Leichen ihrer toten Kameraden auf diese unorthodoxe Weise eingeäschert wurden, legte Sansar seine Hände vor dem Gesicht aneinander, und alle anderen mit Ausnahme von O'Connor und Wassili folgten seinem Beispiel. Aber selbst O'Connor küsste den Rücken seines Daumens und bekreuzigte sich damit. Wassili bekreuzigte sich auf die russische Art, indem er die Umrisse des Kreuzes mit zwei Querbalken auf seiner Brust nachzeichnete.

Der Verlust dreier Männer bedeutete, dass sie nun drei Packpferde zur Verfügung hatten. Eilig wurden Waffen, Munition, Medikamente, Essensrationen, Stahlhelme und Teile der japanischen Uniformen eingesammelt und auf den Pferden verstaut. Die toten Japaner wurden den Geiern überlassen. Außer dem Militärarzt und den fünf Krankenschwestern war niemand mehr am Leben.

Plötzlich rief einer der Männer etwas und deutete auf den Sanka. Da war noch ein Überlebender, ein blutüberströmter Soldat, der aus dem Wagen sprang und sich, um kein Ziel zu bieten, in Zickzacksprüngen zu retten versuchte. Die Männer hoben ihre Mausergewehre, doch Sansar gebot ihnen Einhalt. Er hob seinen Falken vom Sattelhorn und zog die Lederkappe vom Kopf des Vogels herunter. Mit seinem Lederhandschuh deutete Sansar in die Richtung des flüchtenden Japaners. Mit lautem Kreischen setzte der Vogel zur Verfolgung an. Die Männer, der Arzt und die Krankenschwestern beobachteten fasziniert, wie der Jagdfalke sich mit weit vorgestrecktem Hals und Unheil verkündendem Flügelschlag dem Flüchtigen näherte. Und schon war er auf dessen Kopf, hackte mit dem Schnabel auf den Kopf des Mannes ein. Der Japaner drehte sich im Kreis wie ein Wahnsinniger, versuchte verzweifelt, den Vogel abzuschütteln. Die Männer lachten. Selbst aus der Entfernung konnten sie das Blut im Gesicht des Flüchtlings erkennen. Dann stürzte der Mann zu Boden, und der Falke ging auf seine Augen los. Die Männer johlten vor Begeisterung. Nur Joseph schwieg. Er sah zu den Krankenschwestern hinüber, die sich Hilfe suchend aneinander klammerten. Und dann war das Vergnügen vorbei. So schien es jedenfalls. Aber es sollten noch weitere Vergnügungen folgen.

Sansar lenkte sein Pferd zu den Krankenschwestern, musterte sie und zerrte eine kleine, untersetzte quer über den Sattel zu sich hoch. Wassili stieg ab, ging zu den vier restlichen Frauen, hob ihr Kinn mit der Spitze seiner Reitpeitsche an. Er wählte eine passende Gefährtin und riss ihr den Rock auf, damit sie breitbeinig vor ihm auf dem Pferd sitzen konnte. O'Connor griff sich eine andere und schmiss sie über den Hals seines Pferdes wie einen Sack Mehl, wobei sie ihre Brille verlor. Verzweifelt versuchte sie, nach ihr zu greifen, aber O'Connor trieb sein Pferd an. »Du brauchst keine Brille mehr, versprochen!«, lachte er.

Ein Chinese mit einem narbenübersäten Gesicht glitt aus dem Sattel und nutzte das Vorrecht seines Alters, um die nächste Schwester in Beschlag zu nehmen. Sorgsam half er ihr hinten aufs Pferd, dann stieg er selbst auf und legte ihre Arme um seine Hüften, sodass die beiden wie ein Liebespaar aussahen, das in den Sonnenuntergang davonreitet. Nun war noch eine Krankenschwester übrig. Sansar ritt zu ihr hin, packte sie am Kragen und schleuderte sie zu Joseph aufs Pferd.

»Gut gemacht«, sagte Sansar. »Du bist ein kämpfender Mönch. Wie in den alten Zeiten. Sie ist mein Geschenk für dich.«

Jetzt saßen alle in den Sätteln, nur über den völlig verstörten Sanitätsoffizier war noch nichts entschieden. Mit seiner olivgrünen Uniform, den Stiefeln, einer Schirmmütze und einem winzigen, zahnbürstenartigen Schnurrbart war er die Karikatur eines japanischen Militärs. Die Männer blickten auf Sansar. Was würde er mit dieser lächerlichen Gestalt machen? Sansar manövrierte sein Pferd seitlich hinter den Arzt. Eine leichte Berührung mit den Sporen, und das Tier schlug aus und warf den Japaner in den Staub. Jetzt lag der kleine Mann auf den Knien und suchte seine Mütze. Sansar zog seinen Revolver und zielte zwischen die Schulterblätter des Arztes.

Joseph meldete sich zu Wort. »Kommandant, das ist kein Soldat. Er ist ein *Daifu,* ein Mann, der die Verwundeten heilen kann.«

Die Einmischung wurde von Sansar nicht als respektlos gewertet. In der Horde galt, obwohl keiner jemals von den alten Griechen gehört hatte, ein nahezu demokratisches Mitspracherecht.

Ehe Sansar etwas erwidern konnte, ritt Gocho, sein Samuraischwert in der Hand, zu dem knienden Mann. »Er ist ein japanischer Offizier. Das genügt mir.«

Mit einer energischen Bewegung zog er die Klinge aus der mit Tuch umwickelten Scheide, hob sie hoch über den Kopf und schlug dem Arzt mit einem gellenden Schrei den Kopf ab. Die Männer lachten; die Krankenschwestern schrien; die Pferde furzten; die Hufe donnerten, und der Trupp, der sein Tagewerk vollbracht hatte, ritt davon in die Dämmerung.

Joseph hatte die Krankenschwester im Damensitz vor sich auf dem Pferd platziert, wie er es bei den europäischen Ladys gesehen hatte, die auf der Rennbahn in Peking ausritten. Ihr gestärktes Häubchen war fortgeblasen worden, und ihre Haare wehten ihm ins Gesicht. Joseph fuhr ihr mit der Hand in das Haar, um es von sich fern zu halten, und dabei sah er sich die junge Frau zum ersten Mal gründlich und in Ruhe an. Sie hatte die vollkommen weiße Haut, die Mandelaugen und die besonders weißen Eckzähne, die so genannten Tigerzähne, die den Japanern als Maß vollkommener Schönheit gelten. Als sie seinen Blick bemerkte, hob sie die aneinander gelegten Hände vor das Gesicht und wiederholte immer wieder die japanische Lobpreisung Buddhas, *Namu Amida Butsu.* So versuchte sie, durch die Anrufung des gemeinsamen Glaubens an den Buddha, sein Mitleid und seine Gnade zu erflehen. Er begriff, dass sie die japanische Version dessen murmelte, was auf Chinesisch *Nan wu a mi tuo fo* hieß. Er sagte es laut, um sie zu beruhigen, und es war ein Versprechen, sie zu beschützen. Aber sofort war ihm klar, dass er etwas Törichtes tat. Er hatte keinen Zweifel, dass die jungen Frauen dazu bestimmt waren, geschändet und unter allen Mitgliedern der Horde zur Befriedigung der niedrigsten Instinkte herumgereicht zu werden. Wie sollte er sie beschützen können? Und warum nur dieses Mädchen? Hätten es die anderen weniger verdient?

Ehe es ganz dunkel wurde, schlug Sansars Trupp am Ufer eines rasch dahinströmenden Flusses das Lager auf. Aber noch mehr als Banditen, Mörder oder Vergewaltiger waren sie alle Pferdenarren. Also wurden erst die Tiere getränkt, ihre schweißnassen Flanken wurden trocken gerieben, sie wurden zum Grasen angepflockt. Erst dann zündeten sie das Lagerfeuer an, inspizierten sie ihre Beute. Joseph erwartete, dass die Lustbarkeiten im Schutz der Dunkelheit und unter Zuhilfenahme von Sake und dem medizinischen Alkohol aus dem Sanitätsfahrzeug beginnen würden.

Er brachte sein Pferd zu einem nahen Gehölz aus Krüppelbäumen und streckte die Arme aus, um seiner Krankenschwester, dem Geschenk Sansars, beim Absteigen zu helfen. Als sie in seine Arme glitt, verfing sich ihr Rock am Sattel, und er konnte einen Blick auf ihre weißen Schenkel über den weißen Baumwollstrümpfen erhaschen. Sie war so leicht, dass er sie vielleicht einen Augenblick länger hielt als nötig, und so nahm er ihren Schweißgeruch wahr, der beißend war vor Angst und eine Flamme des Begehrens in ihm entfachte, die in seine Lenden hinunterzüngelte. Einen Moment lang dachte er: Warum eigentlich nicht? Sie war jung, sie war reizvoll, und sie war bestimmt keine Jungfrau mehr. Als Krankenschwester im Militärdienst hatte sie kaum umhin gekonnt, sich mit ihren Vorgesetzten einzulassen. Er hatte als Mönch keusch gelebt, warum sollte er sich jetzt als Bandit nicht des Gegenteils erfreuen? Als er die Satteldecke unter den Bäumen ausbreitete, verstand sie das falsch und dachte, sie würde auf der Stelle vergewaltigt. Sie fiel auf die Knie und beugte sich, die gefalteten Hände vor dem Gesicht, mehrfach so weit nieder, dass ihre Stirn den Boden berührte. Wenn sie sich wieder aufrichtete, konnte Joseph ihre Tränen sehen, ihr ersticktes Schluchzen hören. Er kannte sich gut genug, um zu wissen, dass er weder zum Banditen noch zum Vergewaltiger sonderlich taugte. Er war doch immer noch ein gläubiger Buddhist, und er liebte noch immer Natalia Petrowna, von der er hoffte, dass ihr niemals ein ähnliches Schicksal beschieden sein würde. Unfähig, sich mit Worten verständlich zu machen, nahm er Zuflucht zu dem, was Japaner und Chinesen zumindest teilweise gemeinsam hatten – die *Han se,* die chinesischen Schriftzeichen. Er kratzte das Ideogramm für »Buddha« in den Sand. Sie zeigte mit einem Nicken, dass sie verstand, und flüsterte: »*Butsu*«. Dann zog er die zwölf Striche, die »Sicherheit« bedeuteten, und sagte auf Mandarin »*Anquan*«. Sie sah sich die Ideogramme an, begann plötzlich zu lächeln und sagte »*Anzen*«, das japanische Wort von gleicher Bedeutung. Joseph dankte im Stillen den japanischen Mönchen, die den Buddhismus und die chinesischen Schriftzeichen nach Japan gebracht hatten. Die Kritzelei im Sand hatte ihre Tränen zu trocknen vermocht, und um ihre Dankbarkeit auszudrücken, gab sie die japanische Nachtigall: Sie schraubte ihre Stimme um zwei Oktaven in die Höhe und bekundete ihre Dankbarkeit mit einem gezwitscherten »*arigato, arigato gozaimasu*«. Es war ein japanischer Brauch, dass Frauen mit höherer Stimme sprachen, um weiblicher und demütiger zu wirken, während die Männer in einem nachtschwarzen Bass brummten, der dickere Eier in ihrer Hose vortäuschen sollte, als tatsächlich vorhanden waren. Joseph bedeutete dem Mädchen, dass sie sich besser ruhig halten sollte, und ging zu den anderen, um etwas zu essen zu besorgen.

Als er sich den Lagerfeuern näherte, sah er, dass ihn dort niemand vermisst hatte. Die Männer waren bereits betrunken und verfolgten ein außergewöhnliches Schauspiel. Es war eine Art von Dressurreiten, wie man es auf europäischen Reitbahnen nicht vorgeführt bekommt. Wassili hatte sein Mädchen nackt ausgezogen und auf sein Pferd gesetzt. Ihre Arme waren um den Hals des Tieres geschlungen und an den Händen zusammengebunden, während Wassili hinter ihr in den Steigbügeln stand und sich in dieser Stellung mit ihr vergnügte. Er ritt in einem kurzen Galopp und schwenkte dabei triumphierend seine Karakulmütze, als befände er sich auf einem Reiterfest in seiner russischen Heimat. Die Darbietung war geeignet, zu weiterer Zügellosigkeit und Gewalt anzuspornen, und nach dem Gebrüll der Männer und den Schreien der Frauen zu schließen, die die Stille der Nacht zerrissen, tat sie das auch. Joseph hatte genug gesehen. Er beschloss, auf Essen zu verzichten und lieber zu der Krankenschwester zurückzukehren, um ihr so viel Schutz zu bieten, wie er konnte.

Als Joseph zu seinem Lagerplatz zurückkam, hatte sie ihre Haare zu langen Zöpfen geflochten, die ihr das Aussehen eines japanischen Schulmädchens verliehen. Das Einzige, was dazu fehlte, war die marineblaue Schuluniform. Ihre plötzlich so kindliche Ausstrahlung bestärkte ihn in seinem Entschluss, sie um jeden Preis vor einer Gewalttat zu beschützen. Er hockte sich ihr gegenüber auf die Satteldecke und zog eine Zigarette aus dar Packung. Als er sie anzünden wollte, nahm sie ihm das brennende Zündholz aus der Hand und zündete die Zigarette für ihn an. Es war eine unterwürfige Geste, wie die Männer Asiens sie von ihren Frauen erwarten, doch als er ihre Hand umfasste, um das Zündholz ruhig zu halten, erkannte er, dass es auch der erste Schritt zu einer gemeinsamen Intimität sein konnte. Zu seiner Überraschung zog sie eine weitere Zigarette aus der Packung und bat mit Gesten um die Erlaubnis, sie zu rauchen. Schweigend saßen sie da, und die kundige Art, wie sie die Zigarette hielt und den Rauch durch die Nasenlöcher blies, ließ die Ahnung in ihm aufkommen, dass er kein Unschuldslamm vor sich hatte. In diesem Augenblick gellte der Schrei einer Frau durch die Nacht, gefolgt von lauten, lallenden Männerstimmen. Die Krankenschwester sah besorgt auf, blickte dann Hilfe suchend zu Joseph. Im Widerschein des fernen Feuers tauchte eine hastende, stolpernde, völlig orientierungslose Gestalt auf. Es war eine der Schwestern, nackt, voller Kratzspuren, die weißen Strümpfe auf die Knöchel heruntergerutscht und blutdurchtränkt. Sie nahm weder Joseph noch ihre Kollegin wahr, rannte wie von Furien gehetzt weiter. O mein Gott, dachte Joseph, so wird es ihr auch ergehen. Dann erschien O'Connor auf der Lichtung, zerzaust, das Hemd mit Kotze bekleckert, die Hose aufgeknöpft und voller Blutflecken. Er wankte und sah sich mit stieren Blicken um.

»Hey, Krasinski, her mit dem Mädchen«, rief er ins Leere. »Du kriegst meine dafür, du musst sie nur einfangen.«

Joseph sah die Krankenschwester an, sah, dass sie vor Angst hechelte, dass sie ihre Panik im nächsten Augenblick herausschreien würde. Er presste ihr die Hand auf den Mund und zerrte sie hinter die Bäume, um sie vor O'Connor zu verbergen. Sie verstand es falsch, biss ihn so heftig in die Hand, dass er sie zurückzog und ihr statt dessen die vom Ärmel geschützte Beuge des Ellenbogens aufs Gesicht drückte.

Wieder O'Connors Stimme: »Hey, Krasinski, wo steckt diese Japsmuschi? Ich bin dran, hörst du?«

Joseph zog das Mädchen tiefer zwischen die Bäume, wofür er einen Fußtritt zwischen die Beine kassierte. Im Versuch, sie niederzuhalten, spürte er ihre Brüste, spürte er seine Lippen auf ihrem Nacken, spürte er, dass dieser Versuch, sie zu retten, sich in genau das zu verwandeln begann, wovor er sie retten wollte. Als sie seine Erektion fühlte, stieß sie ihm schmerzhaft den Ellenbogen in die Seite, und fast gelang es ihr, sich loszureißen. Joseph schlug ihr die Beine unter dem Körper weg, hielt sie am Hals umklammert, fiel schwer auf sie. Als er O'Connor ganz in der Nähe herumtappen hörte, presste er mit aller Kraft die Hand auf ihren Mund und drückte sie hinunter, bis sich die Schritte entfernten. Dann rappelte er sich von ihr hoch und packte ihre Hände, um ihr aufzuhelfen. Als er merkte, dass sie leblos an ihm hing, ließ er sie sanft wieder sinken und strich ihr das Haar aus dem Gesicht. Ihre Augen, die um Vertrauen gefleht hatten, spiegelten im Tod Enttäuschung wider.

Hatte er die kleine Frau mit der kleinen Stimme ungewollt erstickt? Hatte er ihr das Genick gebrochen? Es kam nicht darauf an. So oder so hatte er sie bei seinem Versuch, sie vor O'Connor, vor einer Rudelvergewaltigung, vor einer Reiternummer seines Freundes Wassili zu retten, um ihr junges Leben gebracht. Oder hatte er sie etwa bei dem Versuch umgebracht, dieses Mädchen mit den weißen Schenkeln für sich selbst zu retten, um sie von den anderen unbefleckt genießen zu können? Dann war er ein Heuchler, dann war alles noch viel schlimmer. Die Banditenhorde war zumindest ein Haufen von Kameraden, die alles brüderlich teilten, ob es nun Geld und Gold war oder Essen oder Frauen. Mit seinem Egoismus, seiner selbstsüchtigen Lüsternheit hatte er nicht nur die buddhistischen Lehren verraten, er hatte nicht einmal den bescheidenen moralischen Ansprüchen dieser Gruppe genügt. Mit solchen Gedanken quälte er sich, als O'Connors Stimme ihn in die Wirklichkeit zurückholte.

»Du musst ihr doch mittlerweile die Seele aus dem Leib gevögelt haben. Jetzt lass mich mal ran.«

Joseph roch die Alkoholfahne, das Erbrochene, ehe O'Connor in sein Gesichtsfeld gewankt kam. Um eine ruhige Stimme bemüht, sagte er: »Ich bin für einen Augenblick weggewesen. Da hat sie sich erschossen, mit meiner Pistole.«

O'Connor lachte. »Macht nichts. Solange sie warm ist, kann ich sie ficken.«

Abgrundtiefer Hass erfüllte Joseph, Hass auf O'Connor und auf sich selbst. Er wusste, was er zu tun hatte. Er ging zu seinem Sattel, zog die Luger darunter hervor und kehrte zu O'Connor zurück. Aber er kam zu spät. O'Connor war zusammengebrochen. Er war nur noch, in Josephs Worten, ein Haufen von Scheiße, Kotze und Sprit. Joseph hob die Pistole, zielte auf den Haufen Mensch, ließ die Waffe dann wieder sinken. Er war sicher, dass es nicht lange dauern würde, bis ihn die gerechte Strafe ereilte.

*– gesungen von Mabel Wayne,
Text von William Rose, 1930*

Natalia hatte Commander Steele geholfen, seinen Schrank-
koffer auszupacken. Er enthielt eine Uniform zum Wechseln,
ein halbes Dutzend weiße Oberhemden mit Bündchen-
kragen, eine Schachtel mit den steifen Arrow-Kragen samt
dazugehörigen Kragenknöpfen und Manschetten, ferner die
marineeigene Unterwäsche und eine schwarze Hose und
schwarze Schuhe. Außerdem hatte er eine Garnitur ziviler
Klamotten mitgebracht, einen gediegenen Nadelstreifen-
anzug, einen Übermantel und einen Filzhut. Er hatte kasta-
nienbraune Seidenpyjamas mit weißen Streifen und einen
dazu passenden Morgenmantel. Natalia fand, dass solcher
Art Hauskleidung eher zu einem Frauen- als zu einem Kriegs-
helden passte, aber sie räumte ein, dass dies eine Laien-
meinung war. Alles in allem waren es, an der Größe des
Schrankkoffers gemessen, nicht allzu viele Teile. Aber der Koffer enthielt noch etwas anderes: Flaschen, die überwiegend
Gin, zum Teil auch Wermut, Champagner oder Wodka enthielten. Sie waren alle sorgfältig in Zeitungspapier einge-
wickelt und Harrison – sie brachte es nicht fertig, ihn einfach
Harry zu nennen – stellte sie zusammen mit ein paar Gläsern
mit dicken Böden auf ihrer Anrichte auf.

Es dauerte nicht lange, und Natalia merkte, dass es nicht
Eros, sondern Bacchus war, der auf der Bettkante saß und
amüsierter Zeuge ihrer Paarungen mit Harrison wurde. Nach
der Glut der ersten paar Wochen sank er jetzt oft von Alkohol
beduselt in Morpheus' statt in Natalias Arme, und wenn er
sich doch mit ihr befasste, schlief er manchmal über ihr ein.

Mit wachsender Verärgerung schüttelte sie ihn dann von sich ab, und dieser Ärger erreichte einen Gipfel, als sie Josephs Rasierapparat mit Pinsel und Lederriemen und dazu die Haarbürsten, die sie ihm geschenkt hatte, in der Küche im Abfalleimer fand.

Dabei war es nicht einmal in erster Linie die finanzielle Unterstützung, die sie es mit ihm aushalten ließ, sondern sein gnädiges Lügen, das ihr das Leben erleichterte. Sie vermutete jedenfalls, dass es sich um Lügen handelte, aber sie war sich dessen nie sicher genug, um sich nicht hoffnungsvoll an sie klammern zu können. Jede Woche präsentierte er ihr ein neues Bruchstück: »Joseph ist in Mukden gesehen worden, er soll dort bei einer weißrussischen Familie leben.« »Joseph steht unter Beobachtung durch amerikanische Agenten.« »Joseph ist wieder entwischt, ein Fahrkartenverkäufer hat ihn im Bahnhof in Harbin gesehen.« »Der amerikanische Konsul hat aus Harbin telegraphiert, dass die Japaner, speziell die Männer der Kempeitai, ihn dort suchen.« »Nach einem Hinweis hat die Polizei das Haus eines gewissen Boris Kaganowitsch, eines bekannten Diamantenhändlers, in Harbin durchsucht, ohne aber eine Spur von Joseph zu finden.« Wahrheit oder barmherzige Lüge, Natalia hörte, was sie hören wollte. Ihr Joseph war am Leben, er schlug sich durch. Und warum sollte sie Harrison eigentlich nicht glauben? War er nicht Geheimdienstoffizier, ein Herr vieler Spitzel, dessen Aufgabe es war, alles zu wissen?

Harrison Steele wusste jedenfalls genug, um Natalia nicht in jene Restaurants und Bars auszuführen, die von – zivilen oder militärischen – Angehörigen der amerikanischen Kolonie in Peking frequentiert wurden. In Gesellschaft einer Weißrussin gesehen zu werden, noch dazu einer, von der bekannt war, dass sie mit einem desertierten Marinesoldaten liiert gewesen war, konnte seiner Karriere nicht förderlich sein. Die Lokalitäten, in die eingeladen zu werden sie eigentlich erwartet hatte, so etwa das bei den Amerikanern besonders beliebte Jimmy's oder das Normandie oder das Vesuvio, waren verbotenes Territorium. Zum Glück wimmelte es in Peking von internationalen Restaurants, und so drehten sie ihre Runden durch russische, chinesische und koreanische Lokale und verschmähten auch den deutschen Biergarten nicht, aber Natalia spürte, dass das alles nur zweitklassig war. Mit Joseph hätte sie all diese Etablissements liebend gerne aufgesucht; mit Joseph war sie auch glücklich gewesen, wenn sie zuhause ihren selbst gekochten *Borscht* verzehrten, aber angesichts ihrer Jugend und ihres guten Aussehens hatte sie sich von Harrison mehr erwartet. Er hatte, weil er auf seine Stellung als hoher Offizier der amerikanischen Marine Rücksicht nahm, ihre Minderwertigkeitsgefühle als staatenlose Russin nur verstärkt.

Aber es gab auch Abende, die der Häuslichkeit gewidmet waren. Abende, an denen Harrison sie bat, *Zakuska* zuzubereiten, jene russischen Appetithäppchen aus Auberginen, eingelegten Pilzen, geräuchertem Fisch und rotem Kaviar. Zu diesen Abenden lud Harrison meistens Gäste aus der Ausländergemeinde Pekings ein, in der Regel jüngere, alleinstehende Männer, die fast alle seine Neigung zum Alkohol teilten. Ein Abend aber verlief denkwürdig anders. Der Gast war ein etwas übergewichtiger junger Amerikaner, der auf seine unbekümmerte Art amüsant und unterhaltsam war. Natalia hatte mitbekommen, dass er irgendeine große amerikanische Firma vertrat, sie wusste nicht mehr genau, ob es sich um General Motors oder General Electric handelte. Jedenfalls war er »jemand, den Harrison sich warm halten wollte«. Der junge Bursche hatte an diesem Abend ein Koffergrammophon und eine Mappe mit Schallplatten mitgebracht. Aber das war noch nicht alles. Er hatte auch eine Begleiterin dabei, eine attraktive junge Chinesin, die ganz passabel Englisch sprach. Sie trug ein atemberaubendes *Qipao,* jenes hochgeschlossene chinesische Kleid, das bis übers Knie hinauf provozierend geschlitzt ist. Natalia wusste, dass das der Stil von Shanghai war, der Stadt, die für ihre freizügige, kosmopolitische Atmosphäre berühmt war. Die Männer mixten sich Martinis mit Gin und Wermut, Natalia und Jenny Chen – so war sie vorgestellt worden – tranken Champagner. Während der junge Mann das Koffergrammophon aufzog, erzählte er, dass in Amerika gerade die ersten elektrischen Grammophone auf den Markt gekommen seien. Vorsichtig zog er eine Platte aus der Papierhülle in seiner Mappe heraus, hielt sie in die Höhe und verkündete, dass es sich um eine ganz »heiße« Neuigkeit vom Broadway und aus Hollywood handle.

Voller Besitzerstolz las er den Titel auf dem Etikett vor: »›It Happened In Monterey.‹ Es ist aus dem Film *The King of Jazz,* mit dem Paul-Whiteman-Orchester, ein echter Knaller!« Um den bedauernswerten, nach China verschlagenen Damen auf die Sprünge zu helfen, ging er ins Detail: »Ich war bei der Premiere. Im Paramount. Erst die große Wurlitzer-Orgel, dann eine Wochenschau, ein Zeichentrickfilm, ein Kurzfilm und dann der Hauptfilm. Eine tolle Sache, das könnt ihr mir glauben.«

Er legte die Schallplatte auf den Plattenteller und setzte den schweren Arm mit der hervorstechenden Nadel in die Schellackrille. Nach ein paar knisternden Sekunden setzte die Musik ein. Jenny nahm Natalia das Glas aus der Hand, führte sie in die Mitte des Zimmers, übernahm die männliche Führungsrolle und ließ sich mit ihr in den Rhythmus der langsamen Ballade gleiten – nicht ungewöhnlich für eine Zeit, in der es gang und gäbe war, dass Frauen und Mädchen miteinander tanzten.

Das Stück war zu Ende. Sie nahmen einen Schluck von ihren Getränken, während der selbst ernannte Conferencier die Platte wechselte und, in ein imaginäres Mikrophon sprechend, das nächste Lied ankündigte: »Hoagy Carmichaels ›Georgia on my Mind‹.« Wieder tanzten die jungen Frauen zusammen, langsam, versonnen, der melancholischen Melodie hingegeben. Jenny hielt Natalia eng umschlungen, Brust an Brust und Knie an Knie.

Der junge Mann rief dazwischen: »Mir wird ganz anders, wenn ich euch beide so sehe.«

Jenny hielt Natalia jetzt am ausgestreckten Arm. »Und was willst du dagegen tun?«, fragte sie.

»Ich bin sicher, dass Harrison und ich sehr großzügig sein könnten«, erwiderte der junge Mann.

»Was heißt ›großzügig‹?«, forschte Jenny.

»Fünfzig. US-Dollar.«

»Das soll wohl ein Witz sein«, sagte Jenny. »Für hundert Dollar würden wir euch einen Tanz bieten, den ihr niemals vergesst.«

»Für hundert Dollar bekäme ich …« Er merkte, dass er sich um Kopf und Kragen redete, und brach mitten im Satz ab.

Der Commander bemühte sich um Schadensbegrenzung. »Er ist eben ein Scherzkeks«, sagte er.

Jenny zog Natalia, die einen knallroten Kopf hatte, wieder eng an sich und flüsterte: »Schau nicht so schockiert. Ich wollte die beiden nur testen. Sie sind kleinlich. In Shanghai verstehen die Männer sich aufs Geldausgeben.«

Die Musik verstummte, ging dann mit »Dream a Little Dream of Me« weiter. Jenny gab Natalia frei, schlüpfte in die weibliche Rolle und ließ sich von Natalia führen. Die war verblüfft, wie federleicht und biegsam Jenny jetzt war. Eben hatte sie noch voller Sicherheit und Erfahrung den Mann gespielt, jetzt lag ihre modische Dauerwelle auf Natalias Schulter.

Jenny flüsterte ihr ins Ohr: »Kennst du das ›Seidenstraße‹ in der Guandong Road? Dort arbeite ich. Komm mal vorbei und lass uns einen Tee zusammen trinken.«

Natalia brachte den Besuch zur Tür. Sie war wütend und entschlossen, Harrison zur Rede zu stellen. Damit irgendein Geschäftsmann ihm gewogen blieb, hatte er es in Kauf genommen, dass sie gedemütigt wurde. Kampfbereit stürmte sie ins Wohnzimmer zurück. Aber Harrison war schon auf dem Sofa eingeschlafen. Sein Mund stand offen, er atmete röchelnd. Sie ließ ihn liegen, wie er war, und zog sich ins Schlafzimmer zurück. Allein in ihrem Bett im Dunkeln dachte sie: Wie sehr ich ihn doch hasse … Sie hasste ihn, weil sie von ihm abhängig war und weil er ihr immer wieder neue Brocken über Joseph hinschmiss wie einen Köder. Und sie hasste ihn, weil er sie als Frau nicht zu würdigen wusste. Sie wünschte sich, dass er tot wäre, dass wieder ein richtiger Mann unter ihrer Bettdecke läge. Am nächsten Morgen würden sich diese düsteren Gedanken aufgelöst haben wie der Alkohol, der sie befeuert hatte. Aber Wünsche haben ein Eigenleben: Einmal ausgesprochen, lassen sie sich so wenig ungeschehen machen wie der Geist aus der Flasche, den niemand mehr in die Flasche zurückzwingt.

DIESE ZAUBERHAFTE STADT
MIT IHREN TRÄUMENDEN TURMSPITZEN ...
– Matthew Arnold, Thyrsis, *1866*

Fast eine Woche waren sie geritten, als sie die Stadt Rinxi erreichten. »Stadt« war vielleicht übertrieben – Rinxi glich eher einer ungeordneten Ansammlung von Lehmhütten, unter die sich am Ortsrand immer mehr Jurten, die runden Filzzelte der einheimischen Bevölkerung, mischten. Doch verglichen mit den Wüsteneien, aus denen Sansars Männer kamen, war die staubige Hauptstraße ein wahrer Prachtboulevard mit Zeugnissen der Zivilisation wie Karawansereien, Läden mit Töpfen und Pfannen oder Kleidern und Kurzwaren, Nudelküchen oder Kebabbuden, einer Schmiede und eingezäunten Hürden, in denen die Reisenden ihre Pferde oder Kamele parken konnten. Die Siedlung war ein einsamer Wachtposten an einer alten Handelsstraße, auf der Vieh, Wolle und Tierhäute nach China hinein und Seide, Keramik, Fertigwaren aller Art und sogar Fahrräder aus China hinaus in die Innere und die Äußere Mongolei transportiert wurden. Ein paar hundert Meter dieses ehrwürdigen Handelsweges stellten nun die Hauptstraße von Rinxi dar, im Lauf von Jahrhunderten festgetreten von den Hufen von Pferden, Eseln, Kamelen, Ziegen, Yaks und Ochsen. Ungefähr auf halber Strecke stand ein Gebäude, das ein wenig imposanter wirkte als die übrigen – das Haus, wenn nicht die Residenz, des regionalen Gouverneurs, den man vielleicht zutreffender den hiesigen Kriegsherrn nannte.

Sansars Männer nahmen das zivilisatorische Angebot in vollem Umfang wahr, besuchten Badehaus und Dampfbad und ließen sich die Kleider waschen. Sie begaben sich auch unter das Messer der Barbiere, die ihrem Beruf unter freiem

Himmel nachgingen und dadurch auch zur Unterhaltung der Passanten und Kinder beitrugen. Die Männer ließen sich die Schnurrbärte in Form bringen, die wuchernde Haarpracht stutzen, und in chinesischer Manier ließen sie sich auch die Wangen und sogar die Nasen und Stirnen rasieren. Außerdem putzten die Barbiere ihnen die Ohren aus, wozu sie sich gefährlich aussehender Instrumente aus Knochen oder Elfenbein bedienten. Wer faulige Zähne hatte, konnte sie sich von den Barbieren nach allen Regeln der Kunst ausreißen lassen, wobei die Kinder der Stadt besonders gerne zusahen.

Während sich all diese hygienischen Großtaten abspielten, saß Sansar beim Gouverneur. Über die Früchte, die ihr Scharmützel mit den Japanern getragen hatte, waren sie sich bereits handelseinig geworden. Seine Männer hatten nichts von Wert am Kampfplatz zurückgelassen. Obwohl sie es nur mit höchstens zwanzig Japanern zu tun gehabt hatten, betrug die Beute ebenso viele Arisaka-Gewehre und Nambu-Pistolen, dazu Munition, Bajonette, lederne Halfter, Patronengürtel, Ledertaschen für Kompass und Verbandsmaterial und Karten und Feldstecher, Uniformhosen und Jacken, Unterhosen und -hemden aus Baumwolle, Schnürgamaschen, *Tabi* – die weichen, nur den großen Zeh umschließenden Freizeitschuhe – und Geschirr und Essstäbchen aus den Tornistern und genagelte Stiefel. Auch Tagebücher hatten sie gefunden, Fotos der Lieben daheim in Japan – einfache Leute, die stolz die Flagge mit der aufgehenden Sonne vor ihren schlichten Behausungen hissten –, sepiabraun getönte Bilder von japanischen Leinwandschönheiten und auch ein paar Pornoheftchen. All dies ließ sich gewinnbringend weiterverkaufen oder konnte zum persönlichen Wohlbefinden des Gouverneurs beitragen. Es war nicht der erste Handel, den Sansar mit ihm abschloss, und sie waren ohne langes Feilschen zu einem beiderseits befriedigenden Abschluss gelangt.

Jetzt aber saßen sie bei einem Mittagessen aus gebuttertem Tee und in Öl gebratenen Teigbällchen, und der Gouverneur berichtete Neuigkeiten, die für sie beide von großem Wert waren. Eine Karte lag entfaltet auf dem Tisch, und der Gouverneur zeichnete mit dem zirka fünf Zentimeter messenden Fingernagel des kleinen Fingers seiner linken Hand den Verlauf einer Eisenbahnlinie nach, die etwa zweihundert Kilometer von Rinxi entfernt lag. Sein Fingernagel stoppte mitten in der Wüste, bewegte sich ein kleines Stück nach Norden und kratzte an einem Punkt, der kaum erkennbar war.

»Hier sind die Höhlen, die die fremden Teufel so interessant finden«, sagte der Gouverneur. »Es sind alte buddhistische Schreine darin, aus der Zeit, als die ersten tibetischen Mönche kamen, wer weiß, wie lange das her ist.« Er spreizte die Finger. »Hundert Jahre vielleicht? Oder tausend? Oder mehr? Ich weiß es nicht. Es sind nur alte Bilder an der Höhlenwand. Nichts wert. Aber der Zug hält extra für die Fremden, die diese Höhlen sehen wollen.« Er lachte. »Ich frage mich, warum. Da sind keine Statuen, kein Gold, keine Seiden.« Der Fingernagel landete wieder auf der Karte. »Das Gold, das Geld, das ist alles hier im Zug.«

Ein paar Tage später ritten Sansar und seine Männer, um ein paar frische Pferde und drei mongolische Söldner verstärkt, aus der Stadt hinaus. Sie machten einen schmucken Eindruck und wurden von den Kindern auf der Straße bejubelt. Sansar hatte eine neue Wolfsfelljacke an und trug seinen Falken, der unternehmungslustig mit den Flügeln schlug, auf der hoch ausgestreckten Hand. Neben ihm ritt Wassili, der sich die Kappe des japanischen Doktors mit dem glänzenden, schwarzen Mützenschirm beschafft hatte. Er trug sie mit der Arroganz eines Offiziers des Zaren, etwas schräg und tief in die Stirn gezogen. Leider hatte sie vorn in der Mitte ein Loch, weil Wassili den roten Stern der japanischen Armee herausgeschnitten hatte – er erinnere ihn an die Bolschewiken, hatte Wassili gesagt. Joseph hatte sich inzwischen einen weit herunterhängenden Schnurrbart wachsen lassen; dafür war sein Kopf kahl geschoren und sein Gesicht nahm die Hautfarbe und den stoischen Ausdruck jenes Navajohäuptlings an, den George Catlin gemalt hat. Keiner von denen, die er in Peking zurückgelassen hatte, hätte ihn wiedererkannt, und selbst auf seine neuen Waffenbrüder wirkte er wie ein Fremder.

Eine unausgesprochene Rangfolge wies Joseph und O'Connor den Platz hinter Sansar zu, doch die beiden Amerikaner hatten einander nichts zu sagen. Joseph hing seinen Gedanken nach. Ihm war, als wäre er schon immer an der Seite dieser Männer geritten. Die jüngere Vergangenheit war wie in einen Nebel gehüllt, an Natalia dachte er nur noch in der Stille der Nacht oder wenn er wie gebannt in eines der Lagerfeuer starrte. Wenn er jetzt überlegte, was gewesen war und was statt dessen hätte sein können, tauchte das Gesicht der japanischen Krankenschwester vor ihm auf. Ihm ging plötzlich auf, dass Wassilis Schirmmütze das Einzige war, was von den fünf jungen Frauen und dem Arzt übrig geblieben war. Joseph hoffte wider besseres Wissen, dass die anderen Schwestern so würdevoll beigesetzt worden waren, wie er das kleine Mädchen mit der kleinen Stimme beerdigt hatte.

Wohin sie ritten und zu welchem Zweck, wusste keiner von ihnen. Sansar würde es ihnen sagen, sobald die Zeit dafür gekommen war.

Ein Déjà vu in Wha Guan Tsu

Im Tempel des strahlenden Lichts hatte der Abt oder Shi Fu einen Fremden zu Gast, der mit einem unauffälligen schwarzen Ford gekommen war. Auch der alte Wang, der Mann mit dem China-Mal, war anwesend. Durch seine vielen Reisen hatte er sich gewisse Verfeinerungen angeeignet, deren sichtbares Zeichen eine Sonnenbrille war. Sie sollte nicht nur sein Gegenüber vor dem Furcht einflößenden Anblick seiner blauen Augäpfel bewahren, sondern ihm eine Aura von Weisheit und auch den gewissen Schick verleihen, auf den eine bestimmte Art von Frauen ansprang. Jetzt aber verhielt er sich, eine Übung in Demut absolvierend, ruhig. Er wusste, dass der Besucher kein Geringerer war als Tschou En Lai, ein ehemaliger Adjutant Tschiang Kai Schecks, der nach dem Bruch zwischen dem Kuomintang und der Kommunistischen Partei Chinas zum zweiten Mann nach Mao Tse Tung aufgestiegen war.

»Ihr mögt Euch fragen, warum ich hier bin«, begann Tschou. »Es wird Euch nicht unbekannt sein, dass die Kommunistische Partei Chinas in den buddhistischen, taoistischen und konfuzianischen Organisationen nichts weiter sieht als Organe der Volksverdummung. Manche in unserer Partei sagen, dass Ihr und Eure tausende von Mönchen und Nonnen Parasiten sind am Leib Chinas. Andere gehen noch weiter und wollen Euresgleichen völlig eliminieren, genau so wie es in Russland mit der Kirche geschehen ist.«

Der Shi Fu verzichtete auf eine Entgegnung, weil er spürte, dass ein »Aber« oder »Dennoch« folgen würde.

»Dennoch glaube ich«, fuhr Tschou fort, »dass Ihr und der Mann mit dem China-Mal eine wichtige patriotische Aufgabe erfüllt, indem Ihr das allgemeine Unbehagen über die

Fremden und speziell die Japaner bündelt. Ich wünschte, wir hätten den Mann mit dem Mal als machtvolles Propagandawerkzeug an der Seite unserer Truppen. Ihr habt glänzende Arbeit geleistet, und wir wollen, dass Ihr diesen Mann auch in Zukunft einer immer größeren Zahl unserer Volksgenossen zeigt.« Er machte eine Pause. »Damit dies Wirklichkeit werden kann, sind wir willens, Euch finanzielle Mittel zur Verfügung zu stellen.«

»Um noch mehr Menschen zu erreichen, würden wir noch sehr viel mehr Geld benötigen, Exzellenz. Die Reisen, die Unterkünfte für unseren Tross, die Leibwächter, all das ist kostspielig. Wenn das Tagewerk vollbracht ist, sind wir noch immer arm, essen unsere Reisgrütze und müssen uns auf die Bauern aus der Nachbarschaft verlassen, die den Tempel ernähren. Ach, wir wissen mit Geld nicht umzugehen. Wir geben es weg, ohne zu zögern. So viele Menschen leiden Not.«

Tschou erlaubte sich ein Lächeln. »Wir sind zwar Kommunisten, aber wir wissen sehr wohl, wie man mit Geld umgeht. Ihr könnt auf die Gaukler, die Trommler, die Dirnen, die mit Euch herumziehen, verzichten. Wir wollen, dass der Mann mit dem Mal in den Dörfern gesehen wird, auf den Reis- und Hirsefeldern. Die Bauern und Arbeiter sind es, die ihn sehen sollen. Die Männer, die einen Spaten oder ein Gewehr in die Hand nehmen können. Die Müßiggänger in den Städten werden in China keinen Wandel bewirken.« Es folgte ein angespanntes Schweigen.

»Wir wollen nichts anderes als China dienen. Sagt, was Ihr von uns erwartet, Exzellenz.«

»Es wäre ein guter Anfang, wenn Ihr mich Genosse nennen würdet. Ich möchte, dass der Mann mit dem Mal in den Fabriken gezeigt wird, in den Bergwerken und Schlachthöfen, in den Baumwollspinnereien und Bahnbetriebswerken.

Er soll in den Fischkonservenfabriken auftreten, in den Jute-spinnereien, in den Salzbecken. Die Botschaft des Zeichens auf seiner Haut wird sich verbreiten wie ein Flächenbrand. Wir bürgen dafür. Und Ihr, nun ja, Ihr könnt Euch weiterhin an Haifischflossensuppe und Schwalbennestern delektieren.«

Der Abt zog es vor, diese Spitze zu ignorieren. »Einverstanden, Exzell …, einverstanden, Genosse Tschou«, sagte er. »Wollt Ihr das China-Mal jetzt sehen?«

Tschou En Lai erhob sich, um aufzubrechen. »Ich denke, ich habe genug gesehen.«

Der Abt und der Mann mit dem Mal blieben schweigend zurück. Der Blinde, der das feinere Gehör besaß, wagte als Erster zu sprechen.

»Er ist weg und kann mir gestohlen bleiben. Auf die Reis-felder gehen. In die Fischfabriken. Von dort komme ich her. Aus der Welt der Läuse und Wanzen. Des Hungers und der Ödeme. Niemals kehre ich dorthin zurück. Dieser Edelkom-munist, der in Japan und in Europa studiert hat, der will mir was von der Arbeiterklasse erzählen?«

»Hüte deine Zunge«, sagte der Abt. »Diese Leute wissen alles über uns. Sie wissen alles, was im Busch ist. Sie stellen eine größere Bedrohung für uns dar als die Japaner. Wenn sie an die Macht kommen, werden sie die Tempel und Klös-ter niederbrennen. Sie werden alle Priester und Nonnen tö-ten.«

»Wir können nur hoffen, dass die Kuomintang sie nach Yunan zurücktreiben«, sagte der Mann mit dem Mal. »Unter General Tschiang wird es uns blendend ergehen. Er und die Soong-Sippe sind gut im Geschäft. Und wir mit ihnen.« Der Blinde richtete seine dunklen Augengläser auf den Abt. »Und was ist mit dem Geld?«

»Wie die Kommunisten selbst sagen: ›Ein jeder trage bei

nach seinen eigenen Möglichkeiten.‹ Wir sind nicht partei-
isch, wir nehmen von beiden Seiten.«

»Ich mache mir Sorgen«, sagte der Mann mit dem Mal.

»Auch ich trage Sorge«, sagte der Abt. »Deshalb werden wir
reich.«

> IST LIEBESFREUD AUCH OFT
> MIT LEID GEWÜRZT,
> WIRD SO DOCH MANCH ENDLOSE NACHT
> VERKÜRZT ...
>   – *Thomas Campion*, Winternächte, *um 1617*

Natalia schrak aus dem Schlaf hoch. Hatte sie nicht eben
gehört, wie jemand die Wohnungstür öffnete? Sie dachte:
Joseph! – ließ den Gedanken aber gleich wieder fallen. Es
konnte nur ein anderer sein ... Sie rüttelte Harrison wach,
flüsterte drängend: »Da ist jemand an der Tür.«

Harrison Steele tastete noch nach seiner Dienstwaffe in der
Nachttischschublade, als Kitagawa bereits im Raum stand.
Er riss die Bettdecke weg, entblößte Natalia in ihrem Nacht-
hemd und Commander Harrison Steele in der ganzen Lächer-
lichkeit seines burgunderroten Seidenpyjamas. Als Harrison
in einem fehlgeleiteten Anflug von Ritterlichkeit auf Kitagawa losgehen wollte, versetzte dieser ihm einen mächtigen
Stoß vor die Brust. Der Commander lag noch nicht am Boden,
als der japanische Major einen genau platzierten Hieb hinter
das Ohr folgen ließ. Danach brauchte er sich nur noch zu bü-
cken, um den leblosen Harrison in das Badezimmer zu schleifen, wo er die Tür hinter ihm schloss.

Als er in das Schlafzimmer zurückkehrte, stand Natalia in einer Ecke und hielt sich ein Laken vor. Kitagawa setzte sich auf das Bett, stellte seine *Furoshiki,* seine schwarze Umhängetasche aus Seide, neben sich ab. »*Kochi koi*«, sagte er sanft.

Natalia brauchte keinen Dolmetscher, um zu verstehen, dass sie näher kommen sollte. Sie stand vor ihm, zitternd vor Angst, aber gleichzeitig kitzelte sie ein Vorgefühl, für das sie sich verachtete. Kitagawa strich ihr zart das Haar aus dem Gesicht, dann verband er ihr mit einem Tuch, das er aus seiner *Furoshiki* nahm, sorgfältig die Augen. Und dann stopfte er ihr Stöpsel aus Baumwolle in die Ohren, sodass sie auch nichts hören konnte.

Die hübsche, vielfarbige Schachtel, die Kitagawa auf dem Bett abgestellt hatte, enthielt keineswegs Pralinen, wie man sie als kleine Aufmerksamkeit mitgebracht haben könnte. Was da einzeln in Cellophan liebevoll verpackt war, hatte keine Ähnlichkeit mit schokoladenumhüllten Toffees oder sahnegefüllten Bonbons. Es war eine Auswahl von *Higo zuike,* einer japanischen Köstlichkeit, die aus der Wurzel eines Nachtschattengewächses gewonnen wurde. Diese dekorativen Teile in Gestalt geflochtener Ringe, sich ballender Wolken oder zopfartiger Bänder nahmen, in warmes Wasser getaucht, die Oberflächenbeschaffenheit menschlicher Haut an. In Japan benutzte man sie gern als Sexspielzeuge oder, wie der befangene Europäer gesagt hätte, als eheliche Hilfsmittel.

Am Morgen vollzogen sie das Ritual, auf dem er bei jedem seiner Besuche bestanden hatte. Nachdem sie seine Schuhe blank poliert hatte, kniete sie sich vor ihn hin, zog ihm die Schuhe an und schnürte sie zu. Dann war die Zeit gekommen, um von ihrem früheren Liebhaber, dem Deserteur, der Ursache all seiner Misshelligkeiten, zu sprechen. Der Kopf des Mannes hatte eine Verabredung mit dem Zaun der amerikanischen Gesandtschaft, und wenn irgendjemand, dann würde dieses russische Flittchen den Weg zu ihm weisen. Kitagawas rechte Hand spielte mit der Beißzange in seiner *Furoshiki*. Ein Fingernagel, höchstens zwei, mehr brauchte es normalerweise nicht, um die Wahrheit ans Licht zu befördern. Kitagawa blickte auf Natalias Kopf hinunter. Er sah das Haar, so hell wie Sommerweizen, sah die Wimpern, die so dicht und weich waren wie der Pinsel eines Kalligraphen. Er sah ihren Rücken, so makellos wie ein von jungfräulichem Schnee bedecktes Feld, und er sah ihre feingliedrigen Finger, lang und bleich, die mit seinen Schnürsenkeln hantierten. Und er dachte sich: Nur ein Wahnsinniger würde eine solche Schönheit zerstören. Er war ein Soldat, aber zu seiner Shinto-Kultur gehörte es auch, die Schönheit eines Schriftzeichens, einer Blumenkomposition, eines von Blütenblättern bedeckten Teichs, des Mondes in einer eisigen Winternacht zu bewundern. Nur ein tollwütiger Hund würde solche Schönheit zerstören. Es gab andere, die er zuerst befragen konnte. Natalia würde er sich bis zuletzt aufheben.

Nachdem Kitagawa gegangen war, kroch Natalia in ihr zerwühltes Bett zurück. Die vergangene Nacht hatte sie völlig verstört. Nichts sehen, nichts hören zu können, hatte ihre Angst noch vergrößert – aber auch ihre Lust. Sie wünschte, dass er sie auch noch geknebelt hätte, dann hätte er sich nicht an ihrem schamvollen Schreien erfreuen können. Jetzt wechselten Tränen und hysterisches Lachen einander ab, bis sie schließlich einschlief.

Sie erwachte erst von den Schreien der *Naima*, die aus dem Badezimmer kamen. Schlaftrunken tappte Natalia hinüber. Die *Naima* hielt den Duschvorhang zur Seite. Harrison lag in seinem Seidenpyjama in der Badewanne. Mit der rechten

Hand hielt er seine 45er-Pistole umklammert. Sein Gehirn war größtenteils an die weiß gefliese Wand gespritzt.

Als die Polizei von Peking am Tatort erschien, hatte die ahnungslose *Naima* bereits alle Spuren von Unordnung beseitigt, die sie im Wohn- und im Schlafzimmer vorgefunden hatte. Gläser war gespült, Aschenbecher geleert, Bett- und Kissenbezüge gewechselt, Decken ausgeschüttelt. Sie hatte gewischt und gebohnert und alles getan, um das Heim ihrer Herrin für den Besuch der Herrschaften von der Polizei in einen präsentablen Zustand zu versetzen.

Die Polizisten – ein Uniformierter und ein Kriminaler in Zivil – registrierten den Zustand des Tatorts mit einer gewissen Erleichterung. Sie hassten die Komplikationen, die ein Kapitalverbrechen an einem Ausländer mit sich brachte. Die konsularische Vertretung des Verblichenen oder, im Falle einer Militärperson, die Standortkommandantur war einzuschalten, zahllose Verhöre mussten geführt und darüber ebenso viele Protokolle – der Schrecken jedes Polizeibeamten dieser Welt – angefertigt werden. Überdies musste die Ermittlungsarbeit höchsten Ansprüchen genügen, was Fingerabdrücke, Blut- und sonstige chemische Untersuchungen und meistens auch eine Obduktion durch einen spezialisierten Forensiker einschloss. Der Kriminaler sah sofort ein, dass es müßig war, die alte Frau für ihre vorschnelle Beseitigung eventueller Spuren zu tadeln. Allenfalls fühlte er sich an seine Großmutter erinnert, die bestimmt genauso gehandelt hätte. Schließlich schien die Sachlage klar genug. Diese Russin hatte geschlechtlichen Umgang mit einem amerikanischen Marineoffizier gepflogen, der, die Vielzahl der vorgefundenen Flaschen bewies und die Aussagen der alten Dienstmagd und ihrer Herrin bestätigten es, ein Trunkenbold gewesen war.

Ganz offensichtlich hatte dieser Ausländer sich in einem Anfall alkoholbedingter Depression selbst das Hirn aus dem Kopf geblasen. Ende der Untersuchung.

Noch nicht ganz. Der Kriminalbeamte hatte die Tür des Badezimmers vor den anderen geschlossen, um seine Ermittlungen abzuschließen. Vorsichtig schüttelte er die feuchten Frotteetücher aus, warf einen Blick in ein Medizinschränkchen und hob die rosa Bademappe aus Chenille hoch. Er sah nichts Verdächtiges, bis er die Matte umdrehte. Sofort erkannte er ganz eindeutige Schmauchspuren – offensichtlich hatte jemand das Geräusch des Schusses zu dämpfen versucht, indem er die Waffe mit der Bademappe umwickelte. Also doch kein Selbstmord, sondern Mord. Aber wer war der Täter? Womöglich die gut aussehende Russin, aber er bezweifelte, dass sie auf den Trick mit der Bademappe gekommen wäre. Frauen töteten normalerweise im Affekt, ohne kühle Überlegung. Mit größter Wahrscheinlichkeit war eine dritte Partei im Spiel. Und dabei handelte es sich bestimmt wieder um einen Ausländer, was die möglichen Komplikationen vervielfachte. Wochenlange Polizeiarbeit, erschwert durch die Einmischung der *Bai ren,* der Weißen, die sich so aufführten, als verfügten sie über legitime Sonderrechte in China. Er neigte zu der Ansicht, dass die ›China den Chinesen‹-Partei, die Anhängerschaft des Mannes mit dem China-Mal, mit ihrem Schlachtruf »Fremdlinge raus aus dem Mittleren Reich« vollkommen Recht hatte. Er legte die Bademappe zusammen, wickelte sie in eine ausländische Zeitung ein, die er im Papierkorb gefunden hatte, und steckte sie sich unter den Arm. Auf dem Rückweg in die Polizeiwache würde er sie irgendwo in einen Abfalleimer werfen.

Der Kriminalbeamte erteilte dem Polizisten die Weisung, dass niemand den Tatort verlassen dürfe. Er selbst würde mit einem Fotografen und einem Arzt wiederkommen. Außerdem musste er die amerikanische Gesandtschaft informieren, die sicher einen eigenen Mann schicken würde.

Natalia hatte eine völlig berechtigte Panikattacke. Es war bekannt, dass sie ein Verhältnis mit Joseph Krasinski, dem Deserteur vom Marine Corps, gehabt hatte. Jetzt kam heraus, dass sie schon wieder mit einem anderen amerikanischen Offizier zugange war, der im Ruf eines Alkoholikers stand. Keine Frage, dass die Amerikaner sie in die Mangel nehmen würden, und wenn die westlichen Verhörmethoden nicht ausreichten, um dieser schmuddeligen Geschichte auf den Grund zu gehen, würden sie die Pekinger Polizei um Hilfe bitten, wo man sich ganz anderer Mittel bediente. Irgendwann würde auch ihr Kontakt zu Kitagawa ans Licht kommen – wahrscheinlich musste sie ihn selbst erwähnen, vor allem, wenn die Amerikaner Joseph als Täter verdächtigen sollten, der ja das plausibelste Motiv für einen Mord an Harrison Steele hatte. Was das für ihre Zukunft bedeutete, war zu furchtbar, um es sich auszumalen. Wenn der Tod des Commanders nicht als Selbstmord durchging, musste Kitagawa ein Interesse daran haben, sie zum Schweigen zu bringen. Und ganz unabhängig vom Ausgang der Ermittlungen musste sie damit rechnen, dass die Chinesen versuchen würden, sie als staatenlose Ausländerin mit einem unmoralischen Lebenswandel abzuschieben. Und zwar in die Sowjetunion, wo sie als Tochter eines Offiziers des Zaren wahrscheinlich nach Sibirien verbannt werden würde.

Natalia bat die *Naima*, dem Polizisten Tee zu servieren. Während die alte Amah ihm den Tee brachte, legte Natalia eine Hand voll Geld auf den Küchentisch. Wie gerne hätte sie die treue Dienerin noch einmal umarmt. Aber mehr, als dieses Abschiedsgeschenk zu hinterlassen, konnte sie jetzt nicht tun.

Während die *Naima* mit dem Hüter der öffentlichen Ordnung plauderte, stahl Natalia sich die Treppe hinunter und war blitzschnell in den *Hutungs* von Peking verschwunden.

CHATTANOOGA CHOO CHOO,
WON'T YOU CARRY ME HOME ...
— *Schlager aus den Vierzigerjahren*

Es war acht Uhr morgens an einem frischen, klaren Tag, als die Reisenden an Bord des Sonderzugs der Eisenbahngesellschaft der Inneren Mongolei in den Speisewagen drängten. Sie begrüßten einander freundlich, ehe sie an den mit weißem Damast und funkelndem Silber gedeckten Tischen Platz nahmen. Die meisten Mitglieder dieser Reisegesellschaft waren Briten, ein paar kamen aus Amerika oder Deutschland, aber alle gehörten den gut betuchten Kreisen an, in denen man sich sofort als seinesgleichen erkennt. Es waren die Leute, die man auch auf den Skipisten von St. Moritz, im Kurpark von Baden-Baden oder auf dem Golfplatz von Le Touquet antrifft – oder eben in den buddhistischen Höhlentempeln der Inneren Mongolei.

Der Zug, der aus zwei blau lackierten Schlafwagen, dem Speisewagen und einem Gepäckwagen bestand, hielt auf freier Strecke mitten in der Steppe. Die Lokomotive stand unter Dampf und stieß hin und wieder eine weiße Wolke aus, aber die Reisenden konnten in aller Ruhe ihr Frühstück verzehren, ehe eine Karawane sanftmütiger Pferde sie zu den Höhlen bringen würde. Monsieur Goossens von der Pekinger Niederlassung von Thomas Cook hatte sich um alles gekümmert. So standen auf jedem Tisch silberne Tee- und Kaffeekännchen bereit, in Toastgestellen dufteten die goldenen Dreiecke, in Schälchen warteten Keillers Zitrusmarmeladen aus Dundee, und chinesische Kellner mit silbernen Tabletts sorgten für den Nachschub an Schinken, Salzheringen, Nieren und Eiern in jeder Zubereitungsform. Vor den Zugfenstern würzte Lokalkolorit diese gepflegte Morgenmahlzeit. Unweit der Gleise waren die landestypischen Rundzelte aus Filz aufgeschlagen worden, und wenig weiter grasten die Pferde der Einheimischen.

»Jurten«, erläuterte Monsieur Goossens seinen Frühstücksgästen, »die traditionellen Behausungen der mongolischen Nomaden. Wahrscheinlich sitzen sie gerade drin und frühstücken Salzhering und Eier, genau wie wir!« Leutseliges Lachen belohnte diesen Versuch, die Stimmung aufzulockern.

Monsieur Goossens hatte alles bedacht, nur nicht den Überfall auf seine Reisegruppe, der in diesem Augenblick begann. Als der belgische Bonvivant seine zweite Tasse Café au Lait an die Lippen führte, hatten Sansars Männer bereits den Schaffner im Gepäckwagen überwältigt, und die Vorhut bahnte sich gerade den Weg durch die verlassenen Schlafwagen. Die *Wagon-Lits*-Stewards erwiesen sich als Realisten und leisteten keinen Widerstand.

Wassili führte, von den Mongolen gefolgt, den Angriff auf den Speisewagen an. Um die Passagiere einzuschüchtern, fuchtelten sie mit einem ganzen Sortiment von Waffen herum und brüllten unverständliche Befehle. Kaum waren die Frühstücksgäste vor Schreck erstarrt, da zerrten die Mongolen schon die Männer von den Stühlen, um an ihrer Stelle Platz zu nehmen. Die Frauen verfolgten entsetzt, wie die Banditen sich die Speisen auf den Tellern mit den Händen in den Mund stopften, Kaffee und Tee aus den Schnäbeln der Kännchen tranken und das silberne Besteck in ihren Taschen verschwinden ließen. Dann trieben die Mongolen, von Wassili angeführt, die etwa zwanzig männlichen Reisenden in den Gepäckwagen, während O'Connor, Joseph, Gocho und ihre chinesischen Kohorten die Frauen in die jeweiligen Schlafwagenabteile bugsierten, wo sie sie um ihre Juwelen, Handtaschen, Geldbeutel und die vielen Wertsachen erleichtern wollten, die in den Koffern und Kulturbeuteln zum Vorschein kommen würden. Monsieur Goossens hatte das Durcheinander genutzt, um unauffällig zu Boden zu gehen und unter den nächsten Tisch zu kriechen. Er betete, dass das schwere, gestärkte Tischtuch ihn verbergen würde, bis der Albtraum vorüber war.

Joseph war im Abteil einer rothaarigen Frau gelandet, die einen eleganten Reiseanzug aus Tweed trug. In der Luft hingen Zigarrenrauch und der aparte Duft eines teuren Eau de Cologne.

Die Frau sah Joseph mit ihren blauen Augen furchtlos an. »Was werdet ihr mit uns machen, nachdem ihr uns ausgeraubt habt?«, fragte sie. »Uns vergewaltigen? Oder umbringen?«

Joseph sah die Sommersprossen über ihrer Nasenwurzel, sah ihr trotzig vorgerecktes Kinn. »Nein, Ma'am. Ich werde Ihnen nichts tun. Aber Sie müssen alle Ihre Wertgegenstände auf das Bett legen.«

Die Rothaarige fragte: »Wo sind unsere Männer?«

»Im Gepäckwagen. Bis wir hier fertig sind.«

»Ich möchte Sie um einen Gefallen bitten«, sagte die Frau. »Ja, Ma'am?«

»Mein Mann. Er war in den Gasangriffen im Großen Krieg. In Ypern, 1915. Ich möchte nicht, dass er verletzt oder gedemütigt wird.«

»Ja, Ma'am«, sagte Joseph. »Wie erkennen wir ihn?«

Die Frau lächelte. »Er hat auch rote Haare.«

Joseph trat in den Gang hinaus und winkte einen der Chinesen zu sich. »Alter Wu! Im Gepäckwagen. Ein weißer Teufel mit roten Haaren. Er war Soldat. Kümmere dich, dass ihm nichts geschieht. Dass er nicht das Gesicht verliert.«

Als Joseph ins Abteil zurückkehrte, sah er, dass die Frau den Inhalt ihrer Handtasche auf das ungemachte Bett gekippt hatte. Da lagen Pfundnoten und mexikanische Dollars, ein britischer Pass, ein goldenes Puderdöschen mit passendem Lippenstift und eine schweres Zigarettenetui aus Gold. Dazu noch ein Beutel aus Samt. Joseph öffnete ihn, und ein Knäuel von Perlenketten und Ohrringen aus Jade und schwarzen Perlen fielen heraus. Als Joseph nach einem eleganten Lederkoffer auf der Gepäckablage greifen wollte, war von draußen auf dem Gang ein schriller Schrei zu hören. Joseph zog die Tür auf und sah O'Connor, der ein sich heftig wehrendes Mädchen in ein Abteil schleppte. Die rothaarige Frau stand hinter Joseph.

»Das ist die Tochter der Desmonds«, rief sie. »Sie ist erst fünfzehn.«

Joseph drängte sich in das Abteil. »Lass sie in Ruhe, O'Connor.«

Der massige Infanterist warf das Mädchen auf das Bett. »Verpiss dich, Polacke. Die Beute gehört dem Sieger, so war's immer.«

Joseph ließ sich nicht abwimmeln. Aber er war sich keineswegs sicher, diesen Hünen in der Enge der Kabine von dem Mädchen losreißen zu können. Wenn O'Connor ihn zu packen bekam, konnte er ihm glatt das Genick brechen. Joseph griff nach der Karaffe aus Kristallglas, die auf der Ablage am Fenster stand, und schmetterte sie O'Connor an den Kopf.

Sie streifte ihn nur, aber der Schlag genügte, um eine blutende Wunde zu verursachen und O'Connor in die Knie gehen zu lassen. Joseph zerrte ihn durch den schmalen Gang zur Wagentür, zog den schweren Messinggriff zurück und stieß die Tür auf. Tief unter den eisernen Stufen war das Gleisbett zu sehen. Joseph wuchtete O'Connor in die Türöffnung und stieß ihn mit seinem Stiefel ins Leere hinaus. O'Connor kugelte über die Eisenstufen und schlug mit einem dumpfen Geräusch unten auf.

Als er in das Abteil zurückkehrte, sah ihn die rothaarige Frau erwartungsvoll an.

»Sie sind ein Bandit, aber immer noch ein Yankee mit dem Herzen am rechten Fleck.« Sie deutete auf ihren Schmuck. »Nehmen Sie das alles. Sie haben's verdient.«

Joseph grinste. »Ich nehme es so oder so. Ob ich's verdient habe oder nicht.«

Er griff nach dem Koffer oben in der Gepäckablage. Dabei rutschte sein Ärmel hinunter und die Tätowierung, die dem Buddha geweiht war, wurde sichtbar. Die Frau strich mit ihrem wohlgeformten Fingernagel darüber hin.

»Haben Sie noch mehr davon?«

»Ja, Ma'am.«

Joseph rollte seinen anderen Ärmel hoch und zeigte die Ankerkette und das *Semper Fidelis*-Motto.

»Es gibt bestimmt noch mehr«, sagte sie.

»Woher wollen Sie das wissen?«, sagte Joseph.

»Ich bin auch tätowiert. Wenn man erst mal damit anfängt, gibt es kein Halten mehr.«

Sie knöpfte sein Hemd auf und zog es mit beiden Händen auseinander. Sie sah den buddhistischen Rosenkranz, den er um den Hals trug, und das Kruzifix mit der vollbusigen Nackten, das auf seine Brust tätowiert war.

»Sie stecken voller Überraschungen, Yankee«, sagte sie. »Ich bin keine Heidin, deshalb weiß ich nicht, was man mit diesen Perlen machen soll, aber als Christin kann ich das Kreuz küssen.«

Sie legte ihre Lippen auf seine Brust und ließ ihre Zungenspitze über die Tätowierung tanzen, bis Joseph der Atem stockte. Dann wich sie zurück und knöpfte erst ihr Tweed-Jackett und dann ihre Leinenbluse auf. Über jeder ihrer kleinen Brüste befand sich eine Tätowierung: ein mit Vergissmeinnicht ausgefüllter Pferdehuf und ein Steigbügel, in dem rote Rosen steckten.

»Ich bin eine passionierte Reiterin. Sie sehen auch wie ein Mann aus, der sich aufs Reiten versteht.«

Sie fummelte an ihrem Hosenrock aus Tweed herum, und schon stand sie nackt vor ihm, hatte nur noch die hochgeschnürten Reitstiefel an. Sie legte ihm die Arme um den Nacken und flüsterte in sein Ohr: »Sehen wir mal, ob du es schaffst, im Sattel zu bleiben.«

Erst, als sie sich umdrehte, sah er, dass sie nicht zu viel versprochen hatte. Auf jeder ihrer Hinterbacken prangte eine Tätowierung – eine Reitgerte auf der einen und auf der anderen eine Fuhrmannspeitsche.

Joseph nahm einen tiefen Zug aus ihrer Balkan-Sobranie-Zigarette, als eine ganze Salve von Schüssen zu hören war.

»Ich muss gehen«, sagte Joseph. Er deutete auf die Banknoten und die Schmuckstücke, die vor dem Bett auf dem Fußboden lagen. »Behalt sie«, sagte er. »Ich will dich nicht berauben.«

Sie zog die Ringe von ihren Fingern und steckte sie ihm, zusammen mit einer Perlenkette und dem Geld, in die Taschen. Sie küsste ihn mit einem kleinen Biss in die Unterlippe.

»Für all das, was du geleistet hast, musst du etwas vorzuweisen haben«, lächelte sie.

Sie verabschiedete ihn an der Abteiltür, atemberaubend in ihren hohen Stiefeln.

Sansar und seine Männer hatten sich vor dem Zug gesammelt. Die meisten waren schon aufgesessen, andere schnallten noch Koffer, Reisetaschen und *Porte manteaus* auf ihren Pferden fest. O'Connor war quer über seinen Sattel gelegt worden, nicht tot, aber auch nicht ansprechbar. Sansar gab das Signal zum Aufbruch, als sich auch der Zug in Bewegung setzte. Jeglichen wertvollen Inhalts beraubt, waren weder er noch seine Insassen von weiterem Interesse für die Banditen. Mit einer Gleichgültigkeit, die an Verachtung grenzte, wandten sie und ihre Pferde der Bahnlinie den Rücken zu, nahmen die fernen Hügel ins Visier.

Im Speisewagen fielen Männer und Frauen sich wieder in die Arme. Freudentränen flossen, weil niemandem etwas passiert war, und Tränen der Wut wurden vergossen, weil sie sich von diesen schmuddeligen Strolchen hatten ausrauben lassen. Vollmundige Racheschwüre wurden von Männern ausgestoßen, die ihre Brieftaschen, ihre Uhren, ihre goldenen Schmuck- und Uhrenketten, ihre Manschettenknöpfe und Pässe mit schlotternden Knien ausgehändigt hatten.

Monsieur Goossens war, von niemandem beachtet, unter seinem Speisewagentisch hervorgekrochen. Er gelangte rechtzeitig zum Fenster, um die Banditen hoch zu Ross vom Zug wegreiten zu sehen. Monsieur Goossens zog das Schiebefenster herunter und eine zierliche Damenpistole aus seiner Tasche und sandte der Räuberbande einen einzigen, trotzigen Schuss nach. Der zarte Knall der kleinen Waffe wurde von niemandem bemerkt.

Die Reiter formierten sich alsbald zu einer Zweierreihe wie disziplinierte Kavalleristen, was vermutlich auf Wassilis Einfluss zurückging. Sobald die Kolonne gebildet war, fielen sie in einen leichten Galopp. Der schwergewichtige Sansar war normalerweise so wenig von seinem Pferd zu trennen wie die Steinfigur eines Reiterdenkmals in einem Stadtpark. Jetzt neigte er sich, völlig unerklärlich, zur Seite und stürzte aus dem Sattel. Die Männer drängten sich um ihren gefallenen Führer zusammen, machten dann Platz für Wassili, der ihn untersuchte. Keine äußerliche Verletzung war an ihm zu sehen, aber sein Herz schlug auch nicht mehr.

Der massige Mongole sollte nicht in einem flachen Grab verscharrt werden als Festmahl für Wölfe, Geier und Krähen. Während einige der Männer Zweige sammelten und Strauchwerk schnitten, präparierten andere den Toten. Wie er da lag – passenderweise auf einer Pferdedecke –, wirkte er mit seinem mächtigen Brustkorb und dem beeindruckenden Bauch noch immer Ehrfurcht gebietend. Sie hatten nur wenig Wasser, um die Leiche zu waschen. Ein Mongole steuerte eine große Flasche Rum bei, die er aus dem Zug entwendet hatte. Mit dem Rum salbte er seinen Anführer. Als er ihm die Pelzmütze abstreifte, um das Haar zu besprengen, hatte er plötzlich einen Blutfleck an seiner Hand. Die Männer richteten Sansar auf, und als sie ihm das Haar aus dem Nacken strichen, entdeckten sie ein Loch, so klein, wie es ein Essstäbchen in einem Blatt Reispapier hinterlassen würde. Aber ihre Erfahrung sagte den Männern, dass es das Einschussloch einer Kugel war, einer Kugel von so geringem Kaliber, dass es ihr an der Kraft gefehlt hatte, den schweren Mongolenschädel auf der anderen Seite wieder zu verlassen. Durch sie zu sterben war fast demütigend für ihren Häuptling.

Sansar war auf dem *Ghat*, dem Scheiterhaufen, aufgebahrt,

und das Feuer war entzündet. Joseph stand mit dem Rosenkranz in der Hand dicht bei den Flammen und rezitierte einen Auszug aus dem *Dhammapada,* der ihm immer viel bedeutet hatte. Er handelte von der Sterblichkeit des Menschen, die ihm erst vor kurzer Zeit so schrecklich vor Augen geführt worden war: »Es ist schmerzvoll, die Welt zu verlassen. Es ist schmerzvoll, in der Welt zu verweilen. Und es ist schmerzvoll, allein zu sein unter den vielen. Der lange Weg der Seelenwanderung ist ein Weg voller Schmerzen für den Wanderer. Gönnt ihm die Rast abseits des Weges und die Freiheit.«

Als der Geruch verbrannten Fleisches an seine Nase drang, wurde Joseph sein eigenes Versagen bewusst. Nicht nur, dass er den buddhistischen Geboten, der Wolllust, der Gewalt und der Gier zu entsagen, nicht genügt hatte, nein, wenn er diesen Weg weiterging, würde er genauso enden wie Sansar. Allerdings wohl ohne eine so würdige Feier.

Aus ihrem Schweigen war zu schließen, dass selbst den primitivsten unter den Männern ähnliche Gedanken durch den Kopf gingen. Selbst der blutverkrustete O'Connor, der von der Lektion, die Joseph ihm erteilt hatte, noch immer traumatisiert war, verfolgte die Trauerfeier für seinen Anführer voller Nachdenklichkeit.

SHINA NO YORU – CHINESISCHE NÄCHTE
– japanisches Lied aus den Dreißigerjahren

Zu dieser späten Stunde begann die *Guandong Lu,* die Canton Road, eben erst zu erwachen. Natalia bahnte sich ihren Weg durch das Gedränge und hielt nach der »Seidenstraße« Ausschau, von der sie nicht wusste, ob es sich um ein Geschäft für Seidenstoffe, ein Restaurant, eine Bar oder ein kleines Hotel handelte. Umso besser wusste sie aber, dass dort ihre einzige Hoffnung lag. Sie war auf dem Weg zu Jenny Chen, einer Frau, die sie erst ein einziges Mal und unter etwas seltsamen Umständen gesehen hatte.

Die Canton Road war keine Gegend, in der die Weißen verkehrten. Sie lag etwa in der Mitte zwischen der Niu Chieh Road und der Chang Yi Men Street im Schatten der Moschee von Peking. Elektrisches Licht war hier noch unbekannt; Petroleumlampen in Lampions und den allgegenwärtigen, mit Schriftzeichen verzierten roten Laternen wiegten sich in der Brise.

Die Gerüche waren teils verführerisch und teils ekelerregend. Der Duft von Räucherwerk, die Pomade der Männer, die sie streiften, das süßliche Parfüm der jungen Frauen und die appetitanregenden Dünste von in Fett schwimmenden Teigbällchen, Kaldaunen, Fischen oder Schweinefleischhappen wechselten mit dem Gestank von verfaulenden Lebensmitteln, von Urin oder noch Schlimmerem ab. In den Läden wurden Devotionalien wie Rosenkranzperlen oder Tonfiguren all der vielen Götter im buddhistischen und taoistischen Pantheon verkauft und gleich daneben regenbogenbunte Unterwäsche oder Seidenblumen oder gebrauchte Kleidung oder Bücher. Öffentliche Schreiber und Fahrradmechaniker boten ihre Dienste an, und auf Balkonen lockten hübsche Prostituierte. Und überall erklang Musik. Das melodiöse Zirpen einer *Gu Zheng*, einer chinesischen Harfe, drang aus der Tür eines Restaurants, die von einer Gruppe elegant gekleideter junger Männer geöffnet wurde. Aus dem Lokal daneben waren die blechernen Töne einer *Suona* zu hören, die offenbar ein freudiges Ereignis feiern sollten. Zwischen einem

Süßigkeitenladen und einem Seidenhändler entdeckte Natalia schließlich den Schriftzug »Seidenstraße« in kleinen lateinischen, dezent vergoldeten Lettern.

Als Natalia die Tür hinter sich schloss, sperrte sie auch das Tohuwabohu der Canton Road aus. Sie befand sich in einer eleganten Bar, die ihr nach dem Vorbild eines ähnlichen Etablissements in London oder Paris gestaltet zu sein schien – viel dunkles, blank poliertes Holz, schwarzes Leder, Flaschen in vielen Farben, schummeriges Kerzenlicht. Das Einzige, was an Asien erinnerte, war die Statue des Li Po, des chinesischen Bacchus, die auf der Theke stand.

Das Tapptapptapp hochhackiger Absätze auf Marmorboden kündigte Jenny Cheng an. Sie musterte Natalia mit einem langen Blick, dann führte sie sie in die Abgeschiedenheit eines Séparées.

»Du siehst nicht so aus, als ob du zum Teetrinken gekommen wärst. Du siehst aus, als wäre etwas Furchtbares passiert, als wärst du auf der Flucht.«

»Harrison ist ermordet worden«, sagte Natalia.

»Okay. Und was sind die schlechten Nachrichten?«, entgegnete Jenny.

Natalia brach in Lachen aus und gleichzeitig in Tränen. Als sie den Kellner bemerkte, der mit einem Tablett an den Tisch kam, beherrschte sie sich. Sie sah zu, wie zwei leere Gläser serviert wurden, auf denen jeweils ein Löffel mit einem Zuckerwürfel lag. Eine Kristallkaraffe mit einer gelblich-grünen Flüssigkeit wurde daneben hingestellt.

»Das kommt aus Spanien«, sagte Jenny. »Es wirkt wie Chloroform, nur dass man dabei wach bleibt. Es ist genau das, was du jetzt brauchst.«

Jenny ließ den Alkohol über den Zuckerwürfel laufen und hob das Glas.

»Hier bist du sicher. Was du machen willst, kannst du mir später sagen.«

Die beiden Frauen nippten an ihren Drinks. Natalia konnte Anis, Lakritze und sogar das Lieblingsgewürz der Chinesen, Sternanis, herausschmecken. Sie spürte, wie der Alkohol allmählich ihre Gliedmaßen taub werden ließ und ihren Herzschlag verlangsamte. Nur ihr Geist blieb kristallklar.

»Mein Gott«, sagte Natalia. »Ich fühle mich wie neugeboren. Was ist das?«

»Absinth. Achtundsechzig Prozent Alkohol. In den meisten Ländern ist er verboten. Wenn man süchtig danach wird, kann man den Verstand verlieren. Und erblinden.«

»Und ihr habt das im Haus?«, vergewisserte sich Natalia.

»Wir haben sehr anspruchsvolle Gäste. Wir müssen jeden Wunsch erfüllen können.«

Natalia hatte das Glas fast geleert. Ihre Probleme waren in die Ferne gerückt.

»Kommen auch Europäer hierher?«

»Unsere Stammgäste sind überwiegend wohlhabende Chinesen. Eigentümer von Banken, von Kaufhäusern, Männer, die weit gereist sind, und auch ihre Söhne, die im Ausland studiert haben. Sie wollen das europäische Ambiente, aber ohne die Weißen, die hier leben. Du kennst doch die Chinesen. Im Prinzip blicken sie auf alle anderen herab.«

»Also kommen keine *Bai ren* hierher?«, fragte Natalia.

»Jedenfalls keine Amerikaner und keine Briten. Denen fehlt das Format. Und die meisten sind voller Vorurteile. Wir haben ein paar Gäste aus den Gesandtschaften, aber das sind Italiener, Franzosen, Brasilianer. Sie kommen aus reichen Familien. Sie ziehen sich gut an, sie wissen gutes Essen und schöne Frauen zu schätzen. Sie haben Geld, und sie verstehen zu genießen.«

Natalia deutete auf ein paar ältere Chinesen an der Bar. »Aber es sind wenig Gäste da.«

»Wir haben sechs diskrete Salons. Vier sind gerade belegt. Dort unterhalten wir unsere Gäste.«

Jenny legte einen weiteren Zuckerwürfel auf den Löffel. Sie goss ihr Glas halb voll und hob es, um Natalia zuzutrinken.

»Was auch immer geschehen ist, lass es hinter dir. Du bist im ›Seidenstraße‹. Bei uns findet sich für jedes Problem eine Lösung.«

SCHLAF NACH DER MÜHSAL,
TOD NACH DEM LEBEN
TUN WOHL …
        – *Edmund Spenser,* Die Feenkönigin, *1559*

Vier Tage – die Unglückszahl vier – waren vergangen, seit die Polizei den Leichnam des amerikanischen Trunkenbolds abtransportiert hatte. Die *Naima* wollte einfach nicht glauben, dass das Geld, das Natalia ihr auf dem Küchentisch hinterlassen hatte, ein Abschiedsgeschenk gewesen sein sollte. Sie kam auch weiterhin jeden Tag in der Hoffnung, dass ihre Herrin wieder auftauchen und wieder Tee mit ihr trinken und Zigaretten mit ihr rauchen würde wie zuvor.

Sie war verhört worden, von der Pekinger Polizei und von einem jungen Amerikaner. Man hatte ihr sehr intime Fragen gestellt, die ihre Herrin und deren Liebsten, den hübschen amerikanischen Soldaten, betrafen. Sie hatte sich für die Antworten des schwer verständlichen Dialekts ihrer Heimatprovinz bedient, und so ließ man sie schnell in Ruhe, weil man sie für etwas hielt, das sie nicht war – eine tumbe Alte vom Land, die sich aufs Waschen und Putzen und sonst auf gar nichts verstand.

Nun neigte sich der vierte Tag ihrer einsamen Wacht dem Ende zu. Sie griff zum Staubtuch, entfernte ein paar imaginäre Flusen von der Anrichte und dem Esstisch, verstaute das Tuch wieder in seinem Beutel in der Küche und schloss die Wohnung für die Nacht ab. Morgen Früh würde sie wiederkommen.

Als sie auf die nächtliche Straße hinaustrat, war ihr, als sehe sie die Rikscha vom alten Ding. Sie kannte ihn als den Mann, der den Soldaten jeden Morgen zum Dienst gebracht hatte. Oft hatte er auch Natalia zum Einkaufen gefahren. Und gelegentlich brachte er auch sie selbst nach Hause. Sie wollte ihn gerade heranwinken, als sich ein Auto näherte. Ein Mann öffnete die hintere Tür und beugte sich heraus, als wolle er nach dem Weg fragen. Als sie herantrat, packte der Mann sie am Arm und zog sie in den Wagen. Herr Hsieh, der Agent der Kempeitai, erfüllte seinen Auftrag, die alte *Amah* zu Major Kitagawa zu bringen.

Das Verhör fand im Keller des Sakura-Hotels statt. Lächelnde Geishas auf alten Reklameplakaten für *Kirin*-Bier vermochten die düstere Atmosphäre nicht aufzuhellen. Als Herr Hsieh die alte Frau hereinführte, trat Kitagawa aus dem Schatten heraus. Sich vergewissernd, klopfte er auf seine Jackentasche. Ja, die Reißzange war da.

»Hsieh San«, sagte er, »ich habe nur zwei Fragen an die alte Hexe. Frage Nummer eins: Wo steckt die russische Schlampe?«

Ein kurzer Wortwechsel auf Chinesisch folgte. »Sie sagt, sie weiß es nicht.«

»Frage Nummer zwei«, fuhr der Major fort. »Wo steckt ihr Liebhaber, der amerikanische Marineinfanterist?«

»Sie sagt, sie weiß es nicht«, antwortete Herr Hsieh.

»Ich werde ihrem Erinnerungsvermögen nachhelfen«, sagte der Major.

Kitagawa zog die Zange aus der Tasche. Er packte die *Naima* am Handgelenk und betrachtete ihre Fingernägel. Erbärmliche Nägel waren das, bläulich grau, von jahrelanger Arbeit mit Lauge und Kernseife gebleicht, papierdünn vom Alter. Kitagawa setzte die Zange am Daumennagel an und zog. Der Nagel löste sich leicht.

»Fragt sie noch einmal, Hsieh San.«

Als wieder keine Antwort kam, riss ihr Kitagawa, unbeirrbar, auch die Nägel von Zeige- und Mittelfinger aus. Er hätte sich die Mühe sparen können. Die alte Frau befand sich nicht mehr im Kellerraum eines japanischen Hotels. Sie war schon weit weg, in ihrem Heimatdorf, geborgen in den Armen ihres Fischers.

Die Entsorgung ihrer Leiche war eine Kleinigkeit. Ob es frostklirrender Winter war oder brodelnd heißer Sommer, in Peking wurden die Leichen der Armen, der einsamen Alten, der Blinden, der Verwirrten zusammen mit anderem Abfall auf den *Hutungs* gesammelt. Sollte es einen Friedhof der Namenlosen für sie geben, so wusste doch keiner, wo er war.

DER PREDIGT GUT, DER GUT LEBT.
– *Miguel de Cervantes,* Don Quijote, *1615*

Reverend Ivor French und sein Gefährte Simon genehmigten sich einen Brandy, um den frühen Nachmittagsimbiss abzuschließen, der aus Schinken mit Rührei und gebratenen Tomaten und Pilzen mit reichlich Ketchup bestanden hatte. Der Reverend wandte sich Simon zu.

»Erinnerst du dich an Joseph, den amerikanischen Seesoldaten? Den mit der russischen Freundin? Tja, Commander Baker, der amerikanische Kaplan, hat mir da etwas ganz Unglaubliches erzählt. Die Yankees glauben, dass unser Freund irgendetwas mit dem Tod von Commander Steele zu tun hat.«

»Das ist absurd«, sagte Simon. »Sein Vorgesetzter, dieser Boudreau, und der Colonel, alle haben die Hand für ihn ins Feuer gelegt.«

»Die sind inzwischen aus dem Dienst ausgeschieden oder anderswohin versetzt. Die alten China-Veteranen sind alle weg. Jetzt haben wir es mit einem ganz neuen Typus zu tun. Ein verbissener Haufen. Vom Geschwader abkommandiert oder aus Nicaragua, wo sie die Bananen der United Fruit Company verteidigt haben. Die Marine kauft den Chinesen den Selbstmord nicht ab. Sie behaupten, die Ermittlungsarbeit sei behindert worden.«

»Du lieber Gott«, sagte Simon. »Joseph ist seit sechs Monaten verschwunden. Wo mag er jetzt sein.«

»Es kommt noch schlimmer«, sagte der Geistliche. »Natalia, dieses nette Mädchen, die wird auch vermisst.«

»Was sagen die Yanks dazu?«

»Du hättest Commander Baker hören sollen. Er hat Höllenfeuer und Schwefel regnen lassen, wie ers auf dem Baptistenseminar nur gerade gelernt hat. Peking als ein Sodom und Gomorrha. Sünde und Verdammnis. Notzucht und Hurerei.«

»Klingt vielversprechend«, sagte Simon.

Reverend French zog es vor, die Bemerkung zu ignorieren. »Wir erflehen Gnade für die Sanftmütigen, aber ich fürchte, da ist niemand, der uns hört«, sagte er.

VERDIENT EUCH GELD MIT ANSTAND,
WENN IHR KÖNNT.
WENN NICHT, VERDIENT EUCH GELD.
– *Horaz,* Episteln, I, *20 v. Chr.*

Jenny Chen, die das kosmopolitische Leben in Shanghai kannte und jetzt die nächtliche Gefährtin einflussreicher und wohlhabender Männer in dem Klub namens »Seidenstraße« war, hatte schon frühzeitig in diesem Spiel gelernt, die Ohren offen zu halten und von ihren Gästen zu lernen. Sie hatte gehört, dass die Japaner sich nicht mit der Eroberung der Mandschurei zufrieden geben würden, dass sie es auf ganz Nordchina einschließlich der lasterhaften Hauptstadt Peking abgesehen hatten. Sie würden auch Shanghai im Süden einnehmen und ihre Finger nach ganz China, nach ganz Asien ausstrecken. Die chinesischen Geschäftsleute, die bei Jenny Entspannung suchten, profitierten von ihren Verbindungen zu den Chinesen in Übersee, jenen umtriebigen Unternehmern, die in China wohltätige Gesellschaften unterstützten, die Familienbande niemals abreißen ließen, Kontakte zu Geschäftsfreunden, zu Heimat- und Dialektvereinen unterhielten und auch mit zwielichtigen Organisationen wie den berüchtigten Triaden in engem Kontakt standen. Diese Geheimbünde existierten in China seit hunderten von Jahren, und sie verfügten über eines der effizizientesten Spionagenetze der Welt. Wer Zugang zu diesem Netzwerk hatte, wettete keinen Pfifferling mehr auf die Unverletzlichkeit westlicher Bastionen wie Hongkong, Singapur, Djakarta, Manila oder Pearl Harbor. Die wirklich Reichen und Wohlinformierten brachten ihre Besitztümer in England und den USA in Sicherheit und sorgten für Visa und Reisedokumente, um für den Tag, der sicher kommen würde, gerüstet zu sein.

Jenny Chen war entschlossen, nicht zurückzubleiben. Sie war durchaus bereit, dafür ihre Unabhängigkeit zu opfern und die Geliebte, in der Ausdrucksweise der Chinesen die Konkubine, eines bedeutenden Mannes zu werden. Ein Mann, der es sich leisten konnte, würde sie sicher ins Exil mitnehmen, zusammen mit seiner Ehefrau, den Kindern und seinen Eltern. Und falls das nicht klappen sollte, konnte sie sich immer noch auf eigene Faust dem großen Exodus nach London, New York oder San Francisco anschließen. Aber dafür brauchte sie Geld. Und sie war willens, es sich zu verschaffen, um jeden Preis. Außer ihrem Körper und ihrem scharfen Verstand konnte sie nur noch einen weiteren Trumpf in die Waagschale werfen: Natalia Petrowna, die schöne, wenn auch melancholische Verlobte eines mittellosen, desertierten Ex-Soldaten der U.S. Marines.

DIE KUGEL IST EIN IDIOT; NUR DAS
BAJONETT WEISS, WORUM ES GEHT.
– Alexander Suworow, 1729 – 1800

Zwei Tage waren sie schon unterwegs; ihr Ziel war der Zusammenfluss zweier Gewässer, wo sie ihr Lager aufschlagen, die Beute verteilen und ihren Pferden eine Erholungspause gönnen wollten. Wassili ritt an der Spitze der Kolonne, neben sich Sansars reiterloses Pferd, das er feierlich am Zügel führte. Joseph ritt ganz am Ende des Trupps. O'Connors Schweigen erfüllte ihn mit Argwohn, und er achtete darauf, ihn nicht hinter sich zu haben.

Am späten Nachmittag, als alle matt und wortkarg waren vor Erschöpfung, ließ Wassili sich zurückfallen, bis er auf der Höhe von Joseph war. In langsamem, sorgfältig artikuliertem Russisch wandte er sich an ihn; er wollte genau verstanden werden.

»Wir haben ein ernstes Problem. Es geht um die Nachfolge von Sansar. Ich habe die Erfahrung, und ich bin der Älteste. Aber ich spreche nicht gut genug Chinesisch, um die Männer zu führen und mit Außenstehenden zu verhandeln. O'Connor wäre als Nächster an der Reihe, und er hat die Mongolen hinter sich, die ihn für einen geborenen Häuptling halten. Ein geborener *Hetman,* wie es bei uns Kosaken heißt. Die Chinesen und Gocho hätten am liebsten dich, weil du so gut Mandarin sprichst und weil du ein buddhistischer Mönch bist.«

»Wassili«, sagte Joseph, »ich will überhaupt nicht Anführer dieses Trupps werden. O'Connor ist dafür der richtige Mann. Er hat die Stärke und die Führungskraft, die ihr braucht. Bei Morgengrauen werde ich aufbrechen und aus eurem Leben verschwinden, und das Problem ist gelöst.«

»So einfach ist das nicht«, sagte Wassili. »O'Connor will mit dir kämpfen. Ein Duell, wie in Europa.«

»Pistolen auf zwanzig Schritt«, sagte Joseph.

Die Ironie war an Wassili verschwendet. »Nein, nicht Pistolen. Aufgepflanzte Bajonette. O'Connor sagt, ihr seid beide daran ausgebildet.«

Joseph dachte im Stillen: Es war auf der *USS Milwaukee*, wo ich zuletzt ein Bajonett in der Hand hatte. Ein französischer Admiral besuchte das Schiff. Wir haben die Bajonette aufgepflanzt und das Gewehr präsentiert. Und das ist fünf, sechs Jahre her. Wassili verstand Josephs Schweigen falsch. »Du hast keine Wahl. Du hast ihn verletzt. Du musst ihm Satisfaktion geben. Ich werde ihm sagen, dass du einverstanden bist.« Er verabschiedete sich von Joseph, indem er auf die russische Art, mit vom Mützenschirm weggestreckter Hand, salutierte. Dann gab er seinem Pferd die Sporen und setzte sich wieder an die Spitze der Kolonne.

Sie hatten Joseph und O'Connor identische Gewehre und Bajonette gegeben, die Arisakas, die sie von den Japanern erbeutet hatten. Joseph wog seine Waffe in der Hand, der Lauf war länger als bei der Null-Drei-Springfield, die er gewohnt war, und das Bajonett war ebenfalls länger als das amerikanische Pendant. Es fühlte sich fremd an, aber er ging davon aus, dass es auch dem massigen O'Connor ungewohnt und unhandlich erscheinen würde. Joseph verbrachte eine ganze Stunde damit, das Bajonett nachzuschleifen, dann rollte er sich zur Nacht in seine Satteldecke ein. Wenn es jemals den idealen Zeitpunkt gab, den Geist leer zu machen, das Mühlrad des Denkens zum Stillstand zu bringen, dann war er jetzt gekommen. Unhörbar für andere sang er die Lobpreisungen Buddhas vor sich hin, bis er eingeschlafen war.

Am Morgen, noch ehe der Tee gekocht wurde, ging Joseph zu O'Connor. »Bringen wirs hinter uns. Wir brauchen kein Publikum.«

O'Connor grunzte zustimmend, griff nach seinem Gewehr, verriegelte das Bajonett in der Führungsnut und folgte Joseph zu einer Lichtung. Und dann standen sie sich in der klassischen *En-garde*-Position der Infanterie gegenüber, den Gewehrkolben in die Hüfte gestemmt, das Bajonett auf den Gegner gerichtet. Joseph schoss gerade der Gedanke durch den Kopf, dass dies einer der letzten Augenblicke seines Lebens sein könnte, als O'Connor auf ihn losging. Er führte einen überraschenden, kraftvollen Hieb mit dem eisenarmierten Gewehrkolben, der Josephs Waffe zur Seite stieß und ihn schmerzhaft am Arm traf. O'Connor sprang weg und ließ einen Stoß mit dem Bajonett folgen, der Josephs Wangenknochen bloßlegte. Als Joseph das Blut in seinen Hemdkragen hineinrieseln spürte, hatte er eine Erleuchtung. Er sah sich in die Grundausbildung zurückversetzt, in die erste Trainingseinheit mit dem Bajonett. Er musste eine Strohpuppe angreifen, deren plumper, geschienter Arm ein Gewehr mit aufgepflanztem Bajonett darstellen sollte. Höchst ineffektiv schlug er der Puppe erst den Arm zur Seite und streifte sie dann lediglich mit der Spitze des Bajonetts. Und im nächsten Augenblick hatte er den Ausbilder im Nacken. Noch jetzt spürte er den Sprühregen des Kautabaks in seinem Gesicht, hörte er die schnarrende Stimme. »Töten sollst du, du verdammter Schlappschwanz. Töten, ehe dieses Sombreroschwein dich tötet.« Er fühlte, wie sich der Stock des Mannes in seine Schulter bohrte, fühlte den brutalen Fußtritt, der ihn genau am After traf.

»Zustoßen!«, hörte Joseph jetzt wieder, und er machte einen Ausfallschritt rechts und stieß sein Bajonett nach vorn.

O'Connors Gesicht nahm er nur schemenhaft wahr, als der Stahl unterhalb des Brustbeins eindrang. »Zurückziehen!«, hörte er nun, zog den linken Fuß nach und legte die rechte Hand knapp unterhalb des Visiers über seine linke. Er musste heftig zerren, um das unwillige Bajonett aus O'Connors Brust zu befreien. »Schlag aufwärts mit Kolben!«, lautete der nächste Befehl, der ihn den Gewehrkolben mit mächtigem Schwung nach oben führen ließ, bis er das Kinn des Infanteristen traf. Trotz des Bluts und der herumfliegenden Zähne konnte Joseph nicht aufhören. »Aufschlitzen, verdammt noch mal«, bellte der Ausbilder, und Joseph zog die Bajonettklinge seitlich durch O'Connors Hals. Er musste etwas Wichtiges durchtrennt haben, denn das Blut schoss in pulsierenden Spritzern heraus. Joseph knallte die Bodenplatte des Gewehrkolbens auf den Boden wie beim Exerzieren und sah zu, wie dieser Hüne von einem Mann vor seinen Augen zusammensackte wie ein Kinderballon, aus dem die Luft entweicht. Als O'Connor endlich sein Gewehr losließ, fiel es klappernd zu Boden, und dabei löste sich ein Schuss. Wassili sprang hin, hob das Gewehr auf, zog den Bolzen zurück, und eine leere Patrone flog heraus.

»Dieser Hundesohn«, rief Wassili. »Der Bastard hatte sein Gewehr geladen. Er wollte ganz sicher gehen, dass er dich tötet.«

Joseph saß am Boden und versuchte, den Blutfluss aus seiner aufgeschnittenen Wange zu stillen. Er sah, dass die Männer, von denen sich kaum einer das Duell hatte entgehen lassen, um ihn herumstanden. Er sah ein bewunderndes Lächeln auf ihren Lippen, sogar bei den Mongolen. Ein Chinese kam mit einem chintzüberzogenen Kästchen, einem Beutestück aus dem Zug. Er öffnete es, und man sah ein Nadelkissen, Spulen in vielerlei Farben, Garne, Fäden, Fingerhüte, Sicherheitsnadeln und elastische Bänder. Der Mann zog eine Nähnadel von mittlerer Größe heraus und fädelte einen rosa Faden ein.

»Alter Joseph«, sagte er in der üblichen chinesischen Form der Ehrerbietung, »lass mich deine Wunde vernähen.«

Gocho brachte ein Fläschchen Jod und kippte es über die verletzte Wange. Als Joseph, von dem brennenden Schmerz gepeinigt, die Flasche wegschieben wollte, packten ihn die Männer und hielten ihn ruhig, bis der selbst ernannte Chirurg die Wunde genäht hatte.

Da Joseph stark fieberte, nahm er nicht an der Verteilung der Beute teil. Er wusste, dass es Uhren und Bargeld für jeden geben würde, Broschen und Armbänder, Perlen und Uhrenketten. Sie hatten Parfumflaschen erbeutet, einfache Klingenrasierer und Rasierer mit den neumodischen Sicherheitsklingen, Seifen und Cremes und ganze Kollektionen von feiner Damenunterwäsche in Lachsrot und Rosa, die bei der Verteilung Anlass zu großer Heiterkeit sein würden. Es gab auch Schuhe, Stiefel und Gamaschen, wollene Strümpfe und saubere Hemden, die die Männer sicher sofort anziehen würden. Nach wenigen Tagen zu Pferd würden die neuen Kleidungsstücke dann ebenso schmuddelig und zerschlissen sein und nicht weniger streng riechen als ihre bisherigen Klamotten.

Joseph ging zum Flussufer, zog sich aus und bahnte sich zwischen den saufenden Pferden einen Weg ins Wasser. Er watete in die leichte Strömung hinaus und hockte sich hin, so dass nur noch sein Kopf aus dem eiskalten Wasser herausragte. Er musste an ein Foto denken, das er als Knabe in einem *National-Geographic*-Heft gesehen hatte. Affen hockten bis zum Hals im Wasser eines Bergsees in irgendeinem fernen Land und blickten mit traurigen, furchtsamen Augen in die Kamera. Der Unterschied war, dass sie, so hieß es in der

Bildlegende, sich auf diese Weise von Flöhen befreien wollten, während er mit dieser Rosskur sein Fieber zu bekämpfen hoffte.

Sobald er wieder auf dem Damm war, so überlegte er, würde er aufbrechen und in die Zivilisation zurückkehren. Er sah sich nicht mehr als Deserteur vom Marine Corps, er sah sich überhaupt nicht mehr als »weißer« Amerikaner, der auf diesem Kontinent ein Fremder bleiben musste. Er war ein Teil Asiens geworden, ebenso verwurzelt wie all die Hans und Huis, die Mongolen und die Mandschus. Mit seinen Kenntnissen des Mandarin und der russischen Sprache konnte er sich überall zwischen Heilongjian und Sinkiang bewegen. Eigentlich, so ging ihm auf, gab es in diesem ganzen fledermausförmigen Riesenreich zwischen Russland und Indien, das der Mann mit dem Mal auf seinem Rücken trug, nur wenige Gebiete, in denen er sich nicht zu Hause gefühlt hätte.

Als seine Zähne zu klappern begannen, nahm er an, dass das Fieber besiegt war. Jetzt wollte er seine Sachen zusammenpacken, sich verabschieden und den nächsten Abschnitt seiner Pilgerfahrt unter die Hufe nehmen.

Er kleidete sich an, wobei er feststellte, dass die Tiere nicht mehr getränkt wurden, und stieg dann den sanften Abhang zum Lagerplatz hinauf. Zu seiner Überraschung erwartete ihn der ganze Trupp hoch zu Ross in sauberer Formation. Wassili stand eine Pferdelänge vor der Reihe und hielt Josephs Stute am Zügel. Aber das Tier trug jetzt Sansars mächtigen Sattel, und auf dem Sattelhorn saß, mit den Flügeln schlagend, Sansars Falke. Er krächzte furchteinflößend, wahrscheinlich beklagte er den Verlust seines Herrn. Als Joseph näher kam, griffen die Männer nach ihren Gewehren, Karabinern und Pistolen und schossen zu einem donnernden Salut in die Luft. Wassili stieg ab, geleitete Joseph zu seinem Pferd, kniete nieder und verschränkte die Finger beider Hände zu einem Steigbügel für Josephs Stiefel. Er hob ihn in den Sattel, dann trat er zurück und würdigte Joseph mit einem Gruß, den er zuletzt dem Väterchen aller russischen Länder zu Sankt Petersburg entboten hatte.

TRADUTTORE, TRADITORE

– italienisches Sprichwort

Major Kitagawa und Herr Hsieh saßen im Speisewagen des Expresszugs in die Innere Mongolei, während draußen die mandschurische Steppe vorbeizog. Der moslemische Koch hatte die chinesische Speisekarte um einige *Halal,* um islamische Gerichte, bereichert. Der unerschrockene Major, abenteuerlustig auf allen Gebieten, hatte sich für ein mit Lauch sautiertes Lamm entschieden, zu dem als unvermeidliche Begleitung *Dabing* serviert wurde, eine mit Sesamsamen bestreute Brotspezialität Nordchinas. Herr Hsieh, der von der Nudelküche seines Vaters in Osaka geprägt war, hielt auch hier den Nudeln die Treue, die im weizenreichen Norden Chinas ein Hauptnahrungsmittel und von vorzüglicher Qualität waren.

Der Major trug Zivilkleidung mit Kniebundhosen und hohen Stiefeln, um für eine längere Reiseetappe zu Pferd gerüstet zu sein. Er schilderte Herrn Hsieh gerade, was er bei einem kürzlichen Gespräch mit dem stellvertretenden Gesandten an der japanischen Botschaft in Peking für aufregende Neuigkeiten erfahren hatte. Dass es sich bei dem stellvertretenden Gesandten in Wahrheit um Oberst Ota von den allgegenwärtigen *Johobutai,* der japanischen Abwehr, handelte, behielt er für sich. Die Nachricht war als besonders interessant für den Major eingestuft worden, weil sie vom Auftauchen einer berittenen Räuberbande handelte, zu der zwei Englisch sprechende Männer gehörten. Sie war einem der bezahlten Spitzel der *Johobutai* vom so genannten Gouverneur von Rixin zugetragen worden, einem verlausten Provinzkaff, das an einer alten Handelsstraße in der Inneren Mongolei lag.

Herr Hsieh schlürfte geräuschvoll, und die letzte lange Nudel aus Weizengrieß verschwand in seinem Mund wie der Schwanz einer Ratte, die in ihr Loch kriecht.

»Warum sollte dieser Gouverneur solche Leute an die Japaner verraten?«, sagte Herr Hsieh. »Das ergibt keinen Sinn.«

»Eine gute Frage, Hsieh San«, sagte der Major. »Aber es gibt auch eine gute Antwort: Der Gouverneur hatte mit dem Anführer der Bande einen Handel abgeschlossen. Er behauptet, er sei betrogen worden. Wir haben auch Grund zu der Annahme, dass die Banditen für den Überfall auf unseren Sanitätskonvoi verantwortlich sind. Wir werden mit diesem Gouverneur viel zu bereden haben. Und sollte es sich bei einem dieser Englisch sprechenden Männer um den Marineinfanteristen handeln und seine Tötung oder Gefangennahme möglich sein, hätten wir der Ehre Japans einen Dienst erwiesen.«

Der Major ließ sich sein Lamm schmecken und bestellte noch ein Bier. Er konnte sich auf eine erholsame Nacht im Schlafwagen freuen. Herr Hsieh hingegen musste die Nacht im Sitzen und wahrscheinlich auch bei angeregten Plaudereien mit seinen chinesischen Mitreisenden verbringen. Kitagawa hasste es, von diesem unreinen Mischling abhängig zu sein. Er hasste es, sich ohne ihn nicht verständlich machen zu können und nie zu wissen, ob Hsieh korrekt übersetzte oder den Sachverhalt zugunsten der chinesischen Sache einfärbte. Eines Tages würde er ihn bei einer Unregelmäßigkeit ertappen, und dann sollte es ihm ein Vergnügen sein, dem verräterischen Treiben ein Ende zu bereiten. Ein radikales Ende.

BESUCHE SOLLTEN KURZ SEIN
WIE EIN WINTERTAG

– Benjamin Franklin,
Poor Richard's Almanac, *1733*

Natalia wusste nicht, ob Jenny Chen der gute Samariter war, von dem sie in ihrem orthodoxen Katechismus gelesen hatte, oder ob diese selbstsichere Frau Pläne mit ihr verfolgte, die sie noch nicht preisgab. Bis jetzt hatte sie der dankbaren Natalia ihre Wohnung und ihr Bett zur Verfügung gestellt und es ihr so ermöglicht, aus dem Dunstkreis der Pekinger Ausländerkolonie zu verschwinden, als habe sie sich in Luft aufgelöst.

Da Natalia sich nicht auf ewig in der Wohnung verbarrikadieren konnte, hatte Jenny Chen sie davon überzeugt, dass sie unbedingt ihre verräterischen, weizenblonden Haare färben musste. Wenn tatsächlich nach ihr gefahndet wurde, dann war es das blonde Haar, das ganz oben auf der Liste ihrer besonderen Merkmale stand. Weil sie keine geschwätzigen Friseure ins Vertrauen ziehen wollte, hatte Jenny das Färbemittel selbst besorgt. Es war besonders bei chinesischen Männern gefragt, die schon beim ersten grauen Haar in Panik gerieten und ihre Männlichkeit schwinden, die Impotenz vor der Tür stehen sa-

hen. Aber noch ehe sie gemahlenes Hirschgeweih, getrock-
neten Tigerpenis oder Schlangenblut zu sich nahmen, griffen
sie zur färbenden Tinktur.

Einen ganzen Nachmittag verbrachten die beiden jungen
Frauen damit, Natalias Lockenpracht, ihre Augenbrauen, ihre
Wimpern und, nach ein paar Runden Absinth, auch noch die
restlichen Haare, die sie am Körper hatte, in tiefes Schwarz zu
tauchen. Das Ergebnis war überwältigend. Das dunkle Haar
brachte ihre ungemein helle Haut nur umso stärker zur Gel-
tung und verlieh ihr eine Präsenz wie im Rampenlicht einer
Bühne. Es fiel Jenny nicht schwer, sie nun, da sie sich zumindest im Gebiet der Canton Road gefahrlos bewegen konnte,
davon zu überzeugen, dass sie ihr im »Seidenstraße« ein wenig zur Hand gehen sollte. Was ihr an Fertigkeiten im Cock-
tailmixen fehlte, würde sie ihr schon beibringen; hauptsächlich kam es darauf an, sich die Namen der Clubmitglieder und
ihre Lieblingsdrinks zu merken und in jeder Situation charmant, hilfsbereit und immer unnahbar zu bleiben. Jenny bot
ihr ein Fixum an, das sich durch großzügige Trinkgelder erhöhen würde, und sie erwartete, dass Natalia ihr von allem, was
sie verdiente, ein Viertel abgab.

Natalia fand sich schnell in ihre neue Rolle. Abends um sieben begann sie ihre Schicht, Jenny Chen erschien erst gegen
neun. Natalias Alltagschinesisch reichte aus, um mit den älteren Gästen, die kein Englisch beherrschten, zu plaudern. Mit
den Europäern, die hin und wieder hereinschneiten, verstän-
digte sie sich auf Englisch oder mit ihrem Schulfranzösisch.
Sie servierte nicht an den Tischen, dafür gab es Kellner, aber sie
machte die Bar, weil hier ein unverbindliches Schäkern mit
den Gästen gefragt war. Gelegentlich wurde sie in die Séparées gerufen, um eine besondere Bestellung aufzunehmen –
Champagner oder ein Gericht aus einem der benachbarten

Restaurants. Chinesisches Essen wurde hin und wieder von einigen der älteren Gäste bestellt, aber die meisten zogen die europäischen Spezialitäten vor, die im Hause zubereitet wurden. Der Küchenchef des »Seidenstraße«, der früher auf einem Cunard-Dampfer gekocht hatte, bot eine kleine Anzahl täglich wechselnder Köstlichkeiten an – Hummer Thermidor, Kaviar auf Blinis, Gänseleber auf Brioche-Toast, Französische Zwiebelsuppe *au gratin* und jenes Rückgrat der Verpflegung auf einem Oceanliner, die auch hier täglich auf der Karte stehende, kräftigende *Consommé double* mit Mark. Jüngere Klubmitglieder, die der gewohnten Kost aus ihren Internatszeiten in England oder Amerika nachtrauerten, konnten sich Hammelkoteletts oder Hacksteak bestellen.

Natalia passte sich rasch dem Lebensrhythmus dieses nächtlichen Gewerbes an. Sie und Jenny schliefen bis zwei Uhr nachmittags und verbrachten den Rest des hellen Tages damit, Schönheitssalons, Schneider oder Wahrsager aufzusuchen. Bei Natalias jüngstem Besuch hatte der Wahrsager seine astrologischen Tabellen zur Seite gelegt.

»Hör mich an, meine Tochter«, hatte er begonnen. »Der Mann, den du liebst, ist hier in China. Was er tut, ist gefährlich. Ich sehe ihn im Kampf, wie ein Soldat, aber er kämpft auf der falschen Seite des Gesetzes. Er ist stark, und er wird obsiegen. Sei geduldig, eines Tages wirst du die Tür öffnen, und er wird vor dir stehen.«

Die Botschaft des Wahrsagers hatte sie mit Hoffnung erfüllt, aber gleichzeitig vergrößerte sie auch ihren Schmerz. Sie hatte sich eingestehen müssen, wie sehr sie Joseph liebte und wie sehr sie ihn vermisste. Um ihren Schmerz zu lindern, musste sie zum Absinth Zuflucht nehmen. Er war der perfekte Tröster, der die Hoffnung belebte und das Morgen in rosigen Schimmer tauchte.

Verräterei, Ahasja!

– 2. Könige 9,23, ca. 500 v. Chr.

Major Kitagawa saß dem Gouverneur von Rixin gegenüber, links neben sich, so eindeutig nachgeordnet wie unentbehrlich, der dolmetschende Herr Hsieh, dessen flüssiges Mandarin das Gespräch erst möglich machte. Kitagawa ließ sich nichts anmerken, aber er empfand nur Abscheu vor diesem ungebildeten Mongolen mit dem absurd langen Fingernagel eines alten Gelehrten. Den ekelhaften Tee mit zerlassener Butter hatte er schon heimlich in den Blumentopf geschüttet, in dem eine welke Pflanze dahinkümmerte. Mit gespannter Aufmerksamkeit lauschte er Herrn Hsiehs Übersetzung.

»Der Gouverneur sagt, er habe mit diesem Sansar, dem Anführer der Reiterbande, ein Arrangement getroffen. Die Aufgabe des Gouverneurs war es, Sansar auf Gelegenheiten für gute Geschäfte hinzuweisen. Dafür erhielt er im Gegenzug eine Vermittlungsprovision. Außerdem brachte er die Handelsgüter, die Sansar beschaffte, auf den Markt.«

»Was dieser Bandit meint, ist, dass er die Reiterhorde auf Gelegenheiten für Überfälle aufmerksam macht. Die Bande raubt, plündert und mordet dann, und Seine Exzellenz, der Gouverneur, reißt sich einen Teil der Beute unter den Nagel. Ist das mehr oder weniger korrekt wiedergegeben?«

»Vollkommen korrekt«, sagte Herr Hsieh.

»Sagen Sie ihm, aber bitte sehr höflich, dass dieses Gebiet sehr bald unter japanischen Einfluss geraten wird, und dass wir das Bandenunwesen nicht billigen. Wenn er Wert darauf legt, in seiner herausgehobenen Position respektiert zu werden, muss er mit uns zusammenarbeiten. Sollte ihm dies schwer fallen, so sehen wir uns zu unserem Bedauern gezwungen, ihn abzulösen.«

Es folgte ein längerer Wortwechsel auf Mandarin, den der Major dazu nutzte, seine Blicke mit Grausen im Zimmer umherwandern zu lassen.

»Der Gouverneur sagt, dass er vollstes Verständnis für die japanische Position hat und zur Zusammenarbeit mehr als bereit ist«, dolmetschte Herr Hsieh. »Aber dieser Sansar hat ihn betrogen, und um in seinem Herrschaftsgebiet das Gesicht zu wahren, muss er Rache an den Banditen üben.«

»Einzelheiten über den geplatzten Handel. Nur in Grundzügen, bitte«, sagte der Major. Er zündete sich eine Zigarette an und sog heftig an ihr.

»Er sagt, sie haben einen Zug voller Touristen überfallen und sicherlich auch ausgeraubt«, übersetzte Hsieh, »und seitdem hat er nichts mehr von ihnen gehört.«

»Diese Banden lauern Zügen auf. Ist das korrekt?«

»Der Gouverneur sagt, in den Zügen findet man eine äußerst zweckdienliche Ansammlung von wertvollen Gütern und verkäuflichen Dingen. Bargeld und sogar Gold.«

Kitagawa bot dem Gouverneur und Herrn Hsieh seine amerikanischen Zigaretten an, was es allen dreien erlaubte, eine Weile schweigend zu rauchen.

Schließlich ergriff Kitagawa wieder das Wort. »Sagen Sie dem Gouverneur, er soll seinen Stolz hintanstellen. Er soll Kontakt mit Sansars Bande aufnehmen, als wäre nichts gewesen. Er soll ihm von einem Zug erzählen, der Gold transportiert. Einem normalen, unbewaffneten Güterzug, damit kein Aufsehen erregt wird. Sobald der Kontakt hergestellt ist, wird der Herr Gouverneur unseren hiesigen Agenten verständigen. Dann werden wir ihm den Termin und alle Einzelheiten mitteilen.«

»Die sind so gerissen, die holen sich das Gold«, sagte der Gouverneur.

»Sagen Sie ihm, dass der Zug direkt aus der Hölle kommen wird«, sagte der Major.

Der Gouverneur schien noch nicht überzeugt.

»Sagen Sie ihm, dass ich Major bei den Kempeitai bin und nicht beim Roten Kreuz«, sagte Kitagawa.

Der Gouverneur bekundete Respekt, indem er seinen Oberkörper ein Stück nach vorne beugte, dann wandte er sich zu einem Schrank in seinem Rücken. Er holte den polierten Schädel eines Widders heraus, in den ein Aschenbecher eingearbeitet war. Mit beiden Händen überreichte er dem Major das höfliche Geschenk.

»Ein Zeichen meiner Hochachtung«, sagte der Gouverneur.

Er machte Anstalten, seine Besucher zur Tür zu begleiten.

»Eins noch«, sagte der Major. »Erzählen Sie mir von den beiden *Bai ren*, die mit Sansars Banditen unterwegs sind. Mir wurde berichtet, dass sie Englisch sprechen.«

»Ich habe sie nicht selbst gesehen, aber meine Leute haben sie kennen gelernt. Einer war etwa fünfzig, sehr groß mit einem mächtigen Bauch und einem Gesicht, so rot wie der Teufel. Der andere war jung, vielleicht, fünfundzwanzig oder dreißig. Gut aussehend, so hieß es.« Dem Gouverneur fiel noch etwas ein. »Der Barbier hat erzählt, dass der junge Mann mit einem der anderen Russisch sprach.«

»*So desu ka*«, sagte der Major. »Ach, tatsächlich?«

ES RUFT DER DOPPEL-, DOPPEL-,
DOPPELSCHLAG DER TROMMEL:
HORCHT! DIE FEINDE NAHN!

– John Dryden, 1687

Die ›China den Chinesen‹-Partei hatte eine Großdemons-
tration in der Provinzstadt Taiyuan organisiert, die etwa vier-
hundert Kilometer östlich von Peking lag. Trotz Tschou En Lais
Mahnung zu spartanischer Einfachheit wusste der Abt, dass
es unumgänglich war, die Massen mit Musik und Gauklern
in die richtige Stimmung zu versetzen. Wenn sich unter die
Musiker und Tänzer der strikt traditionellen und folkloris-
tischen Darbietungen ein paar hübsche Mädchen von groß-
zügiger Wesensart mischten, so war das nicht das Problem
des Abtes von Wha Guan Tsu. Hätte er etwa jeden Teilneh-
mer einem strengen Keuschheitsverhör unterziehen sollen?
Selbst ein Tschou En Lai musste das verstehen.

In Taiyuan hatte sich der Abt des Tempels des erlesenen
Lichts bereitgefunden, der ›China den Chinesen‹-Partei den
großen Vorplatz seines Klosters für ihr patriotisches Spektakel zur Verfügung zu stellen. Alles was er dafür verlangte war
ein angemessener Anteil an den Reinerlösen. Ehe das Pro-
gramm begann, hatte sich bereits ein ganzes Heer von fliegenden Händlern unter die tausende von Zuschauern gemischt.
Sie verkauften gedämpfte Teigbällchen, Fächer mit dem purpurnen Bild des China-Mals, gesalzene Dörrpflaumen, getrocknete Melonenkerne, Dörrfleisch, Erdnüsse, Tangerinen
und buddhistische Traktate. Es versteht sich von selbst, dass
diese Händler eine saftige Gebühr an die Veranstalter abfüh-
ren mussten. Wer das nicht getan hatte, wurde von bulligen
Aufpassern ohne viel Federlesens vom Gelände gescheucht,
was bei den Besuchern jedes Mal für große Heiterkeit sorgte.

Im Verlauf von sechs Monaten war die Darbietung perfekter, professioneller geworden. Zu der Levitationsnummer, den nepalesischen Hornbläsern, den Musikanten waren Jongleure und Szenenausschnitte aus Pekingopern hinzugekommen, in denen die Tugenden großer chinesischer Kaiser verherrlicht wurden. Männliche Darsteller sangen da in aufwändigen Frauenkostümen mit Falsettstimme und wurden vom Klicketiklack verschiedener Schlaginstrumente begleitet. Außerdem gab es eine Gruppe koreanischer Trommler, die mit langen, dünnen Stöcken um ihre sanduhrförmigen Trommeln herumsprangen und auf sie eindroschen, bis sie den kollektiven Herzschlag des Publikums kontrollierten.

Die Menge oder, genauer gesagt, der Mob (denn die feineren Kreise von Taiyuan hatten es vorgezogen, in ihren sicheren Häusern zu bleiben) spürte, dass der Höhepunkt des Abends bevorstand. Sie hatten leuchtende Augen und johlten, ihre Erwartungen waren mit allen Mitteln der Kunst auf die Spitze getrieben worden. Als Lao Wang, der alte Wang, der legendenumwobene Mann mit dem China-Mal auf die Bühne geführt wurde, und zwar nicht mehr von zerlumpten Mönchen wie einst, sondern von zwei jungen Frauen in schimmernder Seide mit den aufgeschminkten Gesichtern der früheren kaiserlichen Hofdamen, und als der alte Wang der Menge seinen Rücken zuwandte und die jungen Frauen ihm die blaue Baumwolltunika abstreiften und der Umriss Chinas sichtbar wurde, da erhob sich ein Schrei aus tausenden von Kehlen und flog über das nächtliche Taiyuan dahin. Dann warf eine der Hofdamen plötzlich, unerklärlich, die Arme in die Luft und stürzte zu Boden. Die andere versetzte dem Mann mit dem Mal einen Stoß, sodass er ebenfalls fiel, und warf sich über ihn – ein menschliches Schutzschild.

Die Menge begriff, dass sie Zeuge eines versuchten Attentats geworden war. Viele deuteten auf das Ziegeldach des Tempels, von wo der Schuss gekommen sein musste. Im Sekundenbruchteil eines Lidschlags hatte sich das Publikum in einen aufgepeitschten Mob verwandelt. Die Welle der Wut ging von jenen aus, die dem Mann mit dem Mal am nächsten gewesen waren, und als sie die Außenbezirke des Platzes erreichte, war sie stark genug, um die Menschen umzureißen. Wer nicht flink genug war, wurde von der kochenden Menge gnadenlos niedergetrampelt.

Mit der erhobenen Faust des Boxeraufstands und dem Ruf »Fremdlinge raus aus dem Mittleren Reich« strömte der Mob durch die Straßen. Vergeblich suchten tausende von Augenpaaren nach Spuren, die auf japanische Urheber des Anschlags hindeuten konnten. Ersatzweise wurde schließlich eine baptistische Mission gestürmt. Der Missionar, ein kurzsichtiger Mann aus Moultrie, Georgia, der Reis an die Armen verteilte und die Heiden zu Jesus zu bekehren versuchte, hatte keine Ahnung, warum ihn eine brüllende Meute mit den Füßen voran davonschleppte, einem ungewissen Schicksal entgegen.

Ein interessierter Zaungast des Geschehens war ein gewisser Herr Hsieh, der einen langen Umhang und einen Filzhut trug. Er wandte sich einem Fremden zu, der neben ihm stand.

»Ich glaube, diesmal sind sie zu weit gegangen«, sagte er.

»Es müssen die *Riben gueitsu* gewesen sein«, sagte der Mann.

»Die japanischen Teufel«, wiederholte Herr Hsieh. »Da könnten Sie Recht haben.«

WER GESCHÄFTSTÜCHTIGER SEIN WILL
ALS EIN MÖNCH, MUSS FRÜH AUFSTEHEN;
AM BESTEN, ER GEHT GAR NICHT ZU BETT.
– *Thomas Fuller,* Worthies of England, *1662*

Nach dem Mordversuch in Taiyuan hatten der Abt und der Mann mit dem China-Mal sich in die relative Sicherheit des Wha-Guan-Tsu-Tempels in Zing Shen zurückgezogen. Mit zunehmendem Wohlstand und wachsendem Lebensstandard hatte ihre Bereitschaft, sich den Gefahren der Straße auszusetzen, deutlich nachgelassen. Sie waren bequem geworden wie Maden im Speck. Neben den Zuwendungen, die sie von Tschiang Kai Schecks Kuomintang und von Tschou En Lais kommunistischer Partei erhielten, hatten sie ein beträchtliches Vermögen mit ihren Tourneen gemacht, mit den Traktaten, die sie herausbrachten, den Ansichtskarten und Rosenkränzen, den aus Bakelit gepressten Amuletten in Form des China-Mals, den Abgaben der Händler und den patriotischen Predigten des Abtes, die kürzlich auf Wachsplatten aufgenommen worden waren. Die davon gepressten Schelllackplatten wurden in Shanghai so begeistert gehört wie in Nanking, Chungking oder Peking.

Der Abt und der Mann mit dem Mal hatten gerade einen Nachmittagsimbiss aus mit Reis gefüllten Lotuswurzeln und kalter Pfirsichsuppe zu sich genommen. Jetzt warf der Abt ein gefaltetes Stück Papier auf den Tisch, und der Mann mit dem Mal spitzte die Ohren.

»Das ist ein Brief«, sagte der Blinde. »Entweder ein Liebesbrief für mich oder eine Rechnung für Euch.«

»Weder noch«, sagte der Abt. »Er kommt von einem Funktionär der kommunistischen Partei. Sie wollen dich in den Fabriken und auf den Hirsefeldern sehen. Wenn nicht, wollen sie noch mal über unsere Vereinbarung nachdenken. Etwas in der Art.«

»Dann sollten wir vielleicht unsere Beziehungen zu den Kommunisten und zu den Kuomintang kappen. Es käme beiden nur gelegen, wenn ich von den Japanern umgebracht und ein Märtyrer werden würde – der Erste, der für die Nationalisten und für die Roten gleichzeitig eine Art Gott wird.«

Der Abt stand vom Tisch auf, vergewisserte sich, dass die Türen fest geschlossen waren, und rückte seinen Stuhl dicht neben den Mann mit dem Mal.

»Ich bin völlig einer Meinung mit dir. Wir haben den Sprengstoffanschlag auf unseren Tempel überlebt, und du bist mit knapper Not dem Anschlag des Scharfschützen in Taiyuan entgangen. Zum Glück hat er das Mädchen erschossen. Es hätte genauso gut einen von uns treffen können.« Der Abt klappte den Deckel seines Bechers hoch und schlürfte geräuschvoll seinen Tee. »Wir wissen doch alle, dass die Japaner sich nicht mit der Annektierung der Mandschurei begnügen werden. Sie werden sich unser ganzes verrottetes Heimatland einverleiben und dabei jegliche Opposition ausschalten.«

»Uns inbegriffen«, sagte der Mann mit dem Mal.

»Ganz genau«, sagte der Abt. »Aber ich habe nicht vor, mich von bösartigen Zwergen liquidieren zu lassen. Vor allem nicht angesichts einer höchst lukrativen Zukunft, die nur auf uns wartet.«

»Tut sie das?«, fragte der Blinde mit ungespielter Überraschung.

»Ja. Während dein Kopf zwischen den Schenkeln deiner Frauen eingeklemmt war, habe ich den meinen zum Denken benutzt. Wir müssen China so bald wie möglich den Rücken kehren und uns am Hof unseres buddhistischen Glaubensgenossen, des Dalai Lama in Tibet, niederlassen. Dort haben wir Ruhe vor den Japanern und können fortfahren, unseren Wohlstand zu mehren. Und das mit minimalem Aufwand.«

»Verehrter Shi Fu, o Erhabener Meister, Ihr seid nicht nur mit dem Augenlicht gesegnet, sondern auch mit einem Denken, dem ich nicht zu folgen vermag. Wie sollen wir am Hof des Dalai Lama Geld verdienen? In Tibet? Auf dem Dach der Welt, wie man so sagt.«

»Wir bedienen uns einer Neuerung, die wir von den Amerikanern gelernt haben: Es nennt sich Versandhandel. Wir werden unseren Tand, unsere Traktate, unsere Fotos und Schlüsselanhänger und Schallplatten der ganzen chinesisch sprechenden Welt auf dem Postweg verkaufen. In der Geborgenheit Tibets wirst du ein mächtigeres Symbol des chinesischen Widerstandes sein, als wenn du in China im Untergrund lebst.«

»Wem sollen wir denn das ganze Zeug verkaufen, wenn China von den Japanern besetzt ist?«

»Den fünfzig Millionen Chinesen, die im Ausland leben. Das ist eine chinesische Gemeinde, die über weitaus mehr Geld verfügt als wir im eigentlichen China. Sie leben in Amerika und England und überall in Asien, und das Beste ist, dass ihre ungezählten Millionen nicht nur vor den Japanern sicher sind, sondern dass es sich meistens um Schwarzgeld handelt, von dem kein Finanzamt weiß. Und alle diese Auslandschinesen, ob sie nun mit den Nationalisten oder den Kommunisten sympathisieren, ob sie aus dem Süden oder aus dem Norden stammen, ob sie Buddhisten oder sogar Christen sind, alle sind sie zuallererst Chinesen. Und obwohl es kein Volk auf der Erde gibt, das weniger sentimental ist als die Chinesen, werden sie alle mit dem blinden Mann mit dem China-Mal mitfühlen, der den Japanern widerstanden hat und jetzt vom Sitz des Dalai Lamas aus seine Güte leuchten lässt.«

»Ich bin Euch dankbar, Erhabener Meister. In meiner Dunkelheit habt Ihr mir die Augen geöffnet.«

»Ich habe dir auch zu danken. Du hast mich vom Fluch der Keuschheit erlöst. Die Befreiung meiner Lenden hat auch meinen Geist befreit.«

GUTEN SOLD ZAHLEN,
GUTE BEFEHLE GEBEN,
MIT GUTEM STRICK AUFKNÜPFEN.

– Sir Ralph Hopton,
Maximen der Heeresführung, *1643*

Joseph und seine Männer hatten ihre Pferde auf einer Weide gemästet, die von zwei eiskalten, von den fernen Bergen kommenden Flüssen bewässert wurde. Sie hatten Wild geschossen, das fett war vom Winterweizen, und jetzt lagen die Männer an den Lagerfeuern und stopften sich mit dem Wildbret voll und rülpsten vor Behagen und stocherten mit Zweigen zwischen den Zähnen.

Joseph lag ein Stück abseits auf seiner Decke. Sansar hatte es so gehalten, und bei den Offizieren der Marines war es nicht anders gewesen: Sie kümmerten sich um ihre Männer, sie arbeiteten und schwitzten mit ihnen, sie ließen sich als Letzte den Teller füllen, aber bei allem hielten sie eine gewisse Distanz. Die Männer fanden dies normal, wie alle guten Soldaten, und wenn einer der Chinesen oder Mongolen oder sogar Wassili oder Gocho ihm etwas zu sagen hatte, kam er ohne Scheu oder Befangenheit, aber mit kameradschaftlichem Respekt zu ihm. Joseph wusste, dass dieses Lagerleben allmählich zu einem Ende kommen musste. Die Männer erwarteten von ihm, dass er eine Karawane, einen Zug, eine Lagerstelle oder einen Außenposten der japanischen Armee für sie fand – eine Gelegenheit, um zu plündern, zu rauben, zu vergewaltigen, all ihren niedersten Instinkten nachzugeben. Joseph wollte die Gruppe näher an die mandschurische Grenze heranführen; er hoffte, dort eine japanische Patrouille, eine Aufklärungseinheit oder vielleicht sogar einen japanischen Güterzug auf der Strecke der südmandschurischen Eisenbahn überfallen zu können. Die Japaner anzugreifen würde ihm nicht nur persönliche Genugtuung verschaffen – er hätte es dann auch mit regulären Truppen zu tun und wäre einer Beteiligung an Gewaltakten gegenüber Zivilisten noch einmal entgangen …

Ein leises, fernes Gebimmel von Glöckchen schreckte ihn aus seinen Grübeleien über den Fortgang ihrer Beutezüge hoch. Verwirrt sah er sich um. Einer der Mongolen spuckte ein Stück Knorpel aus, stand auf und kam zu Joseph. »Kamelglöckchen, alter Joseph«, sagte er. »Das sind Kamelglöckchen.« Joseph befahl dem Mann und Wassili, ihre Pferde zu satteln und ihn zu begleiten. Die anderen sollten bleiben, wo sie waren; er wollte potentielle Opfer nicht argwöhnisch machen.

Eine volle Stunde waren sie unterwegs, bis sie den Ursprung des Gebimmels erreichten. In der urzeitlichen Stille der mongolischen Steppe war das metallische Geräusch allmählich lauter und klarer geworden, doch jetzt verstummte es bis auf ein gelegentliches, leises Klirren. Joseph reichte Sansars Feldstecher an Wassili und ihren mongolischen Begleiter weiter. Der Grund für die plötzliche Stille war ihm klar geworden: Die Kamelkarawane schlug ihr Lager auf. Sie zählten ein rundes Dutzend zweihöckriger Kamele, dazu ein paar Pferde und Esel. Einen Überblick über die Zahl der Menschen zu gewinnen, war schwieriger, da die winzigen Gestalten sich in ständiger Bewegung befanden. Joseph drehte sich zu seinen Begleitern um. »Sie werden Tee machen. Reiten wir hin und sehen wir uns an, was sie zu bieten haben.«

Als sie in das Lager einritten, waren die Kamele und Pferde schon angepflockt und stämmige junge Männer waren dabei, die aus vielfarbigen, dicken Teppichstapeln bestehende Last von den Tieren abzuladen. Junge Frauen mit rosigen Backen bauten die Zelte auf und bereiteten den unvermeidlichen Tee zu. Joseph sah, dass Wassili sie voll heimlicher Sehnsucht beobachtete. Das wird nichts, mein Lieber, dachte er bei sich, nicht, solange ich hier das Sagen habe ... Der Geist der japanischen Krankenschwester, der in düsteren Nächten niemals fern war, würde dafür sorgen. Jetzt kam eine Horde von Kindern auf sie zugelaufen, denen die Erwachsenen folgten. Der Führer der Karawane, der einen noch mit Haut und Fell überzogenen Schädel eines Rehbocks oder einer Antilope, komplett mit Ohren und knospenden kleinen Geweihsprossen, als Kopfschmuck trug, trat vor sie hin und lud sie in einem nördlichen Dialekt zum Tee ein. Junge Leute entfalteten einen prächtigen, mit Blumen und mythischen Vögeln dekorierten Teppich, und bald saßen Gastgeber und Gäste auf dieser handgeknüpften Wiese und schlürften kochend heißen Tee aus zierlichen chinesischen Tassen. Die Atmosphäre war freundlich und offen, aber es war nicht viel zu erfahren.

Der Älteste ergriff zuerst das Wort: »Es ist unsere jährliche Karawane. Wir kaufen Teppiche in der Äußeren Mongolei und hoffen, sie in China gut zu verkaufen.« Einen Seitenblick auf seine Gäste werfend, fügte er hinzu: »Es ist eine gefährliche Reise.«

Joseph hielt sich nicht minder bedeckt: »Wir haben unsere

Pferde getränkt, als wir eure Glocken hörten. Wir sind auf dem Heimweg.«

Als der Tee getrunken war, fragte Wassili, ob er die Teppiche bewundern dürfe. Das wurde gerne gewährt, und auf einen Befehl des Ältesten hin breiteten die jüngeren Männer ein paar schöne Stücke vor ihnen aus. Sie betrachteten die Herrlichkeiten, und Wassili kniete nieder, um mit der Hand über den Flor zu streichen.

»Wir Russen haben eine Liebesaffäre mit Orientteppichen. Wir bedecken nicht nur die Fußböden mit ihnen, wir hängen sie auch an die Wände. Das hier ist keine Massenware. Es sind stilechte kasachische, turkmenische, vielleicht auch kirgisische Teppiche. Es sind Meisterwerke. Kein Wunder, dass der alte Teufel so wortkarg ist.«

»Wer sind diese Leute?«, fragte Joseph. »Mongolen sind das nicht.«

»Erst hielt ich sie für Orogen oder Daur, Nomaden aus der Mandschurei. Aber ich glaube eher, dass sie zu den wenigen Überlebenden der Mandschus gehören, des Volkes, das einst China erobert und beherrscht hat. Es sind nur noch sehr wenige echte Mandschus übrig. Die Eroberer sind in der Masse der Eroberten aufgegangen.«

»Von einem großen Volk von Kriegern sind also nur noch die Paläste in Peking übrig, und die paar vertrockneten Eunuchen, die darin herumschlurfen.«

»Eine perfekte Zusammenfassung der Geschichte Chinas«, sagte Wassili.

Die Verabschiedung stand im Zeichen der großzügigen Gastfreundschaft, die von jeher ein Kennzeichen der Steppenvölker ist. So genau hatte der Älteste die Hackordnung unter seinen Besuchern durchschaut, dass er Joseph eine Satteldеcke aus burgunderroter, schwarzer und dunkelgrüner Wolle schenkte, Wassili einen Proviantbeutel aus Teppichstoff und dem mongolischen Vasallen ein Halsband aus polierten Holzperlen. Joseph, Wassili und der Mongole kramten schnell die Blechdosen mit den »Craven A«– und »Senior Service«-Zigaretten heraus, die sie im Touristen-Sonderzug der mongolischen Eisenbahn erbeutet hatten, und verehrten sie dem Anführer. Man schied voneinander mit wortreichen Grüßen, Freundschaftsbekundungen und Wünschen für eine glückliche Reise.

Kaum waren die Besucher außer Sichtweite, da befahl der Älteste, dass die Zelte abgebrochen, die Kamelglocken mit Tüchern gedämpft und alle Tiere schleunigst wieder mit ihrer kostbaren Fracht beladen wurden. Der Tee war noch nicht kalt geworden, da befanden sich die Mandschus, an schnelles Aufbrechen gewohnt, bereits auf dem Weitermarsch zu einem neuen Lagerplatz. Der Älteste wollte nicht, dass seine Gäste ihn noch mal besuchten. Wie Recht er hatte!

Joseph und seine Begleiter hatten erst wenige Li zurückgelegt, als Wassili sein Pferd an Josephs Seite trieb. »Hast du diese Mädchen gesehen? Sie kamen mir vor wie sonnenwarme Pfirsiche. Ein Biss, und der Saft läuft dir am Kinn herunter.«

»Genau so«, sagte Joseph einsilbig und gab seinem Pferd die Sporen.

Es dauerte nicht lange, und der Mongole tauchte an Wassilis Stelle auf. »Alter Joseph«, sagte er, »was meinst du, wie viel diese Teppiche wert sind? Sie kamen mir sehr kostbar vor.«

»Ich bin Soldat, kein Kaufmann«, erwiderte Joseph. »Es fällt mir schwer, Handelswaren zu schätzen.«

Joseph ärgerte sich, dass er ausgerechnet diese beiden Begleiter mitgenommen hatte. Sie würden die Männer mit Erzählungen über reiche Beute und schöne Frauen unruhig machen. Wenn er mit Gocho geritten wäre, überlegte Joseph, hätte er ihn vielleicht bewegen können, die Verlockungen der Mandschu-Karawane herunterzuspielen. Aber dann erinnerte er sich, dass Gocho den japanischen Militärarzt ohne Notwendigkeit geköpft hatte. Zwar hatten die Männer die Touristen in dem Sonderzug verschont, aber das musste daran gelegen haben, dass sich Sansar über die unweigerlichen Konsequenzen einer Gewalttat gegen Europäer und Amerikaner im Klaren war. Die chinesische Armee, amerikanische und britische Streitkräfte, ja selbst die Japaner hätten sie mit Flugzeugen aufgespürt und zur Strecke gebracht. Niemand würde diesen Aufwand betreiben, wenn es um das Niedermetzeln einer Nomadenkarawane ging.

Als sie zu ihrem Lagerplatz zurückgekehrt waren, fiel Joseph das mürrische Schweigen unter seinen Männern auf. Er argwöhnte, dass Wassili und der Mongole ihnen Fabelgeschichten von kostbarer Beute und verlockenden Frauen erzählt hatten. Auf die fällige Auseinandersetzung brauchte er nicht lange zu warten. Der Älteste der Chinesen, der mit dem Narbengesicht, der bei allen in hohem Ansehen stand, kam zu Joseph; anscheinend sollte er der Sprecher der Gemeinschaft sein.

»Wann brechen wir auf, alter Joseph?«

»Wir brechen auf, wenn ich es sage«, erwiderte Joseph.

»Aber dann werden sie vielleicht schon weg sein.«

»Wer wird weg sein, alter Wu? Kläre mich auf.«

»Die Händler mit den Teppichen, mit dem Gold, den Juwelen, den jungen Frauen.«

»Es gibt kein Gold, es gibt nur Teppiche, die viel zu schwer sind, um mit den Pferden abtransportiert werden zu können. Außerdem haben sie einen ganzen Stall von Kindern, die in der Wildnis sterben würden.«

Ein junger Mongole, der seine Pelzmütze herausfordernd schräg aufgesetzt und eine Nambu-Pistole auf der Hüfte hatte, stellte sich vor Joseph hin.

»Man sagt, du seiest ein Mönch und Krieger. Aber ich glaube, du bist nur eine Nonne mit vertrockneten Titten, die zahnlos ihre Sutras mummelt. Wir sind immer noch Sansars Männer. Wir weinen nicht um Waisen, wir machen sie. Und reichen Händlern ziehen wir die Haut vom Leib, solange sie noch leben. Die Teppiche und das Gold gehören uns. Und an den Frauen werden wir uns genauso erfreuen wie du an der japanischen Krankenschwester.«

Es folgte ein Augenblick des Schweigens, und etliche Mongolen und ein paar Chinesen erhoben sich, um ihre Zustimmung zu signalisieren. Der junge Mongole zog die Nambu aus seinem Halfter, schoss in die Luft und rief: »Wir reiten!«

Joseph zerrte die Luger aus seinem Stiefelschaft und gab genau einen Schuss ab. Er sollte die Schulter treffen, aber er durchschlug dem Mann den Kiefer. Der Mongole sank hin wie ein Stein in den Abgrund.

Joseph sagte: »*Ich* bestimme, wann wir reiten.« Er steckte die Luger zurück in den Stiefel, ging zu seiner Tornisterrolle und setzte sich mit dem Rücken zu den Männern hin. Er zündete sich eine Zigarette an.

Das plötzliche Schweigen verriet Joseph, dass die Männer erst begriffen, was da eben passiert war. Wenn sie ihn loswerden wollten, dann war jetzt der Moment dafür, das war ihm klar. Sie konnten ihn von hinten erschießen oder ihn überwältigen und dann von seinem Pferd zu Tode schleifen lassen. Sich jetzt umzudrehen, sie anzusehen wäre ein Zeichen von Angst. Wenn sie ihn aber hinterrücks erschossen, dann mussten sogar sie erkennen, dass sie die feige Lösung gewählt hatten.

Als ein Schatten über Joseph fiel, fragte er sich, ob sein Henker nun gekommen war. Es war Wassili, der jetzt vor ihn hintrat. »Du bist ein wahrer Häuptling«, sagte er. Er half Joseph auf die Füße und küsste ihm, vor aller Augen, die rechte Hand. Ein Handkuss war zu fremdländisch, zu exotisch für die Männer, aber statt dessen erschienen sie alle der Reihe nach vor ihm und schworen ihm Gefolgschaft mit einer tiefen Verbeugung.

Zwar ermahnt der Buddhismus seine Jünger zur Lauterkeit im Umgang mit ihren Nächsten, zwar fordert er gute Taten als Voraussetzung für eine gute Wiedergeburt, aber die Realisten auf Chinas Märkten sagen dennoch: »Hüte dich, dass das Lamm, das du gibst, nicht als ein Tiger zu dir zurückkehrt.« Wer eine Gnade erweist, muss die Konsequenzen tragen, und wie wahr diese Volksweisheit ist, wurde schnell offenkundig. Nur wenige Tage, nachdem Joseph sie vor Mord und Plünderung bewahrt hatte, erreichte die Karawane der Mandschus die Stadt Rixin, und der Älteste berichtete dem Gouverneur von ihrem Zusammentreffen mit verdächtig aussehenden Reitern von unbekannter Herkunft, die mit größter Wahrscheinlichkeit Banditen waren und ihre Pferde am Zusammenfluss zweier Ströme getränkt hatten. Der Gouverneur entfaltete sogleich seine Karte und senkte den langen Fingernagel seiner linken Hand auf die beschriebene Stelle. Mit dieser Information ausgestattet, setzte er den teuflischen Plan des Majors Kitagawa in Gang.

IHRE SÜSSE KEUSCHHEIT WIRD ZUERST ERLEGT,
DANACH BLEIBT ZEIT GENUG, SIE ZU VERGIFTEN.
– *James Shirley,* Der Kardinal, *1641*

Ihr Geld zu zählen war für Jenny Chen zu einem Zwang geworden. Auch in dieser Nacht hatte sie sich, wie schon so oft, vergewissert, dass Natalia schlief, ehe sie das Dielenbrett in ihrem Wohnzimmer abhob. Sie nahm die Dollar- und Pfundnoten heraus, zählte sie und legte dann, um auch ganz sicher zu gehen, die Scheine von jeweils gleichem Wert zu kleinen Stapeln zusammen. Dann wurde alles, mit den höchsten Werten ganz unten und den niedrigsten oben, in den Hohlraum unter dem Dielenbrett zurücksortiert. Alle zwei Wochen tauschte sie die kleinen Scheine in größere um, damit sie, wenn der unausweichliche Tag kam, kein so dickes Bündel mitzunehmen brauchte.

Seit der japanischen Annektierung der Mandschurei lebte Jenny nach dem Grundsatz, dass Geld nicht stinkt. Sie hatte eine kleine Anzahl von hochklassigen Prostituierten und von ehrgeizigen, aber mittellosen Studentinnen angeworben, die den Service für den gut betuchten Kundenstamm des »Seidenstraße« erweitern sollten. Jenny hatte ganz richtig erkannt, dass ihre Gäste, die überwiegend konservativ waren, umso mehr tranken und umso mehr sonstiger Zerstreuungen bedurften, je unsicherer die Zeiten wurden. Der Energieaustausch mit den jungen Frauen – um es konfuzianisch auszudrücken – fand in den Séparées des »Seidenstraße« statt.

Jenny beließ es nicht dabei, die Frauen an die Männer zu vermitteln, sondern stellte, wenn der Gast besonders wohlhabend und spendabel war, auch ihre eigenen, beträchtlichen Talente zur lustvollen Verfügung. Natürlich war sie schon oft gefragt worden, ob nicht auch bei der schönen jungen Frau, die nachts hinter der Bar stand, etwas ginge. Aber Jenny hatte beschlossen, mit diesem Pfund zu wuchern und Natalia vorerst nicht in den Verkehr zu bringen.

Jenny stopfte das Geldbündel in die Vertiefung zurück, legte das Dielenbrett wieder an Ort und Stelle und breitete den dunkelblauen Läufer darüber, den sie von in Pelze gehüllten Tibetern auf einem Freiluftbasar gekauft hatte. Als sie ins Schlafzimmer zurückkehrte, war Natalia wach.

»Es ist halb fünf, warum schläfst du nicht?«, wollte Jenny wissen.

»Ich weiß, es klingt blöd«, sagte Natalia, »aber seit ich von dem Wahrsager gehört habe, dass Joseph zurückkommen wird, glaube ich jedes Mal, wenn ich eine Tür aufmache, dass er gleich vor mir steht. Das raubt mir den Schlaf.«

»Ich glaube schon, dass der alte Mann in die Zukunft schauen kann – ich gehe ja schon seit Jahren zu ihm –, aber wenn du dir die Lage in Nordchina vor Augen hältst, solltest du realistisch bleiben.«

»Aber gerade, wenn ich realistisch bin, kann ich nicht schlafen. So wie heute. Ich sehe Joseph hinter jeder Tür.«

Jenny schenkte zwei kleine Gläser mit Absinth ein, reichte eins davon Natalia und setzte sich neben sie aufs Bett. Sie nippten schweigend. Einen Augenblick später knipste Jenny die Nachttischlampe aus. »Ich werde dafür sorgen, dass du Joseph vergisst«, flüsterte sie in Natalias Ohr. Und sie tat ihr Bestes.

REIN UND BESTIMMT,
ZUM STERNENHIMMEL AUFZUSTEIGEN
– *Dante Alighieri*, Die göttliche Komödie,
Paradiso, *1310*

Joseph hatte das Kommando über seine Männer bis zum Morgen an Wassili abgetreten. Er hatte sein Pferd, seine Tornisterrolle und sogar seine Luger am Lagerplatz zurückgelassen. Er war zu einem einsamen kleinen Hügel gegangen, einer Art Zwischenstation auf dem Weg zur Erleuchtung, um die Nacht dort meditierend zu verbringen. Sansars Begräbnis war die letzte Gelegenheit gewesen, bei der er als buddhistischer Mönch in Erscheinung getreten war, und wenn die Männer ihn auch als solchen akzeptierten, so wusste er doch genau, dass er, auch wenn er vor bewusstem Mord zurückschreckte, jetzt mehr als alles andere ein Bandit war. Es gab nichts daran zu deuteln, dass ihm der Überfall auf den Zug Spaß gemacht hatte. Es hatte Spaß gemacht, diese feisten Europäer vor Angst schlottern zu sehen und ihnen all ihre Habseligkeiten abzunehmen, und die Krönung war sein Abenteuer mit der rothaarigen Frau gewesen, die er zwischen ihren auf dem Laken verstreuten Perlen und Halsketten in der Schlafkoje ihres parfümierten Zugabteils gevögelt hatte. Der Ertrag dieser Begegnung befand sich immer noch in seinen Satteltaschen. Sollte er eines Tages Natalia damit beschenken, als ein Zeichen seiner Liebe, oder würde sie mit ihrem weiblichen Instinkt spüren, dass der Schmuck von der Haut einer anderen Frau befleckt war, dass er zwischen den Brüsten einer anderen Frau gelegen hatte?

Ein kalter Windstoß trieb ihm diese weltlichen Gedanken aus dem Kopf. Er war froh über die plötzliche Kühle. Er wollte sein Fleisch abtöten, seinen Geist leer werden lassen und die

Levitation suchen. Sollte es gelingen, so hieße das, dass der Weg für ihn noch offen war; gelang es nicht, so wusste er, dass er nicht mehr für würdig befunden wurde.

Joseph streifte seine Kleider ab und streckte sich auf dem kalten, rauen Boden aus. Kleine Steine, die scharf waren wie Kristalle, und hervorstehende Kiesel marterten seine Haut, ließen die Nervenenden schließlich fühllos werden. Die Sonne ging unter, und der beißende Wind legte noch an Stärke zu. Joseph schlotterte wie ein Pferd, das Fliegen von seinem Fell scheuchen will. Erst stürmte ein Chaos von Bildern auf ihn ein – die mit dem Lineal prügelnde Mutter Oberin seiner kirchlichen Schule, eine mit Hühnerblut voll gespritzte Voodoo-Priesterin aus Haiti, der blinde Mann mit seinem fledermausförmigen Mal, der brennende Sansar auf dem Scheiterhaufen, die weißen Schenkel der japanischen Krankenschwester und immer wieder Natalia, all das durcheinanderwirbelnd und immer neu sich kombinierend, ohne dass er die Bilderflut stoppen konnte.

Doch als die Nacht zur Hälfte verflossen war, kam eine große Ruhe über ihn. Er fror nicht mehr, er spürte den harten Boden nicht mehr, seine Erinnerungen waren in die Ferne gerückt und endlich ganz verschwunden. Jetzt sah er nur den großen Maitreya Buddha, *Xia Fo* auf Chinesisch, den Buddha aus der Zukunft, der das Rad des Gesetzes weiterdrehen wird, den Gautama Buddha selbst inthronisieren wird. Im Wha-Guan-Tsu-Tempel wurde auch der *Xia Fo* verehrt, und der Abt hatte Joseph in die Höhlen von *Longmen* mitgenommen, um dort die Andacht vor den fünfhundert Statuen zu verrichten, die zu Ehren des Maitreya aufgestellt worden waren.

Jetzt hörte Joseph den klagenden Schall der langen tibetischen Hörner, und dann hörte er nichts mehr. Er konzentrierte sich auf den Lotus der Reinheit, und eine der Sutren stand ihm vor Augen, nicht wortwörtlich, aber dem Sinn nach:

»Drehe, Weltverehrter, das Rad des Gesetzes, Schlage die Trommel des Gesetzes, süß wie Tau, erlöse, die da leben und leiden, weise ins Nirwana den Weg.«

Schließlich schlief er ein – oder er fiel in Ohnmacht wie ein Hysteriker, er wusste es am nächsten Morgen nicht zu sagen. Aber plötzlich fühlte er sich losgelöst, schwebte ein Stück weit in die Höhe, um schon im nächsten Augenblick wieder festen Boden unter sich zu spüren.

Joseph rappelte sich hoch, er schwankte ein wenig und benutzte sein Hemd, um die kleinen Steine und Kiesel abzustreifen, die an seinem Rücken haften geblieben waren. Er merkte plötzlich wieder, wie kalt es war, und zog seine gefütterte Jacke an. Dann hockte er sich hin, blickte zum Himmel mit seinen Millionen von funkelnden Lichtpunkten empor und dachte über das nach, was er erlebt hatte. Er kam zu dem Schluss, dass er als würdig erkannt worden war, denn sonst wäre ihm der Moment der Levitation nicht gewährt worden; gleichzeitig aber war er befleckt von Mord und Lust und Gier, weshalb es ihn so rasch wieder auf die Erde heruntergezogen hatte. Der Weg – die Nachfolge des Buddha – stand ihm noch offen, aber er würde unendlich viel steiniger sein als zuvor.

Als er von dem kleinen Hügel herabstieg, blinzelte die Sonne, ein erstes Versprechen von Wärme aussendend, gerade über den östlichen Horizont.

Nach Mitternacht sind Träume Wahrheit
– *Horaz*, Satiren, *25 v. Chr.*

Reverend Ivor French und Simon Fykes genossen ihren Morgentee, als der Geistliche plötzlich seine Tasse absetzte.

»Ich hatte einen Traum heute Nacht, sehr klar, sehr überzeugend. Er handelte von Joseph, diesem jungen Marineinfanteristen. Ich sah ihn levitieren, draußen in der Wüste. Er kam mir abgemagert vor, zerschunden, gegeißelt, ich würde sagen: jesusmäßig.«

»Ganz unter uns«, sagte Simon, »bist du sicher, dass an dir nicht auch was levitiert hat? Joseph ist doch dermaßen hübsch. Dieses Lächeln, diese Uniform, diese engen blauen Hosen.«

Reverend French lachte. »Simon, dir ist einfach nicht zu helfen. Erotische Träume zählen nicht zu meinen Lastern. Nein, es war echt. Es war ein Traum, der keiner Deutung durch Professor Freud bedarf.«

Simon sagte ausnahmsweise nichts.

»Versteh mich recht, Simon, ich mach mir Sorgen um den Burschen. Ich habe ihn als grundanständig empfunden, als etwas Besonderes. Und die Ungerechtigkeit, die ihm widerfahren ist, empört mich. Außerdem ist da noch die junge Frau, Natalia. Was soll aus ihr werden ohne ihn?« Er zündete sich einen seiner Sargnägel an. »Wusstest du eigentlich, dass ich 1914 als ›KV‹ registriert wurde?«

Simon tat überrascht. »Als kriegsverwendungsfähig? Du? Das haut mich wirklich um.«

Der Reverend schmiss eine Streichholzschachtel nach ihm. »Als Kriegsdienstverweigerer, du Arsch.«

– chinesische Redensart

Das Bahnbetriebswerk in Mukden war der Dreh- und Angelpunkt aller wirtschaftlichen Unternehmungen der Japaner in der Mandschurei. Mächtige Güterzuglokomotiven und kleine, hechelnde Rangierloks schoben Waggons an Semaphoren und Wassertürmen, Kohlebunkern und Drehscheiben vorbei. Im Verschiebebahnhof wurden Güterzüge mit Kohle, Weizen, Sojabohnen, Rohstoffen und Fertigwaren zusammengestellt, die nach Ryojun, ehedem Port Arthur, dem Ausschiffungshafen nach Japan, fahren sollten. Personenzüge, darunter auch der berühmte Asien-Express, rollten so strahlend sauber, wie es dem japanischen Standard entsprach, zu den Bahnsteigen. Überall war Dampf, er zischte aus den Kolben und fauchte aus den Rauchfängen der Lokomotiven und gellte in den Dampfpfeifen, dazwischen läuteten Warnglocken.

Major Kitagawa war hochzufrieden, als er über das Gleisgewirr des Betriebswerks der südmandschurischen Eisenbahn stapfte. Bei ihm war der unvermeidliche Herr Hsieh, der den Bahnarbeitern übersetzte, was der Major zu sagen hatte. Auf einem abgelegenen Sondergleis hatten sie den Güterzug inspiziert, der nach den Anweisungen Kitagawas präpariert worden war. Die Arbeiten hatten eine ganze Woche gedauert; jetzt musste nur noch verlässliches Personal für den Zug eingeteilt werden. Es war an der Zeit, den Gouverneur von Rixin zu informieren, dass der Zug bereitstand. Sobald der Gouverneur dann Kontakt zu Sansars Banditen gefunden hatte, würde er ihnen sagen, wohin sie reiten sollten. In ihren Untergang, wenn es nach Kitagawa ging.

Die Männer ritten zurück in die Stadt. Es dämmerte schon,

und ein kühler Wind begann ihnen um die Ohren und Handgelenke zu pfeifen. Im vielsprachigen Mukden konnte man unter einer Vielzahl von Spezialitätenrestaurants wählen, chinesisch oder russisch, japanisch oder koreanisch. Kitagawa fand, dass die pikante koreanische Küche im *Baek Wa*, der Weißen Blume, das beste Mittel gegen die beißende Kälte der Mandschurei war. Mit seinem dunklen Holz und dem strohgedeckten Dach war das Restaurant heimelig wie ein Bauernhaus. Man saß auf dem Boden, speiste von niedrigen Tischen und hatte abgeschlossene Räume zur Verfügung, was im Verein mit dem flaschenweise aufgetragenen *Soju*, dem klaren Schnaps der Koreaner, für eine vertrauliche Atmosphäre sorgte. Sie verzehrten *Kalbi*, die gegrillten Schweinerippchen, auf *Tobu chige*, gewürfeltem Tofu, dazu eine feurige, rote Suppe mit Gemüsen und Schweinefleisch und zahllose *Namuls*, kleine Beilagen mit Krabben, würzigem Fisch, Peperoni, Spinat, *Kimchi* und mit Meeresfrüchten gefüllten Pfannkuchen. Als die Kellnerin ihnen zum Zeichen, dass das Mahl beendet sei, Schälchen aus Ton mit Persimonensaft auftrug, rutschte Kitagawa ein Stück näher an Herrn Hsieh heran.

»Hsieh San, Sie dürfen nicht glauben, dass Ihre jahrelangen, selbstlosen und höchst nützlichen Dienste nicht die gebührende Beachtung gefunden hätten. Mit Ihrer gespaltenen Persönlichkeit, halb Japaner und halb Chinese, und Ihren sprachlichen Fähigkeiten sind Sie ein unersetzliches Mitglied nicht nur der Kitagawa Butai, sondern der ganzen Kempeitai geworden. Sie wissen, dass etliche Chinesen und Koreaner bei uns in hohe Ränge aufgestiegen sind. Es könnte sein, dass auch für Sie die Stunde der Beförderung nicht mehr fern ist.«

Um seinen Worten Gewicht zu verleihen, griff Kitagawa nach der Flasche, um Herrn Hsiehs Becher nachzufüllen. Wie es die Höflichkeit diktierte, hob Herr Hsieh sofort seinen Becher, um der Flasche auf halbem Weg zu begegnen; dabei verbeugte er sich mehrere Male. Er dachte dabei: Was hat diese giftige Kröte nun wieder mit mir vor? Was will er mit seinem schleimigen Gesülze erreichen? Kann es den Tod für mich bedeuten? Er griff nach der *Soju*-Flasche und schenkte seinerseits dem Major ein.

»*Shosa Dono*«, sagte er, »verehrter Herr Major, ich habe Euer Lob nicht verdient.«

»Ich bin kein Mann, der mit Lobesworten um sich schmeißt«, sagte Kitagawa. »Also lasst uns von Soldat zu Soldat miteinander sprechen. Sie haben den Zug gemeinsam mit mir inspiziert – den Zug, der das Ende bedeutet für die Banditen und ihren Anführer, den amerikanischen Deserteur. Seine Standgerichtsverhandlung war eine Farce, und seine Flucht ist von den Amerikanern arrangiert worden. Er ist schuld, dass wir mehr als einmal unser Gesicht verloren haben. Die Kitagawa-Einheit wird der Kwantung-Armee und den Amerikanern zeigen, dass sie nicht mit sich spaßen lässt.«

Herr Hsieh saß stumm da und erwartete das Schlimmste. Kitagawa leerte seinen Becher.

»Sie wissen, dass das Kampfgeschehen sich rund um den ersten Wagen abspielen wird«, sagte der Major, »hinter der Lokomotive. Sie sollen im letzten Wagen mitfahren – dort dürfte Ihnen keine Gefahr drohen. Wenn alles vorbei ist, sollen Sie die Leiche dieses Joseph Krasinski von den United States Marines suchen und ihr den Kopf abtrennen. Dann bringen Sie den Kopf zu mir. Diese Aktion ist erst abgeschlossen, wenn wir seinen Kopf auf einen Pfahl der Umzäunung der amerikanischen Gesandtschaft zu Peking gespießt haben.«

Der Japaner in Hsieh San sagte »*Kashikomarimashita*« –

»Ich höre und gehorche«. Der Chinese in Herrn Hsieh dachte: Das kann die Gelegenheit sein, auf die ich gewartet habe. Wenn Kitagawas Plan gelingt, werde ich Krasinski beisetzen, damit sein Leichnam nicht geschändet werden kann. Dann werde ich in China verschwinden, werde nach Fujian gehen, ins Dorf meines Vaters … In dem unwahrscheinlichen Fall, dass die Banditen überleben, wird man mich wohl umbringen. Aber ich bin so oder so der Gewinner. Sagt der Buddha nicht: ›Es gibt keine Geburt, es gibt keinen Tod?‹

Wo das Gold ist, da sitzt der Teufel
– deutsches Sprichwort

Joseph und seine Männer waren in Richtung der mandschurischen Grenze geritten. Sie vermuteten, dass die Japaner sich nach der Ausweitung ihres Territoriums auch in der unmittelbaren Nachbarschaft umsehen würden. Sie würden Aufklärungseinheiten und Kartographen losschicken, dazu Pioniere, die ihnen Telegraphenleitungen verlegten, und sie würden Depots errichten. Das alles war nicht schwer vorherzusagen, denn alle Armeen sichern so ihr Vorfeld ab. Wenn die Bande ein wenig Geduld aufbrachte, würde sie mit Waffen und Ausrüstung und vielleicht einem reiche Beute versprechenden Konvoi belohnt werden.

Ihre Hoffnungen wurden bestärkt, als sie auf einen Wegweiser stießen, dessen Aufschrift Gocho mit »Nakasone-Einheit, provisorisches Treibstofflager« übersetzte. Das Schild war an einer Straßengabelung aufgestellt worden, und der unübersehbare Pfeil schickte den Verkehr auf den rechten Straßenast. Joseph sah sich die beiden Straßen an – die rechte war häufiger befahren und in gutem Zustand, die linke dagegen unbefestigt und voller Löcher und Rillen. Sie war wunderbar geeignet, um eine Grube auszuheben, in der ein Fahrzeug stecken bleiben musste. Da den Männern kein Schanzzeug – die kurzen Schaufeln, die zur Ausrüstung des Infanteristen gehören – zur Verfügung stand, versuchten sie ein anderes Hindernis zu improvisieren. In einer Senke häuften sie Felsbrocken und große Steine so auf, dass ein Achsbruch, eine Beschädigung des Tanks oder, im besten Fall, ein Überschlag die Folge sein musste. Sie tarnten ihr Werk mit Sand und Erde, sodass ein Fahrer, der einigermaßen flott unterwegs war, das Hindernis mit Sicherheit zu spät erkennen würde, um noch zu bremsen.

Als sie mit ihrem primitiven Tiefbauprojekt zufrieden waren, ließ Joseph den Wegweiser umsetzen, sodass der Pfeil nun nach links deutete. Dann zogen sich die Männer mit ihren Tieren hinter den Kamm eines nahe gelegenen Hügels zurück, wo sie von der Straße aus nicht gesehen werden konnten, das Geräusch eines sich nähernden Fahrzeugs aber gleichwohl hörten.

Sie lagerten dort bereits zwei Tage, und die Männer warteten ungeduldig darauf, dass etwas passierte. Mit Ausnahme von Gocho und Wassili hatte keiner von ihnen Lesen und Schreiben gelernt. Joseph wusste, dass die meisten von ihnen aus Dörfern im Norden Chinas oder der Inneren Mongolei stammten – armseligen, grauen Nestern, in denen buddhistische oder taoistische Feierlichkeiten, meistens Hochzeiten oder Beerdigungen, das Einzige waren, was einen Farbtupfer, wenn auch nicht viel Abwechslung, in ein ansonsten freudloses Dasein brachte. Aber wie in allen kleinen Dörfern dieser Welt gab es auch dort Geschichtenerzähler, die in einer Sommernacht unter den Maulbeerbäumen saßen, um die zahn-losen Alten und die sabbernden Jungen mit Erzählungen von früherer Größe, von pikanten Abenteuern und vom legenden-umwobenen Leben des Buddhas zu unterhalten.

Joseph erinnerte sich an die Unterweisung, die er im Wha-Guan-Tsu-Tempel zu Zing Shen erhalten hatte, versammelte die Männer um sich und hoffte, sie mit alten Legenden zu zer-streuen.

»Die Shakya lebten im Flusstal des Rohini an den Füßen ei-nes Vorgebirges der Himalayas. Ihr König, Shuddodana Gau-tama, wählte Kapilavastu zu seiner Hauptstadt und errichtete dort einen großen Palast. Seine weise Herrschaft …«

Weiter war Joseph nicht gekommen, als ihn einer seiner chinesischen Gefolgsmänner unterbrach. »Was sollen all die-se komischen Namen, alter Joseph? Sie hören sich gar nicht chinesisch an?«

»Es sind indische Namen, alter Zhang«, erwiderte Joseph. »Der Buddha kam aus Indien. Deshalb lautet sein Familienna-me Gautama. Deshalb nennt man ihn den Gautama Buddha.«

»Bist du dessen gewiss, alter Joseph? Alle Buddhas, die ich gesehen habe, hatten chinesische Züge. Die Inder sind dun-kelhäutig, und sie sprechen eine Sprache, die wir nicht ver-stehen. Und in den Tempeln hören wir die Worte des Buddha immer auf Chinesisch. So stehen sie auch in den Schriften. Ich bin sicher, dass du dich irrst.«

Ein anderer schaltete sich ein. »Diese indischen Könige aus Indien interessieren uns nicht. Erzähl uns von den kämpfen-den Mönchen des Shao-Lin-Tempels. Wie sie Kung Fu erfun-den haben, wie sie aus allen Gegnern Kleinholz gemacht ha-ben.« Die Männer lachten zustimmend.

Das Gelächter verebbte rasch, als plötzlich ein fremder Rei-ter auftauchte. Er war ein groß gewachsener, in Schaffelle gehüllter Mongole, der auf einem mächtigen Pferd saß. Er ritt in das Lager ein und blickte um sich, als suche er jemanden, dann ergriff er, unsicher geworden, das Wort.

»Ich überbringe Grüße von Erdnee, dem Gouverneur von Rixin, für den Häuptling Sansar.« Es folgte ein Augenblick des Schweigens. »Ihr seid doch Sansars Männer?«

Joseph ging zu dem Mann hin und streichelte dem Pferd über die Nüstern. »Wir sind Sansars Männer. Aber Sansar ist tot, von hinten erschossen bei einem unserer jüngsten Kämpfe. Ich bin zu seinem Nachfolger gewählt worden.« Er schloss mit der chinesischen Höflichkeitsformel, die erwartet wurde. »Habt Ihr gegessen?«

Der Bote – als solcher stellte er sich nun vor – trank Tee und aß getrocknetes Wildfleisch mit ihnen. Als Gegengabe zog er etliche Packungen japanischer Zigaretten aus seiner Satteltasche und verteilte sie unter den Männern. Dann zog er Joseph zur Seite und hockte sich in asiatischer Manier auf die Fersen nieder. Joseph tat es ihm ohne Schwierigkeiten gleich, obwohl diese Haltung für die meisten Weißen schmerzhaft und nicht lange durchzuhalten war. Der Bote griff in seinen Umhang und zog ein gefaltetes Stück Papier heraus, das sich als grobe Kartenskizze entpuppte. Mit einem nikotinfleckigen Finger fuhr er die eingezeichnete Eisenbahnlinie ab, die das Blatt teilte.

»Der Gouverneur wollte seinen Freund Sansar wissen lassen, dass die Japaner einen Güterzug nach Peking schicken werden. Er befördert Goldbarren, die für die Bank von Yokohama und die japanischen Umtriebe in Nordchina bestimmt sind. Der Zug wird wie ein ganz normaler Güterzug aussehen, damit er kein Aufsehen erregt. Es ist bekannt, dass Züge mit einer bewaffneten Eskorte immer im Verdacht stehen, wichtige Personen oder kostbare Güter zu befördern.«

Joseph sagte nichts und dachte über das Gehörte nach. Der Bote verlieh seinen Worten mit einer Vertraulichkeit Nachdruck. »Der Gouverneur hat Verbindungsleute in Mukden. Direkt in den Hallen, wo die eisernen Rösser getränkt und gefüttert werden.« Er wandte sich wieder der Karte zu. »Hier, ungefähr fünfundsiebzig Kilometer jenseits der Grenze auf der chinesischen Seite, befindet sich ein Kohlendepot. Hier. Der Zug wird dort halten, um Kohle aufzunehmen. Das Gold befindet sich im ersten Wagen. Der Rest ist normale Fracht. Ihr könnt es nicht verfehlen. Hier ist die Nummer der Lokomotive. In fünf Tagen, von heute an gerechnet. Ob bei Tag oder Nacht kann ich nicht sagen. Und eins noch. Der Gouverneur erwartet seinen üblichen Anteil, ein Viertel von der Beute, sobald die Aktion abgeschlossen ist.« Er gab Joseph die Karte. »Viel Glück.«

Als es dunkel wurde, legte sich der Bote mit seiner Decke ans Lagerfeuer und schlief sofort ein. Ehe am Morgen der Tee bereitet wurde, war er verschwunden.

EINIGKEIT MACHT FRAUEN STARK!
– Sprechchor der Sechzigerjahre

In ihrem schulterfreien, weißen Kleid aus Satin sah Natalia noch immer hinreißend aus. Aber ihre ungesunde Lebensweise, die Nachtarbeit, das Schlafen bei Tag, der tägliche Genuss von Absinth forderten ihren Tribut. Die purpurnen Schatten unter ihren Augen, der melancholische Zug um ihren Mund ließen sie bereits ein wenig verlebt erscheinen, was bei der Klientel des »Seidenstraße«, jedenfalls den Kennern, jedoch noch höher im Kurs stand als das rosige Knospen jugendfrischer Unschuld.

Sie hatte bereits den größten Teil des Abends hinter der Bar gestanden, Drinks ausgeschenkt und sich die meistens plumpen Komplimente der Gäste angehört. Von Zeit zu Zeit griff sie unter den Tresen, um sich ein Schlückchen von dem grünen Geist zu genehmigen, den Jenny ihr so zutreffend als flüssiges Chloroform beschrieben hatte. Im Augenblick war niemand zu bedienen, und so verlor sie sich in einen Tagtraum, in dem sie und Joseph fern von Peking einen warmen, sicheren Zufluchtsort gefunden hatten. Das Getrappel von Jennys hochhackigen Schuhen riss sie aus ihrer Träumerei.

Im Gegensatz zu Natalia war Jenny von keinerlei Zweifeln angekränkelt. Sie konzentrierte sich aufs Überleben, aufs Geldverdienen, und weder die späten Stunden noch der viele Alkohol zeigten die geringste Wirkung bei ihr. Ihr heller Teint, den ihre Landsleute so sehr bewunderten, ihr straff zurückgekämmtes Haar, ihre kalten, dunklen Augen, ihr schwarzer Seiden-*Qipao,* der ihre ranke Figur betonte, all das strahlte nichts anderes aus als Selbstbewusstsein. Mit einem befriedigten Lächeln stellte sie eine kleine Samtschatulle auf den Tresen. Sie ließ sie aufschnappen und drehte sie zu Natalia hin. In ihr steckte ein Ring aus Platin mit einem kleinen, aber makellosen Diamanten, der von kleinen Rubinen flankiert wurde.

»Er ist wunderschön«, sagte Natalia. »Von wem hast du ihn?«

Jenny lachte. »Der ist für dich, dumme Gans. Er ist von C. W. Zhao, einem deiner Bewunderer. Er hat mich gebeten, dir heute Abend früher frei zu geben. Sein Rolls Royce wartet draußen.«

Statt einer Antwort drückte Natalia den Deckel sanft wieder zu und schob die Schatulle zu Jenny hin. Jenny legte ihre Hand auf Natalias Hand und hielt sie fest.

»Weißt du überhaupt, wer dieser C. W. ist? Er hat Kaufhäuser und Banken überall in China. Sogar in Singapur und Kuala Lumpur. Er wird alle deine Finger und Zehen mit Ringen bepflastern. Seine Frau ist genauso alt wie er. Du wirst mehr bei ihm bewirken als all das Schlangenblut oder der getrocknete Tigerpenis.«

»Ich kann diesen Ring nicht annehmen«, sagte Natalia.

»Und warum nicht?«, sagte Jenny. »Gib mir einen einzigen guten Grund.«

»Ich will nicht mit ihm schlafen.«

Jenny lachte. »Du könntest es wahrhaftig schlechter treffen. Er ist fast siebzig. Er wird dich nicht die ganze Nacht wach halten. Im Übrigen hat es dir auch nichts ausgemacht, mit diesem Trunkenbold von der amerikanischen Navy in die Falle zu steigen.«

»Jenny, bei dem hab ich geglaubt, er könnte eine Verbindung zu Joseph sein. Und er könnte mich vor einer Abschiebung bewahren. Ich hab keine Arbeit gefunden. Ich stand praktisch auf der Straße.«

»Und wo stehst du jetzt, wenn du mich mal wegdenkst?«

»Mein Gott«, sagte Natalia, »ich dachte, du empfindest etwas für mich. Wir haben …«

»Miteinander geschlafen? Das kannst du als Preis für Kost und Logis sehen.«

Diese kalkulierte Gemeinheit trieb Natalia Tränen in die Augen. Sie hielt sich ein Taschentuch vor den Mund, damit man sie nicht schluchzen hörte.

»Genauso bist du. Undankbar und voller Selbstmitleid«, sagte Jenny. »Weißt du überhaupt, was du mich mit deinen Launen kostest? Wir hätten längst ein Vermögen zusammen machen können. Aber du hast nur deinen Soldaten im Kopf. Glaubst du wirklich, dass er nur rumsitzt und auf dich wartet? Der vögelt doch jede Barfrau und jede Nutte, die ihm über den Weg läuft. So sind Soldaten nämlich.«

Hätte sie Natalia Eiswasser ins Gesicht geschüttet, die Tränen wären nicht schneller versiegt. Natalia fühlte sich so verletzt, dass ihr Körper sich in einem Akt der Selbstverteidigung jeder weiteren Reaktion verweigerte, fühllos wurde, kalt.

Jenny sah, wie gefasst Natalia plötzlich war, und sie verstand es falsch. »Ich wusste, dass du Vernunft annehmen würdest. Mach dich ein wenig frisch, ich sage C. W. inzwischen, dass du in zehn Minuten fertig bist.« Sie legte den Arm um Natalias Hüfte und zog sie an sich. »Wenn du deine Karten klug ausspielst, hast du morgen Früh auch ein Paar passender Ohrringe.« Sie nahm Natalias Unterlippe zwischen ihre Lippen, gab ihr einen langen Kuss. »Erzähl mir morgen, wie's war.«

Natalia blieb passiv, wartete nur, bis Jenny sie freigab. Sie ging zu den Waschräumen und weiter durch die Küche und trat hinaus auf die Gasse hinter dem Haus. Sie versuchte, nicht in die verrottenden Gemüsereste, die Hühner- und Entenfedern, die übel riechenden Pfützen von Tierblut zu treten und ging immer weiter. In einem Bogen gelangte sie auf die Guandong Lu und stieg in die erstbeste Rikscha. Der Rikschamann hob die Stangen an und trottete an der Moschee vorbei und verschwand im Spinnennetz der *Hutungs,* die die verschiedenen Stadtviertel der Kapitale des Nordens verbinden.

Der Rikschamann setzte seine Fracht bei einem gepflegten roten Backsteinhaus in einem chinesischen Viertel unweit der Tatarenmauer ab. Er musste draußen im Sprühregen warten,

bis ein fremder Teufel in einem Seidenpyjama aus dem Haus
kam, um ihn zu bezahlen. Der Sprühregen verwandelte sich
in einen Wolkenbruch, und der Mann beschloss, es für diese
Nacht genug sein zu lassen. In stetigem Trab lenkte er sein
Gefährt zum Depot der Gilde der Rikschafahrer, einem zu-
gigen alten Lagerhaus, in dem hunderte von Rikschas über
Nacht abgestellt wurden. Nachdem er die Sitze, die Tragstangen und das Verdeck sorgfältig trocken gewischt hatte, kaufte
er sich für ein paar Kupfermünzen eine Schale Kuttelsuppe
und setzte sich an die roh gezimmerten Tische zu seinen Kollegen, knorrigen, wortkargen Männern mit gegerbter, brauner Haut. In einem Alten, der ihm gegenüber saß, erkannte
er Lao Ding, den alten Ding, der der Kopf der Rikschafahrer-
gilde war.

»Keine Nacht für Geschäfte, stimmt's?«, sagte der alte Ding.

»Ich kann mich nicht beklagen«, sagte der Rikschamann.
»Ich hatte eine Fuhre von der Guandong Lu bis zur Tatarenmauer. Eine weiße Schlampe, so schamlos wie die Fremden
eben sind. Ein Kleid, ausgeschnitten bis hier, ich konnte ihre
Titten sehen. Aber Geld hatte sie keins. Ein fremder Teufel hat
für sie bezahlt.«

»So ist es nun mal«, sagte der alte Ding. »Männer zahlen für
das Vergnügen, das Frauen ihnen bereiten. So ist es seit dem
Beginn der Zeit.«

»Nicht bei dem. Das war ein Mann, der sein Vergnügen im
Hinterstübchen empfängt. Aber nach fünfzehn Jahren im Geschäft wundert mich gar nichts mehr«, sagte der Rikschamann.

Der alte Ding bot ihm eine Zigarette an. »Sehr interessant.
Wo hast du sie aufgelesen?«

»Mitten auf der Straße, in einem weißen Seidenkleid, ohne Handtasche. Sie hatte geweint. Ihre Schminke war ver-

schmiert. Und ich habe noch nie an einer weißen Frau so tief-schwarzes Haar gesehen.«

»Die Weißen haben keine Selbstzucht und kein Scham-gefühl«, sagte der alte Ding. »Ihre Soldaten prügeln sich auf der Straße, ihre Frauen kennen keine Sittsamkeit. Die Män-ner trinken und dann streiten und übergeben sie sich in der Öffentlichkeit. Man hört täglich davon.« Der alte Ding erhob sich, um zu gehen. »Gute Nacht. Vergiss nicht, dass nächste Woche der Mitgliedsbeitrag für die Gilde fällig ist.«

Seid kühn und listig in der Planung …
strebt mit Entschlossenheit zum Sieg.
— *Clausewitz*, Vom Kriege, *1812*

Joseph schlief im Sitzen, eine Decke schützte ihn vor der feuchten Kühle der Nacht. Einer seiner Männer rüttelte ihn wach, als das Brummen eines näher kommenden Motors zu hören war. Joseph kroch auf den Hügelkamm und sah ein sich näherndes Fahrzeug, dessen Scheinwerfer bläuliche Lichtkegel ins Dunkel schnitten. Seinen Männern, die noch der Kamelkarawane nachtrauerten, juckten die Finger an den Abzügen ihrer Gewehre; sie trieben ihre Pferde bereits die Hügelflanke hinunter. Als der Lkw in das felsige Hindernis krachte, war schon alles vorbei. Josephs Büttel hatten die Tü-ren des Lkws aufgerissen, Fahrer und Beifahrer herausgezerrt und deren Leben ein blutiges Ende bereitet.

Joseph zog die Bilanz der Operation: zwei tote japanische Sol-daten und eine Lastwagenladung gefüllter Benzinkanister, die für das Nakasone-Depot bestimmt gewesen waren. Außer den Tornistern und Gewehren der Soldaten und einigen wenigen persönlichen Sachen hatten sie nichts von Wert erbeutet. Wie er es in Major Boudreaus Geheimdienstabteilung gelernt hatte, verlangte Joseph, dass alle Ausweispapiere, Briefe, Handbücher, kurz, dass jeder schriftliche Fund zu ihm gebracht wurde. Gemeinsam mit Gocho wollte er sich alles ansehen, um zu prüfen, ob sie irgendwelche Schlüsse daraus ziehen konnten. Den Männern befahl er, die Toten mit Würde zu bestatten; aber er war sich im Klaren darüber, dass sie bis auf ihre haarlose Haut entkleidet werden würden, wachsbleiches Elfenbein im Tod.

Joseph scharte seine Männer um sich. »Hört mir zu«, sagte er. »Wir werden einen Zug der südmandschurischen Eisenbahn angreifen. Er befördert Gold für die Japaner.«

Bei dem Wort »Gold« spitzten die Männer die Ohren. Sie begannen, aufgeregt zu plappern. Das konnte der ganz große Coup sein, auf den sie gewartet hatten.

Joseph rief sie zur Ordnung. »Ich dachte, ich hätte Kämpfer vor mir. Ich benehmt euch wie Fischweiber.«

Wie ertappte Sünder setzten die Männer eine respektvolle Miene auf. Joseph fuhr fort. »Der Zug wird bei einem Kohlenbunker halten. Wir wissen, in welchem Waggon sich das Gold befindet. Die Information stammt vom Gouverneur von Rixin, einem Mann, mit dem Sansar gut bekannt war. Ihm hat er die Beute verkauft, die wir bei dem japanischen Konvoi gemacht haben.«

»Ich erinnere mich gut an Rixin«, sagte einer der Männer. »Dort haben wir zum letzten Mal unsere Klamotten gewaschen.«

»Ich erinnere mich noch besser«, sagte ein anderer. »Eine der schönen Töchter Rixins hat mir ihre Läuse vermacht.

Ich hab sie noch überall, sogar im Bart und den Augenbrauen.«

Joseph lachte mit seinen Männern. Als das Lachen verebbt war, sprach er weiter. »Ich weiß, dass der Tipp Hand und Fuß hat, weil der Gouverneur von Rixin eine hohe Beteiligung dafür fordert. Andererseits traue ich ihm nicht. Ich traue keinem Hehler, der Beutegut verscherbelt. Solche Männer werden fett, während andere ihr Leben riskieren.«

Alle grunzten beipflichtend. »Was können wir machen, alter Joseph?«, sagte einer der Mongolen. »Hast du einen Plan?«

»Wir werden diesem Goldzug eine hübsche Überraschung bereiten«, sagte Joseph. »Mit dem Benzin, das uns in die Hände gefallen ist, werden wir unter der Lokomotive und unter dem Waggon ein Feuer entfachen. Falls eine Eskorte mitfährt, wird sie das aus ihrem Versteck scheuchen. Leider können wir nicht mit dem Lkw zu dem Kohlendepot fahren. Jeder von uns nimmt zwei Kanister mit aufs Pferd. Das reicht, um ihnen richtig einzuheizen. Natürlich verlangsamt die Last unseren Ritt, aber wir haben vier Tage Zeit, um unser Ziel zu erreichen.«

Die Männer, die schon von Sansar an Entbehrungen gewöhnt worden waren, verstanden zu improvisieren. Sie nahmen die Plane von dem japanischen Lkw und schnitten sie in Streifen, an denen die Kanister zu beiden Seiten jedes Pferdes aufgehängt wurden. Sobald die Arbeit getan war, saßen sie auf und ritten los, Joseph an der Spitze. Eine Folge von donnernden Explosionen untermalte ihren Aufbruch – einer der Chinesen, der mit Sprengstoff umzugehen verstand, hatte den hilflos in der Falle steckenden Lkw samt seiner restlichen Benzinladung in die Luft gejagt.

Sie ritten im Schritttempo und hielten nur an, um ihren Tieren Ruhepausen zu gönnen und sie grasen und trinken zu lassen. Am vierten Tag, die Sonne stand schon hoch über dem Horizont, sahen sie das Kohlendepot, einen niedrigen, aus grob behauenen Balken gezimmerten Kasten, dessen Umriss die eintönige Weite der Steppe unterbrach. Sie waren immer parallel zur Bahnstrecke geritten, jedoch so weit entfernt, dass sie von eventuell vorbeikommenden Zügen aus nicht bemerkt werden konnten. Jetzt lag das schimmernde Doppelband der Schienen, das sich in die Unendlichkeit zu erstrecken schien, zu ihren Füßen. Es war die Straße des Goldes, das bald ihre Taschen füllen sollte. Manche der Männer hatten davon gesprochen, dass sie in ihre Heimatdörfer zurückkehren wollten, wo sie als wohlhabende Männer in hohem Ansehen stehen und bald eine rundliche junge Frau heimführen würden, die ihnen übers Jahr einen ebenso rundlichen kleinen Sohn schenken würde. Aber Joseph wusste genau, dass die meisten, wenn sie einmal Geld in der Tasche hatten, nichts Besseres damit anzufangen wussten, als es für Huren und Alkohol auszugeben, um dann leichten Herzens ihr Banditendasein wieder aufzunehmen.

Joseph befahl, dass die Pferde bei einem Gehölz angepflockt wurden, das ein Stück weit entfernt lag. Dies sollte ein Infanterie-Einsatz werden und nicht eine orientalische Fantasia mit herumballernden Reitern, die stolz in den Steigbügeln standen. Er platzierte einige seiner besten Schützen im Inneren des Kohlenbunkers, damit sie gar nicht erst auf andere Gedanken kamen. Die übrigen Männer wurden in zwei Abteilungen aufgeteilt, die beiderseits der Bahnstrecke Aufstellung nahmen – ein gutes Stück vor dem Haltepunkt, damit sie nach hinten feuerten und sich nicht gegenseitig erschossen. Joseph vergewisserte sich, dass jeder Mann seine Position genau kannte. Er selbst würde bei den Männern im Kohlenbunker sein.

Seine Männer wussten mit Waffen umzugehen, aber sie waren undiszipliniert, verschwendeten Munition und schossen nur um des Vergnügens willen. Da der Tag noch jung war, beschloss Joseph, ihnen zu demonstrieren, wie bei der amerikanischen Infanterie geschossen wurde. Er forderte sie auf, seinem Beispiel zu folgen, auch wenn es ihnen sehr ungewohnt vorkommen musste. Sein Gewehr in die Höhe haltend, lockerte er den Tragegurt, sodass er ihn bequem um seinen rechten Arm schlingen konnte. Mit diesem einfachen Trick, der seltsamerweise bei den europäischen und asiatischen Armeen nicht gelehrt wurde, konnte das Gewehr beim Visieren ruhiger gehalten werden. Dann nahm Joseph die Schießposition ein, indem er in die Hocke ging und die Ellenbogen zwischen seinen Knien einklemmte, um einen festen Anschlag zu gewinnen. Gleichermaßen befremdet wie interessiert versuchten die Männer, es ihm gleichzutun. Joseph stand wieder auf und korrigierte geduldig ihre Haltung, hob bei dem einen den Lauf an, drückte dem anderen die Schultern nieder, damit seine Hocke stabiler wurde. Die Männer nahmen die väterliche Art seiner Hilfestellungen gerne an, und Joseph war von der Ernsthaftigkeit, mit der sie von ihm zu lernen versuchten, höchst befriedigt.

»Hat jemand eine Frage?«, sagte er.

»Es ist eine ziemlich unangenehme Art, ein Gewehr abzufeuern«, sagte ein grauhaariger Mongole. »Ich glaube, auf unsere gewohnte Art und Weise fällt es uns leichter.«

»Es ist nur am Anfang unangenehm. Aber jetzt komme ich zum wichtigsten Teil. Passt genau auf.« Joseph ging wieder in die Hocke und nahm sein Gewehr in den Anschlag, als wolle er schießen. »Ich halte mich vollkommen ruhig, aber trotzdem bewegt sich die Mündung mit jedem Atemzug, mit jedem Herzschlag ein kleines Stück auf und nieder. Nicht viel, aber es genügt, um ein Ziel zu verfehlen. Jetzt seht her, wie ich ausatme, langsam ganz ausatme, bis meine Lungen leer sind. Jetzt schwankt die Mündung nicht mehr. Das Einzige, was sie jetzt noch aus der Ruhe bringen kann, ist ein zu heftiges Ziehen am Abzug. Also legt den Finger leicht, ganz leicht an den Abzugshebel und beginnt langsam, sanft zu ziehen, bis sich der Schuss löst.«

Die Männer versuchten es und waren verblüfft, wie gut sie so zu zielen vermochten. »Alter Joseph!«, rief einer, »ich glaube, an der amerikanischen Art ist was dran. Ich kann es kaum erwarten, sie auszuprobieren.«

Joseph ließ die Männer in Reihe antreten und jeweils einen Schuss über die Gleise abfeuern. Er korrigierte jeden einzeln, lobte hier, nahm dort sorgfältige Korrekturen vor. Sie feuerten eine weitere Salve ab, dann ließ Joseph sie wieder wegtreten. »Ich werdet sehen, dass ihr jetzt besser trefft. Auf diese Entfernung sollte jeder Schuss ins Ziel gehen. Berichtet mir nachher, wie es war.«

Seit der mongolische Nomade ihn um seine Armbanduhr erleichtert hatte, war Joseph ohne eine Uhr unterwegs gewesen. Jetzt zog er die alte Taschenuhr aus seiner Hemdtasche, die er zusammen mit dem Jagdfalken von Sansar übernommen hatte. Der Zeitraum, innerhalb dessen mit dem Eintreffen des Goldzuges zu rechnen war, hatte – wenn die Angaben des Boten zutreffend gewesen waren – begonnen. Joseph schickte einen seiner Reiter in die Richtung, aus der der Zug kommen musste. Er sollte sein Ohr auf die Schienen legen und, sobald er das verräterische Singen des Metalls bemerkte, drei Schüsse abfeuern, um den Zug anzukündigen.

Als das vereinbarte Signal kurz vor fünf Uhr nachmittags zu hören war, wurden die Männer aktiv. Jeder schleppte seine beiden Benzinkanister zum Gleisbett, kippte sie vor dem Kohlendepot aus, schleuderte die leeren Gefäße außer Sichtweite und nahm anschließend die ihm zugewiesene Position ein. Es blieb ihnen genügend Zeit, denn der Zug verlangsamte sein Tempo wie erwartet und kam schließlich vor dem Kohlendepot mit kreischenden Bremsen zum Stehen. Sofort kroch der Sprengspezialist auf dem Bauch bis an den Rand des benzingetränkten Erdreichs und entzündete es. In einem Schwall leckte die Flamme empor, dann explodierte alles, und die Lokomotive, der Tender und der entscheidende erste Waggon waren von Feuer eingehüllt. In diesem Augenblick erhoben sich die Männer aus der Deckung, um das Feuer auf jeden zu eröffnen, der aus dem Zug zu entkommen suchte. Das erwies sich als schwerer Fehler.

Als die Flammen gerade erst begonnen hatten, den Boden des Goldwaggons zu erfassen, flogen dessen Seitenwände nach außen und krachten zersplitternd auf den Boden. Im Inneren des Kastenwagens waren vier schwere Maschinengewehre montiert, je zwei nach jeder Seite, die mit japanischen Soldaten bemannt waren. Die MG-Schützen eröffneten sofort das Feuer auf die Angreifer. Bis die Schmierfette an der Unterseite der Lokomotive aufflammten und die Bodenbretter des Güterwaggons in Schwelbrand gerieten, hatten die Maschinengewehre einen noch nicht zu beziffernden Blutzoll unter Josephs Männern gefordert. Dann explodierte ein Kessel, Rauch und Dampf hüllte alles ein, und die MG-Schützen, die nichts mehr sehen konnten, sprangen in heller Panik aus dem Waggon. Joseph rief: »Nehmt sie gefangen«, doch schon hatten die aufgebrachten Männer im Kohlendepot alle niedergemäht.

Obwohl Joseph den Trupp in eine Falle geführt hatte, trug es ihm keiner der Männer nach. In ihrem rauen Geschäft war das Unerwartete alltäglich, und wenn sie überhaupt davon redeten, dann bekundeten sie ihm ihr Mitgefühl.

»*Mei guanxi, Lao* Joseph, das macht nichts, alter Joseph«, sagten sie zu ihm, »sobald wir den Gouverneur von Rixin zur Strecke gebracht haben, geht's uns wieder besser.« Was aber sehr wohl etwas ausmachte, waren ihre Verluste. Gocho war durch den Kopf geschossen worden, vier weitere Männer waren ebenfalls tot und einer war so schwer verletzt, dass er kaum überleben würde. Joseph hoffte, den Lokführer und den Heizer des Zuges irgendwo zu finden, die Männer, die wissen mussten, wer hinter diesem Massaker steckte, aber sie waren beide tot, vom kochenden Wasser des explodierenden Lokomotivkessels verbrüht.

Sie legten die Leichen in Reih und Glied, und Joseph ging von Mann zu Mann. Er blickte den Toten in die Gesichter, als sähe er sie zum ersten Mal. Der zarte Flaum des Schnurrbarts bei diesem jungen Burschen, die im Tod entblößten, lückenhaften gelben Zähne bei einem anderen. Der da, dessen Wunde nicht sichtbar war, wie schlafend, der andere von einem qualvollen Tod zu einer Grimasse verzerrt. Gocho wirkte, abgesehen von den verfilzten Haaren, die seine Schusswunde verbargen, mit dem silbrig glänzenden, glatten Bart immer noch wie ein Edelmann. Joseph dachte an die Tochter des Dorfschreibers, die ins Wasser gegangen war; jetzt hatte ihr Gocho den letzten, den höchsten Preis für seine Liebe bezahlt. Joseph nahm den Schal, der ihn vor dem sandigen Steppenwind schützte, und wischte damit das Blut von ihren Gesichtern, von ihren Händen. Dann fiel er auf christliche Gebräuche zurück und schloss ihnen mit einer sanften Handbewegung die Augen. Das war alles, was er seinen Männern als letzten Dienst erweisen konnte. Er war kein Angehöriger des Marine Corps mehr und auch kein Buddhist. Er fühlte sich vollkommen leer, es erfüllte ihn nur noch der Schmerz, diese einfachen Männer, die ihm vertraut hatten, in die Katastrophe geführt zu haben. Er weinte. Er weinte still, ohne Tränen, aber das Schluchzen, das seinen Körper erschütterte, konnte er nicht verbergen. Als er sich wieder in der Gewalt hatte, blickte er auf und sah sich vom Rest seiner Männer umgeben. Mitten unter ihnen stand ein schmächtiger, vollkommen nackter Fremder, der ein weißes Hemd in die Höhe hielt zum Zeichen, dass er sich restlos und ohne Bedingungen ergab.

»Sie müssen der Marineinfanterist sein, Joseph Krasinski«, sagte der Fremde.

»Der bin ich, aber woher kennen Sie mich?«, sagte Joseph.

»Ich habe den Befehl erhalten, Ihnen den Kopf abzuschneiden und ihn auf den Zaun der amerikanischen Gesandtschaft zu Peking zu spießen.«

»Den Befehl? Von wem?«

»Von Major Kitagawa von den Kempeitai.«

»Kitagawa. Der Mann, der dafür gesorgt hat, dass ich angeklagt wurde.«

»Genau der«, sagte Herr Hsieh.

»Und in welcher Beziehung stehen Sie zu ihm?«

»Ich bin sein Dolmetscher, im Rang eines Feldwebels der Kempeitai.«

»Dann verraten Sie mir, warum wir Sie nicht zusammen mit Ihren Kameraden in den brennenden Waggon werfen sollten.«

»Weil Sie mich brauchen«, er machte eine Pause. »Und weil ich viel weiß.«

»Wissen Sie auch etwas, mit dem Sie uns beweisen können, dass Sie uns nicht in eine neue Falle locken wollen?«

»Ich weiß, dass Major Kitagawa Ihre Erkennungsmarke an seinem Hals trägt.«

Joseph spürte, wie er erbleichte. Er fürchtete die Antwort, aber trotzdem stellte er die Frage: »Und wo hat Ihr Major meine Hundemarke gefunden?«

Herr Hsieh blickte sich um und sah, dass die Gesichter der Männer vor Neugierde glühten. Er trat an Joseph heran und flüsterte in sein Ohr: »Er hat sie vom Bettpfosten der jungen Russin genommen. Natalia Petrowna.« Als Joseph stumm blieb, wiederholte Hsieh inständig: »Sie müssen mir vertrauen. Ich werde Sie zu Kitagawa bringen und Ihnen helfen, *ihn* einen Kopf kürzer zu machen. Ich habe im Tempel des Universums geschworen, etwas Großes für China zu vollbringen, und zusammen mit Ihnen kann ich das tun.«

Die Männer, die Hsiehs Worte nicht hören konnten, riefen laut: »Sag uns, was wir mit ihm machen sollen, alter Joseph.« »Wir rösten ihn bei lebendigem Leibe.« »Wir schneiden ihm seinen *Jiber* ab.« »Wir reißen ihm die Zunge aus.« »Du brauchst es nur zu sagen.«

Joseph enttäuschte sie. »Gebt ihm was zum Anziehen und setzt ihn auf ein Pferd. Er wird mit uns reiten.«

Sie bestatteten ihre Männer so sorgsam, dass keine Spur, kein Fußabdruck, keine frisch aufgewühlte Erde ihre Gräber verriet. Wer auf den ausgebrannten Zug stieß, würde keinerlei Anhaltspunkt haben, was hier geschehen war. Der Wind hatte dafür gesorgt, dass die Flammen sich über die ganze Länge des Zuges ausbreiteten. Jetzt waren nur noch verkohlte Reste der Aufbauten über ausgeglühten Rädern und Achsen übrig. Der zerfetzte Kessel der Lokomotive ragte grotesk in den Himmel, im Tender und dem Depot glühten noch letzte Kohlenreste.

Ein heller Mond erlaubte es ihnen, bei Nacht zu reiten, ihr neues Ziel war die Bahnstrecke der innermongolischen Eisenbahn, die nicht von den Japanern kontrolliert wurde. Es war die Strecke, auf der Joseph in die Innere Mongolei gekommen war, und mit etwas Glück würde er auf dem gleichen Weg nach Peking zurückgelangen. Aber erst galt es Abschied zu nehmen und das Kommando zu übergeben. Joseph hatte im Verlauf der Nacht mit Wassili gesprochen und ihn aufgefordert, mit ihm nach Peking zu gehen. Es war eine kameradschaftliche Geste gewesen, denn er kannte die Antwort im Voraus, aber Wassili machte mehr Worte, als er erwartet hatte.

»Alter Joseph, mein treuer Kamerad. Die Bolschewiken haben unseren Zaren ermordet, jetzt ist niemand mehr da, dem ich dienen kann. Ein Leben als Flüchtling ist nichts für mich. Ich bin ein Kosake, sonst nichts. Wir sind geboren, um zu reiten, zu trinken und zu kämpfen. Wir sind nicht dafür geschaffen, unser Leben als Türsteher oder Taxifahrer in Paris zu fristen oder als Leibwächter für die Scheichs im Mittleren Osten. Ich werde diesen Trupp führen, wir werden neue Männer anwerben, und wir werden rauben und stehlen und den Japanern und den Schurken von Kriegsherren das Leben zur Hölle machen. Wir werden uns ihr Gold nehmen und ihre Frauen. Und eines Tages wird eine glückliche Kugel mich finden. Die Zeit der Wegelagerer geht zu Ende, lass mich die letzten Tage genießen. Übers Jahr werden die Japaner das ganze Land hier besetzt haben. Sie werden noch mehr Eisenbahnschienen verlegen, der Himmel wird ihren Flugzeugen gehören, sie werden Fabriken errichten, und das freie Leben unter Gottes Himmel wird Vergangenheit sein.«

Der Vormittag war schon fortgeschritten, als sie in der Ferne das Spottbild eines Bahnhofs entdeckten, einen Schuppen, so schäbig wie jener, bei dem Joseph ausgestiegen war, um ein Leben als Mönch in der Steppe zu beginnen. Er betrachtete die sechs Reiter, die von ihrem einst so unternehmungslustigen Trupp übrig geblieben waren. Unter Sansar waren sie feurige Kavalleristen gewesen, gnadenlos und gefährlich wie der Falke, der auf seinem Sattelknopf saß. Jetzt waren sie Gezeichnete, wie sie da auf ihren erschöpften Gäulen saßen. So nahm Joseph sie wahr, ein bemitleidenswerter Haufen, und schuld an all dem war nur sein Versagen. Er nahm den Falken vom Sattelhorn, zog ihm die Lederkappe vom Kopf, löste die Klammer an seiner verhornten Kralle und warf ihn in die Luft. Der Vogel schlug mit seinen Schwingen und schraubte sich in das Blau des Himmels empor. Die Männer folgten ihm mit ihren Blicken, sahen ihn noch einmal zurückkommen und dann, als hätte er jetzt begriffen, dass er keinen Herrn mehr über sich hatte, in der Ferne verschwinden.

»Flieg und sei frei wie Sansar, dein Herr«, rief Joseph ihm nach. Dann stieg er ab und half Herrn Hsieh vom Pferd herunter. Wassili sprang vom Pferderücken wie ein Kunstreiter, lief zu Joseph und küsste ihn dreimal in der Art der Russen.

»Wo reitet ihr jetzt hin?«, fragte Joseph.

»Die Mongolen wissen ein Dorf, wo wir uns ausruhen und voll fressen und zehn Männer mit Pferden anwerben werden.«

»Und dann?«

»Dann reiten wir nach Rixin und vergelten diesem Gouverneur seinen Verrat mit einer Kugel und nehmen uns sein Gold.«

»Und holen uns Läuse bei den Frauen«, rief einer dazwischen, und alle mussten lachen. Auch Josephs düstere Stimmung hellte sich auf. Er straffte sich und salutierte vor den Männern, so zackig, dass er damit auch auf dem Achterdeck eines Kreuzers der US-Marine eine gute Figur gemacht hätte. Dann drehte er sich um und ging, von Herrn Hsieh gefolgt, auf den Schuppen zu, der sich Bahnhof nannte. Als sie ihn erreicht hatten, blickten sie noch einmal zurück. Die Reiter waren verschwunden.

Der Bahnhofsvorsteher, ein älterer Chinese, brauchte nur einen Blick auf Joseph zu werfen, um zu wissen, dass er seine Pistole besser in der Schreibtischschublade liegen ließ. Dieser Mann mit dem kahl rasierten Schädel und dem Bart eines Mandarins und einer furchteinflößenden Narbe quer über die Wange würde auf jeden Fall schneller ziehen. Doch dann erwiesen sich der unheimliche Besucher und sein Begleiter, ein schmächtiger Chinese mit Brille, als überraschend höflich, wollten Fahrkarten nach Peking kaufen und baten darum, sein Telefon benutzen zu dürfen.

Der chinesische Begleiter nannte eine Nummer in Hsinking. Nach mehreren vergeblichen Versuchen bekam der Bahnhofsvorsteher die Verbindung und reichte den Hörer an Herrn Hsieh weiter, der überraschenderweise japanisch zu sprechen begann

»Major Kitagawa«, sagte er, »ich habe Euren Befehl ausgeführt. Das fragliche Objekt befindet sich hier neben mir.«

Als Herr Hsieh den Hörer von seinem Ohr abhob, bekamen Joseph und der Stationsvorsteher mit, wie aufgeregt die Stimme am anderen Ende der Leitung klang. Schließlich sagte Herr Hsieh »*Arigato gozaimasu*«, bedankte sich so für das Lob, mit dem der Major ihn überhäuft hatte, und legte auf.

Noch keine Stunde war seit dem Anruf von Herrn Hsieh vergangen, als Major Kitagawa bereits zu General Yamazaki vorgelassen wurde. Vorher aber hatte er die silbrigen Ordensbänder von seinem Uniformrock entfernt, sich den Schädel bis auf die letzten Stoppeln kahl scheren lassen und dafür gesorgt, dass seine Stiefel blitzblank und seine Breeches frisch gebügelt waren. Er wollte sich so asketisch und rein präsentieren, wie sich auch der General gab. Er stand vor dem vielleicht wichtigsten Gespräch seiner Laufbahn und war entschlossen, dabei nichts dem Zufall zu überlassen.

»General Yamazaki, ich melde gehorsamst, dass ich den ersten Teil Eures Befehls ausgeführt habe.«

»Erklären Sie sich näher, Major«, sagte der General.

»Meine Leute haben den amerikanischen Marineinfanteristen, diesen Joseph Krasinski, gefangen genommen und ihm den Kopf von den Schultern abgetrennt. Ich bin im Begriff, mich nach Peking zu begeben, wo wir seinen Kopf auf den Zaun der amerikanischen Gesandtschaft pfählen werden.«

»Sehr gut«, sagte General Yamazaki. »Lassen Sie dabei jede erdenkliche Vorsicht walten. Wenn Ihre Leute mit dem Kopf des Amerikaners gefasst werden, würden die Konsequenzen bis in die höchsten Kreise reichen.«

»Ich verstehe vollkommen, mein General«, sagte der Major.

»Außerdem«, fuhr Yamazaki fort, »sollte irgendjemand, aber natürlich kein Japaner, die Presse davon informieren, dass ein Kopf auf dem Gesandtschaftszaun steckt. Ich gäbe einiges darum, das Gesicht des amerikanischen Botschafters zu sehen, wenn er davon erfährt. Wer hat jetzt das Gesicht verloren, frage ich mich.«

»Wie wahr«, sagte Kitagawa. »Aber nun zum zweiten Teil Eures Auftrags, der Liquidierung des Mannes mit dem China-Mal und des Abtes vom Wha-Guan-Tsu-Tempel.«

»Ja?«

»Ich ersuche den Herrn General höflichst um die Erteilung einer Sondervollmacht. Im Hinblick auf die Sicherheitsmaßnahmen, die diese Scharlatane ergriffen haben, muss ich möglicherweise kurzfristig auf spezielle Mittel zugreifen können.«

»Dem Ansuchen wird stattgegeben«, sagte der General. »Mein Adjutant wird sich um das Schriftliche kümmern.«

Kitagawa verbeugte sich tief und ging rückwärts zur Tür.

»Eines noch«, sagte Yamazaki. »Angesichts der verheerenden Folgen, die Ihr missglückter Sprengstoffanschlag auf den Wha-Guan-Tsu-Tempel gehabt hat, möchte ich Sie warnen. Sie dürfen diesen Gegner nicht unterschätzen. Wir haben Grund zu der Annahme, dass die Bewegung sowohl vom Kuomintang wie von der kommunistischen Partei Chinas unterstützt wird. Sollte wieder etwas schief gehen, dann werden Sie Ihre Armeelaufbahn beim Verpflegungstross beenden. Worauf Sie sich verlassen können.«

OB OST, OB WEST, DAHEIM IST'S BEST.
– *H. G. Bohn,* Handbuch der Redensarten, *1855*

Als sie in Peking ankamen, hatte Joseph bereits alle Einzelheiten von Herrn Hsieh erfahren. Hsieh hatte ihm erzählt, dass es nur noch eine Frage der Zeit war, bis es den Kempeitai gelang, den Abt und den Mann mit dem Mal zu ermorden. Es war ein Anschlag, den der Major seit langem plante, er sollte seiner Rehabilitation vor dem Oberkommando der kaiserlich japanischen Armee dienen. Jetzt galt es, herauszufinden, wie weit seine Vorbereitungen zur Zerschlagung der ›China den Chinesen‹-Partei inzwischen gediehen waren. Auch die Frage, wie sie sich Kitagawas schlussendlich entledigen konnten, musste erörtert werden. Joseph schlug vor, ihn an Tschiang Kai Schecks Nationalisten auszuliefern, aber Herr Hsieh sprach dagegen. Die seien viel zu korrupt, meinte er, manchmal arbeiteten sie Hand in Hand mit den Japanern zusammen. Von den Kommunisten mochte man halten, was man wollte, aber sie seien jedenfalls unkorrumpierbar und würden mit Kitagawa auf die klassische chinesische Art fertig werden – mit einer Kugel in den Hinterkopf.

Natürlich lag Joseph nichts mehr am Herzen als Natalia wiederzusehen, aber nach so vielen Monaten der Trennung nahm er es hin, sich damit noch gedulden zu müssen. Kitagawa war bereits in Peking eingetroffen, und Hsieh hatte den Befehl erhalten, ihn im Sakura-Hotel zu treffen – nach Einbruch der Dunkelheit, wenn ein Paket von der Größe eines Menschenkopfes kein Aufsehen erregen würde.

Als Erstes jedoch sollte Hsieh seinen neuen Begleiter zu einem der vielen Freiluftmärkte begleiten, wo Joseph sich an einem der Stände mit westlicher Kleidung aus zweiter Hand wieder in einen vorzeigbaren Zustand versetzen wollte.

Sie bahnten sich ihren Weg durch die verstopften Gassen und fanden sich plötzlich in einem Viertel wieder, das Joseph bekannt vorkam, nur einen Steinwurf weit vom Hotel du Nord und dem Thomas-Cook-Reisebüro entfernt. Wenn er sich auch dazu durchgerungen hatte, das Wiedersehen mit Natalia aufzuschieben, so würde es ihn doch beruhigen, wenigstens einen kurzen Blick auf ihren Arbeitsplatz zu werfen. Mit Herrn Hsieh im Gefolge überquerte er die Straße, beide unrasiert und eine Beleidigung für feinere Nasen, ihre mit Schaffell gefütterten Mäntel tief durchdrungen vom Schweißgeruch von Mensch und Tier. Ein Reklameplakat im Schaufenster von Thomas Cook ließ Joseph stutzen. Unter dem Fernweh erzeugenden Bild einer schnittigen Lokomotive wurde da für »Sonderfahrten im Luxuszug zu den buddhistischen Höhlentempeln von Xailu« geworben. Ein darunter angehefteter Zettel präzisierte: »Fahrten unter persönlicher Führung durch Dr. Etienne Goossens, Université de Louvain«. War es möglich, dass Natalias Chef, Monsieur Goossens, dieser fette Belgier, sich in dem Zug befunden hatte, der von ihnen überfallen worden war? Ja, offensichtlich war das möglich, und Joseph beschloss, sich behutsam zu vergewissern. Er veränderte seine Position vor dem Schaufenster so, dass er ins Innere des Büros blicken konnte, und stellte mit Verwunderung fest, dass nicht Natalia, sondern eine junge Chinesin mit einer Hornbrille an ihrem Schreibtisch saß. Alle Vorsicht über Bord werfend, gab Joseph seinem Begleiter einen Wink, ihm zu folgen. Er öffnete die Tür und betrat zusammen mit Herrn Hsieh das Büro. Das Personal, an elegante Weltenbummler gewöhnt, blickte den Eintretenden, die nur Banditen sein konnten, mit schreckgeweiteten Augen entgegen. Das Mädchen hörte zu tippen auf, der chinesische Sekretär ließ seinen Abakus fallen, und Monsieur Goossens schaffte es gerade noch, »womit kann ich dienen?« zu röcheln, während seine rechte Hand sich in die Schreibtischschublade zu schlängeln versuchte. Sofort zog Joseph seine Luger und richtete den Lauf mit ruhiger Hand auf Monsieur Goossens' Brust. Mit zwei Schritten hatte er den Raum durchquert, riss die Schublade heraus und bemächtigte sich der zierlichen Pistole, die Goossens hatte ziehen wollen. Joseph klappte die Waffe auseinander, schüttelte die Patronen aus dem Zylinder heraus und stellte fest, dass eine fehlte. Er legte die Mündung an seine Nase und schnüffelte mit einem tiefen Atemzug. Alle im Raum begriffen, dass hier eine Waffe identifiziert wurde, aus der ein Schuss abgegeben worden war und die der Besitzer zu reinigen vergessen hatte. Joseph steckte das Beweisstück ein und deutete mit dem Zeigefinger auf den korpulenten Belgier.

»Sie haben unseren Anführer getötet«, sagte er auf Chinesisch. »Und nun hat Ihr letztes Stündlein geschlagen.«

Die Stille im Raum war so vollkommen, dass sie hören konnten, wie eine Fliege über die Schaufensterscheibe lief. Dann erklang plötzlich ein leises Plätschern unten auf den Dielenbrettern. Die Sekretärin hatte in ihrer Panik die Kontrolle über ihre Blase verloren. Monsieur Goossens, der vor Angst schlotterte, fürchtete die gleiche Demütigung zu erleiden und konzentrierte sich mit aller Kraft auf seinen Schließmuskel. Ihn schauderte, und er begriff, dass sein privilegiertes Leben in Peking zu einem unerwarteten Ende gekommen war.

Nach dem Besuch auf dem Gebrauchtkleidermarkt gingen Joseph und Herr Hsieh in ein öffentliches Badehaus, doch selbst frisch rasiert und mit einem richtigen Mantel, einem Anzug, Hemd und Krawatte bekleidet sah Joseph noch immer wie ein Abenteurer aus, dem man nicht recht über den Weg traute. Zum Teil mochte das an der Pelzmütze mit den langen Ohrenklappen liegen, wie sie in den kühlen Monaten von Einheimischen und fremden Teufeln gleichermaßen getragen wurde. Herr Hsieh, der wieder auf den bodenlangen Umhang der Chinesen zurückgekommen war, blieb in der Menge völlig unauffällig. Nach all den Entbehrungen der Inneren Mongolei genoss Joseph das Getümmel und Getöse in seinem alten Revier. Arbeiter in ihren gefütterten, schwarzen und blauen Kitteln, hübsche, von ihren hohen Rikschasitzen huldvoll herunterblickende Frauen, Schreiber in langen Umhängen, dicke Kaufleute in Mänteln mit pelzbesetzten Kragen, die gewohnten Ketten von Transportkamelen mit Handelswaren, dazwischen die hupenden Autos, alles vereinte sich zu einem Mosaik von Farben, wie er es fast vergessen hatte. Was ihm aber am deutlichsten zeigte, in welch karger Welt er sich in der Steppe befunden hatte, war das Chaos der chinesischen Schriftzeichen in Rot und Schwarz und Gold, die vor den Läden, an den Mauern, auf Reklametafeln und Wimpeln und Zeitungsseiten förmlich explodierten.

Angesichts seiner Vergangenheit und auch dessen, was noch vor ihm lag, vermied Joseph all jene Orte, an denen sich die Ausländergemeinde Pekings zu versammeln pflegte. Obwohl er sich vor Sehnsucht nach Schinkenspeck mit Rührei, nach einem Toast mit Butter, nach einem dampfenden Kaffee mit echter Sahne verzehrte, kehrten er und Hsieh im »Über den Himmeln« ein, einer primitiven Kneipe, die er schon früher gerne aufgesucht hatte und deren Spezialität Schweinefleisch in all seinen fettreichen Varianten war. Bei Schweineblutsülze und einer in Nudeln schwimmenden Schweinshaxe – Herrn Hsiehs Bestellung – und dem Schweinebauch mit Kohl, den Joseph sich ausgesucht hatte, schmiedeten sie ihre Pläne. Hsieh würde Kitagawa unter dem Vorwand, ihm Josephs abgeschlagenen Kopf zu zeigen, in die Garage locken, wo der keineswegs kopflose Joseph sich im Schatten verbergen wollte. Bei dieser Gelegenheit war es vielleicht möglich, ihn zu überwältigen. Leistete er zu heftigen Widerstand, würden sie ihn ohne zu zögern töten. Mit einer gewissen Bangigkeit angesichts dessen, was ihnen bevorstand, sahen sich die beiden neuen Verbündeten an, aber was sie im Auge des anderen entdeckten, gab ihnen Mut, und so konnten sie sich für den Rest des Tages trennen.

Joseph wanderte weiter durch die Straßen, geriet auf die Hsin Chieh K'ou, streifte die Verbotene Stadt, beschleunigte plötzlich, wie magnetisch angezogen, seinen Schritt, vorbei am Tor des himmlischen Friedens und dann rechts in die Rue Linevitsch hinein zur Gesandtschafts-Straße, bis er vor dem Kasernentor stand. Er hielt inne, warf einen Blick zur Wachstube, wo seine Odyssee begonnen hatte, spähte in die Kompaniestraße hinein, sah die Kasernengebäude mit ihren chinesischen Giebeldächern, hörte von Ferne das Signalhorn, das die Männer zum Essenfassen rief. Er fragte sich, ob Major Boudreau und First Sergeant McGrath noch auf ihren Posten waren. Seine sentimentalen Erinnerungen wurden jäh unterbrochen, als ein überalterter Corporal mit vielen Ärmelstreifen für gute Führung auf ihn zutrat. Ein fremdes, gerötetes Gesicht unter einem Helm im britischen Stil, der *Iron Kelly,* sah ihn feindselig an. An den Zähnen erkannte Joseph die schwarzen Krümel von Schnupftabak. »Sagen Sie, was Sie hier wollen, oder hauen Sie ab«, schnarrte der Corporal. »Vor diesem Tor werden keine Maulaffen feilgehalten.«

Joseph lag eine gepfefferte Entgegnung auf der Zunge, aber er schluckte sie herunter, machte auf dem Absatz kehrt und ging weiter. Innerlich war er hoch befriedigt vom barschen

Ton des Corporals. Das war das Holz, aus dem die Marines geschnitzt waren, und es hatte überall den gleichen Klang, ob in Peking oder im Brooklyn Navy Yard oder in Olongapo.

Als Joseph sich wieder entfernte, sah er, dass bereits mehrere Rikschas an ihrem üblichen Standplatz warteten. Sie waren gekommen, um Offiziere oder Zivilangestellte abzuholen, die in die Stadt wollten. Die Rekruten, die zu ihren Freundinnen oder den Fleischtöpfen Pekings gebracht werden wollten, würden erst um sechzehn null null Uhr zum Vorschein kommen, dem traditionellen Beginn der »Freiwache«. Als Joseph sich den Rikschas näherte, sah er den alten Ding, seinen Glaubensbruder aus dem Wha-Guan-Tsu-Tempel, der in der ersten Reihe wartete. Selbst aus nächster Nähe erkannte er Joseph nicht. Erst als dieser ihn mit dem traditionellen »Habt Ihr gegessen?« begrüßte, erschien ein aufrichtiges, nikotinfleckige Zähne entblößendes Lächeln auf seinem wettergegerbten Gesicht. Joseph musste dem westlichen Impuls widerstehen, ihm die Hand zu schütteln oder ihn herzlich zu umarmen. Mit seiner tief verwurzelten chinesischen Zurückhaltung wäre Ding trotz seiner Freude, Joseph wiederzusehen, vor jeder Berührung zurückgeschreckt.

»Steigt ein«, sagte er. »Ich habe Euch viel zu erzählen.«

Der alte Ding packte die Tragstangen und verfiel in den gleichen Trott, in dem er Joseph früher von Natalias Wohnung zum Kasernentor befördert hatte. Eine Viertelstunde später bog die Rikscha in einem Viertel jenseits der Tatarenmauer, wo Joseph noch nie gewesen war, in ein altes Lagerhaus ein, das Hauptquartier der Gilde der Rikschafahrer. Das graue, höhlenartige Bauwerk, in dem Nachts die Rikschas abgestellt wurden, war jetzt fast leer, und es war kalt und zugig darin.

Von Tee und Zigaretten gestärkt, saßen der alte Ding und Joseph an einem zernarbten Tisch einander gegenüber und sahen sich an. »Ich kannte Euch als Soldat, als Jüngling, der die Wege des Buddha studierte, aber trotzdem wart Ihr für mich ein fremder Teufel«, sagte der alte Ding. »Jetzt sehe ich einen Mann aus China vor mir. Keinen *Han,* aber einen *Tsu Ren,* einen Mann von der Grenze, von den Stämmen, die dort am Rande Chinas leben.«

Joseph begriff, dass ihn der alte Ding zwar säuberlich von den echten Chinesen unterscheiden wollte, ihn aber immerhin genauso akzeptierte wie die Mandschus, die islamischen Hui und Uiguren, die Kasachen und Kirgisen, all jene überwiegend chinesisch sprechenden Grenzvölker, deren Angehörigen man überall auf den Märkten und Straßen des Landes begegnete. In gewisser Weise fühlte Joseph sich geschmeichelt. Es bedeutete, dass sein Chinesisch jetzt wirklich echt klang, dass er sich auf den Straßen zeigen konnte, ohne als einer der verabscheuten Ausländer erkannt zu werden.

»Mich interessiert, wie es dem Abt und dem Mann mit dem China-Mal geht«, sagte Joseph. »Mich interessiert, ob es im Tempel in Zing Shen irgendetwas Neues gibt.«

»Erst lasst mich sagen, was Euch wirklich interessiert«, erwiderte der alte Ding. »Eure Freundin, sie ist in Sicherheit. Sie befindet sich bei dem englischen Priester und seinem Geliebtem aus dem englischen Konsulat.«

Mein Gott, dachte Joseph, dieser schmutzige alte Mann weiß wirklich alles. Dann wurde ihm bewusst, dass Ding ja der Kopf einer Gilde von hunderten von Rikschafahrern war, die ihre Augen und Ohren überall hatten und ihm alles berichteten. Die Rikschagilde war sicherlich das am besten funktionierende Spionagenetzwerk in Peking. »Was heißt ›in Sicherheit‹?«, vergewisserte sich Joseph. »In Sicherheit wovor, alter Ding?«

»In Sicherheit vor dem japanischen Teufel, dem Ihr die

Schulter gebrochen habt, dem Teufel, der Eure alte *Naima* ermordet hat.«

»Die alte Frau ermordet? Warum?«

»Um zu erfahren, wo Ihr seid und wo sich das russische Mädchen befindet. Er hat der alten Frau die Fingernägel herausgerissen. Die Qual – ihr altes Herz war nicht mehr stark genug.«

»Alter Ding, woher weißt du das alles?«

»Ich hab selbst gesehen, wie die alte Frau vor Eurer Wohnung in ein Auto gezerrt wurde. Meine Männer haben sie auf einer der *Hutungs* gefunden, sie hatte keine Fingernägel mehr.«

Empört sprang Joseph auf.

»Setzt Euch«, sagte der Rikschamann. »Es ist noch mehr vorgefallen. Die japanischen Teufel haben versucht, den Abt und den Mann mit dem Mal umzubringen. Sie haben versucht, den Tempel in Zing Shen in die Luft zu sprengen. Dem Himmel und der Erde sei Dank, dass es uns gelungen ist, den japanischen Offizier zu töten. Bei ihrem nächsten Versuch in Taiyuan, im Tempel des erlesenen Lichts, hatten sie einen Scharfschützen auf dem Dach versteckt. Er hat den Mann mit dem Mal verfehlt und statt seiner eine Schauspielerin getötet.«

»Ich werde sie morgen besuchen. Ich habe ihnen viel zu verdanken. Für mich ist der Abt mein Shi Fu, mein Lehrmeister auf dem Weg zur Erleuchtung.«

»Vielleicht kommt Ihr zu spät«, sagte der alte Ding. Er dämpfte seine Stimme. »Der Shi Fu und der Mann mit dem Mal verlegen den Wha-Guan-Tsu-Tempel weg aus Zing Shen.«

»Wohin wollen sie den Tempel verlegen?«, fragte Joseph.

»Das Wo und Wie ist ein Geheimnis. Unsere Anhänger sind

nicht informiert worden – es gibt überall Spitzel«, sagte der alte Ding. »Die Japaner wollen den Mann mit dem Mal unbedingt töten. Sie machen ihn für die Plakate verantwortlich, die zum Boykott japanischer Waren aufrufen, man sieht sie an jeder Wand. Sie machen ihn für den großen Erfolg der ›China den Chinesen‹-Partei verantwortlich. Jetzt wollen alle, dass die Ausländer aus unserem Land verschwinden.«

Joseph fröstelte plötzlich; als er durch die offenen Tore nach draußen blickte, sah er, dass es zu schneien begonnen hatte, dass Schnee all das Hässliche draußen geräuschlos zuzudecken begann.

»Der erste Schnee in diesem Jahr«, sagte der alte Ding. »Er kommt früh. Das ist gut fürs Geschäft, aber schlecht für unsere Gesundheit. Jedes Jahr verlieren wir ein paar Alte. Sie haben Wasser in der Lunge, oder sie gleiten aus und brechen sich die Hüftknochen.«

Jetzt kamen ein paar Rikschamänner in das Lagerhaus und setzten sich zu ihnen an den Tisch. Der alte Ding nahm seine Tasse und wandte sich zu Joseph. »Kommt in meine Schreibstube, ich habe eine Flasche *Mau Tai,* die wird uns bei diesem Wetter gut tun.«

Joseph betrat den unaufgeräumten, schlecht riechenden Verschlag und fand sich von einem Gewirr rostiger, an Nägeln an der Wand hängender Rikscharäder, alten Kalendern voller Fliegendreck und einem kleinen Tisch mit einem Pinsel, einem Tuschestein und einem Tuschefässchen umgeben. In einer Ecke stand auf einer umgedrehten Kiste ein kleiner Schrein mit einer Götterfigur aus Ton, die der Gottheit geopferten Tangerinen sahen aus, als hätten Ratten sich daran gütlich getan. Der alte Ding griff sich eine verstaubte Flasche von einem Regalbrett und schenkte in die Teetassen ein. Dann schloss er die Tür, in die ein Glasfenster eingelassen war. Joseph zog Sansars Uhr aus der Tasche und sah, dass noch der ganze Nachmittag vor ihm lag.

»Euch bleibt genügend Zeit, um Eure Freundin aufzusuchen«, sagte der alte Ding. »Einer meiner Männer wird Euch fahren.«

Die Männer in der Lagerhalle sahen durch das Fenster in der Tür, wie der alte Ding und der Fremde einander zuprosteten und ihre Tassen dann in einem Zug leerten. Sie sahen, wie der Fremde mit bedeutungsschweren Gesten etwas erklärte und wie der alte Ding verständnisvoll dazu nickte.

Einer dieser Zuschauer hatte einen Auswuchs seitlich an seiner Nase, aus dem mehrere lange Haare sprossen. Chinesischem Volksglauben zufolge garantierte solcher Gesichtsschmuck, der sorgsam gepflegt wurde, seinem stolzen Besitzer Glück auf allen Wegen. »Was zettelt der alte Ding da wohl wieder an?«, fragte sich der Mann, der mit dem Glück im Bund stand.

»Er führt immer irgendwas im Schilde«, sagte sein Begleiter, ein alter Veteran, der auf seiner Pfeife paffte. »Deshalb ist er der Kopf der Gilde, und wir sind nur die Esel, die zwischen den Stangen laufen.«

NICHTS HAT DER MENSCH
BIS JETZT ERSONNEN,
DAS SO VIEL GLÜCK VERHEISST
WIE EINE GUTE TAVERNE
ODER GASTWIRTSCHAFT.

– *James Boswell,*
Denkwürdigkeiten aus Johnsons Leben, *1791*

Major Kitagawa saß in seinem Quartier im Gasthaus zur Kirschblüte und sah aus wie einer, der glücklich ist. Er war hochzufrieden, nicht nur mit seinem Dolmetscher und Helfershelfer, diesem Mischling Hsieh, sondern auch mit sich selbst. Er war glücklich über das Gemetzel an der Verbrecherbande, die von diesem amerikanischen Marineinfanteristen angeführt wurde, dem russischen oder polnischen oder jedenfalls slawischen Abschaum, der es gewagt hatte, die kaiserliche Armee und ihre Angehörigen zu demütigen. Als Herr Hsieh sich bei ihm gemeldet hatte, waren die ersten Worte des Majors gewesen: »Der Kopf, wo ist er?«

»*Shosa Dono,* verehrter Herr Major«, hatte er erwidert, »der Kopf stinkt schon. Ich könnte ihn nicht in das Hotel bringen. Er befindet sich unten in der Garage. Wir können hinuntergehen und ihn betrachten, wann immer der Herr Major es wünschen.«

Der Major hatte bereits seine Vorfreude auf Hsiehs Besuch mit Sake begossen, und jetzt, da Herr Hsieh leibhaftig vor ihm stand, rief er das Zimmermädchen, um eine weitere Flasche zu bestellen. Er ermahnte seinen Untergebenen zum Schweigen, als die junge Frau im Kimono den heißen Reiswein kniend servierte. Als sie eingeschenkt hatte, raffte sie mit einer anmutigen Bewegung den Kimono hinter den Knien zusammen und trippelte, sich tief verbeugend, auf ihren in *Tabi* steckenden Füßchen hinaus. Sie war keine Natalia Petrowna, dachte der Major, aber auch sie hatte er der Gratwanderung zwischen angstvoller Erwartung und schmerzlicher Erfüllung unterworfen.

Der Major hob seinen Becher. »Hsieh San, beschreiben Sie mir noch einmal in allen Einzelheiten, wie unsere Maschinengewehre diese Banditen niedermähten.«

»Es lief genau so ab, wie der Herr Major es vorhergesehen hat. Sobald die Seitenwände abgeworfen waren, eröffneten die vier Maschinengewehre das Feuer, und die Banditen, die beiderseits des Zuges standen, wurden niedergeschossen. Die meisten waren sofort tot, ich bezweifle, dass irgendeiner davongekommen ist. Ich fand den Amerikaner in der Nähe des Kohlendepots und habe ihm, wie befohlen, den Kopf abgetrennt. Unglücklicherweise haben die Schüsse der Banditen die Lokomotive in Brand gesetzt, und der Wind hat die Flammen über den ganzen Zug verbreitet. Aber ich hatte den Kopf und bin sofort losgeritten, bis ich auf die Gleise der innermongolischen Eisenbahn stieß und den Zug nach Peking besteigen konnte.«

Vom Sake und vom Erfolg benebelt, ließ Kitagawa sich zu Vertraulichkeiten hinreißen. »Wenn der Kopf erst einmal auf dem Zaun der Gesandtschaft steckt, ist meine Beförderung zum Oberstleutnant gesichert. Und wenn es mir gelingt, den Mann mit dem China-Mal und den Abt von Wha Guan Tsu zu beseitigen, rechne ich mit einer sofortigen weiteren Beförderung zum Oberst. Dann werde ich diejenigen, dir mir treu gedient haben, nicht vergessen. Ich werde Sie General Yamazaki zur Beförderung zum *Tokumo Socho,* zum Offiziersstellvertreter innerhalb der Kempeitai, vorschlagen.«

Herr Hsieh saß auf seinen Fersen, die Hände auf den Knien, den Kopf gesenkt, in einer Haltung, die gleichzeitig

Ehrerbietung, Unterwerfung und Dankbarkeit ausdrückte. Er dachte: »Du mörderisches Schwein. Die Fingernägel möchte ich dir ausreißen, den Kopf abhacken. Ich möchte endlich das Bild des Babys in den Tempel des Universums zurückbringen und sagen können: ›Ich bin neu geboren worden als Chinese.‹«

Kitagawa verstand Herrn Hsiehs gebeugtes Haupt als ein Zeichen des Einverständnisses und der Dankbarkeit. Er reichte ihm einen Becher und schenkte ihm Sake ein. »Was ich da gesagt habe, ist nicht das verschwommene Traumbild eines chinesischen Opiumrauchers. Es ist das Wort eines japanischen Offiziers. Der Marineinfanterist ist tot, und jetzt wird das letzte Kapitel geschrieben. Ich habe erfahren, dass der Mann mit dem China-Mal und dieser räudige Hund von einem Abt sich aus dem Umkreis von Peking absetzen wollen. Es gibt nur einen Weg, der hier herausführt, und das ist die Eisenbahn. Und ich schwöre bei allen Geistern unserer gefallenen Krieger im Yasukuni-Schrein, dass der Zug, mit dem sie reisen, seinen Bestimmungsort nicht erreichen wird.« Der Major erhob sich. »Und jetzt, Hsieh San, gehen wir hinunter und sehen uns den Kopf des Gefreiten Joseph Krasinski vom United States Marine Corps an.«

SCHÄUMENDE WELLEN IM PFARRHAUS

Natalia Petrowna lag in ihrem Bett im rückwärtigen Schlafzimmer des Hauses von Reverend Ivor French. Es war erst halb fünf am Nachmittag, aber dichtes Schneetreiben hatte eingesetzt, und der Himmel war bereits dunkel. Statt dem

Geistlichen und seinem Simon, dem Rugbystar, den Five o'Clock Tea zuzubereiten, kuschelte sie sich in die Kissen, und ihre Augen waren feucht von Freudentränen. Es war genau so gekommen, wie der Wahrsager es prophezeit hatte. Es hatte an der Hintertür geklopft, und sie dachte, die Dienerin hätte vielleicht etwas vergessen. Sie öffnete – und er stand vor ihr. Sie wusste, dass er es sein musste, obwohl sie ihn auf den ersten Blick gar nicht erkannte. Die brutale Narbe auf seiner Wange, das bis auf Stoppeln abrasierte, ehemals so volle schwarze Haar, die Augen so hart wie Onyx, die einst helle Haut jetzt braun wie Sattelleder, all dies hatte ihn aus einem strahlenden jungen Mann, wie er ein Rekrutierungsplakat hätte schmücken können, in eine Gestalt aus ihren Kinderbüchern verwandelt – einen Piraten, einen Musketier, einen Kosaken, einen Räuberhauptmann … Er hatte seine Arme so kraftvoll um sie geschlungen, dass sie um ihre Rippen fürchtete, und sie in das Haus getragen. Als sie ihn mit Fragen überschütten wollte – »Wo?« »Wann?« »Wie?« – hatte er ihr den Zeigefinger über die Lippen gelegt und gesagt: »Wir haben keine Zeit. Später erfährst du alles.«

Sein Körper hatte sich auch verändert: Die Rippen standen heraus, der Bauch war so flach wie einst der Deckel seiner weißen Parademütze, der Hintern war straff und sehnig. Seine Hände auf ihrer Haut waren hart wie Klauen, die Fingerspitzen wie aus Sandpapier. Sie waren auf der *Gao chao* geritten, der schäumenden Welle, immer wieder. Und dann war es vorbei, er hatte ihr Gesicht, ihren Mund, ihre Augen geküsst und war hinausgeschlüpft in das Schneegestöber draußen.

Jetzt kuschelte sie sich in die Kissen und spürte noch einmal die Wonnen nach, die sie mit Joseph erlebt hatte. Ihre Hände erkundeten ihren von Liebesbissen gezeichneten Körper, und als sie die Gold- und Perlenketten an ihrem Hals, die

Ringe mit den schwarzen Perlen an ihren Ohrläppchen erfass-
ten, musste sie lächeln. Sie schlüpfte aus dem Bett und stellte
sich vor den Spiegel und empfand Stolz auf diesen Körper,
der Joseph einen solchen Genuss bereitet hatte – empfand
mehr Freude über dieses Geschenk als über den Schmuck,
den Joseph ihr angelegt hatte.

Später, als sie in der Küche stand und den Tee für ihre Gastgeber aufbrühte, kehrten ihre Gedanken in das Bett zurück,
das sie gerade erst verlassen hatte. So wundervoll es gewesen
war – das Erregende der Angst und die explosive Lustlösung,
die sie bei ihrem japanischen Peiniger erlebt hatte, hatten gefehlt, genauso wie das abgefeimte Raffinement, mit dem sie
von Jenny Chen im Absinthdelirium verwöhnt worden war.
Aber es war nur eine Frage der Zeit, bis Joseph diese Erinnerungen mit der Beständigkeit seiner Liebe ausgelöscht haben
würde. Sie flehte Gott und alle russischen Heiligen an, ihn
bald und für immer in ihr Bett zurückkehren zu lassen.

Rede einer mit dem andern Wahrheit
– Sacharja 8, 16, um 520 v. Chr.

Obwohl die Vorbereitungen überstürzt getroffen worden waren, gelang die Ausführung mustergültig. Als Herr Hsieh mit
dem Major an seiner Seite die Garage betrat, hatten Joseph,
der alte Ding und fünf seiner Männer aus der Rikschagilde
bereits in der feuchten Dunkelheit Posten bezogen. Sie hielten sich genau an der Stelle verborgen, wo der Major mit seiner Reißzange auf die alte *Naima* gewartet hatte. Als Kitagawa
und Hsieh vor ihnen auftauchten, warf der alte Ding eine Pla-

ne über den Kopf des Majors, ein anderer schlug ihm die Beine weg, sodass er hilflos zu Boden stürzte. Sofort sprangen alle dazu und wickelten ihn so fest in das Segeltuch ein, dass er wie eine *La-chang*-Wurst in ihrer Pelle aussah. Zu leugnen, dass die bewegungsunfähige Gestalt vor ihrer Verladung in eine Rikscha einige Fußtritte und Hiebe abbekam, entspräche nicht der Wahrheit. Jeder Kenner fernöstlicher Kunst hätte sich beim Anblick sechs schwarzer Rikschas, die hintereinander durch die schneebedeckten Straßen der Kapitale des Nordens rollten, an einen Holzschnitt von Hiroshige erinnert gefühlt. Aber selbst einem Hiroshige wäre es schwer gefallen, im Bild festzuhalten, wie die Fußspuren der Rikschamänner und die Furchen der Wagenräder im Schnee von frisch fallenden Flocken wieder zugedeckt wurden. So bahnte sich die elegante Prozession ihren Weg durch die Stadt, bis sie in den Toren des Rikschadepots verschwand.

Sobald sich alle im Inneren des Lagerhauses befanden, war von Eleganz keine Rede mehr. Kitagawas Hände wurden hinter seinem Rücken gefesselt, und er wurde auf die Knie gezwungen. Er sah jetzt wie ein ganz gewöhnlicher Verbrecher aus, der auf dem Marktplatz einer chinesischen Stadt seine Hinrichtung erwartete – das Einzige, was fehlte, war das dem Delinquenten um den Hals gehängte Schild, auf dem die Art seines Verbrechens stand. Man musste ihm zugute halten, dass er sich keine Furcht anmerken ließ; statt dessen setzte er eine hochmütige, die Menge der murmelnden Rikschamänner mit Verachtung strafende Miene auf. Joseph riss die Uniformjacke des Majors auf, griff ihm in den Hemdkragen und zog ihm die schlichte Metallkette mit seiner Erkennungsmarke über den Kopf. Da die Marke von Natalias Bettpfosten geraubt worden war, fanden sich die drei Hauptfiguren dieser Episode zu einer Verschwörung des Schweigens zusammen.

Der beschämte Joseph sagte nichts, Kitagawa lächelte nur, und Herr Hsieh, dem die Herkunft der »Hundemarke« bekannt war, senkte peinlich berührt den Blick. Joseph hielt die Kette einen Augenblick lang unschlüssig in der Hand, dann streifte er sie sich wieder über den Kopf. Die Rikschamänner spürten, dass sie Zeugen einer dramatischen Wendung der Ereignisse wurden, als Joseph jetzt abermals in die Uniformjacke des Majors griff, das seidene *O-Mamori,* das Amulett aus dem Yasukuni-Schrein zu Tokio herauszog und es sich selbst um den Hals schlang. Die Bedeutung dieser Geste konnte dem Major nicht verborgen bleiben. Er spürte, dass sich die Machtverhältnisse verschoben, und zwar grundlegender, als es der entwürdigenden Lage, in der er sich befand, entsprochen hätte. Um sein Missvergnügen noch zu steigern, wandte sich Herr Hsieh, von Joseph flankiert, jetzt auf Japanisch an ihn.

»Raus mit der Sprache, was hatte diese Bemerkung zu bedeuten: ›Ich schwöre, dass der Zug, mit dem sie reisen, seinen Bestimmungsort nicht erreichen wird?‹«

»Ich bin ein japanischer Offizier. Ich bin dem Bastard einer japanischen Hure und eines chinesischen Nudelkochs keine Rechenschaft schuldig. Ich bin einem amerikanischen Soldaten von niederster Herkunft, mit dessen Hure ich mehr Spiele getrieben habe als das Kamasutra kennt, keine Rechenschaft schuldig. Und was die Kreaturen angeht, die sonst noch hier herumstehen, so werden sie die japanischen Bajonette früher zu schmecken kriegen, als sie ahnen.« Kitagawa schloss die Augen und neigte den Kopf zum Zeichen, dass er alles gesagt hatte, was aus seiner Sicht zu sagen war.

Wie nun die Wahrheit über Kitagawas Pläne zur Liquidierung der führenden Persönlichkeiten von Wha Guan Tsu herauszufinden sei, war der Gegenstand einer Besprechung, die in dem Verschlag stattfand, den der alte Ding als seine Schreibstube bezeichnete. Als Joseph sagte, dass er die Todesdrohung gegen seinen verehrten Meister, den Abt, und den Mann mit dem Mal ernst nahm; und als Herr Hsieh hinzufügte, dass er, der Kitagawa so gut kannte wie sonst keiner, davon überzeugt sei, dass kein Wort mehr aus dem Major herauszubringen war, ergriff der alte Ding das Wort. »Er wird singen wie eine Heuschrecke in ihrem Käfig«, sagte er und ging, Joseph und Herrn Hsieh im Verschlag zurücklassend, zu seinen Leuten im Schuppen hinaus und redete mit ihnen.

Die Anweisungen des alten Ding wurden sofort in die Tat umgesetzt. Kitagawa wurde, Gesicht nach unten, auf eine Tischplatte geschmissen, die Hose wurde ihm heruntergezerrt und ebenso, unter herzhaftem Gelächter, das *Fundoshi* oder Lendentuch, das der Major bevorzugte. Sogleich erschien ein Mann, der mit ausgestrecktem Arm eine Käfigfalle brachte, in der mehrere Ratten steckten. Er sorgte dafür, dass Kitagawa sie sehen konnte, ehe er am hinteren Tischende Aufstellung nahm. Einen Augenblick später kamen zwei weitere Helfer dazu. Einer hatte ein Stück Bambusrohr bei sich, der andere den glühend heißen Schürhaken aus dem Kohlenofen der Lagerhalle. Vom alten Ding angeleitet, führten sie ein Ende des Bambusrohrs in Kitagawas After ein. Sobald dies geschehen war, wurde in das andere Rohrende eine Ratte gesteckt. Ihr folgte der glühende Schürhaken, der den gefräßigen Nager in Kitagawas Eingeweide hineintreiben sollte.

Die Männer standen um Kitagawa herum und sahen, wie ihm Schweißperlen auf die Stirn traten, wie er die Lippen zusammenpresste, um nicht zu schreien. Doch die Ratte verrichtete folgsam das Werk, zu dem sie ausgesandt war. Der Beweis waren das schmerzerfüllte Ächzen, das der Major nicht unterdrücken konnte, und die Tränen, die sich in den über

seine Wangen perlenden Angstschweiß mischten. Für die Rikschamänner war das grausame Spektakel eine Quelle unge-
schmälerten Vergnügens. Joseph begriff, dass diese schwer
arbeitenden Männer sich hier an einer symbolischen Demütigung des japanischen Militärs ergötzten, das nicht nur die
Mandschurei besetzt hatte, sondern ihnen allen in naher Zukunft einen Krieg aufzwingen würde. Selbst er empfand eine
gewisse Befriedigung angesichts der Qualen, die der Mörder
der *Naima*, der mutmaßliche Vergewaltiger Natalias und der
Folterer von hunderten von Unbekannten hier erlitt. Und
nicht zuletzt war dies auch der Mann, der Josephs untade-
ligen Ruf zerstört und seiner vielversprechenden Laufbahn
beim Militär ein Ende gesetzt hatte.

Plötzlich erklang ein Schrei, dem ein Sturzbach an japanischen Worten folgte. Hsieh eilte herbei, um zu übersetzen.
»Der Mann mit dem Mal und der Abt reisen heute Abend ab.
Wir haben die Brücke über den Blauen Fluss vermint. Sobald
der Zug sie überquert, wird sie gesprengt.« Nachdem er sein
Geheimnis preisgegeben hatte, war es mit Kitagawas Selbst-
beherrschung dahin. Er ergab sich dem Schmerz und stieß
eine Folge grässlicher Schreie aus.

Herr Hsieh packte Kitagawa am Kinn, hob seinen Kopf an
und sah ihm in die Augen. »Wenn das eine Lüge war, werden
die chinesischen Teufel dir eine zweite Ratte in den Mund stecken und dann abwarten, bis die beiden sich in deinen Ge-
därmen begegnen. Dann wirst du wissen, was Schmerz ist.«

»Es ist wahr. Es ist wahr«, sagte der Major ächzend.

Der alte Ding blickte Joseph an, dann gab er seinen Leuten
mit einer Handbewegung zu verstehen, dass sie das Bambusrohr entfernen sollten. Es war zu spät. Ehe sie die Ratte zu packen bekamen, war ihr versengter Schwanz in dem geweite-
ten Tunnel verschwunden.

Der alte Ding zog seine betagte Taschenuhr heraus. Wie fast alle Rikschamänner hatte er die Ankunfts- und Abfahrtszeiten der meisten Züge im Kopf. »Der Peking-Express Richtung Westen fährt um Viertel vor sieben. Der Bahnhof ist nicht zu weit von hier. Einer der jüngeren Männer bringt Euch mit der Rikscha hin. Ihr habt eine Viertelstunde, das ist zu schaffen.«

Der junge Rikschafahrer war ein Klotz von einem Kerl, ein Bauernsohn in den Zwanzigern mit Schultern wie ein Amboss und Beinen wie Maschinenkolben. Joseph hatte kaum Platz genommen, als er schon losspurtete, wobei er aber immer noch mit seinen Kräften haushielt, um für den Schlusssprint fit zu sein. Mit Einbruch der Dunkelheit war es noch kälter geworden, der festgetretene Schnee auf den Straßen war eisglatt geworden. Es kam, wie es kommen musste. In einer Linkskurve rutschte der Rikschamann aus und ließ im Fallen die beiden Tragstangen los, die von seinem Schwung nach oben katapultiert wurden. Entsprechend kippte der Sitz nach hinten, und Joseph landete unsanft auf der Straße. Freundliche Passanten halfen Joseph und dem Rikschamann wieder auf die Beine und stellten das Gefährt wieder auf die Räder. Joseph hatte sich eine Prellung an der Schulter zugezogen, und der Rikschamann hatte ein blutendes Knie, das mit einem Stofffetzen bandagiert werden musste. Hinkend erreichte er endlich den Bahnhof, und als Joseph auf den Bahnsteig hastete, sah er die Schlusslaternen des Zuges in der Ferne gerade noch ein rotes Lebewohl blinken.

WEI, ZONG JI, QING GEI WO ZHUAN FEN JI.
Hallo, Vermittlung, verbinden Sie bitte.

Die folgenden zwei Gespräche wurden den Leitungen der Pekinger Telefon- und Telegraphengesellschaft anvertraut:

18.53 Uhr

»Hallo. Simon Fykes am Apparat.«

»Hier spricht Joseph. Joseph Krasinski.«

»Joseph, Natalia hat uns erzählt. Wann werden wir …«

»Hören Sie zu, Simon. Die Japaner wollen die *Lanse he,* die Brücke über den Blauen Fluss, in die Luft jagen. Und mit ihr den Mann mit dem China-Mal und die ganze ›China den Chinesen‹-Partei. Damit wäre der ganze Widerstand des Volkes gegen die Japaner gebrochen.«

»Was …«

»Ich bin im Westlichen Bahnhof. Ich muss den Peking-Express erwischen, den Zug, in dem sie sitzen. Er hält in Hutai. Ich brauche einen Wagen mit Fahrer. Es ist im nationalen Interesse unserer Regierungen.«

»Und Ihre eigenen Leute können Sie nicht bitten …«

»Ich würde im Kittchen landen.«

»Rufen Sie in fünf Minuten noch mal an.«

18.57 Uhr

»Sir Richard, bitte. Hier spricht Simon Fykes vom Konsulat.«

»Simon?«

»Ja.«

»Ich dachte, wir hätten da was abgemacht.«

»Haben wir. Aber ich muss um eine Gefälligkeit bitten. Eigentlich liegt es im nationalen Interesse. Deinen Wagen mit

Fahrer, britischem Stander und alles, für heute Nacht. Du musst mir vertrauen.«

»Bist du verrückt geworden? Den Dienstwagen des britischen Botschafters für, für – irgendein Abenteuer?«

»Dickie. Du bist mein einziges Abenteuer. Und so soll es auch bleiben.«

»Du willst mir doch nicht etwa …«

»Niemals im Leben. Ich freue mich schon viel zu sehr darauf, dich am Dienstag zu sehen.«

»Ach, mein Lieber …«

»Dickie. Den Wagen! Vor dem Portal vom Westlichen Bahnhof. *Kwai kwai.* Wir haben keinen Augenblick zu verlieren.«

EIFERSUCHT UND LIEBE SIND GESCHWISTER
– russisches Sprichwort

Draußen im Flur legte Simon den Hörer auf die Gabel, dann kehrte er ins Wohnzimmer zurück. Reverend Ivor French blickte von seinem sechs Monate alten Tattler-Heft auf.

»Du nennst den britischen Botschafter ›Dickie‹?«, sagte er. »Das finde ich bemerkenswert.«

Es folgte ein Augenblick des Schweigens. »Es ist weniger bemerkenswert als es scheint«, sagte Simon.

»Vielleicht verstehe ich irgendetwas nicht richtig, aber ich repräsentiere die Church of England in Peking, und mein letztes Gespräch mit Sir Richard fand vorige Weihnachten statt. Er brachte mir sein Befremden darüber zum Ausdruck, dass ich als Weihnachtsmann verkleidet über die Weihnachtsgeschichte predigte. Und du …«

»Und ich, ein kleiner Sekretär im Konsulat, nenne ihn ›Dickie‹«, sagte Simon. »Ivor, er hat mich in meinen Rugby-Shorts gesehen und fand mich unwiderstehlich.«

»Und du?«

»Ich fand ihn – einflussreich.«

»Simon«, sagte der Reverend, »du hast die Moral eines Straßenköters.«

»Wirst du mir je vergeben?«, sagte Simon.

»Warum sollte ich das?«

Simon sah Ivor French treuherzig an. »Weil das dein Geschäft ist.«

Als Natalia wenige Augenblicke später ins Zimmer kam, sah sie, wie die beiden Männer einander in den Armen lagen. Beide hatten Tränen in den Augen. Als sie Natalia bemerkten, breiteten sie die Arme aus, um sie einzubeziehen.

WELCH KÖSTLICH DING
IST EINE STRASSE MIT SCHLAGBAUM!
— *Byron*, Don Juan, X, 1823

Für mehr als eine Stunde trieben die auf Hochglanz polierte Daimler-Limousine des britischen Botschafters und der Peking-Express, der die verehrungswürdigen Repräsentanten des Wha-Guan-Tsu-Tempels in Sicherheit bringen sollte, ein Versteckspiel miteinander. Immer wieder führte die Straße ein Stück weit neben den Schienen her, und der Daimler fuhr in Sichtweite des Zuges, dann kamen trügerische Kurven und der Zug verschwand, um glücklicherweise ein paar Minuten später wieder aufzutauchen. Mehrere Straßensperren, von den Soldaten Tschiang Kai Schecks bemannt, konnten dank der britischen Flagge, die auf dem linken Kotflügel aufgepflanzt war, passiert werden, aber jedes Mal gingen kostbare Minuten verloren.

Der uniformierte chinesische Fahrer wurde rasch zu Josephs Verbündetem, als er begriff, dass der Zweck ihrer Mission die Rettung des Mannes mit dem Mal war. Obwohl ein durchaus loyaler Angestellter der britischen Botschaft, sympathisierte auch er mit dem Schlachtruf »Fremdlinge raus aus dem Mittleren Reich«. Er nahm seine Uniformmütze ab, lockerte seinen engen Kragen und hetzte den Daimler um die Kurven, wie der Wagen es noch nie erlebt hatte. Sein Herr, so erzählte er, erlaubte ihm niemals mehr als vierzig Meilen pro Stunde. Jetzt erfuhr der kraftvolle Motor, was ein Gasfuß ist, und die Gänse und Enten, die Eselskarren und gelegentlichen Kamele spritzten nur so auseinander, wenn sie sich näherten. Gezwungen, mehrere Dörfer zu durchqueren, hatten sie den Zug aus dem Blick verloren, als sie wieder auf freiem Feld waren. Um verlorene Zeit gut zu machen, droschen sie den Wagen ohne Rücksicht auf Verluste vorwärts, als sie plötzlich bis auf die Knochen durchgeschüttelt wurden und merkten, dass die Straße sich in einen Feldweg verwandelt hatte. Im aufgewirbelten Staub konnten sie fast nichts mehr sehen und glaubten das Rennen bereits verloren, als sie, dem Himmel und der Erde sei Dank, plötzlich feststellten, dass der Feldweg gleichzeitig die Hauptstraße von Hutai war. Im Scheinwerferkegel tauchten das Bahnhofsgebäude – wieder nur ein Schuppen – und der letzte Wagen des Zuges auf. Joseph hechtete aus dem Daimler, hörte gerade noch die guten Wünsche, die der Chauffeur ihm nachrief, und sah diese Wünsche sofort in Erfüllung gehen: Als er den Bahnsteig erreichte, hatte der Zug sich bereits in Bewegung gesetzt, aber er schaffte mit letzter Kraft den Sprung auf das Trittbrett des hintersten Wagens, wo sich ihm helfende Arme entgegenstreckten und ihn vollends an Bord zogen.

Der Zug ohne Schienen

Joseph bedankte sich bei den Fahrgästen, die ihn in den Zug gezogen hatten, klopfte sich den Schnee von Schulter und Ärmeln und betrat den Wagen, der zur Holzklasse gehörte. Wie in allen chinesischen Zügen mit Ausnahme von Touristen-Sonderzügen und Erste-Klasse-Abteilen hatten die Reisenden den Waggon in ein vorübergehendes Zuhause verwandelt. Sie aßen, tranken, rauchten, spielten Karten, stillten ihre vielen Babys und nahmen es bei all dem mit der Sauberkeit nicht allzu genau. Sie hatten die Gepäcknetze mit Beuteln und Bündeln voll gestopft und den Mittelgang mit Jutesäcken und Bastkoffern und Weidenkörben blockiert, aus denen die Köpfe und Hälse von weißen Gänsen herausschauten wie Fragezeichen. Joseph kämpfte sich vorwärts, was ihm zusätzlich dadurch erschwert wurde, dass der Zug mit zunehmender Geschwindigkeit immer stärker schwankte und ihn gegen Mitreisende und Gepäckstücke schleuderte. Endlich erreichte er den Übergang zum nächsten Wagen, schob die Verbindungstür auf und sah sich mit der gleichen Situation konfrontiert, nur dass die Reisenden hier Soldaten auf Heimaturlaub waren, stämmige Bauernburschen, die sich über drei, vier Sitzplätze ausgestreckt hatten und schliefen. Ihre Tornister bedeckten den Boden, der Gestank nach Schweiß und Tabak war durchdringend. Joseph schlängelte sich zum nächsten Wagen durch, wo die Sitze bereits gepolstert und von Funktionären und kleinen Geschäftsleuten besetzt waren, die mit dem Abakus ihre Gewinne und Verluste kalkulierten. Als Joseph den anschließenden Wagen erreichte, der im Großen und Ganzen den beiden ersten glich, begann er sich zu fragen, ob er womöglich im falschen Zug war. Er hatte keine Vorstellung, in welcher Art von Wagen er seinen Meister und den Mann mit dem Mal vermuten sollte. Vom Auto aus hatte er acht Waggons gezählt, und er hoffte, dass er sich nicht bis zum vordersten durcharbeiten musste, ehe er die beiden fand. Es hing jetzt alles davon ab, ob es ihm mit Hilfe des Shi Fu gelang, den Lokomotivführer davon zu überzeugen, dass er den Zug stoppen musste. Wenigstens war die 8 im Buddhismus eine heilige Zahl, und so hoffte er, dass seine Mühen letztendlich doch von Erfolg gekrönt sein würden. Doch als er den nächsten Wagen, den Speisewagen, betrat, geriet seine Zuversicht ins Wanken. Was er da sah, entsprach so ganz und gar nicht seinen Erwartungen. Zu dieser späten Stunde erhellte nur noch Schummerlicht den Raum, der von der Stimme einer jungen Frau erfüllt wurde, die ein Lied entschieden weltlichen Inhalts sang. War dies im Verein mit den verführerischen Akkorden der begleitenden *Pipa* schon merkwürdig genug, so war Joseph noch mehr verblüfft, als er in den lauschenden Männern an den Speisewagentischen Mönche erkannte, die er alle bereits im Wha-Guan-Tsu-Tempel gesehen zu haben glaubte. Manche rauchten, andere tranken Bier, und viele unterhielten sich angeregt mit jungen Frauen, die keineswegs buddhistische Nonnen waren, sondern in ihrer aufreizenden Kleidung eher an Revuetänzerinnen erinnerten. Eine von ihnen rief ihm entgegen: »Auf so einen hübschen Burschen habe ich gewartet!« Joseph machte, dass er weiterkam, passierte die kleine Küche und taumelte in den nächsten Wagen hinüber. Dort war es ruhig, ein Teppichboden dämpfte den Schritt, und eine schwache Nachtbeleuchtung zeigte ihm, dass er sich im Gang eines Schlagwagens befand. Joseph tastete sich vorwärts, bis ihm der Weg von zwei ungemütlich aussehenden Männern versperrt wurde, die vor einer Abteiltür Aufstellung genommen hatten.

Joseph sah sich kurz vor seinem Ziel und versuchte es zuerst mit Höflichkeit. »Bitte, ich bin ein Schüler des Shi Fu, ein Anhänger von Wha Guan Tsu, und habe dem Meister und dem alten Wang, dem Mann mit dem Mal, eine wichtige Botschaft zu überbringen.«

»Zu spät, du Narr, der Shi Fu darf jetzt nicht gestört werden. Verschwinde!«, sagte der Erste der beiden Finsterlinge.

»Mitten in der Nacht gibt's keine Audienzen. Und du siehst auch nicht so aus, als hättest du eine nennenswerte Spende zu überbringen«, sagte der Finsterling Nummer zwei und lachte.

Joseph ließ sich nicht vertreiben. Solchen Ungehorsam nicht gewohnt, wollten ihn die Männer wegdrängen. Joseph versetzte dem einen heftigen Tritt auf den Fuß. Als er sich, vor Schmerz aufheulend, bückte, rammte Joseph ihm das Knie in den Unterleib, worauf er röchelnd rücklings auf den Teppichboden stürzte. Sein Partner griff in die Jackentasche, was ein Fehler war, da ihm nur noch ein Arm zur Selbstverteidigung blieb. Joseph stieß ihm seinen Ellenbogen gegen den Kehlkopf, packte ihn an beiden Ohren und zog seinen Kopf nach unten, wo ihm Josephs Knie entgegenkam. Der folgende Zusammenprall zerschmetterte das Nasenbein des Wächters. Er landete auf dem Boden, wo er hocken blieb und den Blutfluss zu stillen versuchte. Joseph griff ihm in die Jacke und zog eine Pistole heraus, die er einsteckte.

Dann klopfte er an die Tür, die die beiden Männer bewacht hatten, und rief: »Hier ist Joseph, Euer amerikanischer Schüler.« Aber ihm war schnell klar, dass er bei dem Gerumpel des Zuges, dem Klicketiklack der Räder auf den Schienen wahrscheinlich nicht gehört wurde. Er war hier, um ihnen das Leben zu retten. Es war nicht die Zeit für Förmlichkeiten. Joseph winkelte das rechte Bein an und trat mit Sohle und Ferse unterhalb der Klinke in die Tür. Die Tür flog auf. Joseph wünschte, sie wäre zu geblieben. Der Mann mit dem Mal lag, bis zur Taille entblößt, bäuchlings auf der unteren Koje. Neben ihm kauerte, ein Tintenfässchen in der einen Hand und einen Pinsel in der anderen, der Shi Fu, der Erhabene Meister, und malte den fledermausförmigen Umriss von China auf den Rücken des Blinden.

Weit davon entfernt, sich ertappt zu fühlen, ging der Shi Fu zum Angriff über. »Steh nicht herum und halte Maulaffen feil. Mach die Tür zu. Du siehst aus wie ein Säugling, dem man die Zitze aus dem Mund genommen hat. Sag was. Warum bist du hier?«

Joseph blieb stumm. Der Betrug, die Lüge, der Verrat an seinem Glauben verschlugen ihm die Sprache.

»Du bist enttäuscht«, sagte der Abt verächtlich. »Wir haben dich hintergangen, getäuscht wie ein Zauberkünstler im Zirkus.« Er erhob voller Empörung die Stimme. »Was macht es für einen Unterschied, ob das Abbild von China ein Muttermal oder etwas Gemaltes ist? Auf die Wirkung kommt es an. Es ist ein Symbol, das die Massen verstehen – Widerstand gegen die Fremden. Selbst ein Kuli versteht das, aber du, du hast dich nur für die Sutren interessiert, für den Hokuspokus, die Räucherstäbe, die Götterbilder.«

Joseph riss sich zusammen und sagte nur: »Die Japaner haben die Brücke über den Blauen Fluss vermint. Wenn wir den Zug nicht aufhalten können, ist das das Ende von Wha Guan Tsu und der Tod von hunderten von Unschuldigen.«

Sofort herrschte Einigkeit zwischen Joseph und dem Shi Fu. Gemeinsam eilten sie durch die restlichen Wagen nach vorne, um über den Kohlentender die Lokomotive und den Lokomotivführer zu erreichen. Aber der vorderste Wagen war ein Gepäckwagen, der kostbare Fracht zu enthalten schien und verplombt war. Hier führte kein Weg weiter. Sie rannten zurück zum Schlafwagen, suchten den Schaffner und fanden ihn in seinem Abteil wie bewusstlos schlummernd, eine Flasche *Mau Tai* neben sich.

Joseph blickte auf seine Uhr. »Wir haben noch etwa fünfzehn Minuten bis zur Brücke.« Er sah seinen Meister an und hoffte, die Flamme wiederzufinden, die ihn einst zum Buddhismus hingezogen hatte. »Ihr habt die Macht, die innere Kraft, diesen Zug zu retten.«

»Wovon redest du? Wie denn?«, sagte der Shi Fu.

»Ihr habt die Gabe der Levitation. Ich habe selbst gesehen, wie Ihr den jungen Mann im Tempel zu Zing Shen in der Luft schweben ließet.«

Der Abt lachte bitter. »Dann hast du die seidenen Fäden übersehen, an denen er hing.«

Joseph wollte nichts mehr hören. Der Gestank allumfassender Unredlichkeit stieg ihm in die Nase. Er streifte sich all den Plunder seiner westlichen Kleidung vom Leib, bis er bis zur Hüfte nackt war; nur die Gebetsperlen, die der Mann mit dem Mal ihm geschenkt hatte, hingen noch um seinen Hals. Der Shi Fu sah die herausstechenden Rippen, die Narben und Prellungen an Josephs Körper, und er verstummte, vielleicht von Scham über seinen eigenen, feisten und gepflegten Leib erfüllt. Schließlich sagte er, und es klang ergeben: »Was soll ich tun?«

»Holt den Mann mit dem Mal und geht mit ihm durch den ganzen Zug. Singt *Nan wu e mi tuo fo,* bis der ganze Zug einstimmt. Erzählt den Leuten nicht, in welcher Gefahr sie schweben, denn dann würden sie nur für ihre eigene Errettung beten und nicht zur Verherrlichung des Buddha. Erhabener Meister, nutzt die Kraft der Erleuchtung, die Euch zum Abt von Wha Guan Tsu gemacht hat. Nutzt die Kraft, die ganz China neue Hoffnung gegeben hat. Verwandelt das Böse in liebende Güte, erhebt das Dumpfe auf die Ebene des Geistes.«

Der Abt sah Joseph an, und er sah die leuchtenden Augen der heiligen Männer, die er an den Ufern des Ganges getroffen hatte. Er war jung gewesen damals, und er folgte den Wegen des Gautama Buddha in dessen eigenem Land. Vielleicht hatte ein winziger Funken aus jenen unschuldigen Tagen in ihm überlebt und war neu aufgeflammt. »Ich beginne am Kopfende des Zuges, du fängst hinten an.« Er blickte auf seine elegante Armbanduhr. »Wir haben keine Zeit zu verlieren.«

Joseph betrat den Speisewagen und stand den trinkenden und Glücksspiele treibenden Mönchen gegenüber; einer umarmte gerade innig eine junge Frau. »Hört die Worte des Buddha«, rief Joseph.

»Lass mich in Ruhe«, erwiderte der über die Frau Gebeugte. »Ich bin sowieso gleich im Nirwana.«

Zornerfüllt riss Joseph ihn von der Frau weg und wischte die Flaschen und Spielkarten vom Tisch.

»Hört mir zu«, schrie er. »Euer Leben ist mir gleichgültig. Aber das Leben des Shi Fu und des Mannes mit dem Mal ist mir nicht gleichgültig. Die beiden haben Großes für China geleistet. Und die hunderte von Unschuldigen in diesem Zug sind mir auch nicht gleichgültig. Hört mir gut zu. Dieser Zug ist dem Untergang geweiht.«

Endlich hatte Joseph ihre Aufmerksamkeit gewonnen. »Wer lügt und stiehlt und betrügt, wer mordet und sich der

Unzucht hingibt, dem stehen Ewigkeiten der Strafe bevor. Der wird in der Hölle des Eises frieren, der wird in der Hölle des Eisens zerfetzt werden, der wird ertrinken in der Hölle der Schmutzflut.«

Diese Worte, die den Mönchen nicht fremd waren, brachten sie zur Besinnung. Im Mittelgang zwischen den Tischen verbeugten sie sich zu einem tiefen Kotau. Auch die weiblichen Anhängsel der reisenden Mönchstruppe, die Schauspielerinnen und Bettgenossinnen der höheren Chargen des Tempels, zeigten ihre Zerknirschung, indem sie die mit Schmetterlingen und Blumen geschmückten Nadeln aus ihrem Haar zogen, sich die Broschen von den *Qipaos* rissen und sie Joseph zusammen mit ihren Ringen und Armreifen zu Füßen legten.

Joseph sprach weiter. »Ihr seht dem Tod ins Angesicht. Ihr könnt euer gottloses Leben nicht ungeschehen machen, aber es steht euch frei, den Buddha des unendlichen Lichts bei seinem Namen zu rufen und seine Vergebung zu erflehen. Tut ihr das aus ehrlichem Herzen, so werden die Sünden, die euch der Verdammnis geweiht hätten, von euch abgewaschen.« Joseph hielt inne, dann begann er zu singen: »*Nan wu e mi tuo fo.*« Er dachte: Bedeutet das nun tatsächlich »von ganzem Herzen vertrauen wir dem Buddha des unendlichen Lichts und des grenzenlosen Lebens«, oder ist es nur ein sinnloses Gelalle auf Sanskrit? Wir werden es bald wissen … Die Insassen des Speisewagens stimmten in den Gesang ein, bis er zu einem mächtigen Chor anschwoll, sich einer Welle gleich hob und senkte und wieder neu begann.

In einer Aufwallung von Mitgefühl half Joseph den Mönchen, sich zu erheben. »Einer von euch in jeden Wagen, und dann beginnt zu singen.«

Josephs Abgesandte hatten keine Schwierigkeiten, die Reisenden in der Holzklasse einen Gesang anstimmen zu

311

lassen, der ihnen von Kindesbeinen an vertraut war. Das Auftauchen der in ihre traditionellen Gewänder gehüllten Mönche genügte, und dass die Gelegenheit nicht zum Sammeln von Almosen genützt wurde, besiegelte den Pakt. Rheumatische alte Männer krächzten, kleine Jungs mit Rotznasen plärrten, Soldaten fielen mit rauer Stimme ein, junge Mädchen flöteten sanft, selbst die grummelnden Bässe gestandener Gutsbesitzer verliehen der Lobpreisung des Buddha Flügel. Als der Mann mit dem China-Mal, vom Abt geleitet, mit erhobenen Armen durch die Wagen ging, damit jeder das purpurne Abbild Chinas sehen konnte, wurde aus dem Gesang ein gewaltiges Brausen, das von Waggon zu Waggon übersprang und schließlich den ganzen Zug in einem Hymnus von überirdischer Gewalt vereinte.

Die Ersten, die ihn hörten, waren die Wasserbüffel, die in aus Flechtwerk errichteten Ställen standen. Sie hoben die gehörnten Köpfe und untermalten den Gesang mit einem klagenden Gemuhe, das aus den Tiefen ihrer mächtigen Rümpfe aufstieg. Die besorgten Bauern kamen aus ihren Lehmhütten gelaufen, um nachzusehen, was mit den Tieren los war. Dann brauste der Zug vorbei, und sie vernahmen ihn ebenfalls, den Hymnus zur Verherrlichung des Buddha in dieser schneereichen Nacht. Sie blickten dem Zug nach, und trotz der lähmenden Kälte stimmten sie in den Gesang ein.

Weniger als zehn Kilometer vor dem Zug stand ein Trupp japanischer Soldaten, in Schaffellmäntel gehüllt, bis zu den Knien im frostkalten Schnee. Der Feldwebel sah auf seine Uhr. Die grünlich glimmenden Zeiger verrieten ihm, dass der Zug nur noch wenige Minuten entfernt war. Der junge Leutnant von der Pionierabteilung umklammerte bereits den Handgriff, durch den die Brücke mitsamt dem Zug in die Fluten des Blauen Flusses hinabgerissen werden sollte, auf dem schon Eisschollen schwammen. Ein gewisser Major Kitagawa von den Kempeitai hatte ihm unmissverständlich klargemacht, was von ihm erwartet wurde: »Schickt diese chinesischen Scharlatane auf den Grund des Blauen Flusses. Wenn die Sprengung misslingt, spart Euch die Rückkehr. Springt in das nasse Grab, das den Feinden Japans zugedacht war.« Der Leutnant konzentrierte sich voll auf seine Zündapparatur. Die Schweißperlen auf seiner Stirn und in seinem Schnurrbart hatten sich in Eiskristalle verwandelt. Die anderen Männer hoben ihre Feldstecher an die Augen, drehten sich in die Richtung, aus der der Zug kommen musste. Ihre Filzstiefel knirschten auf dem Schnee.

Joseph lief durch den Zug. Jeder Wagen war von dem narkotisierenden Chorgesang erfüllt. Der Hymnus hatte ein Eigenleben entwickelt, nichts konnte ihn mehr zum Schweigen bringen, jede Wiederholung brachte die nächste aus sich selbst hervor. Joseph hatte getan, was er konnte. Plötzlich von Mattigkeit befallen, setzte er sich neben eine Frau, die ihr kleines Kind im Arm hielt und die Lobpreisung Buddhas in ein Wiegenlied verwandelt hatte. Er warf einen Blick auf seine Taschenuhr, Sansars Vermächtnis. Es blieben nur noch Minuten, bis der Blaue Fluss sie alle verschlingen musste. Joseph dachte an Natalia, an das Leben, das sie zusammen hätten führen können. Er dachte an die kleine Krankenschwester und fragte sich, ob er ihr, statt ihr den Tod zu bringen, nicht auch das Leben hätte schenken können. Er dachte an Sansars Reiter, denen er seine Freiheit verdankte. Er sah auch seinen Vater vor sich, wie er ihn am Silvesterabend mit *Paçzki* fütterte, und seine Mutter, wie sie sein Daunenkissen aufschüttelte. Er hob den Blick und merkte, dass ihn das Baby mit seinen schwarzen Knopfäugelchen ansah. Möge jemand die Hand über dich halten, dachte er.

Im Führerstand der Lokomotive sah der Lokführer, wie Schienen und Schwellen auf ihn zurasten und die Brücke in Sicht kam. Ein plötzliches Gefühl der Schwerelosigkeit versetzte ihn in Schrecken. Er wusste nicht, ob er bremsen oder mehr Dampf geben sollte. »Ich verliere die Herrschaft über die Lok«, rief er seinem Heizer zu. Verzweifelt zerrte er an der Leine über seinem Kopf, um die Dampfpfeife durch die Winternacht gellen zu lassen.

Als sie das klagende Geräusch hörten, blickten die japanischen Pioniere zur Brücke empor. Sie sahen die Scheinwerfer der Lokomotive, die das Schneetreiben zu durchdringen versuchten, und hörten ein tiefes, wie aus vielen Kehlen dringendes Brausen, das sie nicht einordnen konnten. Dann sahen sie, wie die Lokomotive und der Tender sich von den Schienen lösten und emporschwebten und die übrigen Waggons nach sich zogen wie ein fliegender Kinderdrachen seinen Schwanz. Der Leutnant hörte Kitagawas Befehl – »schickt diese chinesischen Scharlatane auf den Grund des Blauen Flusses«. Statt dessen ließ er den Handgriff der Zündvorrichtung los und starrte staunend nach oben. Seine Männer standen bewegungslos, wie Gestalten aus Eis, unfähig, sich zu rühren. Und während der Zug über die Brücke schwebte und sie den Hymnus hörten, wurde ihre eigene buddhistische Tradition wieder in ihnen lebendig. Sie klatschten in die Hände, als wollten sie den Buddha auf sich aufmerksam machen, und fügten den Stimmen aus dem schwebenden Zug ihre eigene, japanische Version der Lobpreisung, *Namu Amida Butsu*, hinzu. Als würde ihm das Gebet der Japaner zusätzlichen Auftrieb verleihen, hob sich der Zug noch ein Stück höher, und seine erleuchteten Fenster zeichneten ein neues Sternbild an Chinas nächtlichen Himmel. Dann senkte er sich wieder herab und setzte auf dem gegenüberliegenden Ufer mit einem sanften Klicketiklack der Räder auf die silbrigen Gleise auf. Dampfstiebend donnerte er davon, und nur eine weiße Wolke blieb von ihm zurück.

Von seiner Reise im Zug ohne Schienen erzählte Joseph nur zwei Personen: dem Reverend Ivor French, der ihm zu glauben schien, und seiner Natalia, die ihm sagte, dass sie es glaube.

Die nachstehenden Meldungen erschienen in den folgenden Wochen in den *North China News:*

VERÄNDERUNGEN BEI THOMAS COOK

Thomas Cook Ltd. geben bekannt, dass wichtige familiäre Gründe die sofortige Rückkehr von M. Etienne Goossens in seine belgische Heimat erforderlich gemacht haben. Er wurde von seiner Gattin, Mme. Violette Goossens, und seinen drei Kindern, Hyppolite, François und Marie Rose, begleitet. Die Goossens werden wieder ihren früheren Familiensitz in Brüssel beziehen. In der Ausländergemeinde Pekings hinterlassen sie eine schmerzliche Lücke. Ein vom Rotary Club geplantes Abschiedsessen musste im Hinblick auf die überstürzte Abreise abgesagt werden.

GRÄUELTAT VOR JAPANISCHER BOTSCHAFT

Ein abgetrennter menschlicher Kopf, der dem Vernehmen nach von einem japanischen Staatsangehörigen stammen soll, wurde aufgespießt auf dem Zaun der japanischen Gesandtschaft in der Rue Meiji entdeckt. Zeugen berichten, dass zwischen den Lippen der Kopf einer lebenden Ratte zu sehen war. Die eintretende Leichenstarre hatte verhindert, dass das Tier aus dem Mund entweichen konnte. In der Botschaft war das grausige Schauspiel unentdeckt geblieben, bis eine erregte Menge chinesischer Passanten von der Polizei zerstreut wurde.

ANTI-JAPANISCHE RUNDFUNKSENDUNGEN

Die japanische Regierung hat beim britischen Außenministerium schärfsten Protest gegen Rundfunksendungen antijapanischen Inhalts eingelegt, die von einem im Norden Indiens stationierten Sender nach China ausgestrahlt werden.

Die Japaner behaupten, dass der Sender, der sich »Die Stimme der ›China den Chinesen‹-Partei« nennt, zum Boykott japanischer Waren und zum Widerstand gegen alle japanischen Aktivitäten in China aufruft. Quellen, die nicht genannt werden wollen, geben an, dass hinter diesen Sendungen der Großmeister des Wha-Guan-Tsu-Tempels und der so genannte Mann mit dem China-Mal stecken. Ihr Tempel in Zen Shing ist seit einigen Monaten geschlossen.

In der Klatschspalte der *North China News,* »Peking ganz privat«, erschienen folgende Beiträge:

WO DIE LIEBE HINFÄLLT …

Wie in gut unterrichteten Kreisen gemunkelt wird, beabsichtigt C. W. Zhao, der Vorstandsvorsitzende der Zhao-Kaufhauskette und der Zhao Banks Asia Ltd., in Kürze mit Jenny Chen, der Geschäftsführerin des exklusiven Klubs »Seidenstraße« in der Canton Road, den Bund der Ehe zu schließen.

Ps.: Zhaos erste Frau Margaret, geborene Li, die sich als Wohltäterin des christlichen Waisenhauses von Peking, der freien methodistischen Klinik und des Tuberkolosesanatoriums von Tungchow einen Namen gemacht hat, ist erst vorigen Monat verstorben.

HOCHZEITSGLOCKEN IM HAUSE PETERS/CASS

Die Eheschließung zweier englischer Touristen, Miss Natalie Peters aus Bristol und Mr. Joseph Casimir Cass aus Slough, Buckinghamshire, wurde in einer privaten Zeremonie von Reverend Ivor French von der Church of England vollzogen. Nach kirchlichen Angaben wurden Braut und Bräutigam in Kanada geboren, Mrs. Cass in Red Deer, Alberta, und Mr. Cass in Windsor, Ontario. Als Trauzeuge fungierte Simon Fykes,

Mitarbeiter des britischen Konsulats und Kapitän der britischen Rugby-Mannschaft. Wie Reverend French mitteilte, wird das junge Paar seine Flitterwochen in den Vereinigten Staaten verbringen.

Rafael Chirbes

»Chirbes beweist einmal mehr, dass er zu den wichtigsten europäischen Gegenwartsautoren zählt.« **Brigitte extra**

3-453-40482-3

3-453-40481-5

3-453-35148-7

Der lange Marsch
3-453-40482-3

Der Fall von Madrid
3-453-40481-5

Alte Freunde
3-453-35148-7